HEYNE<

DAS BUCH
Der Frieden scheint wiederhergestellt – doch die zerstörerischen Kräfte der magischen Wunderwaffe Silbertod wirken noch über dessen Vernichtung hinaus: Schreckliche Stürme suchen die Meere der Mondwelt heim und bedrohen ganze Küstenregionen. Schutz suchen die Zauberer der Welt durch die mächtige Äthermaschine Drachenwall, mit der es möglich ist, die Winde zu beherrschen. Nur die Priesterin Terikel ahnt, dass dunkle Kräfte am Werk sind. Gemeinsam mit dem ehemaligen Vampyr Laron und der unberechenbaren Blutsaugerin Velander findet sie heraus, dass die zauberkundigen Glasdrachen die Macht der uralten Äthermaschine für ihre Zwecke missbrauchen wollen und die Magiebegabten aller Kontinente manipulieren ...

DER AUTOR
Sean McMullen, geboren im australischen Victoria, war lange Jahre Musiker und Sänger, bevor er mit dem Schreiben phantastischer Geschichten begann. Heute zählt er zu den interessantesten und erfolgreichsten Fantasy- und Science-Fiction-Autoren Australiens. Sein Werk wurde mehrfach ausgezeichnet. Mit seiner Frau und seiner ebenfalls schreibenden Tochter lebt er in Australien.

Sean McMullen

Die Rache der Shadowmoon

Roman

Deutsche Erstausgabe

WILHELM HEYNE VERLAG
MÜNCHEN

Titel der amerikanischen Originalausgabe
GLASS DRAGONS (PART 1)
Deutsche Übersetzung von Christian Jentzsch

FSC
Mix
Produktgruppe aus vorbildlich
bewirtschafteten Wäldern und
anderen kontrollierten Herkünften
Zert.-Nr. SGS-COC-1940
www.fsc.org
© 1996 Forest Stewardship Council

Verlagsgruppe Random House
FSC-DEU-0100
Das für dieses Buch verwendete FSC-zertifizierte
Papier *München Super* für Taschenbücher aus dem
Heyne Verlag liefert Mochenwangen.

Deutsche Erstausgabe 04/2007
Redaktion: Vanessa Lamatsch
Copyright © 2004 by Sean McMullen
Copyright © 2007 der deutschsprachigen Ausgabe by
Wilhelm Heyne Verlag, München,
in der Verlagsgruppe Random House GmbH
Printed in Germany 2007
Titelillustration: Arndt Drechsler
Umschlaggestaltung: Nele Schütz Design, München
Karte: Andreas Hancock
Satz: Greiner & Reichel, Köln
Druck und Bindung: GGP Media GmbH, Pößneck

ISBN: 978-3-453-52275-6

http://www.heyne.de

Für meine Mutter, die mich den Wert guter Manieren schätzen gelehrt hat, und meine älteren Brüder, die mich gute Partys schätzen gelehrt haben.

PROLOG

Obwohl ein Wolkenbruch auf die Straßen von Alberin niederprasselte und der Wind so stark war, dass man in den Böen nicht geradeaus laufen konnte, waren die beiden Männer, die gerade das Anwesen verlassen hatten, erleichtert, wieder im Freien zu sein. Sie sahen nicht ein einziges Mal zurück, sondern eilten zum Tor des Grundstücks und traten auf die Straße, ohne den Wachmann zu beachten, der ihnen fröhlich mit einer Flasche zuwinkte.

»Ich möchte betonen, dass es *Eure* Idee war, *sie* für unsere Sache anzuwerben, Talberan«, sagte der Größere der beiden.

»Ich hatte ja schon gehört, dass sie exzentrisch ist, aber das war wirklich zu viel des Guten«, gab sein Gefährte zu.

»Kellner in Stringtangas aus Kaninchenfell, Serviermädchen in Faunkostümen, ganz zu schweigen von den Sachen, die sie und ihre Gäste anhatten! Hätte ich es nicht mit eigenen Augen gesehen, ich würde es nicht glauben.«

»Seid Ihr sicher, dass sie die mächtigste Zauberin in ganz Nord-Scalticar ist, Lavolten?«

»Daran besteht kein Zweifel. Lady Wensomer Callientor ist außerdem die einzige Person in der bekannten Geschichte, die sich geweigert hat, die Erhebung in den Initiationsgrad dreizehn anzunehmen. Sie hat gesagt, ›Initiationsgrad zwölf‹ klinge elegant und ›Initiationsgrad vierzehn‹ habe etwas Erhabenes, aber ›Initiationsgrad dreizehn‹ habe keinen Stil, und sie wolle diesen Titel nicht im Namen tragen.«

Das Unwetter hatte das Nachtleben von Alberin nicht beeinträchtigt, sondern es nur nach drinnen verlagert. Musik, Pfeifenrauch und Gelächter drangen aus den einladend erleuchteten Tavernen, an denen sie vorbeiliefen, und von Zeit zu Zeit lag der Geruch frisch gebackenen Brotes oder gebratenen Fleisches im Wind. Ein betrunkener Lehrling schwankte ihnen entgegen, in einer Hand eine Flasche, in der anderen eine Querflöte. Talberan und Lavolten trennten sich kurz, um ihn zwischen sich passieren zu lassen.

»Ich wünschte, ich wäre in Alberin,
Wenn ich ohne Geld und Arbeit bin.
Ein Kerl ist in Alberin immer willkommen …«

Als der Gesang plötzlich abbrach, drehten sie sich um und sahen, dass der junge Bursche geradewegs vor einen abgestellten Karren gelaufen und dann im überlaufenden Rinnstein zusammengebrochen war.

»Er ist doch längst in Alberin, warum singt er wohl, dass er hier sein möchte?«, fragte Lavolten.

»Abstruser Schwachsinn, genau wie bei dieser Zauberin. Wir haben ihr die Möglichkeit angeboten, den Winden zu gebieten!«

»Sie hat gesagt, sie würde lieber ihren Gästen gebieten, jede halbe Stunde den Partner zu wechseln.«

»Über die Welt zu herrschen.«

»Sie hat gesagt, dass sie auf vielen von Herrschern veranstalteten Festen war und diese ihren eigenen Feiern nicht im Entferntesten das Wasser reichen konnten.«

»Unsterblich zu sein.«

»Sie hat gesagt, dass sie viele Unsterbliche kennt, und die wären alle langweilig.«

»Ich meine, was will die Frau eigentlich?«, wollte Lavolten von der regennassen Dunkelheit wissen, während er aufgebracht die Hände rang.

»Sie hat es uns gesagt, Lavolten. Sie will das Geheimnis ergründen, wie man ohne körperliche Anstrengungen und Hungern abnehmen kann.«

»Hat sie nicht verstanden, dass wir ihr die Möglichkeit angeboten haben, eine Göttin zu werden?«

»Sie hat gesagt, dass Götter alle wunderschöne Körper und schmale Taillen hätten und dass aus ihr eine Göttin zu machen, verdächtig danach klinge, als müsse sie dafür hungern und ihren Körper trainieren.«

Sie bogen in eine Gasse ab. Aus ihren Stiefelspitzen und den Fingerspitzen ihrer Handschuhe brachen bläulich schimmernde Krallen hervor, und sie begannen eine glatte Steinmauer senkrecht zu erklimmen.

»Bei wem sollen wir es als Nächstes versuchen?«, fragte Talberan beim Klettern.

»Bei jemand Altem, der nichts mehr vom Leben zu erwarten hat, aber trotzdem noch Ideale.«

»Astential?«

»Ja. Er hat Initiationsgrad vierzehn, ist einundachtzig und hat kein Interesse mehr an den Freuden des Fleisches. Er dürfte der Versuchung schnell erliegen.«

»Anders als dieser unmoralische Vielfraß von einer Zauberin. Ist das zu glauben? Sie hat unser Angebot abgelehnt, weil sie es uninteressant fand.«

Kaum waren sie über den Mauerrand auf das Dach geklettert, war ihr Aufenthalt in Alberin auch schon beendet. Am nächsten Morgen fand ein Dachdecker bei der Überprüfung einer verstopften Traufe in der Regenrinne des Dachs zwei Mäntel. Sie waren neu und trugen das Wäschezeichen eines ortsansässigen Schneiders. In der Nähe lagen zwei Geldbörsen, die beide zwanzig Silbernobel enthielten. Als praktisch veranlagter und vernünftiger Mann wollte er die Stadtgarde nicht mit Bagatellen behelligen, also behielt er das Silber, packte die Mäntel und Börsen ein, um sie auf dem Markt zu verkaufen, und stellte dem Hausbesitzer die Reinigung der Regenrinne in Rechnung. Zu diesem Zeitpunkt waren Talberan und Lavolten schon auf einem anderen Kontinent und hatten eine sehr produktive Unterredung mit einem weisen, mächtigen und maßvollen Zauberer, der nach eigener Auffassung erstaunlich gut dafür geeignet war, die Macht eines Gottes ausüben zu können.

Die Ringstein-Stätte war nicht bloß alt, sie war uralt. Zuletzt war sie noch vor dem Bau der ersten Städte benutzt worden, und jetzt war sie nur noch ein runder Hügel mit einem Durchmesser von hundert Schritten.

Die drei älteren Reiter, die an der Stätte Rast machten, hatten eine Eskorte von einem Dutzend berittenen Söldnern und einem halben Dutzend Arbeitern. Anders als ihre Wachen trugen die alten Männer weder Waffen noch Rüstung. Die Söldner sahen ohne besonderes Interesse zu, wie sie ihre Satteltaschen auspackten und dann die Ausmaße des uralten Hügels mit Pflöcken und Schnüren absteckten. Einer beaufsichtigte die Arbeiter, die den Auftrag erhalten hatten, drei Löcher in den Hügel zu graben. Sie hätten sich nicht als die ersten Archäologen der Welt bezeichnen können, weil es dieses Wort noch gar nicht gab, aber genau das waren sie.

»Dieser Hügel wird schon in Aufzeichnungen erwähnt, die erwiesenermaßen jahrtausendealt sind«, erklärte der Mann mit dem längsten Bart, während er zur Markierung einen Pflock in den Boden hämmerte.

Sein Gefährte nahm eine Schriftrolle aus einer Umhängetasche, entrollte sie und las laut vor.

»*Teufelshügel ... verfluchter Ort ... Ort des Todes ... soll angeblich potenzsteigernd wirken, wenn man bei Dämmerung während einer Sonnenwende auf dem höchsten Punkt liegt und …*«

»Überlieferungen und Scharlatanerie, Waldesar. Wir befassen uns mit seinem ursprünglichen Zweck.«

»*Älter als jedes Königreich und jede Stadt*«, fuhr sein Gefährte fort.

»Ah! Sehr aufschlussreich.«

Binnen kurzem hatten die Zauberer-Archäologen den runden Hügel vermessen und kartografiert und stellten Beobachtungen über Höhe und Position sowie Lauf der Sonne an. Zwei Ziegenhirten in der Nähe hatten ebenfalls den Stand der Sonne bemerkt, entschieden, es sei jetzt Mittag, und sich zum Essen niedergelassen.

»Sie versuchen als Adelige durchzugehen«, sagte der kleinere Ziegenhirte mit Blick auf die Besucher.

»Aye«, antwortete sein Gefährte und kratzte sich unter dem falschen Bart. »Aber Adelige versuchen immer, auch so auszusehen, deshalb tragen sie feine Kleider und haben eine Hundemeute für die Jagd und um Bauern zu beißen. Diese drei tragen zwar feine Kleider, haben aber weder Waffen noch Hunde oder Wappen.«

»Dann sind es Zauberer?«

»Aye, und sie erforschen eine alte Stätte der Macht.«

»Sehr aufschlussreich.«

Nicht weit entfernt luden ein Holzfäller und ein Fuhrmann Fallholz und Reisig auf einen Ochsenkarren.

»Die zwei mit den Schnüren und Pflöcken sind der Höchstgelehrte Astential und der Gelehrte Waldesar«, sagte der Holzfäller.

»Und der, der die Löcher graben lässt?«, fragte der Fuhrmann.

»Schwer zu sagen, ich habe sein Gesicht noch nicht deutlich gesehen. Er verbringt zu viel Zeit auf den Knien, um in die Löcher zu starren. Aber er ist jünger als die anderen beiden.«

»Der Gelehrte Sergal ist erst siebzig und praktiziert neben der Magie auch die kalten Wissenschaften.«

»Aber der Gelehrte Sergal hasst den Gelehrten Waldesar.«

»Sehr wahr, aber wenn Sergal und Waldesar zusammenarbeiten ...«

»Sehr aufschlussreich.«

Auf dem alten Steinkreishügel selbst lagen zwei Liebende ineinander verschlungen im Gras.

»Astential, Waldesar und Sergal«, flüsterte die Frau, während der Mann ihr Ohr küsste.

»Sie erwähnen immer wieder Drachenwall«, flüsterte der Mann, der ein außergewöhnlich gutes Gehör hatte.

»Drachenwall ist eine uralte Äthermaschine, mit der Menschen in Götter verwandelt wurden, damit sie über die Winde gebieten konnten. Ihr Geheimnis ist in Vergessenheit geraten.«

»Vielleicht wollen diese Leute auch Götter werden.«

»Sehr aufschlussreich.«

Auf dem Gipfel eines Berges in der Nähe machte ein Vogelfänger Rast, um etwas zu trinken. Genauere Betrachtung hätte enthüllt, dass der Boden seiner Flasche eine Linse enthielt und er den Hals ans Auge anstatt an den Mund hielt.

»Das reicht«, sagte sein Begleiter. »So lange kann man nicht aus einer Flasche trinken.«

»Sie haben die Stätte vermessen«, berichtete er, während er das improvisierte Fernrohr sinken ließ. »Sie haben siebzehn Pflöcke gesetzt, sechzehn in einem Außenring und einen in der Mitte.«

»Sehr aufschlussreich.«

Der Höchstgelehrte Astential und der Gelehrte Waldesar saßen neben dem Loch des Gelehrten Sergal auf der Hügelspitze. Zwei von ihnen hatten das sonderbar erregte, aber auch zurückhaltende Gehabe von Leuten, die gerade etwas außerordentlich Wichtiges erreicht hatten, wovon aber niemand anders erfahren sollte.

»Das sind gute Nachrichten«, verkündete Sergal mit einem Blick auf die Schiefertafel in seiner Hand.

»Wie können sie gut sein?«, fragte Waldesar. »Wir suchen nach einer Senke, die von einer fußdicken Schicht aus geschmolzenem Sand umsäumt wird. Das hier ist ein Hügel.«

»Meine Grabungen zeigen, dass das hier tatsächlich eine Mulde mit einem Durchmesser von hundert Schritten ist. Sie wurde vor fünftausend Jahren absichtlich gefüllt. Schaut in das Loch. In einer Tiefe von fünfzehn Fuß gibt es eine Schicht von geschmolzenem Sand, und die letzten fünf Fuß liegen *unter* dem Niveau der Umgebung. Mein äußerer Graben reicht nur zwei Fuß tief, und da gibt es eine Umrandung aus geschmolzenem Sand und Steinen, die einen Fuß höher ist als diese Au.«

»Dann ist das hier mit Sicherheit die Stätte eines Drachenwall-Ringsteins!«, rief Astential aus. »Sie wird von geschmolzenem Glas gesäumt, hat einen Durchmesser von hundert Schritten und ist in der Mitte fünf Fuß tief und von einer einen Fuß hohen Umrandung umgeben.«

»Jemand hat diese Stätte verborgen!«, verkündete Waldesar, wie immer bemüht, seinem Meister beizupflichten und gleichzeitig etwas Intelligentes zu sagen. »Kein Wunder, dass sie in Vergessenheit geraten ist.«

»Ja, ja, und jetzt haben wir alles wiedergefunden«, fuhr Astential fort. »Natürlich werden wir die Erde abtragen müssen, aber dazu brauchen wir nur Pferde, Karren und Arbeiter.«

»Warum haben die Erbauer sie wohl mit Erde zugeschüttet, höchstgelehrter Meister?«, erkundigte Sergal sich bei Astential.

»Die Erbauer?«, lachte Waldesar. »Du meine Güte, irgendwer

kann sie irgendwann in den letzten fünftausend Jahren zugeschüttet haben.«

»Ich lege Wert auf Beweise und Gewissheit«, antwortete Sergal, »und ich kann sowohl beweisen, wie alt der Ringstein ist, als auch wann er zugeschüttet wurde.«

»Beweisen?«, sagte Waldesar lachend. »Ihr könnt nicht das Alter von Dingen beweisen, es sei denn Ihr hättet entsprechende Aufzeichnungen, die es belegten.«

»Ach nein?«, fragte Sergal und wies dann mit einem Federkiel auf die Seite seines Grabens. »Was sagen uns dann diese Streifen?«

Sergal zeigte auf einige abwechselnde Schichten dunkler und heller Erde. Waldesar starrte einen Augenblick darauf, bevor er sich zu Astential umdrehte.

»Das ist mir zu hoch, Höchstgelehrter«, gab er zu. »Könnt Ihr Euch einen Reim darauf machen?«

Sergal war noch nicht klar, dass Waldesar seinem Angriff geschickt ausgewichen war und ihn jetzt quasi zwang, Astential lächerlich zu machen.

»Welchen Zauber muss ich wirken, um das zu erkennen?«, fragte Astential.

»Oh, dafür braucht man nur gesunden Menschenverstand«, rutschte es Sergal heraus, bevor er ins Stocken geriet.

Sergal war für seine wissenschaftliche Brillanz bekannt, aber Diplomatie gehörte nicht zu seinen Stärken. Es war bereits zu spät, aber auch Sergal war plötzlich aufgegangen, dass er soeben den einzigen Initiaten des vierzehnten Grades auf der ganzen Welt dazu aufgefordert hatte, seinen gesunden Menschenverstand zu benutzen – und dass Astential damit keinen Schritt weiterkam. Astentials Miene verfinsterte sich bereits ein wenig.

»Nun, tatsächlich braucht man keine Magie, überhaupt keine!«, fügte Sergal hastig hinzu. »Aber, äh, bei der Lektüre der historischen Aufzeichnungen über diese Gegend habe ich erfahren, dass es zwanzig Meilen entfernt einen Vulkan gibt. Er bricht alle sechshundert Jahre aus und ist, äh, daher so etwas wie eine Kuriosität unter den Vulkanen. Vulkane sind normalerweise eher unberechenbar, müsst Ihr wissen.«

»Bitte kommt zur Sache, Gelehrter Sergal«, sagte Astential, verärgert genug, um den Initiaten niedrigeren Grades förmlich anzureden.

»Nun, es gibt neun Schichten Asche in der Erde über dem Flussschlick, mit dem jemand die Senke gefüllt hat. Neun mal sechshundert Jahre sind fünftausendvierhundert Jahre. Das ist auch ungefähr das Alter, das die Chronisten für die Drachenwall-Maschine angeben.«

Astential strich sich über das Kinn, was er immer dann tat, wenn er sehr aufgeregt war, sich aber bemühte, sich nichts anmerken zu lassen. Er zückte ein kleines Büchlein, dessen Einband erst kürzlich aus Gold und Elfenbein gefertigt worden war. Die Seiten bestanden jedoch aus außerordentlich altem Pergament, und die Schrift war ziemlich verblasst.

»*... und viertausend Jahre vor dem Bau von Logiar gab es den Ringstein von Drachenwall, der aus weisen Männern Götter machte, so dass sie den Winden geboten*«, übersetzte Astential. »Man weiß, dass Logiar tausendfünfhundert Jahre alt ist, das macht dann zusammen fünftausendfünfhundert Jahre. Das kann man als Übereinstimmung werten. Gute Arbeit, Gelehrter Sergal.«

»Äh, vielleicht haben die Zauberer alles aufgeschüttet, nachdem sie Götter waren«, sagte Waldesar, und gab damit seine unhaltbare Position hastig auf. »Sie werden nicht gewollt haben, dass auch andere ihre Äthermaschine benutzen.«

»Warum wurden dann die anderen nicht auch zugeschüttet?«, fragte Sergal mit theatralischer Unduldsamkeit.

»Weil alle siebzehn Ringsteine gebraucht werden, damit die Äthermaschine funktioniert. Verbergt einen, und der Rest ist nutzlos!«

»Die Zauberer-Götter haben die Ringsteine von jeder Stätte

entfernt, was gereicht hat, um sie unwirksam zu machen«, gab Sergal zurück. »Warum gerade diesen einen zuschütten …«

»Meine Herren, bitte!«, rief Astential. »Irgendeiner der hier ansässigen Häuptlinge hat die Stätte vielleicht aus abergläubischer Furcht zuschütten lassen. Wir können nicht alles wissen, aber das müssen wir auch gar nicht.«

Astential wirkte nach außen hin ruhig, obwohl er eigentlich gegen den Drang kämpfte, mit jubelnd erhobenen Händen im Kreis herumzutanzen. Alle Stätten des Drachenwall-Ringsteins waren jetzt ausfindig gemacht. Nichts stand mehr zwischen ihm und der Rekonstruktion Drachenwalls außer der Anfertigung von zweihundertneunundachtzig Megalithen und achthundertsechzehn Stühlen mit steinernen Sitzflächen sowie der Anwerbung von elfhundertundzwei weiteren Zauberern.

»Die Erde, die diese Ringstein-Stätte bedeckt, muss abgetragen werden«, sagte er, während er sich vorbeugte und noch einmal in Sergals Ausgrabung spähte.

»Oh, ich könnte mich um die Organisation dieser Arbeit kümmern«, sagte Waldesar sofort.

»Wir brauchen auch Wachen.«

»Ich kenne den hiesigen Regenten, höchstgelehrter Herr, und ich könnte ihn wohl dazu bewegen, uns welche zu stellen.«

»Ein Lager für die Arbeiter muss auch angelegt werden.«

»Ich werde die Kosten mit Geld aus meinem eigenen Besitz begleichen.«

Es war weder ein Geheimnis, dass Waldesar den Initiationsgrad dreizehn anstrebte noch dass Sergal die Zuerkennung dieses Grades tatsächlich verdient hatte. Als einziger lebender Initiat eines höheren Grades konnte nur Astential diesen Grad verleihen.

Alternativ dazu konnte man nur auf das nächste Treffen des Vorstandes der Acremanischen Zauberprüfer warten. Diese Treffen fanden nur ein Mal alle zehn Jahre statt, und das nächste war erst in acht Jahren fällig. Astential brauchte die Fähigkeiten beider Männer. Waldesar war der bessere Verwalter, aber Sergal genoss in Zaubererkreisen mehr Respekt. *Am besten beide zappeln lassen*, entschied er.

»Gelehrter Sergal, da ist immer noch der Umstand, dass Drachenwall von Zauberern mit Leben gefüllt werden muss«, bemerkte Astential, während er sich erhob. »Wir werden Hunderte brauchen.«

»Viele werden nicht willig sein«, sagte Waldesar. »Warum werben wir nicht einfach diejenigen an, die Begeisterung zeigen? Ich könnte noch heute die entsprechenden Briefe verschicken.«

»Weil wir *alle siebzehn* Ringsteine bevölkern müssen, Gelehrter Waldesar«, antwortete Astential mit finsterer Miene. Waldesar duckte sich. Tatsächlich hatte er sich zwar nur um den Bruchteil eines Zentimeters bewegt, aber es war dennoch ein Ducken. »Angesichts vier erforderlicher Schichten von primären Zauberern sowie Ersatzpersonal brauchen wir praktisch *alle* Zauberer von *überall*. Gelehrter Sergal, Eure Gelehrsamkeit ist in allen Zaubererkreisen anerkannt. Könntet Ihr *alle* Zauberer überreden, an Drachenwall teilzunehmen?«

»Ich werde es als persönliche Herausforderung betrachten, höchstgelehrter Herr«, antwortete Sergal.

»Ausgezeichnet, ausgezeichnet. Gelehrte Herren, wenn Drachenwall wieder aufgebaut ist, wird es keine Überraschung sein, wer von Euch dieser Ringsteinrunde als Ringmeister vorsitzen wird.«

Beiden Initiaten war bewusst, dass die erste Gruppe ihrer in Götter verwandelten Vorfahren angeblich Drachenwall zerstört und so allen anderen diesen Weg versperrt hatte. Astential vertraute darauf, dass sie miteinander wetteifern würden, um zu den ersten Zauberern zu gehören, die Drachenwall benutzen durften, und daher ihre Arbeit umso schneller erledigt sein würde.

Die Ziegenhirten saßen immer noch beim Mittagessen, als die Zauberer einpackten und dann ihrer jeweiligen Wege gingen.

»Interessant, sie haben sich getrennt«, bemerkte der kleinere Mann.

»Ich glaube, sie haben gefunden, was sie suchten«, sagte sein bärtiger Gefährte.

»Sehr aufschlussreich.«

»Wir sollten dem Kaiser davon berichten.«

»Diese Ziegenhirten haben gerade ihre Ziegen im Stich gelassen«, stellte der Holzfäller fest.

»Spione«, antwortete der Fuhrmann.

»Sehr aufschlussreich.«

»Ich erstatte dem Konzil Bericht, Ihr meldet es dem Regenten von Logiar.«

»Diese Rolle als Doppelagenten ist eines Tages noch mal unser Tod.«

»Aber bis dahin bringt sie uns doppelte Bezahlung.«

Das Liebespaar lag immer noch ineinander verschlungen im Gras, als Holzfäller und Fuhrmann ihrer getrennten Wege gingen.

»Diese Holzfäller haben ihr Holz im Stich gelassen«, bemerkte die Frau.

»Zweifellos Spione des Konzils«, behauptete der Mann.

»Sehr aufschlussreich. Wir müssen den Kastellan informieren.«

»Das Liebespaar scheint sehr rasch das Interesse aneinander verloren zu haben«, sagte der Vogelfänger zu seinem Begleiter, während sie beisammensaßen und die Stätte vom Berghang überblickten.

»Alpennische Spione, wie ich gesagt habe«, antwortete sein Begleiter und spähte durch das Flaschen-Fernrohr.

»Sie hatten auch Pferde versteckt, waren also auf einen schnellen Aufbruch vorbereitet.«

»Sehr aufschlussreich. Für uns wird es auch Zeit für einen schnellen Aufbruch.«

Eine Stunde nach Sonnenuntergang legte sich ein umherziehender Wandergeselle unter einen Baum, um es sich für die Nacht gemütlich zu machen. Er hatte sich in seinen Reisemantel gehüllt und nutzte seinen Rucksack als Kissen. Schließlich zog er den Stopfen aus seinem Weinschlauch und trank ein paar Schlucke.

»Das ist gegen die Kälte«, erklärte er niemand Bestimmtem.

Die riesige grüne Scheibe Mirals schien fast senkrecht herab, so dass sich die Ringe beinah direkt von der Seite präsentierten. Plötzlich bewegte sich der Gipfel des nächsten Berges. Der Wandergeselle blinzelte. Mitten aus einem Regen von Geröll und Staub tauchte ein Kopf auf einem langen Schlangenhals auf. Jetzt erhob sich der Gipfel, schüttelte sich und löste dabei auf den Berghängen weitere Lawinen aus getrocknetem Lehm und Staub. Das Ding leuchtete schwach, während es ein Paar Schwingen ausbreitete, dessen Spannweite die Länge der meisten Schiffe überstieg. Ohne jedes Geräusch erhob es sich in die Lüfte, glitt tief über die alte Ringstein-Stätte hinweg und drehte dann in Richtung Meer ab. Der Wandergeselle kratzte sich am Kopf, dann zog er den Stopfen wieder aus seinem Weinschlauch und ließ den restlichen Inhalt ins Gras laufen.

1
DRACHENPLAN

In der Nacht der Vermählung von Prinzessin Senterri mit Graf Cosseren gab es einen Gedanken, der dem Kaiserlichen Musikmeister am Kaiserlichen Hof von Sargol unendlich fern lag: Er kannte zwar das Sprichwort *Wer hoch steigt, kann auch tief fallen*, wäre aber ganz gewiss nie auf die Idee gekommen, dass es auch einmal auf ihn zutreffen könnte.

Milvarios von Tourlossen hatte keine echte politische Macht. Er hatte lediglich würdevoll auszusehen und dafür zu sorgen, dass bei wichtigen Anlässen die richtige Musik gespielt wurde. Als Kaiserlicher Musikmeister musste er den Musikgeschmack des Kaisers kennen, Veranstaltungen organisieren, die gerade in hoher Gunst stehenden oder im Aufstieg begriffenen Barden, Minnesänger und Musikanten sowie die gerade aktuellen höfischen Intrigen und den Klatsch kennen, sich gut kleiden und trinkfest sein. Milvarios gefiel außerdem, dass er nur selten persönlich singen, komponieren oder ein Instrument spielen musste, da er die ersten beiden Künste kaum beherrschte und in der dritten auch nicht besser war als die Musikanten, die er anwarb, um vor dem Kaiser zu spielen. Er war allerdings ein akribischer und tüchtiger Organisator.

Die Hochzeitsmusik war ohne auch nur einen falschen Ton, ohne gerissene Saite oder falschen Einsatz gespielt worden. Die eigentliche Zeremonie fand im Palasttempel statt und erforderte für den feierlichen Einzug sowie für die Märsche und Fanfaren eine Kapelle aus Blechbläsern. Während des opulenten Empfangs im Thronsaal wurde das üppige Hochzeitsmahl von einer Streichergruppe untermalt, und später spielten Holzbläser zum Tanz auf. Das eigentlich Entscheidende war aber die Musik im Tempel, so dass Milvarios sich bereits etwas entspannte, obwohl die Nacht noch nicht vorbei war. Er hatte die letzten elf Stunden entweder damit verbracht, mit Adeligen oder Angehörigen der kaiserlichen Familie zu posieren, während feierliche Worte gesprochen wurden, oder hektisch hinter den Kulissen hin und her zu eilen, mit Zeitplänen zu winken und dafür zu sorgen, dass Dutzende Musikanten und Hunderte Sänger zur richtigen Zeit am richtigen Platz waren und alle die richtigen Noten vor sich hatten.

Der Laufbahn des Milvarios von Tourlossen, Kaiserlicher Musikmeister, verblieb noch eine Restzeit von genau neun Minuten und siebenundfünfzig Sekunden, bevor sie ein katastrophales und spektakuläres Ende nehmen würde.

An anderer Stelle im Palast hatte sich ein winziges Problem ergeben, das ein sehr viel höheres Potenzial hatte, die Festivität zu verpatzen, als dies durch gerissene Saiten oder verpasste Einsätze möglich gewesen wäre. Das Brautgemach des frisch vermählten Paares befand sich in einem Turm mit Blick auf den Hafen. Aus dem Turm waren alle Bediensteten, Wachen und Höflinge abgezogen worden, und der Eingangsbereich wurde streng bewacht. Diese Maßnahmen sollten in dieser Nacht, die ihnen und nur ihnen allein gehörte, die Privatsphäre von Senterri und Cosseren garantieren.

Graf Cosseren hatte eine Statur, die bei vielen jungen Mädchen für Verzückung sorgte. Er stammte aus einer Familie mit sehr großem Vermögen, so dass er in seinem Leben bisher viel Zeit mit Reiten, Jagen und dem meisterlichen Erlernen jeder für einen adeligen Herrn auch nur ansatzweise geeigneten Waffe verbracht hatte. Die meisten Höflinge waren sich allerdings auch darüber einig, dass er möglicherweise vergessen hatte, sich anzustellen, als der gesunde Menschenverstand ausgeteilt worden war. Doch für den Kaiser lag auch ein gewisser Reiz darin, dass er zu dumm war, um Ehrgeiz zu zeigen oder rebellisch zu werden. Prinzessin Senterri sah das ganz anders. Sie saß mit um die Beine geschlungenen Armen nackt auf dem riesigen Ehebett und schluchzte unter dem dichten Schleier brünetter Haare hervor, der ihr Gesicht verdeckte.

»Ich bin noch niemals, niemals so beleidigt worden!«, murmelte Cosseren, während er sein Hemd zuschnürte. »Keine Jungfrau! Ich kenne mich aus mit Jungfrauen, ich habe schon mit Dutzenden das Bett geteilt, über Jungfrauen kann man mir nichts erzählen. Du meine Güte, und dann habt Ihr Eure Jungfräulichkeit auch noch an einen einfachen Sklavenhändler verloren!«

»Herr Graf, *so hört mir doch zu*!«, flehte Senterri. »Er war mein *Retter*, kein Sklavenhändler.«

»Sklavenhändler, Retter, was macht das für einen Unterschied? Ihr seid von einem Emporkömmling niederer Herkunft entehrt worden.«

»Er war ein edler Herr.«

»Ein edler Herr! Einen einfachen Vasall kann man edler Herr nennen. Wo liegt sein Familienstammsitz?«

»Er war aus Nord-Scalticar …«

»Auch noch ein Ausländer! Ich gehe, und ich bin sicher, dass Euer Vater mir sehr interessiert zuhören wird, wenn ich ihm über, äh, den Zustand Eurer Ehre Bericht erstatte.«

Cosseren schritt zur Tür, riss sie auf und schlug sie hinter sich wieder zu. Er war erst ein paar Schritte weit gekommen, als sich etwas aus dem Schatten eines alten Steinbogens löste und ihn auf den Steinboden niederstreckte.

Als Graf Cosseren die Augen wieder aufschlug, blickte er in ein sehr blasses Gesicht. Die Augen darin flackerten mit der Andeutung eines bläulichen Glühens, und der Mund war in einem dünnen Lächeln geöffnet. Cosseren hatte den vagen Eindruck, dass es eine junge Frau der übleren Sorte war. Er wünschte sich auch, sie würde aufhören zu lächeln, weil sie dabei ihre beiden oberen Eckzähne entblößte, die dreimal so lang waren, wie sie hätten sein sollen, und außerdem schwach leuchteten. Trotz ihrer schmächtigen Statur hielt sie Cosseren mit einer Hand am Hals auf Armeslänge vor sich. Der junge Graf blickte nach unten. Der Innenhof lag mindestens hundert Fuß unter ihm. Drei Wachposten patrouillierten darin, aber keiner sah zu ihm hoch. Es roch andeutungsweise nach Schimmel und verwestem Fleisch.

»Aufgeregt ist, Senterri«, erklärte der offenbar weibliche Dämon in einem samtweichen Flüsterton. »Eure Schuld. Meine Freundin, Senterri.«

»Wer ... Ihr?«, brachte Cosseren hervor.

»Sehr böse, ich bin. Senterri nett zu mir gewesen, früher. Dankbar. *Ihr* wehgetan habt, Senterri.«

»Das tcht mr Lchd«, erklärte Cosseren dem Ersticken nahe, da sich der Griff um seinen Hals verstärkte.

»Habt Vorstellung, Ihr, wie viel stärker als Ihr bin, ich?«

»Gnnng.«

»Euch nicht fallen lassen. Soll nur erschrecken. *Aber* ...«

»Bnngeg?«

»Aber wenn nicht zu Senterri zurückgeht, Ihr, kriecht, entschuldigt, Sex macht, dann ...«

»Genng?«

»Gurgel Euch aufreiße, ich. Blut aussauge. Lange brauchen werdet für Sterben, Ihr. Niemals gefunden, Leiche wird. Lustige Witwe wird sein, Senterri. Oder fröhliche Witwe, es heißt? Glückliche Witwe? Eigenschaftswörter verwirrend sind.«

Senterri stand hinter der nächsten Ecke. Sie war nackt bis auf ihre Haare und Tränen und hatte die Absicht gehabt, hinter Cosseren herzulaufen und ihn anzuflehen, sie nicht vor ihrem Vater bloßzustellen. Jetzt war es offensichtlich, dass das Flehen ihrer merkwürdigen Freundin wesentlich überzeugender war. Cosseren wurde wieder durch das Fenster in den Turm gezogen und losgelassen. Eine Zeit lang war nur sein pfeifender Atem zu hören.

»Zu Senterri zurückgeht, Ihr«, sagte die bedrohliche samtige Stimme mit dem starken ausländischen Akzent. »Wenn nicht zurückgeht, Ihr, zurückkomme ich. Wenn Senterri traurig, zurückkomme ich. Wenn Senterri wütend, zurückkomme ich. Wenn nicht kriecht, Ihr, zurückkomme ich. Wenn mit ihr nicht Sex macht, Ihr, zurückkomme ich. Für Euch, sehr schlecht, wenn zurückkomme ich.«

Milvarios ließ den Blick über die aus einfachen Verhältnissen stammenden Musikanten der Streichergruppe schweifen und sah dabei auf eine diskrete Art verächtlich drein. Obwohl sie mit feiner Kleidung ausgestattet worden waren, brachten sie es dennoch fertig, etwas heruntergekommen auszusehen. Einige wirkten schon betrunken. Andererseits hatte Milvarios nichts dem Zufall überlassen und die Musikanten nicht nur nach ihren generellen Fähigkeiten ausgesucht, sondern vor allem auch danach, ob sie *betrunken* gut spielen konnten. Eines Tages würde er es durch seine Weitsicht zum Seneschall des kaiserlichen Palasts bringen, davon war er überzeugt.

Milvarios ertappte sich dabei, dass er aus irgendeinem Grund den Mann anstarrte, der die Engelsflügelleier spielte. Er war eher hochgewachsen und hatte einen gepflegten schwarzen Bart, lockiges Haar, braune Augen und lange, schmale Finger. Er sah aus wie eine um sechzig Pfund dünnere Ausgabe von Milvarios. Der Mann sah auf, und ihre Blicke trafen sich. Plötzlich hatte er etwas Beunruhigendes an sich.

»Ihr feiert heute Nacht einen großen Erfolg.«

Als Milvarios sich umdrehte, sah er sich einer etwa zehn

Jahre älteren Frau gegenüber. Die anderen Herren des Hofes und der diplomatischen Dienste hatten ihr keine Beachtung geschenkt, doch Milvarios verfolgte andere Interessen. Indem er Frauen der Palastgesellschaft hofierte, die ihre besten Jahre bereits ein wenig hinter sich hatten, zeigte Milvarios guten Willen und sorgte so dafür, dass Leute gut über ihn sprachen, wenn er nicht zugegen war und es daher nicht selbst tun konnte.

»Mylady Arrikin, Eure Anwesenheit ist bereits ein Erfolg für sich«, antwortete Milvarios mit einer Verbeugung und einem Handkuss.

Witwe, Tochter wird bald heiraten, gibt eine Menge Gold für die Hochzeit aus, möchte den Hof beeindrucken, der verstorbene Ehemann hat ein Vermögen durch Spekulationen mit Kamelkarawanen verdient und sich damit einen Adelstitel gekauft, schoss es ihm durch den Kopf.

»Der Kaiser kann sich tatsächlich das Beste von allem leisten«, sagte Lady Arrikin, während sie mit ihrem Fächer auf die Musikanten deutete.

»Äh, aber ich glaube, dass Eure äußerst liebenswerte Tochter nächsten Monat heiraten soll. Ihr müsst darauf achten, dass Ihr diese bescheidene Veranstaltung hier nicht übertrefft. Ihr kennt ja die Strafe für derlei Hochverrat.«

Lady Arrikin lächelte geziert. »Genau darüber wollte ich mit Euch reden. Was würdet Ihr dafür berechnen, Euren Federkiel in die Hand zu nehmen, um ein Brautlied zu komponieren?«

»Mylady!«, rief Milvarios gedämpft und legte sich eine Hand auf die Brust. »Ich darf meinen Federkiel für niemand anderen als den Kaiser in die Hand nehmen.«

»Mylord Milvarios, ich bin sicher, Ihr nehmt Euren Federkiel für Dinge in die Hand, über die der Kaiser besser nichts erfahren sollte«, antwortete Lady Arrikin mit einem diskreten Augenaufschlag.

»Nun … vielleicht könnte ich zumindest einige Ideen mit Euch austauschen, sagen wir in einer Stunde, wenn das Fest ein Stadium erreicht hat, bei dem es keiner Beaufsichtigung mehr bedarf?«

»Dann in Euren Gemächern, Lord Milvarios?«

»Ich könnte die zusätzliche Verzögerung durch die Anreise zu einem weiter entfernten Treffpunkt kaum ertragen, Teuerste.«

Während er sich von ihr verabschiedete, warf Milvarios einen Blick auf die Musikanten. Alles war in Ordnung bis auf den Umstand, dass die Engelsflügelleier an einen Stuhl lehnte und ihr Spieler nirgendwo zu sehen war. *Andererseits scheint mittlerweile niemand mehr der Musik besondere Beachtung zu schenken, also schadet es nichts*, dachte Milvarios. *Mein Triumph bleibt vollkommen.*

Mit Ausnahme der Musik war die Hochzeit von winzigen, ärgerlichen Problemen geplagt. Der Akrobat, der aus der dem Palast nachgebildeten Torte springen sollte, war gestolpert, aber nicht richtig gefallen. An mehreren Stellen der Zeremonie hatte der Bräutigam anstelle der Braut gesprochen. Eines der Pferde in der Ehrengarde hatte bei der fünfzig Fuß langen Parade durch den Hof vom Palasttempel zur Säulenhalle des Empfangs seinen Darm entleert. *Nur meine Musik war tatsächlich makellos*, dachte Milvarios immer wieder. Der Kaiser hatte sich äußerst zufrieden gezeigt und versprochen, ihn zum Herold der Bekanntmachungen zu machen. Jetzt hatte Milvarios auch noch eine Bettgefährtin, die er den Rest der Nacht beeindrucken konnte. Zwar war sie etwas älter, als mancher es sich gewünscht hätte, aber ihre Haut war noch makellos, und angeblich lebte sie Diät – und ertüchtigte sogar ihren Körper –, um sich ihre Reize zu bewahren.

Milvarios konnte Lady Arrikin kein Brautlied verkaufen, aber er konnte es schreiben und dann den Gerüchten freien Lauf lassen, er *könnte* der Komponist sein. Laut Protokoll und Konvention stand es ihm dann frei, sich jeglicher Kommentare zu enthalten, anstatt diese Gerüchte rundheraus zu bestreiten, um so *anzudeuten*, das Brautlied tatsächlich komponiert zu haben. Damit würde dann auch eine gewisse Vorliebe des Kaisers für die Tochter der Frau angedeutet, und das war schließlich der Zweck der Übung. Es lag eine gewisse Ironie darin, dass dieses Brautlied nicht einmal gut sein musste, solange er nicht rundheraus abstritt, der Komponist zu sein. Schlimmstenfalls würde Milvarios eine sehr angenehme Nacht mit Lady Arrikin verbringen und dann einen hungerleidenden Musikstudenten dafür bezahlen, das Lied für ihn zu schreiben. Während er sich ein letztes Mal umschaute, entschied er, dass alles glattlief. Die meisten Anwesenden waren betrunken oder zumindest angeheitert, hatten zu viel gegessen und schäkerten mit Partnern anderer. Milvarios gelang es, die Aufmerksamkeit des Kaisers auf sich zu ziehen, und er wurde herangewunken.

»Mein Lord Musikant, wo wäre ich ohne Euch?«, sagte der Monarch huldvoll, als Milvarios sich vor ihm verbeugte. »Diese unzähligen kleinen Störungen bei der Hochzeit. Ist das ein Vorzeichen dafür, dass auch die Ehe ständig von ärgerlichen kleinen Problemen begleitet sein wird?«

»Das kann ich nicht sagen, Eure Majestät. Ich bin Musikant, kein Seher.«

»Einzig Eure Musik war ohne Makel. Ihr könnt uns doch aber gewiss sagen, was das bedeutet?«

»Vielleicht ...« Milvarios' Gedanken überschlugen sich. »Vielleicht bedeutet es, dass die Ehe zwar in der Tat von ärgerlichen kleinen Problemen begleitet sein wird, das Paar aber dennoch in *Harmonie* miteinander leben wird.«

Der Kaiser lächelte, dann gluckste er. Das war bei ihm den ganzen Tag das erste Zeichen von Fröhlichkeit.

»Sagt mir, mein harmonischer Freund, welche Erfahrung habt Ihr mit der Arbeit eines Seneschalls?«, fragte er mit einem Lächeln.

»Ein Musikmeister muss auch ein Seneschall sein, Eure Majestät, aber ein Seneschall nicht unbedingt auch ein Musikant.«

»Schlau, Milvarios, sehr schlau. Jetzt sagt mir aber, warum Ihr mich sprechen wolltet.«

»Ich hatte gehofft, Ihr würdet mir gestatten, mich für den Rest der Nacht zurückzuziehen, Eure Majestät.«

»Sicher, geht sofort zu Bett und schlaft tief und fest. Ich habe morgen einige zusätzliche Aufgaben für Euch, also sucht mich in der Stunde vor Mittag auf. Vielleicht könnt Ihr etwas von Eurer Harmonie in die Führung des Palasts einfließen lassen.«

Milvarios hatte das Gefühl, auf Wolken zu schweben, als er sich zurückzog, um seine Gemächer auf den Besuch vorzubereiten. Das beinhaltete, einige bedeutsam aussehende Schriftrollen und Bekanntmachungen im Zimmer zu verteilen, die sie zufällig bemerken und beeindruckend finden mochte, doch schon bald würde nur sein Name erheblich beeindruckender sein. In nur zwölf Stunden würde ihn der Kaiser zum Palast-Seneschall ernennen.

Er wusste nicht, dass der Kaiser nur noch drei Minuten und siebenundfünfzig Sekunden zu leben hatte.

Senterri eilte lautlos zurück in das eheliche Schlafgemach, stieg ins Bett und wartete auf die Rückkehr ihres Gemahls. Bald hörte sie draußen die vorsichtigen Schritte von lederbesohlten Reitstiefeln. Die Schritte wurden langsamer, dann hielten sie an. Eine Hand tauchte auf und klopfte von innen an die offene Tür.

»Ja?«, sagte Senterri mit klarer, schneidender Stimme.

»Äh, lieblichste aller Knospen, ich, äh, habe noch einmal über alles nachgedacht«, sagte Cosseren, während er ins Zimmer schlich.

»Das sehe ich«, erwiderte Senterri streng.

Cosseren hatte erwartet, dass sie vor Erleichterung über seine Rückkehr beinah hysterisch reagieren würde. Aber Senterri hörte sich ganz und gar nicht hysterisch an. Das ließ nichts Gutes ahnen.

»Und ich habe entschieden, dass Ihr, nun ja, so bezaubernd seid, dass ich Euch einfach nicht bloßstellen kann, daher habe ich beschlossen, Euch zu verzeihen und in Euer Bett zurückzukehren.«

Senterri drehte den Kopf zur Seite.

»Das ist eine sehr nette Geschichte«, sagte Senterri, »aber die Druckstellen an Eurem Hals verraten mir etwas ganz anderes. *Ich* glaube, Ihr seid einer Freundin von mir begegnet, einer Freundin, die steile Mauern erklimmen kann, stärker ist als Ihr und Euer Pferd zusammen und ein paar furchtbar beunruhigende Essgewohnheiten hat.«

Cosseren fuhr sich mit der Hand an den Hals und warf hastig einen Blick über die Schulter.

»Ich, äh, wirklich, es tut mir leid«, antwortete er. »Sehr leid. Unbedingt leid.«

»Aber es wird Euch bald noch mehr leidtun, sehr, sehr viel mehr«, krächzte Senterri. »Ihr hattet vielleicht keine Gelegenheit, mich vor allen anderen bloßzustellen, Graf Cosseren, aber entehrt habt Ihr mich dennoch. Ihr habt also das Bett mit Dutzenden Jungfrauen geteilt, ja? Solltet Ihr von nun an auch nur das *Bild* einer Frau an*lächeln*, werde ich sehr wütend sein. Wisst Ihr, wer dann zurückkommt?«

»Ja-ja-ja.«

»Und außerdem werdet Ihr mit mir – wie es meine Dämonenfreundin so charmant ausgedrückt hat – ›Sex machen‹, und zwar sechs Mal pro Nacht …«

»Sechs Mal? Ich …«

»… bis ich schwanger bin. Jetzt zieht Eure Kleider aus und kommt ins Bett.«

»Ja, mein Blütenblatt, sogleich«, brabbelte der Graf, entledigte sich seiner Stiefel und riss sich buchstäblich das Hemd vom Leib. »Aber, aber, *sechs Mal*!«

»Denkt an jemand anderen, wenn es Euch hilft, ich werde es gewiss tun.«

»Was immer Ihr sagt, o Wonne meiner Augen.«

»Und – Cosseren!«
»Ja, mein Herzblatt?«
»Dieses erste Mal zählt für heute Nacht nicht.«

Milvarios drehte den verschnörkelten, dreibärtigen Schlüssel im Schlüsselloch und stieß dann die Tür auf. Er hatte es sich zur Angewohnheit gemacht, niemals durch eine Palasttür zu eilen, vor allem nicht durch eine zuvor verschlossene. Man störte vielleicht jemanden, der sich gerade mit dem Silber davonmachen wollte, und solche Leute waren normalerweise bewaffnet. Milvarios schaute nach der Goldmünze, die er immer auf dem Tisch liegen ließ. Wäre sie nicht da gewesen, hätte er die Tür wieder zugezogen, abgeschlossen und dann nach den Wachen gerufen. Doch die Münze war noch da, und in seinen Gemächern bewegten sich nur die Flammen im Kamin und die Schatten, die von ihnen an die Wände geworfen wurden. Er trat ein, schaute sich um, schloss die Tür und versperrte sie wieder von innen.

Auf halbem Weg durch den Raum bemerkte er plötzlich, dass die Goldmünze jetzt nicht mehr auf dem Tisch lag.

»Ach herrje, jetzt habe ich doch tatsächlich vergessen, den Krug teuren Wein zu bestellen, den meine Geliebte und ich heute Nacht trinken wollen!«, rief Milvarios mit schriller, beinah hysterischer Stimme.

Er drehte sich um und sah sich einem ziemlich dünnen, bärtigen Spiegelbild seiner selbst gegenüber. Der Doppelgänger rammte ihm eine Faust in die Magengrube. Das pfeifende Atemgeräusch, das Milvarios von sich gab, während er sich vor Schmerzen krümmte, war kaum hörbar. Mit dem Geschick von jemandem, der mit solchen Dingen seinen Lebensunterhalt verdiente, zwang der Eindringling Milvarios dazu, sich vor dem Kamin auf den Boden zu legen, und band ihm dann die Handgelenke zusammen, nachdem er die Arme durch die schweren Eisenstäbe gezogen hatte, die das Herausrollen brennender Holzscheite auf den Teppich verhindern sollten. Als Nächstes knebelte er ihn, dann fesselte er ihn an den Füßen.

»Ihr seid ein wenig zu früh gekommen, Milvarios«, sagte der Eindringling, während er den Bart abnahm. »Ich hatte damit gerechnet, dass Ihr mindestens noch eine halbe Stunde beim Kaiser schleimen würdet, aber egal.«

Milvarios beobachtete den Eindringling, der seine Gewänder hob und ein Flechtwerk aus Schilfrohrstöcken darunterschnallte. In sehr kurzer Zeit hatten die Stöcke die Form von etwa sechzig Pfund guten Lebens angenommen. Nachdem der Mann die Kleider wieder heruntergelassen und geglättet hatte, unterschied ihn weder in Gestalt noch Gesicht etwas vom Kaiserlichen Musikmeister.

»Ihr fragt Euch wahrscheinlich, wer ich bin«, sagte der Eindringling in sanftem, beiläufigem Tonfall. »Das kann ich Euch nicht sagen, aber ich kann Euch etwas über meine Identität erzählen. Eigentlich habe ich meine Identität gestohlen. Sie hat einem Bauern gehört, der aber nicht viel aus ihr gemacht hat.«

Der Eindringling ging in einen anderen Raum und kehrte mit einer kleinen Armbrust und einem Korb voll Blumen zurück. Milvarios konnte beobachten, wie er die Waffe spannte, etwas aus einem Fläschchen auf einen Bolzen strich und die Waffe dann spannte. Er war etwas verblüfft, als der Eindringling die Waffe mit Blumen spickte, doch plötzlich wurde ihm sein Vorhaben nur allzu klar.

»Wer ich bin, ist ohne Bedeutung«, sagte der Mann, der kein Bauer war. »Der Bauer, der mir seine Identität geschenkt hat, arbeitet gerade zum ersten Mal in seinem Leben schwer, und zwar als Fischfutter ungefähr eine halbe Meile draußen auf See. Er kann den Göttern hoffentlich eine gute Erklärung für seine Sünden im Leben liefern. Aber genug von ihm. Ich habe einen sehr mächtigen Zauber benutzt, um mein Fleisch wie Teig werden zu lassen. Dann habe ich mein Gesicht nach Eurem Bild geformt. Jetzt werde ich mich für ein oder zwei Minuten *in Euch verwandeln* und Euren Kaiser töten, um dann sofort wieder zu dem toten Bauern zu werden. Ihr seht, Milvarios, ich existiere gar nicht.«

Er begutachtete die Armbrust, die jetzt einem Blumenstrauß ähnelte.

»Wenn ich zurückkomme, werde ich versehentlich Kapuze und Mantel verlieren, damit man in mir Euch erkennt. Bevor ich Euch losbinde und den lästigen Knebel entferne, werde ich Euch ein besonders raffiniertes Gift ins Ohr träufeln. Das Gift wird Euch vor Schmerzen verrückt machen, so dass Ihr Euch wie in Rage gebärden und schreiend um Euch schlagen werdet. Die Wachen werden denken, Ihr wolltet gegen sie kämpfen, und Euch töten. Schade, Milvarios, ich würde Euch gerne am Leben lassen, damit ihr mit dem Zorn des demnächst zu krönenden Prinzen Bekanntschaft machen könnt, aber ich kann nicht zulassen, dass Ihr den Leuten sagt, sie sollen nach einem Bauern mit Eurem Gesicht suchen, oder? Wisst Ihr, ich freue mich immer auf diesen Teil eines Attentats. Meine unfreiwilligen Doppelgänger sind die einzigen Personen, denen ich von meinen Fertigkeiten und Methoden erzählen kann, und dabei trete ich doch so gern vor Publikum auf. Nein, bitte, versucht gar nicht erst, mir Beifall zu spenden.«

Er ging. Milvarios blickte sich hektisch um, sah aber nichts in seiner Nähe, das ihm helfen konnte. Er kämpfte mit seinen Fesseln, doch sein Häscher hatte ganze Arbeit geleistet, und sie waren so straff wie Harfensaiten. Er konnte sich kaum bewegen, und in seiner linken Wade spürte er sogar schon die ersten Anzeichen eines Krampfes. Er streckte die Beine aus. Das bewirkte aber, dass seine Hände näher an die Flammen gerieten. Ruckartig zog er die Beine wieder an … Doch dann streckte er sie wieder aus, hielt die Hände in die Flammen und tastete blind im Kamin herum. Nach kurzer Zeit hatte er ein teilweise verbranntes Holzscheit herausgeholt. Das drehte er so, dass das glühende Ende in seine Richtung zeigte, um dann die Schnüre um seine Handgelenke auf die Glut zu pressen.

Milvarios war nicht an Unbehagen gewöhnt, so dass er vor dem grellen, blanken Schmerz der Glut zurückzuckte. Doch dann machte er sich klar, dass die Alternative zu etwas verbrannter Haut sein Tod war. Immer wieder drückte er die Fesseln in die Glut. Langsam verkohlten die Schnüre um Milvarios' Handgelenke. Und auch die Handgelenke selbst. Er schrie vor Schmerzen durch seinen Knebel, doch die Feiergeräusche in der Nähe waren so laut, dass ihn niemand hätte hören können. Es roch nach verbranntem Stoff, verbrannten Haaren und verbranntem Fleisch. Plötzlich gaben seine Fesseln ein wenig nach und rissen dann. Als er sich aufsetzte, sah Milvarios, dass große Flächen seiner Handgelenke mit Blasen übersät und sogar verkohlt waren. *Nicht annähernd so viel, wie von mir verkohlt, wenn ich für den Tod des Kaisers verantwortlich gemacht werden sollte*, dachte er, während er sich den Knebel aus dem Mund zog.

»Mord!«, rief er. »Der Kaiser soll ermordet werden! Warnt den Kaiser!«

Es gab keine Antwort. Zu viel Lärm von der Feier und der Musik, das war ihm klar. Er löste die Fesseln an den Füßen und stand auf, fiel dann aber wieder hin, weil die Blutzufuhr in seinen Beinen unterbrochen war. Aus der entfernten Musik und dem Gesang wurden Schreie. *Er hat es getan*, dachte Milvarios. *Er hat es getan und sich für mich ausgegeben!*

Einen Moment blieb der Kaiserliche Musikmeister voller Verzweiflung starr liegen; dann wurde aus der Verzweiflung Zorn. Der Attentäter würde dafür sorgen, dass er mit einer Armbrust bewaffnet gesehen wurde, dann hierher zurückkehren, sich seiner Verkleidung bemächtigen und verschwinden. Das war nicht gerecht! Milvarios bewaffnete sich mit einem Schürhaken aus dem Kamin.

Er ist ein Meister-Attentäter mit allen möglichen tödlichen Waffen, überlegte Milvarios. *Ich bin ein Musikant mit einem Schürhaken. Meine Aussichten, ihn zu überraschen und ihn damit niederzustrecken, sind genauso groß wie die, die Wahl zum barbusigen Hafenflittchen des Monats zu gewinnen. Also, was nun?*

Er ließ den Schürhaken fallen. Der Attentäter musste einen Fluchtweg haben, nachdem er die Wachen hergeführt hatte. Wie? Wo? Milvarios erinnerte sich plötzlich an ein Versteck für Liebhaber hinter einer harmlos aussehenden Wandvertäfelung, aber er wusste, dass es nirgendwohin führte.

Irgendwo in der Ferne hörte er eine Frauenstimme »Milvarios« kreischen, dann rief eine andere, »Milvarios, was habt Ihr getan?«

Obwohl es eine Sackgasse war, hatte das Versteck hinter der Wandvertäfelung den Vorteil, der einzige Platz zu sein, den die Wachen nicht in der ersten Viertelminute nach ihrem Eintreffen durchsuchen würden. Fünf Atemzüge später war Milvarios bereits über den Boden und durch die geheime Schiebetür gekrochen und saß still in der Dunkelheit. Er hörte den Außenriegel der Tür klappern und dann den Knall, als sie zugeschlagen wurde. Der Innenriegel klapperte, als der Attentäter die Tür von innen verschloss.

»Also, Milvarios von Tourlossen, jetzt werdet Ihr frei sein, aber nicht lange …«, begann der Attentäter.

Er hatte bemerkt, dass der Kaiserliche Musikmeister nicht mehr an seinem Platz war. Milvarios hörte ein kurzes, aber energisches Klappern, als der Attentäter hektisch das Schlafzimmer und die anderen Räume durchsuchte. Fäuste schlugen gegen die Tür, und schroffe Stimmen forderten Milvarios auf, sich zu ergeben. Schließlich entschloss sich der Attentäter, die Suche nach seinem Sündenbock aufzugeben und einfach zu fliehen. Finger huschten über das Geflecht der Schiebetür und drückten auf den versteckten Öffner. Der Öffner öffnete aber nicht, und das Paneel glitt auch nicht zur Seite, denn Milvarios hielt den Mechanismus von innen sehr, sehr fest. Auf der anderen Seite der Schiebetür fluchte jemand leise, aber heftig in irgendeiner fremden Sprache.

Mit einem lauten Krachen barst die Tür, dann waren die Geräusche klirrender Klingen und zu Bruch gehenden Mobiliars zu hören. Lautes Kreischen und Stöhnen vermischte sich mit den Kampfgeräuschen, und die Art der Schreie ließ keinen Zweifel daran, dass der Attentäter gewann.

»Zur Seite treten!«, rief jemand und fügte dann hinzu, »Feuer frei!«

Mit lautem Geprassel schossen die Armbrüste der Wachen ihre Bolzen auf den Attentäter ab. Einige Momente hörte Milvarios nicht mehr als Stiefel, die auf den Scherben seines teuren Geschirrs herumtrampelten, dann verkündete eine Stimme: »Der Verräter ist tot.« Milvarios blieb still sitzen und belauschte das Gespräch der Wachen, während diese darauf warteten, dass jemand ihre hohen Offiziere davon überzeugte, dass der Attentäter wirklich tot war.

»Wer hätte das gedacht, ein Hanswurst wie er.«

»Hat fünf von uns getötet.«

»Elender Mistkerl, hat gekämpft wie ein Dämon.«

»Wir können von Glück sagen, dass wir ihn getötet haben.«

»Glück für ihn, meinst du, bei den Strafen für Königsmord.«

»Man hätte ihn an den Zehen aufgehängt und auf kleiner Flamme geröstet.«

»Aye, während man ihm seine Balladen vorgelesen hätte.«

»Also hast du auch Wache bei seinen Lesungen gehalten?«

»Weißt du, irgendwie passt es schon. Dass sich so ein schlechter Liedermacher dann als Meister-Attentäter erweist.«

»Aye, man kann nicht in allem schlecht sein.«

Milvarios ließ langsam den Mechanismus los und tastete mit der Hand über den Boden. Seine Finger schlossen sich zuerst um Kleidungsstücke – und berührten dann die Saite eines Instruments! Milvarios kam der leise Ton so laut vor wie ein Donnerschlag, doch die Wachen hatten ihn nicht gehört. Sehr vorsichtig untersuchte er das Ding, das ihn beinah verraten hätte. Es war eine Brettleier, das Instrument eines gewöhnlichen Barden. Er beschloss, sich noch ein wenig versteckt zu halten, zumindest bis die Offiziere eintrafen. Wachen waren bekannt dafür, im Eifer des Gefechts übereilt zu handeln, und er war nicht sicher, ob sie sich schon so weit abgekühlt hatten, dass er sich unbesorgt zeigen konnte. Schritte näherten sich, und jemand rief: »Achtung!« Hacken wurden zusammengeschlagen, dann war es einen Moment vollkommen still.

Ich werde dafür sorgen, dass jeder Mann in diesem Raum bis zu seinem Todestag bei meinen Lesungen Wache halten muss, dachte Milvarios, während er zitternd in seinem engen, zugigen Versteck kauerte.

»Er sieht tot aus«, sagte eine kultivierte Stimme.

»Mit einem Armbrustbolzen in der Stirn kann man nur schwer diskutieren, Mylord.«

»Kann ich mich ihm unbesorgt nähern?«

»Ich würde einen Monatssold darauf wetten, Mylord.«

»Seht doch! Ein Schilfrohrrahmen unter seiner Kleidung. Ein dünner Mann verkleidet als dicker Mann!«

»Erstaunlich. Bei dem, was er alles verschlungen hat, sollte man meinen, dass er auch ohne Hilfe fett war.«

Wieder wurde es still.

»Prinz Stavez ist furchtbar wütend. Er hat befohlen, das Tourlossensche Herrenhaus samt Lagerhaus niederzubrennen.«

Die Stimmung hat sich noch keineswegs abgekühlt, dachte Milvarios.

»Der alte Tourlossen würde sicher dagegen protestieren.«

»Der alte Tourlossen würde einen Kopf dafür brauchen, und seine Frau ebenso. Ihre anderen beiden Söhne sind im Ausland, und ich bezweifle, dass sie je zurückkehren werden.«

»Gebt mir Eure Armbrust, ich muss meinem Prinz den Tod des Attentäters melden.«

Milvarios hörte das Geräusch sich entfernender Schritte.

»Der Mistkerl denkt, er könnte selbst die Lorbeeren für seinen Tod einheimsen.«

»Aye, und das wird er auch.«

Jetzt ist die Stimmung auf dem Siedepunkt, entschied Milvarios. Es musste doch jemanden geben, der bestätigen konnte, dass er wirklich fett war – natürlich! Die Frau des Hofeinkäufers, die seine heimliche Geliebte war. *Heimlich*, das war das Problem. Nicht nur würde sie nicht besonders begeistert davon sein, dass ihr Ehemann von dem Verhältnis erfuhr, sie würde auch kaum mit einem Mann in Verbindung gebracht werden wollen, der beschuldigt wurde, den Kaiser ermordet zu haben. Nein, seine Fettleibigkeit würde Milvarios nicht helfen.

Nur ein bewegliches Wandpaneel trennte ihn von der Aufmerksamkeit der Wachen. Sobald er das Paneel zur Seite schob, würden sie alles von ihm wissen wollen. Was wissen? Was war die schlimmste Frage? Warum hatte er sich still in seinem Zimmer versteckt, während der Kaiser ermordet wurde? Warum ... – nein, das erste Warum reichte aus.

Milvarios machte im Licht, das durch die schmalen Ritzen im Holz in sein Versteck fiel, eine kurze Bestandsaufnahme. Bis auf seine eigene Kleidung standen ihm eine schmutzige Hose aus kratziger Wolle, ein Paar stinkende Stiefel, eine Jacke mit Rotweinflecken, ein Wollmantel, ein halb leerer Weinschlauch und eine Brettleiter zur Verfügung. Er griff nach den Stiefeln – und plötzlich berührte ihn etwas leicht im Gesicht. Vor Schreck hätte Milvarios beinah laut aufgeschrien, doch dann wurde ihm klar, dass es nur ein herabbaumelndes Seil war. Er tastete über seinen Kopf und entdeckte ein rundes Loch, das in die Decke des Verstecks geschnitten worden war. *So ist dieses Schwein also in meine verschlossenen Gemächer gekommen. Das muss auch der Weg sein, auf dem er fliehen wollte.*

Die Existenz eines Fluchtwegs änderte alles. Milvarios wusste aus sicherer Quelle, dass Milvarios von Tourlossen tot war und dementsprechend im Moment niemand nach Milvarios von Tourlossen suchen würde. Er untersuchte die Verkleidung des Attentäters genauer. Ein einfacher, schmieriger Geldbeutel mit Zugband enthielt ein paar Kupfermünzen, und ein Passierschein für das Stadttor wies ihn als den Ziegenhirten

Wallas Gandier aus. Sehr langsam und völlig geräuschlos schälte Milvarios sich aus seiner Kleidung und streifte die des toten Ziegenhirten über. Die Hose war ziemlich eng, und auch die Jacke passte nicht besser.

»Seht euch das mal an!«, rief jemand auf der anderen Seite des Paneels.

»Gold!«

»Viel Gold.«

»Das ist bestimmt der Lohn für das Attentat.«

»Und ein großzügiger Lohn noch dazu. Fühlt mal das Gewicht.«

»Eine Münze für jeden von uns wird ganz sicher niemand vermissen.«

»Für jeden von uns fünfen?«

»Das ist doch nicht viel, bei dieser Menge.«

»Zwei für mich, ich habe den Attentäter getötet.«

Als aus Milvarios von Tourlossen Wallas Gandier geworden war, hatte jeder der Wachmänner siebzehn Goldmünzen an sich genommen, und der Lederbeutel verbrannte im Schlafzimmerkamin. Einer der gebildeteren Wachmänner hatte »Tod dem Kaiser, der meine Geliebte verführt hat« auf ein loses Blatt Schilfpapier geschrieben und in die Truhe gelegt, in der sie das Gold gefunden hatten.

»Ich kann mir nur nicht vorstellen, warum er hierhergeflohen ist, hier saß er doch in der Falle.«

»Hier gibt es irgendwo eine Geheimtür in der Wand, die man zur Seite schieben kann. Ich wette, dahinter wollte er sich verstecken.«

»Woher weißt du das?«

»Alle Schlafzimmer im Palast haben eine. Da sollen sich Liebhaber verstecken können, wenn die Ehemänner der Frauen unerwartet früher nach Hause kommen.«

»Aber wie hast du davon erfahren?«

»Na, ich hatte Gelegenheit, ein paar davon zu benutzen.«

Zeit zu verschwinden, dachte der ehemalige Kaiserliche

Musikmeister. Er richtete sich langsam auf. Das Versteck war klein. Früher schien es ein alter Einbauschrank gewesen zu sein, den man umfunktioniert hatte. Aber über seinem Kopf gab es ein grob ausgeschnittenes Loch, durch das ein weiter oben festgebundenes Seil baumelte.

Während die Wachen in den Verzierungen der Wandvertäfelung herumstocherten und darauf herumdrückten, zog sich der Mann, der jetzt Wallas hieß, am Seil hoch, das der Attentäter zurückgelassen hatte. Das Loch war eng, und er war nicht nur breiter als der Attentäter, sondern auch nicht ans Klettern gewöhnt. Das Seil war an einem Balken festgebunden, über dem aber Bretter lagen. Er drückte dagegen und stellte fest, dass sie nicht angenagelt waren. Er kletterte nach draußen und in einen Säulengang, der zur Brustwehr führte. Wallas hatte kaum die Bretter zurückgelegt, als er das Trampeln von Schritten hinter der nächsten Ecke hörte.

Ein Geistesblitz veranlasste den ehemaligen Kaiserlichen Musikmeister, sich auf der Umrandung der Außenmauer niederzulassen und die Brettleier anzuschlagen. Sie war ziemlich verstimmt, was ihn nicht im Geringsten verwunderte.

>>Der große Kaiser, weise und betagt,
Fiel zum Opfer einem dreisten Attentat.
Der tödliche Milvarios, der üble Schleicher,
Verriet den Kaiser, sich mit Gold zu …

»Heda! Ihr! Haltet ein!«, bellte der Anführer des Trupps.

Da er sich nicht bewegt hatte, hörte der neueste Barde im ganzen Sargolanischen Reich stattdessen sofort auf zu spielen.

»Was macht Ihr hier?«, erkundigte sich der Hauptmann des Trupps.

»Ich komponiere ein Klagelied für den toten Kaiser«, antwortete der schmuddelige Eindringling.

»Ich meine, wie seid Ihr hierhergekommen?«

»Über die Treppe.«

»Die Treppe wurde bewacht.«

»Nein, Milord, Ihr habt alle Männer in die Gemächer des Kaiserlichen Musikmeisters befohlen«, sagte der Korporal, der die Fackel des Trupps hielt.

Wallas deutete auf den bewölkten Himmel, ohne in die Höhe zu schauen, und klimperte wieder auf der Leier.

»Ich bin hergekommen, um zwischen der gewaltigen Kraft der Zinnen und der zerbrechlichen Schönheit der Sterne zu komponieren«, verkündete er. »Ich habe versucht, die Muse meiner Kunst anzurufen, solange ich das Grauen des Attentats noch in frischer Erinnerung hatte, damit ...«

Der Hauptmann setzte einen Fuß auf Wallas' Brust und stieß ihn nach hinten. Wallas fiel von den Zinnen und schrie die gesamten sechzig Fuß, bis er ins dunkle, stinkende Wasser des Burggrabens fiel.

»Manche Leute haben einfach nichts für Kunst übrig«, sagte der Hauptmann, während er mit in die Hüfte gestemmten Händen über den Rand nach unten schaute. Dann marschierte er mit seinen Männern weiter.

Mit fest umklammerter Leier kroch der neue Wallas aus dem Graben in den Morast am Ufer. Dann erbrach er sein Abendessen, dazu sehr teuren heißen Met, mindestens eineinhalb Maß stinkendes Grabenwasser und ein halbes Dutzend Kaulquappen. Die Wachen der Außenanlagen kamen angelaufen, führten ihn im Gänsemarsch zu einem Dienstbotentor in der äußeren Promenadenmauer des Palastareals und beförderten ihn dann mit einem kräftigen Tritt nach draußen Richtung Stadt. Er machte sich schleunigst auf seinen Weg durch die dunklen und bedrohlichen Straßen, aber mittlerweile regnete es wieder, und die gefährlicheren Stadtbewohner hatten sich in die Tavernen zurückgezogen.

Wallas streifte ziellos durch die Gegend und fand sich nach einer Weile durch Zufall am Fluss und an einer der drei Steinbrücken wieder, die darüberführten. Die Brücke schien zu brennen, aber nur, weil am Ufer in ihrer Nähe ein paar Dutzend Bettler ein Feuer mit Treibholz angezündet hatten.

»Heda, Barde, komm zu uns!«, rief jemand, und Wallas ließ sich nicht lange bitten.

»Du bist nass«, stellte einer der Bettler fest, als er sich im Ufermorast zu ihnen gesellte.

»Bin in'n Wassergraben vom Palast gesprungen«, antwortete er mit so wenig Worten wie möglich, aus dem Wissen heraus, dass seine gewählte Ausdrucksweise die einzige Schwachstelle in seiner Verkleidung war.

»Und warum?«, fragte ein Straßenkönig, der eine Krone aus Müllstücken trug, die von Schnüren zusammengehalten wurden.

»Bin in Brand gesteckt worden«, erklärte Wallas und hielt zum Beweis seine verbrannten Handgelenke hoch.

»Und warum?«

»So ein Arschloch meinte, meine Musik wäre nicht fröhlich genug,« antwortete Wallas reumütig, und alle lachten darüber, ohne zu wissen, ob es tatsächlich ein Scherz war.

»Und was hast du uns zu bieten?«, fragte der Anführer.

»Was hältst du von 'nem Liedchen?«

Wallas überlegte schnell. Ein Barde, der seine eigene Brettleier nicht spielen konnte, gäbe Anlass zu Spekulationen. Aber andererseits waren seine Handgelenke verbrannt und die Leier nass.

»Die Saiten haben sich voll Wasser gesogen, die klingen jetzt nicht«, antwortete er. »Und meine Handgelenke sind verbrannt.«

Es wurde still. Die Stille zog sich in die Länge. Es war klar, dass Wallas irgendetwas beitragen sollte. Er dachte an den Geldbeutel an seinem Gürtel, der ein paar schmierige Kupfermünzen enthielt.

»Was ist denn in dem Schlauch?«, fragte ein Bettler neben ihm.

»Wein vom Tisch des Kaisers«, sagte Wallas sofort.

Wahrscheinlich war es Wein, der den Musikanten serviert worden war, aber das konnte niemand der Anwesenden wissen. Er bot ihn dem Bettlerkönig an, der ihn mit unverhohlenem Entzücken annahm. Wallas hatte sich eine Zuflucht für die Nacht gesichert. Ein Bettler, der behauptete, früher einmal mit Kräutern gehandelt zu haben, rieb eine stinkende Paste auf Wallas' Brandwunden und verband sie dann mit Streifen aus Sackleinen. Während er seine Kleider am Feuer trocknete und der Weinschlauch die Runde machte, unterhielt Wallas die Gesellschaft mit der Schilderung der kaiserlichen Hochzeit – und des anschließenden Attentats. Im Gegenzug lernte Wallas, wie man eine Ratte ausnahm, aufspießte und röstete, und dazu viele Lieder über Bettler, Freudenmädchen, Seeleute und die Kunst, sich mit sehr billigem Wein zu betrinken. Zu seiner Erleichterung entdeckte Wallas, dass sich sowohl seine Hose als auch seine Jacke durch das Bad im Wassergraben gedehnt hatten und ihm jetzt etwas besser passten.

Beim Einsetzen der Morgendämmerung hatte der Regen aufgehört, stattdessen lag dichter Nebel über dem Fluss. Obwohl Wallas' Kleider jetzt trocken waren, blieben sie doch immer noch billig und kratzig, außerdem stanken sie. Doch der Wollmantel leistete ihm gute Dienste als Decke, und die Bettler hatten das Feuer die ganze Nacht in Gang gehalten. Er machte wieder eine Bestandsaufnahme. Er besaß die Kleidung an seinem Leib, einen Geldbeutel mit vier Kupferzehnern, ein kleines Messer und eine Brettleier. Gut zwölf Stunden nachdem er das Instrument an sich genommen hatte, nahm er es schließlich etwas eingehender in Augenschein.

Wie der Name andeutete, bestand sie aus einem Brett, das zu einer Leier geschnitzt worden war. Sie hatte keinen Klangkörper, nur fünf Darmsaiten, drei Knochenbünde und die Holzwirbel. Die Töne, die sie erzeugte, waren schon in ein paar Fuß Entfernung kaum noch zu hören. Das machte sie buchstäblich wertlos, aber dafür war sie praktisch unzerbrechlich. Sollte sie jemals gestohlen werden, könnte man jederzeit eine neue bauen, solange ein Holzbrett und eine nicht allzu schnelle Katze in Reichweite waren. Wallas' Problem bestand darin, dass er sie nicht spielen konnte. Der ursprüngliche Wallas hatte wahrscheinlich etwas mit ihr anfangen können, aber der ehemalige Kaiserliche Musikmeister wusste nicht einmal, wie sie gestimmt wurde.

Während er dasaß und über die Leier nachgrübelte, tauchten einige Mädchen und Frauen des Rotlichtbezirks aus dem Nebel auf, um sich der Gruppe anzuschließen.

»Aye, mehr Neuigkeiten aus dem Palast«, erzählte eine von ihnen dem Straßenkönig, nachdem er sie begrüßt hatte. »Scheint so, als könnte der Musikmeister noch leben.«

»Wieso?«, fragte der Straßenkönig.

»Ich hab's von einem von der Miliz, und der hat's von 'nem Wachmann gehört. Der Tote war wohl 'n magerer Bursche, aber 'n Zimmermädchen, das der Meister gepimpert hat, meinte, sie hätte genau gesehen, dass er richtig fett war. Sieht aus, als hätte der Meister einen Krieger für den Mord reingelassen.«

»Das passt. So 'n Hanswurst vom Hof wie der würde 'n Duell gegen ein gebratenes Huhn verlieren«, bestätigte der Straßenkönig.

Zimmermädchen?, fragte sich Wallas. *Das muss in der furchtbaren Nacht nach dem Bankett der Musikantengilde gewesen sein.*

»Sie hat 'ne Belohnung erwartet, aber die haben sie geköpft, bloß weil sie ihn kannte.«

Wallas blieb still, während alle lachten. Was sie sagten entsprach größtenteils der Wahrheit. Er wusste, dass man eine Kampfaxt nicht an der Klinge anfasste, und besaß einige Schmuckäxte, doch noch nie hatte er eine davon im Zorn geschwungen – oder auch nur zur Übung, um ehrlich zu sein. Eine Armbrust hatte er noch nie im Leben in der Hand gehalten. Pferde und reiten? Pferde waren ziemlich hoch, und oben drauf war es sehr viel wackeliger als in einer Kutsche. Wallas war ganz eindeutig kein Krieger.

»Breffas gefällig?«, fragte der ehemalige Kräuterhändler und hielt ein längliches verschmortes Stück Fleisch am Schwanz hoch.

»Was ist das?«, fragte Wallas, der das Angebot aus der Angst heraus annahm, sonst aufzufallen.

»Gebratene Ratte mit Schlag.«

»Ich sehe keinen Schlag.«

»Nein, das ist Ratte, die erst totgeschlagen und dann gebraten wurde.«

Wallas biss mit langen Zähnen ein Stück Fleisch ab, lächelte und nickte dem alten Mann zu, um es dann wieder auszuspucken, kaum dass er sich abgewandt hatte. Seine Eltern waren tot. Es dauerte eine Weile, bis der Gedanke bei Wallas ankam. In seiner Zeit am Hof hatte er versucht, sie zu verleugnen, weil sie nur Krämer waren. Sein Vater war eigentlich Konditor gewesen, und seine Mutter hatte die Ware verkauft. Das machte sie technisch gesehen eher zu Kaufleuten denn zu Handwerkern. Mehr oder weniger. Rein rechtlich betrachtet war sein Vater durchaus ein Handwerker und seine Mutter die Frau eines solchen. Andererseits hatte sie seine Brote, Torten und Backwaren an fünf Geschäfte verkauft, was sie zu einer Art Krämerin machte. Jetzt waren sie beide tot, und das seinetwegen. Mehr oder weniger. *Ich versuche Trauer in mir zu wecken, aber die Trauer liegt wohl noch im Bett*, dachte er, während er geistesabwesend weiter an seiner Ratte mit Schlag herumknabberte. Die Wahrscheinlichkeit, dass sein Kopf auf eine Lanze gespießt neben denen seiner Eltern ausgestellt würde, nahm mit jeder Stunde zu.

»Fünfhundert Goldkronen haben sie auf seinen Kopf ausgesetzt, mit oder ohne Körper«, verkündete eine der Frauen.

Wallas zitterte vor Angst. Fünfhundert Goldkronen war mehr als drei Generationen von Müllern gemeinsam in ihrem Leben verdienen konnten. Er wusste alles über Müller, weil sein Vater einen von ihnen angestellt hatte, nachdem er etwas wohlhabender geworden war. Wallas verließ die Brücke und nahm den leeren Weinschlauch mit. Von den Partnern seines Vaters wusste er, dass Weinschläuche zwei Kupferzehner wert waren.

Bis zum Mittag hatte Wallas tatsächlich den Weinschlauch für zwei Kupferzehner verkauft und einen davon für einen Laib Brot und ein Stück Käse ausgegeben. Während er aß, konnte er beobachten, wie sein Ebenbild mit Pfeilen beschossen und mit faulem Obst und Gemüse beworfen wurde. Dann wurde es an einem Pfahl verbrannt. Er warf einen Stein auf die brennende Strohpuppe, um in der Menge nicht aufzufallen. Eine der Milizen, welche die Puppe und das Holz zum Verbrennen zum Marktplatz gebracht hatten, stieg auf die Ladefläche eines Karrens und läutete eine Glocke, um Aufmerksamkeit zu wecken.

»Höret nah und höret fern!«, rief er. »Hier und überall in der Stadt wird kundgetan, dass an diesem Nachmittag ein Wettstreit aller Barden auf dem Gelände des Palasts stattfindet. Bei diesem Wettstreit gibt es für alle ohne Einschränkung Freibier.«

Der Soldat machte eine kurze Pause, bis sich der Jubel und das Geschrei gelegt hatten. Die Verkäufer gebrauchter Musikinstrumente würden bald ungewöhnlich gute Geschäfte machen, doch der hoferfahrene Wallas hatte den Zweck der Veranstaltung bereits erraten. Daher hatte er die Leier unter seinem fleckigen, zerlumpten Mantel verborgen und machte sich unauffällig davon.

»Am Ende des Nachmittags wird Prinz Stavez einen Preis für das beste Gedicht auf den toten Kaiser verleihen.«

Wallas durchschaute die Sache. Jemand hatte die Berichte aller Palastwachen zusammengetragen, die in der vergangenen Nacht Dienst hatten. Diesem Jemand musste schnell klar geworden sein, dass nur wenige Minuten nach dem Tod des Attentäters ein paar Schritte neben dem Ausgang des heimlichen Fluchtweges aus dem Schlafzimmer des Kaiserlichen Musikmeisters ein Barde entdeckt worden war. Daher war jetzt klar, dass der Meister noch lebte und sich als Barde verkleidet hatte. Es konnte also nur einen Grund für den Prinzen geben, einen Wettstreit der Barden auszurufen, und Wallas war ziemlich sicher, dass jeder Einzelne einen höchst unangenehmen Preis erhalten würde.

Was stürmische Nächte anging, war Alberin kaum zu überbieten. Beinah gefrorener Regen peitschte durch die Hafenstadt, getrieben von den Winden aus dem eisigen Herzen des Kontinents Scalticar. Alberin lag so oft im Durchzugsgebiet schlechten Wetters, dass alle Straßen mit Markisen, überdachten Gehwegen, Überhängen und Unterstellmöglichkeiten gesäumt waren. Es war einfach, Trödler und Bummler aus schmalen, dunklen Gassen fernzuhalten: Man ließ sie einfach ohne Überdachung, und der Regen hielt sie frei von verdächtigen Gestalten mit fragwürdigen Absichten.

Die drei verdächtigen Gestalten mit fragwürdigen Absichten, die am vierzigsten Tag des Drittmonats im Jahre 3141 auf der Straße waren, lungerten jedoch nicht einfach herum. Sie beobachten zielgerichtet, was von diesen Straßen im Licht einer der wenigen noch brennenden öffentlichen Laternen erkennbar war. Bisher waren sie noch nicht fündig geworden, aber sie warteten beharrlich und mit professioneller Geduld. Das Freudenmädchen, dem sie sich nun näherten, war von dem Trio nur durch ihr schweres Parfum deutlich zu unterscheiden. Das größte Berufsrisiko der Freudenmädchen in Alberin war das, sich eine Lungenentzündung zu holen, daher waren sie, wenn sie sich anboten, dicker vermummt als die im Zölibat lebenden Angehörigen einiger religiösen Orden auf anderen Kontinenten. Das Mädchen drehte sich um, als die Männer zu ihr gelaufen kamen. Sie umringten sie. Einer hielt einen Sack auf und ein Stück Schnur in die Höhe. Ein anderer schwenkte einen Knüppel. Der dritte bot ihr fünf Silbermünzen auf der Handfläche an.

»Das soll wohl 'n Witz sein!«, rief sie, ohne zu lachen.

»Kein Witz«, sagte der Mann mit den Silbermünzen. »Kannst du uns helfen?«

»Leg noch 'ne Silbermünze drauf, dann könnt ihr einen erfahrenen Seemann mit einer Plakette der Zimmermannsgilde haben.«

»Oh, aye, und in welches Haus müssen wir dafür einbrechen, und an wie vielen Wachen müssen wir uns vorbeikämpfen?«

»An keiner.«

»An keiner?«

»Also?«

»Wenn er ist, was du versprichst, drei im Voraus und drei, wenn wir ihn haben.«

Eine blasse Hand tauchte aus den Falten der Kleidung auf, nahm drei kalte Silbermünzen entgegen und verschwand wieder. Das Mädchen setzte sich in Bewegung, und die drei Männer folgten ihr. Hinter der nächsten Ecke und auf halbem Weg die nächste Straße entlang blieb sie vor einem Hauseingang stehen, wo in einer Ecke ein Haufen dunkler, durchnässter Lumpen zu liegen schien. Der Anführer der Press-Patrouille beugte sich herunter.

»Bäh! Hat sich in die Hose gepisst!«, rief er.

»Hat er nicht«, sagte das Mädchen und stupste ein Stück zerbrochenes Steingut mit der Schuhspitze an, um dann auf den Fensterladen über der Tür zu zeigen. »Ich hab alles gesehen. Er hat sich hier im Eingang hingehockt und seine Flöte rausgeholt, und dann hat er angefangen zu spielen. Die Hauswirtin hat einen Nachttopf über ihm ausgeschüttet und ihm dann den Topf auf den Kopf geworfen, als er immer noch nicht gehen wollte.«

Der Anführer der Press-Patrouille befingerte die Beule auf dem Kopf des bewusstlosen Mannes und schaute dann hoch zum Fenster. »Gut gezielt. Aye, und da ist auch die Gildenplakette an der Kette um den Hals. Hammerform, also ist er tatsächlich Zimmermann. Seemann ist er auch noch, sagst du?«

»Er hat einen von diesen flotten Flussbarkentänzen gespielt, bevor ihn der Topf getroffen hat«, antwortete das Mädchen.

»Ein Flussmatrose, das sind wohl die Einzigen, die es überhaupt noch gibt. Also gut, Jungens, wickelt ihn ein und stopft ihn in den Sack.« Er ließ zwei Münzen in die ausgestreckte Hand des Mädchens fallen. »Ich muss eine für den Gestank abziehen.«

»Und mager ist er auch«, ergänzte der Mann mit dem Seil.

»Dann wird der Nächste teurer«, stellte das Mädchen klar. »Hättet Ihr ihn alleine gefunden?«

Eine weitere Münze fiel in ihre Hand. Der größte der Männer hievte sich den Sack auf die Schulter.

»Erzähl Mutter nichts«, murmelte der junge Mann im Sack, ohne richtig aufzuwachen.

»Er heißt Andry«, bemerkte das Mädchen.

»Dann kennst du ihn?«, fragte der Anführer.

»Natürlich nicht, ich habe meine Grundsätze!«, antwortete das Mädchen empört. »Die Wirtin hat ›Verpiss dich!‹ gebrüllt, und dann hat er gerufen: ›Andry Tennoner verpisst sich für niemanden!‹«

»Wirklich? Das erspart ihnen, seinen Namen später aus ihm rauszuprügeln. Machst du dann jetzt schon Feierabend?«

»Nein, ich gehe erst noch in eine Taverne und trinke einen Glühwein. Für welches ist er?«

»Die *Sturmvogel*.«

»Oh, aye, das letzte große Küstenschiff? Fährt es wieder nach Süden?«

»Nein. Das wird eine besondere Fahrt. Sie wurde für eine Fahrt nach Palion im Sargolanischen Reich gemietet.«

»Nach Palion!«, rief das Mädchen.

»Aye.«

»Das Palion auf der anderen Seite der Straße des Schreckens?«

»Aye.«

»Aber, aber, dann könnte man das Schiff doch auch gleich

abfackeln und die Mannschaft am Ende des Piers ersäufen. Sabber-Gerric war an Bord des letzten Schiffes, das durch die Straße des Schreckens fahren sollte. Das ist der Kerl, der sein Ale immer unter einem Tisch im *Verlorenen Anker* trinkt und dann auf allen vieren herumkriecht.«

»Und das Schiff war die *Sturmvogel*«, sagte der Anführer der Press-Patrouille mit der Gelassenheit desjenigen, der nicht auf diese Reise gehen musste. »Die Fracht hat alle an Bord reich gemacht.«

»Oh, aye, und Gerric ist auf der Fahrt verrückt geworden.«

Die Press-Patrouille verließ den Hauseingang, erreichte das Ende des überdachten Gehsteigs und verschwand dann im Regen und in der Dunkelheit. Das Mädchen starrte ihnen hinterher, eine Hand vor den Mund gepresst.

»Er sah aus wie ein netter junger Bursche, auch wenn er stockbesoffen war«, sagte sie leise und mit aufrichtiger Reue. »Wie ich nie einen gekannt habe …«

Das Brechen der Wellen donnerte aus der Richtung des Hafens und schien Andry Tennoners unvermeidliches Schicksal zu weissagen.

Die Megalithen von Ringsteinkreisen und anderen magischen Orten stehen oft Tausende von Jahren ungestört an ihrem Platz, aber alle beginnen ihre Existenz als Auftragsarbeit, die Steinmetzen Geld einbringt. In Gesellschaften, in denen das Geld noch nicht erfunden wurde, mag die Bezahlung vielleicht aus einer bestimmten Menge von Schafen, Fischen oder Hühnern in Abhängigkeit von der Größe des Megalithen bestehen, aber eine Bezahlung gibt es immer. »Golgravors Hochwertige Steine« nahm normalerweise keine Aufträge von wohltätigen Einrichtungen an, am allerwenigsten von religiösen wohltätigen Einrichtungen, doch wenngleich der derzeitige Auftrag gewiss religiösen Zwecken dienen sollte, brachte er dennoch große Mengen echtes Gold ein.

Golgravor Lassens Auftrag lautete, siebzehn Megalithen anzufertigen, deren Ausmaße und Form sehr genau angegeben waren. Verzierungen waren freigestellt. Golgravor war besonders wegen seines Blumenschmucks nach Art der Grattorialen Schule des siebenundzwanzigsten Jahrhunderts beliebt, daher hatte er seine Lehrlinge und Helfer damit beauftragt, jeden Fingerbreit der Steinmegalithen im Werkhof mit ineinander verflochtenen und blühenden Schlüssel- und Glockenblumen zu bedecken.

»Aber nicht die Sitzflächen«, erklärte Golgravor einem neuen freiberuflich arbeitenden Steinmetz, den er das erste Mal über seinen Hof führte. »Die Maße der Sitzflächen müssen ganz genau eingehalten werden, und sie müssen aus glattem, unverziertem Stein sein.«

»Sieht für mich aus wie ein Mann, der sich mit über dem Kopf ausgebreiteten Armen zurücklehnt«, antwortete Costerpetros.

»Das ist die grundsätzliche Form, ja.«

»Also werden die für einen Tempel gebraucht, damit sich der Priester in irgendeiner Gebetshaltung daraufsetzen kann?«

»Das kann ich nicht sagen. Dafür kann ich aber sagen, dass ich mit Goldbarren bezahlt werde und das Gold einen sehr hohen Reinheitsgrad hat.«

»Oh. Gut, äh, wer liefert die Steine aus?«

»Die Steine verschwinden, und jemand legt jeweils einen Goldbarren an die Stelle, wo sie gestanden haben.«

»Einfach so?«

»Ja.«

»Ein Stein mit einem Gewicht von zehn Tonnen?«

»Nur fünf. Unten sind sie ausgehöhlt, als sollten sie auf einem gewölbten Untergrund stehen können.«

»Und für sie wird Gold hinterlegt?«

»Jeweils ein Barren des reinsten Goldes.«

»Wie sieht Euer Kunde aus? Jemand muss ihn doch gesehen haben?«

»Nein, niemand. Uns ist befohlen worden, die Abholung niemals zu beobachten. Bei Sonnenuntergang ziehen sich alle vom Werkhof zurück und kommen dann bei Sonnenaufgang wieder. Der Megalith ist verschwunden, und an seiner statt liegt ein Goldbarren da.«

»Wie viele sollt Ihr anfertigen?«

»Siebzehn, jeweils fünf Tonnen schwer. Nun zur Arbeit. Der hier soll heute Nacht abgeholt werden, und danach fehlt noch einer. Ihr sollt an Nummer siebzehn arbeiten und ihn mit Schlüsselblumen verzieren. Er muss Ende der Woche fertig sein, und wir hinken unserem Zeitplan etwas hinterher. Darum haben wir Euch eingestellt. Es gibt eine fette Prämie, wenn wir pünktlich fertig werden.«

»Aber wer sind die Käufer? Gibt es denn überhaupt keinen Anhaltspunkt?«

»Nein. Ob Menschen, Drachen, Geister oder Götter, sie bezahlen mit großen Barren aus reinem Gold. Mehr brauchen wir nicht zu wissen, und mehr will ich auch gar nicht wissen.«

Costerpetros sorgte dafür, dass er vor Sonnenuntergang an seinem Platz war. Er hatte eine Woche lang hart gearbeitet, sogar Doppelschichten abgeleistet und sich als Neuling beliebt gemacht. Er erzählte gute Witze, teilte immer seinen Weinkrug mit den anderen und zeigte sich sogar daran interessiert, was die langweiligsten Gesellen und Handwerker über die Routinen auf dem Werkhof zu erzählen hatten. Einmal veranstaltete er sogar einen Wettbewerb um die beste Theorie, wie und von wem wohl die fertigen Megalithen abgeholt würden. Jeder gab sein Wissen oder auch Gerüchte zum Besten, und schließlich gewann die Theorie, dass ein Gott aus den Wolken herabgriff und die Megalithen jetzt als Teile eines riesigen Brettspiels dienten.

Jetzt lag Costerpetros lang ausgestreckt in einen grünen Mantel gehüllt im hohen Gras. Der Goldbarren für die Bezahlung des Megalithen sollte angeblich hundert Pfund wiegen. Costerpetros hatte eine äußerst tragfähige Schlinge mit Rucksackriemen genäht, worin er den Barren transportieren wollte. Hundert Pfund würden eine Strapaze werden, aber er war stark. Er würde eine Meile durch bewaldetes Gebiet laufen müssen bis zu der Stelle, wo ihn sein Bruder mit Pferd und Wagen erwartete. Costerpetros wusste, dass er es schaffen konnte. Er hatte sogar geübt, die Entfernung mit dem doppelten Gewicht zurückzulegen, denn er wollte nichts dem Zufall überlassen. An den Füßen trug er ein Paar große, etwa einen halben Schritt lange Vogelfüße mit Krallen. Sie bestanden aus Leder, die Krallen aus Elfenbein, und würden ziemlich beunruhigende Abdrücke in dem Kreis aus weißem Sand hinterlassen, auf dem der Megalith abgestellt war.

Der Megalith stand sicher befestigt auf einer hölzernen Palette und in einer Art Schlinge aus vier dicken, oben zusammengezurrten Tauen, die auch das Zehnfache des Gewichts getragen hätten. Er war mit einem Holzkran unter Benutzung von Flaschenzügen von der Arbeitsfläche gehoben und in der Mitte eines Kreises aus reinem weißen Sand abgestellt worden, der dann geharkt und glatt gestrichen worden war.

Langsam verblasste das Licht im Westen, und der Himmel wurde nur noch von zwei Mondwelten und den Sternen erleuchtet. Ohne all das Meißeln und Hämmern, ohne die Flüche, Arbeitsgesänge und lauten Rufe der Vorarbeiter in den Stunden des Tageslichts hatte der Werkhof jetzt etwas Beunruhigendes an sich. Über Tag war es hier hell, heiß und laut, aber jetzt war es dunkel, kalt und still. Costerpetros lag, abgesehen von seinen Atemzügen, absolut geräuschlos im Gras. Irgendwas würde kommen, irgendwas würde auftauchen. Er dachte über alle Theorien nach, die von seinen Arbeitskollegen aufgestellt worden waren. Vielleicht würde sich wirklich ein Riss in der Luft über dem Megalithen bilden und eine riesige Krallenhand herabfahren, den Megalithen wegnehmen und für ihn einen Goldbarren zurücklassen. Dämonen konnten Löcher in der Luft bilden. Sein Bruder hatte magische Künste bis zum siebten Initiationsgrad studiert und kannte sich mit solchen Dingen aus. Dämonen hatten aber auch ein gutes Gehör, daher war es wichtig, nicht vor Erstaunen oder Furcht aufzuschreien, falls einer auftauchte.

Es rauschte in der Dunkelheit, und etwas verdeckte kurz die Sterne und Mondwelten. Große Flügel schlugen über dem Werkhof. Dann senkte sich ein Wesen mit der Gestalt einer riesigen Fledermaus langsam herab und hockte sich auf den Megalithen. *Ein Dämon, kein Gott*, dachte Costerpetros. Die Flügelspanne dieses Dings war größer als der Werkhof breit, und seine Augen leuchteten in einem schwachen Blauviolett. In seinem Maul war ein sehr großer Haken zu erkennen, von dem aus ein Seil in den Himmel verlief. Der Dämon brachte den Haken geschickt an der Schlinge aus den vier Tauen an – und dann sah Costerpetros nichts mehr. Auch sein Bruder nicht, weil eine andere riesengroße, geflügelte Gestalt, die über den Teil des Waldes schwebte, wo er im Wagen saß und wartete, einen Strahl weißglühenden Feuers spie und sich dann wieder in den nächtlichen Himmel emporschwang.

Golgravor Lassen schaute mit in die Hüften gestemmten Händen auf den Leichnam im hohen Gras und schüttelte den Kopf. Der hundert Pfund schwere Goldbarren war offensichtlich aus großer Höhe abgeworfen worden, denn er hatte den Kopf des Mannes völlig zerquetscht. Verspritzte Hirnmasse und Blut hatten eine ziemliche Schweinerei hinterlassen, aber er war eindeutig überrascht worden, denn es gab keine Anzeichen für einen Kampf. Ein dunkelgrüner Mantel bedeckte fast den gesamten Körper, nur zwei große Krallenfüße ragten darunter hervor. Golgravor hob den Mantel und stellte fest, dass er den Leichnam eines Mannes vor sich hatte. Beim Durchsuchen der Kleidung fand er ein Siegel und eine Gildenrolle, die ihn als Costerpetros auswiesen. Nach dieser Feststellung kam ein Vorarbeiter aus der Richtung des abgebrannten Waldes angelaufen.

»Wir haben ein paar Metallbeschläge und pulverisierte Knochenreste gefunden, die einmal Bestandteile eines Wagens samt Pferd und Fahrer gewesen sein könnten«, rief er.

»Und ich denke, ich habe den Komplizen gefunden«, antwortete Golgravor mit einer Geste auf den Leichnam.

Der Vorarbeiter betrachtete den Leichnam, die Vogelfüße und den Goldbarren. Er dachte lange und ausgiebig nach, bevor er zu antworten versuchte.

»Als ich ein Junge war, hat mir meine Mutter erzählt, dass der Hühnergott kommen und mir meinen Gronnic abpicken würde, wenn ich nicht aufessen würde, weil ich dann das Fleisch seiner Anbeter verschwendet hätte. Ich dachte immer, das wäre nur ein Ammenmärchen, aber jetzt …«

»Der Schriftrolle in seinem Beutel nach war das Costerpetros, der neu angestellte Steinmetz. Oder vielleicht war Costerpetros in Wirklichkeit der Hühnergott in Verkleidung.«

Der Vorarbeiter zog an einem Fuß. Er löste sich. Er stieß einen lauten Seufzer der Erleichterung aus.

»Ich kann gar nicht sagen, wie froh ich bin, dass die Füße falsch sind«, verkündete er.

Golgravor wies in Richtung des Goldbarrens.

»Ein paar Lehrlinge sollen ihn auf einen Werkzeugkarren packen und dann das Blut und die Hirnmasse abwaschen.«

»Und der Leichnam?«

»Lasst ihn zusammenkratzen und verschwinden, nachdem die Konstabler ihn sich angesehen haben.«

Der Vorarbeiter warf den falschen Vogelfuß auf den Leichnam. »Was sollen wir den Männern sagen?«, fragte er.

Eine Weile standen sie stumm da und betrachteten den Leichnam.

»Sein Kopf sieht so aus, als wäre der Goldbarren eine ganze Meile herabgefallen«, antwortete Golgravor. »Der Karren scheint sich durch etwas in Asche verwandelt zu haben, das

Feuer so heiß wie das Innere einer Esse speien kann. Und die Megalithen werden in die Lüfte gehoben, wenn sie abgeholt werden. All das weist auf sehr große Wesen hin, die fliegen und Feuer speien können – und sehr schlechte Laune haben, wenn sie herausfinden, dass sie beobachtet werden.«

»Drachen?«

»Drachen gibt es nicht.«

»Was dann?«

»Sehr große und reiche Vögel, die Drachenkostüme tragen.«

»Vögel können kein Feuer speien.«

»Dann engt das die Auswahl ganz entschieden auf Drachen ein.«

»Aber Ihr habt gesagt, Drachen gibt es nicht.«

»Natürlich nicht, aber wenn es sie doch gäbe und sie merken würden, dass Ihr wisst, dass es sie gibt, könnten sie Euch auch einen Goldbarren auf den Kopf werfen.«

»Warum brauchen die Drachen, die es nicht gibt, fünf Tonnen schwere Megalithen?«

»Ich weiß es nicht, und es ist mir auch egal.«

»Äh, Ihr habt mir noch nicht gesagt, was wir den Männern sagen sollen.«

»Sagt ihnen, dass es eine gefährliche Idee ist, unseren Kunden nachzuspionieren, und zeigt ihnen den Beweis. Jetzt sorgt dafür, dass die Leute sich an die Arbeit machen! Wir haben heute Morgen schon genug Zeit verschwendet.«

Allein der Umstand, dass die *Sturmvogel* überhaupt ankam, war in Palion ein Grund zum Staunen. Das Gewirr von Untiefen und die Steine, die in der Hafeneinfahrt lagen, dienten jetzt als natürliche Wellenbrecher für die haushohen Wellen, die vom letzten Torea-Sturm verursacht worden waren. Kein Lotse war bereit gewesen, zum Schiff zu rudern und es in den Hafen zu geleiten. Das hatte jedoch offensichtlich für die *Sturmvogel* kein Problem dargestellt. Eine besonders hohe Welle hatte das Schiff erfasst, hochgehoben und in einem brodelnden, kolossalen Wirbel aus Schaum wohlbehalten über die Felsen getragen. Im Hafen waren die Wellen nur noch etwa fünf Fuß hoch, so dass die noch bewegungstüchtigen Besatzungsmitglieder keine Schwierigkeiten gehabt hatten, das Schiff durch die inneren Wellenbrecher zum Kai zu bringen.

An dieser Stelle boten ein paar Hafenarbeiter dem heulenden Sturm und dem prasselnden Regen die Stirn, um der Besatzung beim Andocken zu helfen. Die kärglichen Reste der Heckflagge wiesen das Schiff dem Heimathafen Alberin auf dem scalticarischen Kontinent zu, was nur vierhundert Meilen weiter südlich gelegen war. Normalerweise hätte die Reise nicht mehr als eine Woche gedauert, doch ein anhaltender Sturm hatte diese Überfahrt auf zweiunddreißig Tage verlängert. Kalter, harter Regen peitschte durch die Stadt, und der Wind heulte dazu wie ein tödlich verletzter Drache.

Man brachte einen Landesteg und hakte ihn an der Schiffswand ein. Eine aschfahle, ausgezehrte Frau von ungefähr dreißig Jahren erschien und ging vorsichtig über den Steg auf den Kai. Sie trug eine große Umhängetasche über der Schulter, und ihre Gewänder waren vollgesogen mit dem Wasser, das bei der Fahrt über die Felsen über das Schiff hereingebrochen war. Kaum hatte sie den Landesteg verlassen, fiel sie auf die Knie und küsste das nasse Holz des Kais. Der Regen prasselte weiterhin unbarmherzig herab, und der Wind schleuderte ihr Gischt, Regen und auch ein paar Hagelkörner entgegen.

Ein dick vermummter Beamter eilte über den Pier herbei und streckte ihr die Hand entgegen.

»Willkommen in Palion, dem Tor zu den Tropen«, begrüßte er sie, während er ihr aufhalf. »Seid Ihr bereit, eine Erklärung im Namen der von Euch verehrten Götter abzugeben, dass Ihr im Kaiserreich von Sargol und den Gebieten seiner Verbündeten nicht wegen eines zivilen oder strafrechtlichen Delikts verurteilt wurdet, und führt Ihr irgendwelche Waren ein, die den Wert von fünf Goldkronen übersteigen?«

Die Frau griff in ihre Gewänder und suchte eine Zeitlang darin herum, dann zog sie eine Goldkrone hervor, die sie dem Beamten in die Hand drückte.

»Nein«, krächzte sie mit dem Elan einer Person, die sich zweiunddreißig Tage lang beinah ununterbrochen übergeben hatte.

»Aha, ich verstehe«, antwortete der Beamte und hielt eine kleine Schriftrolle hoch. »Dann unterschreibt doch bitte da unten, wenn es Euch beliebt. Berücksichtigt dabei, dass die Schrift aus einer Ladung stammt, die als gestohlen gemeldet wurde, also versucht, Ärger zu vermeiden. Sind noch andere Passagiere an Bord?«

»Keine, die sich bewegen können.«

»Aha, gut, dann werde ich ihnen gleich einen Besuch abstatten.«

Während der Beamte an Bord eilte, ging die Frau unsicher schwankend den Steg entlang. Ein Jugendlicher eilte jetzt die Stufen der Kaimauer hinunter und lief auf den Pier.

»Gelehrte Älteste?«, erkundigte er sich auf gut Glück. »Gelehrte Älteste Terikel von den Metrologen?«

Die Frau blickte auf und richtete den Blick ihrer rotgeränderten, blutunterlaufenen Augen auf den Jugendlichen.

»Ja«, schnaufte sie.

»Die Gelehrte Rektorin Feodorean hat mich geschickt, Euch zu begrüßen«, erklärte er. »Sie bedauert, nicht in persönlicher Persona hier sein zu können, sozusagen, ha ha.«

Der Versuch eines Scherzes wurde entweder ignoriert, als Grammatikfehler missverstanden oder vollständig überhört.

»Nicht annähernd so sehr, wie ich bedauert habe, die Fahrt hierher persönlich auf mich zu nehmen«, krächzte die Älteste.

»Der Kaiser ist kürzlich einem Attentat zum Opfer gefallen, daher werden die Dienste der Rektorin Feodorean am Hof benötigt.«

»Der Glückliche«, murmelte die Älteste.

»Mylady!«, rief der Jugendliche. »Über den Tod unseres Kaisers sollte man sich nicht lustig machen.«

»Junger Mann, über dreißig Tage lang wäre ich begeistert gestorben, um Wellen, Wind, Gischt und Feuchtigkeit zu entkommen, nicht mehr herumgeschleudert und hin- und hergekippt zu werden und mich nicht mehr dauernd übergeben oder die Rufe ›Pumpt, ihr Arschlöcher, pumpt‹ hören zu müssen. Sogar jetzt weiß ich eigentlich nicht, warum ich mir nicht am ersten Tag da draußen das Leben genommen habe.«

»Aber all das gehört zum Leben auf See, Mylady. Herrje, ich bin auch schon zur See gefahren ...«

»Und ist Euer Schiff jemals durch die Luft geflogen, weil Wind und Seegang so stark waren?«, krächzte Terikel.

Der Jugendliche schnappte nach Luft. »Sicher nicht«, brachte er hervor.

»Genauso war es aber. Nach zehn Flügen habe ich aufgehört zu zählen.« Sie hielt inne und lehnte sich gegen einen Poller, um sich mit dessen Festigkeit zu trösten. »Ich habe nie an Liebe auf den ersten Blick geglaubt, bis ich die Holzbohlen dieses Piers gesehen habe.«

»Aber warum habt Ihr Scalticar verlassen?«

»Zunächst einmal, um Eure Rektorin zu sehen. Wie heißt Ihr?«

»Oh! Nehmt meine unterwürfigste Entschuldigung dafür an, dass ich mich nicht vorgestellt habe. Der Schock über Euer Leid hat mich ...«

»Wie lautet Euer *Name*?«, beharrte Terikel.

»Brynar, Brynar! Brynar Bulsaros, amtierender oberster Präfekt der Akademie für Aetherische Artistik von Palion. Wir nennen sie auch die A-Drei, wenn ...«

»Ich weiß, ich weiß, Ihr nennt sie die A-Drei, wenn Ihr die Schankdirnen in den Tavernen beeindrucken wollt, die Arrr, wenn Ihr betrunken seid und die Aaah, wenn Ihr bei langweiligen Vorlesungen einschlaft. Jetzt bringt mich ins Badehaus der Akademie und tragt freundlicherweise mein Gepäck.

Während ich mich wasche, werdet Ihr meine Kleider verbrennen.«

»Ich soll sie verbrennen, Mylady?«, staunte Brynar.

»In der Zeit, die eine fleißige Waschfrau brauchen würde, den Gestank von Erbrochenem aus diesen Sachen zu bekommen, wäre ich längst an Altersschwäche gestorben. Sucht in meinem Gepäck, ich habe eine in Wachspapier und Leder eingewickelte Garnitur Kleidung zum Wechseln mitgebracht.«

Hinter ihnen winkte der Beamte an Deck der *Sturmvogel* dreimal kreuzweise mit den Armen. Ein Mal für *untersucht ihre Einreisepapiere*, das zweite Mal für *nehmt sie gefangen* und das dritte Mal für *beschlagnahmt alles, was sie bei sich trägt*. Als die Älteste und Brynar das Ende des Piers erreichten, traten aus einem Gebäude, das ein Schild mit der Aufschrift ZOLL, STEUERN UND EIN- UND AUSREISE VON AUSLÄNDERN trug, ein zweiter Beamter und zwei Wachen und versperrten ihnen den Weg.

»Im Namen des Kronprinzen, haltet ein und erklärt ...«, begann der Beamte.

Weiter kam er nicht. Terikel blies ein Wirrwarr feuriger Fäden in ihre gewölbten Handflächen und warf sie vor die Füße des Beamten, wo sie mit einem ziemlich beeindruckenden Knall explodierten. Der Mann wurde zusammen mit einigen Splittern der Steinplatten ein paar Schritte durch die Luft geschleudert. Die Wachen fielen auf die Knie und versuchten, sich hintereinander zu verstecken. Der Beamte rappelte sich langsam auf, entschied dann aber, als er kniete, dass es vernünftiger war, sich nicht weiter zu erheben.

»Höchstgelehrte Älteste Terikel Arimer von den Metrologen«, knurrte der einzige Passagier der *Sturmvogel*, der noch gehen konnte. »Kürzlich aus Alberin angekommen, der Hauptstadt von Nord-Scalticar.«

»Ich, ich, ich, äh, sehr angenehm«, antwortete der Beamte.

»Der Witzbold, der mir am Landesteg begegnet ist, hat mir eine Goldkrone als Einreisegebühr abgenommen und gesagt,

Ihr würdet mir eine *legale* Schriftrolle geben, meinen Namen ins Einreiseregister eintragen und mir siebenundvierzig Silbervasallen Wechselgeld herausgeben.«

»Hat er das?«

»Es könnte eine sehr gute Idee sein, es zu tun«, warnte Brynar.

Zwei Minuten später trat die Älteste Terikel mit einer rechtmäßigen Schriftrolle, einem kleinen Beutel voll Silber und dem befriedigenden Wissen aus dem Amt ZOLL, STEUERN UND EIN- UND AUSREISE FÜR AUSLÄNDER, dass ihr Name nun rechtmäßig im Hafenregister eingetragen war. Außerdem hatte sie zehn zusätzliche Silbervasallen als Belohnung für die Rückgabe der leeren Schriftrolle eingefordert, die sie angeblich am Pier gefunden hatte.

»Wenn ich etwas nicht ausstehen kann, dann einen korrupten Beamten, der Geld einstreicht und dann nichts dafür tut«, murmelte sie, während sie sich daran machte, die Kaitreppe zu erklimmen.

»Ja, das verletzt die Grundprinzipien dieser neuen merkantilen Ökonomie, die in aller Munde ist«, stellte Brynar fest.

Kurze Zeit später hatten sie die Mauer hinter sich gelassen und näherten sich den Hafengebäuden. Die wenigen Menschen, denen sie begegneten, waren alle unterwegs, um sich das einzige große Schiff anzusehen, das im letzten Monat angekommen war.

»Also war es eine aufregende Reise?«, erkundigte sich Brynar, der seinen Regenmantel mit Terikel teilte.

»Wenn Ihr dreihundert Fuß hohe Wellen aufregend nennt, ja«, antwortete sie.

»Doch nicht wirklich!«, rief der Student, der den Verdacht hatte, dass die Älteste einen Scherz machte, aber klug genug war, nicht zu lachen.

»Präfekt Brynar von der A-drei, die Meerenge zwischen Scalticar und Acrema ist so etwas wie ein Trichter für die Wogen des Okzidanischen Ozeans, und nach einem Jahr fast ununterbrochener Torea-Stürme sind die Wogen sehr, sehr hoch. Drei Tage nachdem wir die Mündung der Meerenge passiert hatten, habe ich eine besonders große Welle über der Meerdrachenspitze zusammenschlagen und Gischt darüber hinwegfliegen sehen. Dieser Felsen ist eindeutig über dreihundert Fuß hoch. Ich bezweifle, dass ich in den vierzehn Tagen, bis wir die Meerenge hinter uns hatten, auch nur eine einzige Welle gesehen habe, die weniger als hundert Fuß hoch war. Wir wurden so weit nach Osten in den Plazidischen Ozean abgetrieben, dass wir die Malderischen Inseln passiert haben. Ich hätte alles dafür gegeben, dort an Land zu gehen, aber der Kapitän sagte, dass er seine Seeleute niemals mehr zurück an Bord bekommen hätte, wenn wir dort mehr getan hätten, als Proviant aufzunehmen. Als wir dort festmachten, gab es nur noch eine Person auf dem Schiff, die noch kein wimmerndes Wrack war, und die ist am fünften Tag auf See von einem herabfallenden Holm erschlagen worden.«

»Aber wenigstens habt Ihr überlebt.«

»Wollt Ihr damit sagen, dass ich kein wimmerndes Wrack bin?«

Als sie den Tempelkomplex der Akademie erreichten, ging Terikel direkt in die Küche, nahm einen halb gebackenen Laib Brot aus einem Ofen und knabberte an ihm herum. Zwischen den Bissen erklärte sie, sie habe auf dem ganzen Weg von Alberin von warmem, trockenem Essen ohne Salzgeschmack geträumt. Danach nahm sie ein heißes Bad, wobei ein Tablett mit Keksen und heißem Tee vor ihr auf dem schaumigen Wasser schwamm.

Unter ihren Blicken packte Brynar ihre durchnässte Umhängetasche aus. Er ging den Inhalt durch und legte das versiegelte Paket mit der trockenen Kleidung beiseite. Außerdem fand er einen mit Wachspapier versiegelten Zylinder, auf dem Feodoreans Name stand.

»Meine wenigen Kleidungsstücke und diese Pergamente waren vermutlich die einzigen trockenen Sachen auf der

Sturmvogel«, sagte Terikel. »Bringt die Pergamente zur Gelehrten Feodorean. Jetzt sofort. Ich muss mich ausruhen ... Lasst es mich wissen ... wenn sie sie gelesen hat.«

Draußen vor der Badestube befahl Brynar einem Dienstmädchen, darauf zu achten, dass der Kopf der Ältesten nicht unter die Wasseroberfläche rutschte, falls sie einschlief.

»Diese Pergamente müssen sehr wichtig sein, wenn sie so einen Albtraum durchgemacht hat, um sie herzubringen«, bemerkte das Mädchen.

»Ich kann nicht verstehen, warum sie keinen Agenten damit beauftragt oder sie mit einem Autonvogel geschickt hat«, antwortete er und fügte dann hinzu: »Es sei denn, die Nachricht beinhaltet noch mehr als nur den Text.«

Eine Stunde später kehrte Feodorean aus dem Palast zurück und traf auf Brynar, der mit den Pergamenten auf sie wartete.

»Und wie geht es der Höchstgelehrten Terikel?«, erkundigte sich das Oberhaupt der Akademie.

»Ausgezehrt, ausgemergelt, erschöpft und bis auf die Knochen durchgefroren«, antwortete Brynar. »Sie hat von dreihundert Fuß hohen Wellen erzählt, von Torea-Stürmen und Windböen, die die *Sturmvogel* praktisch durch die Luft gewirbelt haben.«

»Ach, die arme Frau. Sie hat Seereisen noch nie gut verkraftet. Also, was war denn nun so wichtig, dass sie mir die Nachricht persönlich überbringen musste?«

Brynar reichte ihr die Pergamente. Nach ein paar Zeilen ließ Feodorean sie auf den Schoß sinken und massierte sich die Schläfen.

»Schlechte Nachrichten, Mylady?«, fragte der Jugendliche.

»Junger Mann, nach diesem Schreiben müsste man den Begriff *schlechte Nachrichten* eigentlich neu definieren. Die Älteste der Metrologen ist hier, um den Bau der Äthermaschine Drachenwall aufzuhalten.«

Ringstein Logiar wurde als letzter der siebzehn Ringsteine fertig. Dafür gab es einen einfachen Grund: Windböen. Die Ringstein-Stätte lag nicht einmal eine Meile von der Küste entfernt auf einer Au, und obwohl diese auf der vom Wind abgewandten Seite eines Berges lag, der sie vor den vorherrschenden Westwinden schützte, waren die Turbulenzen in dieser Gegend doch massiv. Die Lieferung der Megalithen erfolgte aus der Luft, und für alles, was fliegt, sind Turbulenzen von größter Bedeutung.

Waldesar überwachte alle Anlieferungen der Megalithen persönlich. Sie erfolgten auf einem Feld dreißig Meilen landeinwärts von Ringstein Logiar in einem geschützten Tal, dessen Bewohner gewaltsam evakuiert worden waren. Der ältliche, doch sehr mächtige Zauberer wartete neben einem massiv gebauten Karren, der zwölf Tonnen wog und von hundert Ochsen mit fünfzig Fahrern gezogen werden musste. Sie waren gegenwärtig etwa fünf Meilen entfernt und warteten auf sein Zeichen.

Bis jetzt hatte Waldesar alle von Gironari gesetzten Fristen eingehalten, aber Sergal hinkte hinter seiner Quote der zu rekrutierenden Zauberer her. Waldesar hatte das Gefühl, derjenige, welcher seinen Auftrag zuerst erledigte, werde den Posten des Ringmeisters von Ringstein Logiar bekommen, und Astential hatte bereits verfügt, dass nur jemand mit dem dreizehnten Initiationsgrad diesen Posten übernehmen konnte. Der Ringmeister würde den Vorsitz haben und auf dem siebzehnten Megalithen sitzen, wenn Drachenwall zum Leben erweckt wurde. Waldesar interessierte sich sehr für die Geschichte – oder vielmehr für die Legende. Der Legende des ursprünglichen Drachenwall nach hatten die vorsitzenden Ringmeister-Zauberer, die ihn erschaffen hatten, die Megalithen zerstört, anstatt auch anderen zu ermöglichen, Götter zu werden. Das war ein sehr guter Grund dafür, den Vorsitz zu führen, wenn Drachenwall errichtet wurde.

Der Nachthimmel war bedeckt, doch das war gut, weil die

Lieferanten empfindlich darauf achteten, nicht gesehen zu werden. Der Zauberer untersuchte noch einmal den Karren und überprüfte, ob die massiven Bremsen an jedem Rad arretiert waren. Als er sich gerade über das rechte Vorderrad beugte, fuhr ein heftiger Windstoß über den Wagen hinweg, dem ein leiser, dumpfer Krach in der Nähe folgte.

Waldesar blickte auf. Die Dunkelheit vor dem Wagen hatte sich jetzt ein wenig aufgehellt, und die vage leuchtende riesige Gestalt schien nur aus Flügeln und einem ziemlich langen Hals zu bestehen. Die Gestalt war gerade dabei, die Flügel zusammenzufalten, als Waldesar vor den Wagen trat und sich tief verbeugte.

»Das letzte unserer Geschenke für Euch sterbliche Zauberer«, grollte eine Stimme ein ganzes Stück über Waldesar.

Der Wagen ächzte einige Male, als eine sehr schwere Fracht langsam auf die Ladefläche heruntergelassen wurde. Waldesar war nicht so dumm, den Vorgang beobachten zu wollen. Es war zu dunkel, um viel erkennen zu können, aber falls er dennoch etwas sah, das er nicht sehen sollte, wäre sein Leben so rasch beendet, dass er wahrscheinlich nicht einmal Gelegenheit dazu haben würde, es vor seinem geistigen Auge noch einmal Revue passieren zu lassen.

»Im Namen aller Zauberer in Acrema, Lemtas und Scalticar, meinen herzlichsten Dank!«, antwortete der Zauberer mit schriller, nervöser Stimme, obwohl er versuchte, die Worte wie eine große Proklamation im Namen aller Zauberer der drei Kontinente klingen zu lassen.

»Löst den Haken«, befahl die dunkle Gestalt.

Waldesar drehte sich zum Wagen herum, erklomm die Stufen zur Ladefläche und kletterte dann langsam das Netz hinauf, in das der Megalith gehüllt war. Er war zweiundachtzig Jahre alt und ziemlich steif in den Gelenken, aber obwohl er froh war, einige Pflichten an die Zauberer niedrigeren Grades delegieren zu können, trat er doch niemals Aufgaben an andere ab, die mit Ruhm und Ehre verbunden waren. Niemand sonst wusste, mit wem er sich in den Nächten der Lieferungen traf, und selbst Waldesar war sich nicht wirklich über die wahre Natur seiner Wohltäter im Klaren. Aber wenn alle Anderen noch weniger wussten als er, so hob das sein Ansehen bei diesen anderen.

Zum siebzehnten Mal löste er den Haken von dem Seil, das vom Himmel herabhing und von Wesen gehalten wurde, die so riesig waren, dass ihre Flügelschläge sich eher wie Donnerschläge denn Flattern anhörten. Es war offenkundig, dass die Wesen über ihm außerdem im Dunkeln sehen konnten, denn der Haken wurde in dem Moment hochgezogen, in dem er gelöst war. Dann entfernte sich das laute *Wuuusch, Wuuusch, Wuuusch* gewaltiger Flügelschläge, bis Stille einkehrte.

»Darf ich auch allen anderen ...« Waldesar ertappte sich dabei, *Drachen* sagen zu wollen. »Allen anderen Wesenheiten für das Meißeln der Megalithen und den Transport hierher unseren Dank aussprechen?«

Es war ein heikler Moment. Als erfahrener Zauberer war ihm absolut klar, wie empfindlich Glasdrachen sein konnten – und er war sicher, dass es Glasdrachen waren.

»Die anderen Wesenheiten benötigen keinen Dank«, grollte die Gestalt mit einer Stimme, die dem Zauberer durch Mark und Bein fuhr. »Und ich auch nicht.«

»Ich verstehe. Nun, äh ... wir werden Euch nicht enttäuschen.«

»Das hoffe ich. Wir haben große Mühen auf uns genommen, Euch mit den Grundlagen für diese Äthermaschine zu versorgen. Jetzt untersteht sie Eurer Verantwortlichkeit.«

»Die Zauberer von Ringstein Logiar sind sehr diszipliniert. Aber die Mannschaften der anderen Ringsteine könnten versagen. Ringstein Alpine hat nicht die ...«

»Das ist typisch für Euch Sterbliche. Ihr seht lieber Eure Rivalen gedemütigt als die Hauptaufgabe erfüllt.«

»O nein, Mylord, wir sind nur freundschaftliche Konkurrenten der alpennischen Zauberer, nicht ihre Feinde. Wir hoffen, dass sie sich gut schlagen, es ist nur so, dass wir wenig Vertrauen in sie haben.«

»Wenn einer versagt, versagen alle, und Drachenwall kann nicht errichtet werden. Sollte das geschehen, werdet Ihr alle verlieren und damit auch wir. Sollten wir verlieren, werden wir außerordentlich wütend sein, weil diese Torea-Stürme uns große Probleme verursachen. Ich warne Euch, *versucht nicht*, die anderen Ringsteine scheitern zu lassen, nur um jene als Narren hinzustellen, die Euch missfallen. Seid bereit, wenn der Lupan-Transit über Miral das Signal für alle Zauberer in allen Ringsteinen gibt. Dann muss Drachenwall zum Leben erweckt werden, quer über die halbe Welt, von Pol zu Pol.«

Die großen Flügel breiteten sich in der Dunkelheit langsam aus, und Waldesar hielt sich am Seilgeflecht fest, das den Megalithen bedeckte. Der erste Schlag der mächtigen Schwingen erzeugte einen so heftigen Windstoß, dass Staub und Kieselsteine herabprasselten und er die größte Mühe hatte, sich am Megalithen festzuhalten. Doch schon beim zweiten Schlag hatte sich das Wesen bereits ein ganzes Stück entfernt.

Nun, da er mit seinem Megalithen allein war, kletterte Waldesar langsam auf den Boden. Er sprach einen leichten Feuerzauber auf die Fingerspitzen, der in der Luft schwebte, während er in seinem Licht den Scheiterhaufen überprüfte. Der erste Scheiterhaufen war eine Katastrophe gewesen. Ein Schlag der riesigen Schwingen hatte das Brennholz so weit verstreut, dass Waldesar eine Stunde gebraucht hatte, um genug für ein vernünftiges Signalfeuer einzusammeln. Seitdem hatte er alle Scheiterhaufen mit Seilen festgezurrt, die mit Zeltheringen gesichert waren. Der Zauberer schnippte seinen Zauber in ein Bündel Reisig ganz unten im Haufen. Die Flammen breiteten sich rasch aus, bis ein helles Feuer loderte.

Einige Meilen entfernt bemerkte ein Beobachtungsposten den hellen Schein des Scheiterhaufens und blies dreimal kurz in seine Trillerpfeife. Die Ochsentreiber hatten ihre großen Gespanne rasch in Bewegung gesetzt, aber die Takler ritten ihnen voraus, um den Megalithen am Karren festzubinden. Zwischen den Taklern und den Ochsengespannen befanden sich noch die beiden Trupps, die für die Blumenverzierungen und die Beleuchtung zuständig waren. Die Ochsen erreichten den Karren erst nach drei Stunden, aber es dauerte nur wenige Minuten, sie für die dreißig Meilen lange Reise zum Ringstein einzuspannen. In der Zwischenzeit hatten die Takler den Megalithen auf dem Wagen festgebunden, und der Geleitschutz von einigen Dutzend Reitern wartete mit leuchtenden Fackeln in ordentlichen Reihen. Der Wagen war mit frisch geschnittenen Ranken und gerade blühenden Blumen geschmückt worden, und man hatte zusätzlich rundherum an den Wagen weitere brennende Fackeln befestigt. Auch die Ochsen trugen Girlanden, ihre Führer jeweils eine Fackel.

»Ich verstehe nicht, warum so viel Aufhebens gemacht wird«, sagte Garko, einer der Initiaten zwölften Grades, der mit den anderen Zwölfgradigen rund um den Megalithen Platz genommen hatte. »Auf den ersten zwanzig Meilen sieht uns niemand außer vielleicht ein paar Schafhirten.«

»Waldesar mag solche Paraden«, sagte Sergal missmutig. »Wir anständigen Zauberer halten uns gerne im Hintergrund, agieren in Hinterzimmern, Türmen und an wilden, einsamen Orten, um arkane Dinge zu vollbringen. Der Gelehrte Waldesar möchte die Leute wissen lassen, dass er bedeutend ist. Er ist kein richtiger Zauberer.«

»Könnte sein, dass wir auch ein wenig spät dran sind«, fügte Landeer hinzu, der älteste Zauberer von allen Ringsteinen, dessen Spezialität Hintergedanken waren. »Ringstein Logiar ist der letzte Ringstein, der vervollständigt wird, deshalb könnte man meinen, wir wären spät dran. So aber lässt Waldesar es so aussehen, als hätten wir uns das Beste und Wichtigste für zuletzt aufgehoben.«

»Aber wir *haben* uns verspätet«, sagte Garko. »An der Stätte mussten Tonnen von Erde abgetragen werden. Das hat viel Zeit und Mühe gekostet.«

»Aber das hört sich wie eine Entschuldigung an«, sagte Landeer.

»Es ist eine stichhaltige Entschuldigung«, entgegnete Garko, »und die Fallwinde und Torea-Stürme haben außerdem die, äh, Lieferung der Megalithen verzögert.«

»Waldesar will keine Entschuldigungen hören, also verwandelt er sie in Triumphe. Diese Parade wird den Leuten sagen, dass wir die Letzten sein *sollten*, weil wir so wichtig sind. Wusstet Ihr, dass Tausende von Leuten auf den Mauern von Logiar sitzen sollen, um uns zuzuschauen, wie wir dieses Ding vorbeiziehen?«

»Freibier und eine Buttercremetorte für jeden mit einem Korb voll Blumen, mit denen man uns beim Vorbeirumpeln bewerfen kann«, seufzte Sergal.

»Von Waldesar aus eigener Tasche bezahlt«, ergänzte Landeer.

»Gelehrte Kollegen, darf ich eine schwierige Frage stellen?«, erkundigte sich Sergal.

Seine beiden Begleiter nickten.

»Warum soll Drachenwall erbaut werden?«

»Um die Kraft der Torea-Stürme zu bändigen«, antwortete Landeer.

»Ja, Astential hat mich einen Monat nach dem ersten toreanischen Supersturm angesprochen. Jetzt sagt mir, wie Astential in dieser kurzen Zeit sechzehn von siebzehn über die halbe Welt verteilte Ringstein-Stätten begutachten und vermessen konnte? Bedenkt, dass Ringstein Logiar der letzte ist, der erforscht wurde, und das war gerade mal einen Monat nachdem die Stürme begonnen hatten.«

»Offensichtlich haben die Glasdrachen geholfen«, flüsterte Landeer. »Sie konnten die Stätten binnen Tagen abfliegen.«

»Also haben die Glasdrachen den größten Teil der Vermessung übernommen, die Megalithen aus dem Fels gemeißelt und geliefert und wahrscheinlich Astential überhaupt erst auf die Idee gebracht. Das setzt voraus, dass der Bau der Drachenwall-Maschine schon lange Zeit vor Beginn der Torea-Stürme vorbereitet wurde.«

»Wenn das der Fall ist, haben die Glasdrachen einen Plan, der nichts mit der Zähmung der Stürme zu tun hat«, lautete Landeers Schlussfolgerung.

»Zu diesem Schluss bin ich auch gekommen, und darum mache ich mir Sorgen«, stimmte Sergal ihr zu.

Die Prozession, die den letzten Megalithen begleitete, kam nur sehr, sehr langsam voran. Als sich am bewölkten Himmel das erste Licht der Dämmerung zeigte, hatte sie zehn Meilen zurückgelegt. An dieser Stelle ließ man halten, um die Fackeln auszuwechseln, die Girlanden aus Ranken und Blumen zu bewässern und zu richten, die Eskorte mit Frühstück zu versorgen und die Pferde und Ochsen zu füttern und zu tränken. Weil der leitende Initiat von Ringstein Logiar den Anschein von Würde wahren und jegliche Eile vermeiden wollte, waren Futterbeutel für Pferde und Ochsen verboten. Da sie also anhalten mussten, um sie zu füttern, bekamen alle Gelegenheit zu einer kurzen Rast. Die kurze Rast dauerte bis zum Mittag, was allen recht war, auch Waldesar. Auf diese Weise würden sie die Stadt Logiar ungefähr zwei Stunden nach Sonnenuntergang passieren. Die Fackeln würden brennen, und aller Aufmerksamkeit würde sich auf die Prozession richten.

Der Nachmittag bot einen Vorgeschmack auf das Kommende. Die Dorfbewohner, die schon sechzehn Megalithen vorbeifahren sehen und ihnen kaum einen Blick gegönnt hatten, unterbrachen jetzt ihr Tageswerk, als der große Klotz aus gemeißeltem Stein auf dem riesigen geschmückten Wagen langsam vorbeirumpelte. Die Leute jubelten und warfen mit Blumen und grünen Blättern. Mitgliedern der Eskorte gelang es im allgemeinen Durcheinander, in die Tavernen einzukehren, und sogar Waldesar schleuderte hin und wieder einen Feuerzauber in die Luft, um die Dorfbewohner zu beeindrucken und zu unterhalten. Bei Sonnenuntergang wurden die Fackeln wieder angezündet, doch dieses Mal wurde die Dauer der Rast auf eine Stunde begrenzt.

Zwei Stunden nach Einbruch der Dunkelheit erreichten sie den Abschnitt der Straße, der an den Stadtmauern vorbeiführte. Auf Höhe des Stadttors hielten sie an, und der amtierende Regent des Fürstentums Kapfang kam ihnen auf einem Schimmel entgegen. Er begrüßte Waldesar, ritt dann zum führenden Ochsengespann und bedeutete der Prozession, sich wieder in Bewegung zu setzen. Wie Waldesar war der amtierende Regent von der Wichtigkeit überzeugt, sich bei bedeutenden Anlässen sehen zu lassen, daher wählte er bei nächtlichen Paraden immer ein weißes Pferd und einen weißen Umhang. Sein Alchimist hatte sogar einen Brennstoff für seine Fackel zusammengemischt, durch den sie mit einer leuchtenden blaugrünen Flamme brannte.

Einerseits fühlte Waldesar sich geschmeichelt, dass der amtierende Regent die Prozession mit seiner Anwesenheit beehrte, andererseits ärgerte er sich auch darüber, dass ein anderer ihm bei dieser Parade die Schau stahl. Nichtsdestoweniger lächelte Waldesar, winkte und nahm die Begeisterungsrufe der Menschen entgegen, die nicht mehr über die Äthermaschine wussten, als dass dies das letzte fehlende Teil und die Parade weniger langweilig war, als zu Hause zu sitzen und sich zu fragen, ob oder ob nicht man früh zu Bett gehen solle. Die meisten Blütenblätter flogen von der Stadtmauer in Richtung des amtierenden Regenten, und das ärgerte den ältlichen Zauberer und ließ ihn die entfernte weiße Gestalt anfunkeln.

»Verdammt sollst du sein in die tiefste aller Höllen«, murmelte Waldesar.

Plötzlich riss ein riesiges Loch von etwa hundert Schritten in der Straße auf, aus dem Flammen herauslöderten. Die ersten zwei Drittel der hundert Ochsen verschwanden darin und rissen den Rest sowie den Wagen mit. Der amtierende Regent von Kapfang und sein Pferd fielen ebenfalls in die klaffende Feuersbrunst. Teile der Stadtmauer begannen zu bröckeln und in die Grube zu stürzen, und mit ihnen Tausende von Zuschauern.

Waldesar wurde von den Beinen gerissen. Während er sich wieder hochrappelte, sah er, dass seine Initiaten des zwölften Grades in größter Eile von dem immer schneller werdenden Wagen absprangen.

»Ich hab's nicht so gemeint!«, rief der Zauberer entsetzt, dann fasste er sich.

Nur zehn Schritte vom Rand der Grube entfernt griff Waldesar nach einem kleinen, unauffälligen Holzhebel und zog ihn mit aller Kraft zurück. Der Hebel löste einen hochempfindlichen Mechanismus aus. Ein eisernes Gelenk wurde geöffnet. Das eiserne Gelenk war alles, was den Wagen mit den Ochsen verband, und sein Öffnen veranlasste außerdem das Herabfallen von vier Eisenstangen, um die Wagenräder zu blockieren. Der Wagen blieb einen Schritt vor dem Rand der Grube stehen, während ein Teil der Stadtmauer die letzten Ochsen unter sich begrub.

Spätere Untersuchungen ergaben, dass ein großer, tiefer Tunnel unter der Straße verlief, der im Zuge einer Belagerung vor ungefähr dreihundert Jahren angelegt worden war. Die Belagerung hatte vorzeitig damit geendet, dass die hungrigen Einwohner rebellierten, ihre eigene Miliz ebenso wie ihre wohlgenährte Oberschicht getötet und dem Feind die Tore geöffnet hatten. Angesichts der horrenden Kosten einer Wiederauffüllung des Tunnels entschieden sich die Eroberer, nur den Eingang zumauern zu lassen. Schließlich war die Tunneldecke durch starke Balken und Säulen abgesichert. Gewiss, sie waren so konstruiert, dass alles zusammenbrechen würde, falls jemand an einem Seil zog, das an einem bestimmten Quader angebracht war, aber wenn man den Eingang verschloss, würde das nie geschehen. Die Eroberer verschlossen nicht nur den Eingang, sondern bauten auch noch ein Denkmal darüber, um an ihren glorreichen Sieg zu erinnern.

Doch die Erinnerungen eines Volks sind schwer zu löschen. Einige Balladen hatten drei Jahrhunderte lang in den Tavernen von Logiar überlebt, und alle kündeten davon, dass eine gewaltige Höhle unter der Straße neben dem westlichen Teil der Stadtmauer ausgeschachtet worden sei. Jemand hatte den Balladen geglaubt, ein Haus nah der Stadtmauer gemietet und von dort aus einen Zugang zum alten Belagerungstunnel gegraben. Der Mieter des Hauses, wer immer dies auch gewesen sein mochte, hatte genug gesunden Menschenverstand besessen, so schnell wie möglich zu verschwinden, nachdem die Straße eingebrochen war, so dass sich die Stadtoberen damit begnügen mussten, den Besitzer des Hauses hinzurichten. Händler und Verkäufer auf den Märkten in Logiar gaben – in manchen Fällen unter Folter – zu, dass kürzlich an fremdländisch aussehende Kaufleute genug Höllenfeueröl verkauft worden war, um einen kleinen Krieg führen zu können. Einige kleinere Mittelsmänner wurden festgenommen und gefoltert, aber die führenden Köpfe hinter der Verschwörung hatten ihre Spuren zu gut verwischt und wurden nie gefasst.

In der Zwischenzeit wurde der Megalith durch Logiar hindurch weitertransportiert, dann durch das Südtor hinaus und weiter über die Küstenstraße bis zur Ringstein-Stätte. Diesmal hielten sich die Leute der Prozession so fern wie möglich. Der Wagen wurde von tausend Arbeitern gezogen, die mit vorgehaltenen Speeren zusammengetrieben worden waren, und diese Männer wurden gezwungen, Girlanden aus Blumen und Weinranken zu tragen, obwohl sie nur die Männer der Stadtmiliz sehen konnten, die dem Wagen in – wie sie hofften – sicherer Entfernung folgten. Der stellvertretende amtierende Regent beobachtete den Zug von den weit entfernten Zinnen des Palastes. Er war von Höflingen umgeben, die gewürzten

Met tranken und insgeheim hofften, noch einen spektakulären Angriff auf den Wagen zu erleben. Kein derartiger Angriff fand statt. Der Megalith erreichte die Ringstein-Stätte zwar verspätet, aber unbeschädigt und wurde von einem mickrig aussehenden, aber leistungsfähigen Holzkran an seinen Platz gehievt.

Der eindrucksvolle Angriff hatte Waldesar schwer erschüttert, doch sobald er in sein Arbeitszelt zurückgekehrt war, einen Kelch voll Wein geordert hatte und die Liste der Schäden und Verluste durchgegangen war, kam er zu dem Schluss, dass die Göttin Fortuna eine starke Vorliebe für Megalithen haben musste. Keiner der Zauberer höheren Initiationsgrades war tot, der Megalith war unversehrt, und alles sprach dafür, dass sie Ringstein Logiar eine Stunde vor dem Lupan-Transit einsatzbereit haben würden. Waldesar störte dabei lediglich, dass mit Sicherheit der siebzehnte Megalith das Ziel des Angriffs gewesen war. Er war zu groß und zu schwer, um ihn stehlen, und zu massiv, um ihn leicht zerstören, aber wiederum zu klein, um ihn einfach mit einem Schuss aus einem Katapult treffen zu können. Wäre er in die tiefe Grube gefallen und unter Teilen von Logiars Stadtmauer begraben worden, wäre er danach sicherlich nicht mehr in gutem Zustand gewesen. An die zweitausend Menschen, die beim Einsturz der Mauer getötet worden waren, verschwendete Waldesar keinen Gedanken. Sie waren lediglich Zuschauer, und ihm ging es einzig und allein darum, bei der Rettung der Welt gesehen zu werden.

Ohne jede Vorwarnung betrat Astential das Zelt. Waldesar sprang so schnell auf, wie es einem Zweiundachtzigjährigen nur möglich war. Ihm war nicht klar gewesen, dass der Initiat vierzehnten Grades sich in der Nähe befand.

»Höchstgelehrter Herr!«, rief Waldesar zögerlich, während er seine Gedanken sammelte. »Man hat mich nicht von Eurer Ankunft in Kenntnis gesetzt.«

»Und auch sonst niemanden«, antwortete Astential. »Versammelt die Initiaten zwölften Grades, Gelehrter Waldesar.

Vier von Euch werden in den dreizehnten Grad erhoben, und von diesen vieren werdet Ihr zum Ringmeister von Ringstein Logiar erklärt werden.«

Andry Tennoner verließ die *Sturmvogel* und schritt mit einem Seesack auf der Schulter und siebenundvierzig Silbernobel im Beutel unter der Jacke den Pier entlang. Da war die unbedeutende Einzelheit, dass er eigentlich bis zum nächsten Morgen in Eisen liegen sollte, aber er hatte das Schloss mit einem sehr präzis gebogenen Stück starren Drahtes geknackt und sich befreit. Dann hatte er selbst für seine Freilassung im Strafregister unterschrieben, es mit an Deck genommen und dem diensthabenden Posten gezeigt. Weder konnte der Mann lesen, noch nahm er an, dass Andry schreiben konnte. Außerdem wollte er Andry gern glauben machen, er könne lesen, also tat er so, als lese er das, von dem Andry ihm sagte, es stehe dort.

Andry unterschied sich wenig von anderen Seeleuten: mager und etwas größer als der Durchschnitt, mit schulterlangen, strohigen Haaren und einem Zweiunddreißig-Tage-Bart. Die lederne knielange Jacke und die Stiefel verliehen ihm etwas mehr Fülle. Im Gürtel steckte eine leichte Axt, in deren Schaft eine Seeschlange mit herausgestreckter Zunge eingeschnitzt war. Beim Zoll blieb er stehen.

»Was habt Ihr zu verzollen?«, fragte ein Beamter mit einem Kopfverband.

»Drei Schiffsdecken, eine Schiffsaxt, eine Schiffssäge, einen Meißel, ein Eisen zum Kalfatern, eine zweite Garnitur Bordkleidung und ein aus einer zerbrochenen Deckarmatur gefertigtes Messer.«

»Aha, also von einer Press-Patrouille zwangsverpflichtet, oder?«

»Aye, das hat man mir gesagt.«

»Geld?«

»Vierzehn Silbernobel.«

»Was? Alle anderen hatten fünf *Gold*kronen.«

»Aye, aber ich hatte ein paar Ausgaben.«

»Wie zum Beispiel?«

»Eine Strafe für das Verbringen einer Nacht im Schnapsschrank des Kapitäns, eine Strafe für Pissen über die Reling, eine Strafe für Kotzen auf den Bootsmann, eine Strafe für ...«

»Versucht, Euch in Palion zu benehmen«, sagte der Funktionär. »Seid Ihr ausgepeitscht worden?«

»Aye, für Insubordination und versuchte Fahnenflucht.«

»Insubordination? Fahnenflucht?«

»Aye, ich habe, äh, den ersten Offizier verärgert. Dann habe ich bei den Malderischen Inseln den Bootsmann geschlagen und versucht, über Bord zu springen und an Land zu schwimmen.«

»Die Strafe für das Schlagen eines Schiffsoffiziers ist der Tod, zu vollstrecken binnen vierundzwanzig Stunden nach dem Angriff.«

»Aye, aber ich war der einzige Zimmermann an Bord.«

Der Funktionär presste die Fingerspitzen beider Hände zusammen und drückte die gespitzten Lippen auf die Daumen. Seinem Eindruck nach hatte der Seemann vor ihm die Reise von Scalticar für jeden an Bord noch etwas unerträglicher gemacht, vielleicht auch für die Zauberin, die ein großes Loch in die Steinplatten zu seinen Füßen gesprengt hatte und ein noch größeres Loch in sein Selbstbewusstsein. Er warf Andry eine Kupfermünze zu.

»Willkommen in Palion, und hebt einen auf Rechnung des Sargolanischen Amts für Zoll, Steuern und Ein- und Ausreise von Ausländern«, sagte er, während er ein Matrosen-Visum für Andry ausfüllte. »Jetzt nehmt diese Einreisegenehmigung und verpisst Euch.«

Andry kehrte in eine Taverne in der Nähe ein, wo ein Teil der Mannschaft der *Sturmvogel* bereits auf gutem Weg zum Vollrausch war. Im Kamin des Schankraums war gerade ein Feuer angezündet worden, und zwei Dutzend junge Frauen waren bereits gekommen, um den dabei Matrosen zu helfen, ihr Geld auszugeben. Andry war überrascht, in einer Ecke in der Nähe des Feuers den Bootsmann sitzen zu sehen, wo er genüsslich eine langstielige Pfeife rauchte und den Lärm um sich herum gar nicht wahrzunehmen schien. Andry ging zum Tresen und stützte sich darauf.

»Hallo, Meister, könnte ich ein halbes Blondes haben?«, sagte er in ganz passablem Diomedanisch, der Handelssprache in den Häfen entlang des Plazidischen Ozeans.

»Blondes?«, fragte der etwas gehetzt wirkende sargolanische Mann am Zapfhahn.

»Aye, Blondes. Wird in Fässern geliefert, und Leute trinken es.«

»Ihr meint ein Helles? Das ist Bier.«

»Oh, aye. Gebt mir einen Krug, ich probiere es.«

Andry machte kurzen Prozess mit seinem ersten Hellen und war mitten bei seinem zweiten, als der Bootsmann neben ihm auftauchte und sich auf den Tresen stützte.

»Ein Helles«, rief er und erhielt einen Krug Bier.

»Es geht doch nichts über Reisen, um sich zu bilden, wisst Ihr?«, sagte Andry, als der Bootsmann keine Anstalten machte, zu seinem Tisch am Feuer zurückzukehren. »Jetzt bin ich gerade mal fünf Minuten hier und weiß schon, dass blond eigentlich hell ist.«

»Ich dachte, du würdest noch in Eisen liegen«, sagte der Bootsmann ohne echtes Interesse.

»Ach, wisst Ihr, ich habe darum gebeten, das Strafregister zu kontrollieren, und Sonning hat herausgefunden, dass meine Entlassung überfällig war.«

»Aber das Register wird erst ausgefüllt, wenn die Strafe abgesessen ist.«

»Wirklich?«, rief Andry. »Dann muss Sonning meine Strafe mit der eines anderen verwechselt haben.«

»Junge, du bist so schnell von Begriff, wie eine Ratte durch eine Traufe verschwindet«, sagte der Bootsmann lachend. »Aber du hast die *Sturmvogel* gut zusammengehalten. Ohne dich wären wir nicht hier.«

»Ach, das ist schön.« Andry lachte und stieß ihm den Ellbogen in die Rippen. »Ohne *Euch* wäre *ich* auch nicht hier!«

»Du wirst uns auch wieder zurückbringen müssen.«

»Das setzt voraus, dass ich zurück *will*«, sagte Andry mit einem Augenzwinkern. »Meilen entfernt von der Mutter, keine Brüder, die mich bevormunden, keine Schwestern, die mich anschreien, Geld zum Ausgeben – heda, Meister, noch zwei Krüge Helles!«

»Aber hast du kein Mädchen in Alberin?«

»Welches Mädchen in Alberin interessiert sich schon für Andry Tennoner? Nein, ich glaube, mir gefällt es hier, ja wirklich.«

»Alberin ist meine Heimat, und die *Sturmvogel* ist der einzige Weg zurück«, seufzte der Bootsmann. »Sie ist praktisch das *einzige* große Schiff, das noch übrig ist. Zu viele Kapitäne haben versucht, durch die ersten Torea-Stürme zu segeln. Die Gewinne waren fantastisch, weil in den Kriegen so viele Schiffe versenkt worden sind. Je mehr Schiffe versenkt wurden, umso größer wurden die Gewinne. Das Gold hat die Mannschaften verführt, wieder loszusegeln.«

»Aber wir haben uns doch auch verführen lassen.«

»Ja und nein. Wir haben eine Ladung Pelze und Öle an Bord, mit der wir den Kronprinzen von Alberin auslösen könnten – das heißt, falls ihn jemand gefangen nähme. Aber wir haben auch die Höchstgelehrte Älteste der Metrologen hierhergebracht.«

»Warum, und wer ist das überhaupt?«

»Hast du von den Torea-Stürmen gehört?«

»Oh, aye, Mann, ich habe gerade zweiunddreißig Tage darin verbracht.«

»Ich meine, wie sie angefangen haben. Andry, könntest du

dir vorstellen, dass solche Stürme normales Wetter sind? Dauernd? Du musst von Torea gehört haben.«

»Oh, Aye, eine große Insel, weit weg. Irgendein Zauberer hat sie verbrannt.«

»Torea war ein Kontinent von der Größe Scalticars. Eine verzauberte Waffe namens Silbertod geriet außer Kontrolle und hat alles bis auf den nackten Fels zerschmolzen. Es war wie … ach, komm einfach mit und sieh selbst.«

Der Bootsmann führte Andry durch den Schankraum zum Feuer, nahm Andrys Krug und stellte ihn auf die Kante der Kaminverkleidung. Mit seinem Messer schob er eine große glühende Kohle zur Seite, hob sie vorsichtig mit der Klinge auf und ließ sie in den Bierkrug mit Hellem fallen. Unter lautem Zischen und Blubbern sprudelte sofort brauner Schaum aus dem Krug. Ein paar Trinker in der Nähe klatschten in die Hände und pfiffen.

»Die magische Hitze, die Torea zerschmolzen hat, wurde von den Winden zerstreut, und die hat sie jetzt so schlecht für die Seefahrt gemacht. Eine große Zahl von Zauberern versucht gerade, den Torea-Stürmen mit einem Ding namens Drachenwall Einhalt zu gebieten. Ich bin kein Zauberer, aber ich versuche zu helfen. Ich habe mich freiwillig für diese Fahrt gemeldet. Die Älteste hat auch etwas mit Drachenwall zu tun, also sind wir mit der *Sturmvogel* hierhergesegelt.«

»Du meine Güte, Bootsmann, das ist ein tapferes Anliegen«, sagte Andry, aufrichtig beeindruckt.

»Dann lass uns darauf trinken. He, Wirt, noch zwei Helle.«

»Das ist wirklich kühn, Bootsmann, mir das alles zu erzählen. Ich könnte ein Spion sein.«

»Ach, ich brauche gerade jemanden, mit dem ich reden kann, und ich bin ziemlich sicher, dass du schon bald zu betrunken bist, um dich noch an irgendwas von dem zu erinnern, was ich gesagt habe.«

»Ihr redet, als wärt Ihr mehr als ein Bootsmann.«

»Das sind wir alle.«

»Äh, wie bitte?«

»Wir sind Werkzeuge verschiedener Interessengruppen mit weitgehend unterschiedlichen Zielen und Plänen. Einigen Radikalen gefällt die Vorstellung, dass die Stürme weitergehen, um Chaos zu verbreiten und dem gegenwärtigen Mächteverhältnis ein Ende zu bereiten. Die meisten wollen, dass die Stürme aufhören, aber einige der Königreiche im Binnenland würden vorher noch gerne den Ruin ihrer seefahrenden Nachbarn erleben, so dass ihnen lieber wäre, wenn die Stürme noch eine Weile andauerten. Die seefahrenden Völker möchten weniger Wind, aber dafür mehr Regen, so dass die Viehweiden und Ernten der Binnenländer verfaulen. Das würde nämlich bedeuten, dass der Bedarf an Fisch ansteigt.«

Sie tranken gemeinsam weiter, und weder der Bootsmann noch Andry ließen etwas aus. Der Bootsmann bezahlte alles und schmiss auch die eine oder andere Lokalrunde. Und die ganze Zeit redete er weiter.

»Dann gibt es die Zauberer. Sie müssen, müssen, äh, irgendwas … Magisches machen, damit dieser Drachenwall funktioniert. Tausende von Zauberern versammeln sich an Orten, die Ringsteine genannt werden. Um Götter zu werden und den Winden zu gebieten.«

»Oh, aye, Götter können den Winden gebieten«, stimmte Andry zu. »Das weiß jeder.«

»Sie werden Drachenwall beherrschen, und der … gebietet den Winden. Und gebietet den Torea-Stürmen Einhalt.«

»Oh, aye, und diese Zauberin Älteste, die gehört dann auch zu ihnen?«

»Die ist merkwürdig. In Torea geboren.«

»Torea? Dem geschmolzenen Kontinent? Heda, Meister, noch zwei Helle – nein, Finger weg von Eurem Beutel, Bootsmann, das ist meine Runde. Und noch eine Lokalrunde.«

Wirt und Schankdirnen füllten die Krüge und Becher der eifrigen Trinker nach, die sich um sie versammelten. Andry wandte sich wieder dem Bootsmann zu.

»Ein großes Problem, die Torea-Stürme.«

»Wir sind so klein, und das Problem ist so groß, Andry«, sagte der Bootsmann. »Warum beschäftigen wir uns damit?«

»Äh ... sagt es mir.«

»Nein, ich meine, *ich weiß auch nicht*, warum wir uns damit beschäftigen.«

»Na, dann lasst es doch.«

»Ich sollte mir ein paar willige Frauenzimmer suchen und mich betrinken.«

»Willige Frauenzimmer?«, wiederholte Andry, der sofort an die Konsequenzen denken musste, falls seine Mutter das herausfand.

»Aye, willige Frauenzimmer. Sie trinken mit dir, du gibst Geld für sie aus, dann ziehen sie sich aus und gehen mit dir ins Bett.«

»Oh, aye. Und dann?«

»Du spielst Kinder machen.«

»Äh ... aye? Und dann?«

»Und sobald du schläfst, schleichen sie sich weg und nehmen alles mit, was noch in deinem Geldbeutel ist!«

Der Bootsmann lachte schallend und warf ein halbes Dutzend Silbernobel in die Luft. Mehrere Mädchen und Trinker warfen sich auf die Münzen. Der Bootsmann legte Andry einen Arm um die Schultern.

»Du brauchst ein williges Frauenzimmer«, verkündete er. »Dassis ein Befehl.«

Andry schluckte. Ein Mädchen. Ein Mädchen zum ins Bettgehen. Er war noch nie mit einem Mädchen im Bett gewesen. Er wusste nicht einmal mit Sicherheit, was zu tun war, hatte aber schon einen Großteil der Vorgänge in unzähligen Unterhaltungen auf Schiffswerften, Barken, Schiffen, in Tavernen und bei nächtlichen Trinkgelagen am Straßenrand aufgeschnappt. Genauer gesagt, seine Mutter war weit, weit weg. Und was genauso wichtig war: Wenn er einen Narren aus sich machte, war er so weit von Alberin weg, dass seine Freunde es kaum je herausfinden würden.

Inzwischen war der Bootsmann von einigen Mädchen umringt, die davon ausgingen, dass er wahrscheinlich noch mehr Silber für sie ausgeben konnte, wenn er schon damit um sich warf. Andry tastete nach seinem Geldbeutel. Er fand nichts. Er schaute wieder zum Bootsmann, der gerade einen Silbernobel aus einem verdächtig vertrauten Geldbeutel nahm und ihn einem kichernden Mädchen auf seinen Knien in den Ausschnitt drückte. Als ihm plötzlich klar wurde, was als Nächstes passieren würde, leerte er den Krug in seiner Hand.

»Ich muss Euch um das Geld für die Runde bitten«, verkündete der Wirt.

Da er kein Geld vorweisen konnte, fielen Wirt und Kellermeister sofort über Andry her, verprügelten ihn und warfen ihn dann aus der Taverne. Einige Augenblicke später flogen Seesack und Axt hinterher. Sein Werkzeug blieb in der Taverne.

»Den Rest kannste dir abholen, wennde mit dem Geld für die Runde wiederkommst!«, rief der Kellermeister, bevor er die Tür zuschlug.

»War sowieso gestohlen!«, brüllte Andry die geschlossene Tür an.

Erst jetzt ging Andry auf, dass einige seiner Silbernobel durch die Hosenbeine in seine Stiefel gerutscht waren, als er das erste Mal nach dem Geld getastet hatte. Er rappelte sich aus dem Rinnstein auf, wischte sich etwas Dreck und Unrat ab und machte sich dann auf die Suche nach einer anderen Taverne. Schließlich war seine Mutter weit, weit weg.

In einem wesentlich vornehmeren Teil Palions nippten Rektorin Feodorean und die Älteste Terikel Engelshaar-Eiswein des Jahrgangs 3129 aus Kristallgläsern und lagen dabei auf seidenen, mit Gänsedaunen gefüllten Kissen vor dem in einem Schwarzsteinkamin in Form eines Meerdrachenmauls prasselnden Feuer. Terikel trank wesentlich schneller als die Rektorin.

»Das Drachenwall-Konzil hat mich aufgefordert, zum Ringstein Alpine zu reisen«, erklärte die Rektorin gerade. »Der Gelehrte Sergal ist persönlich hergekommen, um mich zu überzeugen. Ich habe gesagt, ich sei zu alt für rohe Kraftzauber. Drei Wochen in einer Kutsche auf verschlammten Straßen und dann anstrengende ätherische Beschwörungen? Nicht mit mir.«

»Verglichen mit der Fahrt von Scalticar hierher hört es sich geradezu luxuriös an«, erwiderte Terikel.

»Ihr wart sehr mutig, die Straße des Schreckens zu durchqueren«, sagte die alte Frau. »Eher würde ich bei der Wahl zum barbusigen Hafenflittchen des Monats mitmachen. Und da wir gerade von aussichtslosen Unternehmungen sprechen, warum wollt Ihr Drachenwall aufhalten?«

»Ich habe einige Berechnungen auf der Grundlage der Beobachtungen der Metrologen angestellt. Drachenwall ist nicht notwendig und sehr gefährlich.«

»Die Wahl des barbusigen Hafenflittchens des Monats ist auch nicht wirklich nötig, aber mit dem Versuch, ihn zu verhindern, könntet Ihr Euch auch sehr unbeliebt machen.«

»Drachenwall *ist* gefährlich. Die Torea-Stürme haben ihren Höhepunkt bereits überschritten und verlieren langsam an Kraft. Alles, was Drachenwall kann, ist den Winden Energie zu entziehen und diese in ätherisches Potenzial umzuwandeln. Diese Energie muss irgendwo gespeichert sein und könnte dann benutzt werden, um großes Unheil anzurichten. Stellt Euch vor, Euer Keller ist überflutet und ein gewiefter Zauberer kommt vorbei. Er sagt, er verwandelt das Wasser in Bier, damit Ihr ein Schild mit der Aufschrift *Freibier* an die Kellertür nageln könnt und alle Faulenzer aus der Nachbarschaft herbeigeeilt kommen, um den Keller leer zu trinken. Was würdet Ihr tun?«

»Oh, Eintritt verlangen, glaube ich.«

»Genau! Ihr könntet es nicht ertragen, das Bier zu vergeuden. Jetzt stellt Euch riesige Mengen ätherischer Energie vor, die in einem mächtigen, über den ganzen Himmel verteilten Zauber gespeichert wären. Würdet Ihr die vergeuden?«

Die Rektorin schwenkte den Weindekanter herum und schenkte Terikel dann ein weiteres Glas ein.

»Angenommen, Ihr habt recht, was können wir tun? Wir haben beide nur Initiationsgrad elf, Astential hat das Tausendfache unseres ätherischen Potenzials.«

»Ja, der Feind ist stark. Das ist aber kein Grund, sich kampflos zu ergeben.«

»Terikel, Terikel, Ihr hört Euch langsam so an wie der junge Wilbar von der Akademie der Angewandten Zauberkünste in Clovesser. Er hat mit einer kleinen Gruppe radikaler Studenten etwas gegründet, was sich Kollektiv zur Aufdeckung von Zauberverschwörungen und Okkulten Komplotten nennt, und ist zum Gespött aller Akademien im Imperium geworden. Seiner Theorie nach ist Drachenwall ein Komplott von Zauberern einer anderen Mondwelt mit dem Ziel, den Verstand unserer eigenen Zauberer zu beherrschen.«

»Dann zieht dieser Wilbar zumindest die Möglichkeit einer Verschwörung in Betracht, was mehr ist, als Ihr tut. Ich weiß, dass es Verschwörungen gibt, Rektorin, und ich weiß viel mehr, als ich zu erörtern bereit bin. Drachenwall wird gigantische Energien speichern. Das letzte Mal, als ein Sterblicher die Kontrolle über solche Energien bekommen hat, ist Torea bis auf den nackten Fels zusammengeschmolzen worden.«

»Selbst wenn ihr recht habt, welche Macht habe ich? Ich bin nicht einmal Mitglied des Konzils.«

»Man muss nicht Kapitän eines Schiffes sein, um es zu versenken«, erwiderte Terikel. »Ihr habt Beziehungen zum Kaiserpalast. Vier der Ringsteine liegen auf sargolanischem Herrschaftsgebiet oder dem von Verbündeten. Der ermordete Kaiser hatte erhebliche Zweifel in Bezug auf Drachenwall. Er hat sogar darauf bestanden, dass Drachenwalls Kräfte, Fähigkeiten und Kontrollmöglichkeiten einer strengen Prüfung unterzogen werden. Wenn die abgeschlossen ist, wird die Wahrheit ans Licht kommen.«

»Die Prüfung ist abgeschlossen, und der Kronprinz hat das

Ergebnis gesehen«, sagte Feodorean ungehalten. »Sie hat ihn davon überzeugt, dass Drachenwall keine Bedrohung darstellt.«

Feodorean erwartete einen Ausbruch von Terikel, doch die Metrologin wurde stattdessen merkwürdig still. Sie stand auf, stellte ihr Glas auf eine Anrichte und verschränkte die Arme.

»Der Kaiser war gegen Drachenwall, jetzt ist er tot«, sagte sie zögernd. »Und jetzt ist der Kronprinz plötzlich ›überzeugt‹, wie Ihr es ausdrückt. Sehr aufschlussreich.«

»Dem Kaiser sollten die Ergebnisse am Tag nach dem Attentat gezeigt werden, so dass er sein Veto gegen die Fortsetzung des Unternehmens hätte einlegen können, falls etwas Gefährliches festgestellt worden wäre.«

»Plötzlich ergibt alles einen Sinn«, sagte Terikel kopfschüttelnd, aber sie wirkte nicht so aufgeregt, wie die Rektorin erwartet hatte.

»Terikel, Ihr könnt nicht ernsthaft behaupten wollen, dass der Kronprinz von Sargol in eine Verschwörung zur Ermordung seines Vaters verwickelt ist.«

»Natürlich nicht, dann würde man mich einsperren. Ich sollte jetzt gehen, Rektorin. Vielen Dank für Eure Gastfreundschaft.«

»Was wollt Ihr jetzt tun?«

»Die *Sturmvogel* segelt in ein bis zwei Tagen nach Diomeda, um tropische Erzeugnisse für den Verkauf in Alberin einzukaufen. Ich werde mitsegeln.«

»Warum nach Diomeda?«

»Laut einem, äh, Berater von mir, hat Drachenwall eine Schwäche. Ich kann auf dem Leir bis zum Ringstein Centras fahren. Was ich dort machen werde, geht nur mich und mein Gewissen etwas an, aber ich kann Drachenwall mit Sicherheit auch noch zusammenbrechen lassen, *nachdem* er angelaufen ist.«

Sobald Terikel den Raum verlassen hatte, sprach die Rektorin einen kleinen Zauber und formte ihn dann aus. Er nahm die Gestalt eines kleineren Abbilds von ihr selbst an, doch mit einigen kosmetischen Verschönerungen. Sie hielt ihn in den gewölbten Handflächen, während sie einige Minuten darauf einsprach, dann fixierte sie ihn an einem Amulett. Während ihr Bildnis sich in dem polierten Stein auflöste, läutete Rektorin Feodorean mit einer kleinen Glocke. Eine halbe Minute später tauchte Brynar auf.

»Bringt das in den Palast und gebt es der üblichen Person«, sagte die Rektorin und überreichte ihm das Amulett, das sie zwischen Daumen und Zeigefinger hielt.

»Die Älteste der Metrologen sah grimmig aus, als sie ging«, berichtete Brynar.

»Die Älteste der Metrologen ist eine sehr gefährliche Person, Brynar. Nun geht.«

Brynar verabschiedete sich, zog die Tür zum Zimmer der Rektorin hinter sich zu und eilte durch den Korridor davon.

»Ja, eine sehr gefährliche Person«, bekräftigte Feodorean noch einmal, während sich die Schritte des Präfekten entfernten. »Und man muss etwas gegen sie unternehmen.«

2
DRACHEN-STRICH

*W*allas betrachtete seinen weltlichen Besitz: drei Kupferzehner, ein Stück eingetrocknete Wurst, ein Kanten hartbackenes Schwarzbrot und ein kleiner, gesprungener Krug voll Regenwasser. Er kauerte zum Schutz vor dem Regen unter einem Karren, den er vor einigen Tagen noch nicht einmal als Transportmittel in Erwägung gezogen hätte, obwohl er jetzt zugeben musste, dass er den Regen abhielt und sauberer war als die meisten Hauseingänge.

An eben diesem Tag waren zwanzig Barden der Stadt unter dem Verdacht hingerichtet worden, sie seien er, und alle anderen, die an dem kaiserlichen Bardenwettstreit teilgenommen hatten, waren in die Kerker des Palasts geworfen worden, solange die Untersuchung andauerte. Obwohl er fror, Angst hatte und das fade Brot und die billige Salzwurst satt hatte, war Wallas guten Mutes. Zum einen war er am Leben, in Freiheit und hielt sich über Wasser. Außerdem waren die Saiten der Brettleier einige Tage nach ihrem Schlammbad endlich wieder trocken. Er hatte schließlich herausgefunden, dass die Saiten DGHE gestimmt sein mussten, und konnte einige Vordecktänze spielen, die er einen Bettler hatte pfeifen hören.

Wallas war klar, dass er aus Palion fliehen sollte, aber was ihn davon abhielt war die unbeantwortete Frage, wohin. Er musste nur eine Grenze erreichen, aber die Geografie war nicht auf seiner Seite. Die nächste Grenze war fünfhundert Meilen entfernt. Zwar lagen die Berge im Westen näher, aber die waren eine gesetzlose Wildnis. Zwar war die gesetzlose Wildnis der Berge nicht Wallas' Lieblingsumgebung, der geordneten und gesetzeskonformen Hinrichtung für Kaisermord aber war sie auf jeden Fall vorzuziehen.

In der Zwischenzeit musste er überleben. Zum Leben brauchte man Geld. Geld verdiente man mit Arbeit. Er konnte zwar gut genug kochen, um eine Anstellung zu finden, aber er würde sich irgendwo säubern müssen, bevor er bei einem möglichen Arbeitgeber vorstellig werden konnte. Das würde ihn jedoch als Milvarios erkennbar machen, und das würde wiederum die rasche Trennung seines Kopfes vom Körper nach sich ziehen. Andererseits gab es jetzt in der Stadt nur noch so wenige Barden und Musikanten, dass praktisch jeder mit Musik Geld verdienen konnte. Wallas konnte sein Repertoire von sechs Melodien in verschiedenen Zweier- und Dreier-Gruppen kombinieren, und damit winkte eine steile Karriere als Straßenmusikant.

Wallas zitterte vor Kälte und schlang die Arme um sich, so fest er konnte. Der Nachteil des Wagens bestand darin, dass seine Speichenräder den Wind nicht abhielten. Er kroch darunter hervor, richtete sich langsam auf, reckte sich und begab sich zur nächsten Taverne. Als er eintrat, wurde er mit den üblichen Bemerkungen begrüßt.

»Heda, ein ganz Mutiger. Er hat eine Brettleier.«

»Holt die Wachen, es ist der Musikmeister.«

Wallas setzte sich nicht weit vom Feuer auf den Boden, stimmte die Brettleier und spielte sein Repertoire von Tanzliedern. Es war Musik, zu der man trinken konnte, daran gab es keinen Zweifel. Der Wirt brachte ihm ungefähr jede Stunde einen Krug Bier. Gäste warfen ihm Kupfermünzen und ab und zu sogar einen Silbervasall zu. Plötzlich grölte eine Stimme auf Diomedanisch:

»Kommt, ihr tapf'ren Matrosen, und hört, was ich sage,
Haltet fern von den Mädels Euch, bei Nacht und am Tage
Sucht ihr Vergnügen, probiert's mit 'nem Zechgelage,
Vielleicht ist euer Silber dann am Morgen noch da.«

Dem Akzent nach war der Sänger ein Scalticarer. Er sang ein Vordecklied zu der Melodie im Dreivierteltakt, die Wallas spielte. Wallas ärgerte sich darüber, dass ihm jemand die Schau stahl, doch er war nicht in der Position, Streit anfangen und Aufmerksamkeit auf sich lenken zu können. Er spielte weiter. Nach sieben Strophen war das Lied zu Ende. Die Trinker warfen einen Haufen Münzen. Wallas sammelte sie auf. Sie ergaben fast die Einnahmen einer halben Nacht.

»Heda, kennst du ›Grelle Mädels von Diomeda‹?«, rief der Sänger, der Wallas offensichtlich ein Dutzend Ales voraus war.

»Äh, nicht persönlich«, antwortete Wallas.

Diejenigen in der Nähe lachten.

»Er meint ›Melissens Sprung‹«, rief ein anderer Trinker.

Wallas kannte nur die einleitenden Akkorde des Liedes, aber danach übertönte der Sänger sein Spiel ziemlich wirkungsvoll. Gegen Ende des Liedes hatte Wallas sein Repertoire um eine Melodie erweitert. Der Sänger brachte ihm ein Ale.

»Ich heiße Andry und bin gerade mit der *Sturmvogel* durch die Meerenge gekommen.«

»Ich bin Wallas. Ich spiele hier nur ein wenig.«

»Mal zur See gefahren?«

»Äh, nur auf den Küstenschiffen nach Lacer. Das letzte, auf dem ich war, ist im Sturm gesunken, aber wir waren ganz nah an der Küste, also stehe ich jetzt hier. Lebendig, aber knapp bei Kasse.«

»Na, wenn du lebendig bist, lass uns noch ein Lied singen.«
Andry holte eine Querflöte aus seinem Gürtel und stimmte ein Tanzlied an, dessen Melodie Wallas nicht kannte. Da er jedoch die Tonart erkannte, war es nicht wirklich schwierig, eine Begleitung zu schrammeln. Wallas war zufrieden mit sich. Er wusste, dass er sich anpasste und dass er langsam aussah und sich auch anhörte wie ein Straßenmusikant.

Innerhalb von drei Stunden waren Andry und Wallas aus fünf Tavernen geworfen worden. Andry hatte einen Krug stehlen können, als sie aus dem zweiten Etablissement an die Luft gesetzt worden waren, doch leider stellte sich heraus, dass er Mutter Antwurzels Tinktur aus Medizinischem Knoblauchwein enthielt. Andry trank den größten Teil davon auf dem Weg zur dritten Taverne, wo Wallas den Krug leerte, bevor sie hineingingen. Als sie aus dieser Taverne geworfen wurden, hatte der Wirt sich bei Andrys Mundgeruch beinah übergeben, und sie mussten von Männern mit Kampfstäben aus dem Lokal geschubst und gestoßen werden.

Danach artete der Abend irgendwie aus. Andry hatte zwei gestohlene Decken verloren, die dritte für zwei Halbe eingetauscht und Wallas zwei Silbernobel geliehen, die dieser wiederum einem Freudenmädchen gegeben hatte. Das war dann lieber durch ein Abtrittfenster geklettert und in die Nacht geflohen, statt sich der Aussicht zu stellen, eine Nacht in der unmittelbaren Nachbarschaft von Wallas und seinem Freund atmen zu müssen.

Letztendlich brauchten sie jetzt nur noch einen geschützten Eingang mit einem netten, weichen Haufen Abfall zu finden, wo man es sich gemütlich machen konnte. Unterwegs brachte Andry Wallas sein erstes alberineser Trinklied bei, während sie in Schlangenlinien dahintorkelten und sich dabei gegenseitig stützten.

»Ich wünschte, ich wäre in Alberin,
Wenn ich ohne Geld und Arbeit bin.
Ein Kerl ist in Alberin immer willkommen,
Ein Kerl wird in Alberin niemals verkommen ...«

Ein schwarzer Schatten fiel aus der Dunkelheit unter einer Markise und stieß Andry auf das Kopfsteinpflaster. Ein Kniestoß ins Zwerchfell raubte ihm den Atem, und unmenschlich starke, eiskalte Hände hielten ihn nieder. Es roch nach Blut, Fäulnis, Schimmel und stechendem, abgestandenem Schweiß. Die Leute in den Häusern der Umgebung hatten von allem nur das willkommene Ende des ziemlich störenden, betrunkenen Gesangs auf Alberinisch mitbekommen. Wallas kauerte zu Tode erschrocken an einer Wand.

Plötzlich wurde Andry losgelassen, und das Gewicht des kalten Schattens wich von ihm.

»Bah! Das kann nicht essen, ich!«, zischte eine weibliche Stimme auf Diomedanisch, aber mit einem gänzlich unvertrauten Akzent.

»Warum nicht?«, fragte jemand in der Nähe mit einer jugendlich klingenden Stimme ohne jeden Akzent.

»Dreckig, schmierig, haarig, stinkend.«

»Ich auch«, bemerkte Wallas hoffnungsvoll.

»Dann esst *Ihr* doch von ihm!«, sagte das furchterregende Schreckgespenst schnippisch.

»Vielleicht wenn ich seinen Nacken abwische?«, schlug der Jugendliche im Schatten vor.

»Nein! Der stinkt wie Scheißhaufen von Knoblauchbauer in Pecheimer und, und ... wie sagt man für in Wein tauchen mit der Absicht zu kochen?«

»Marinieren«, rutschte es Wallas heraus.

»Und mariniert!«

»Augenblick mal«, keuchte Andry.

»Mund hältst, du!«, raunzte die Frau und trat ihm in die Rippen.

»Was ist mit dem Fetten?«, fragte der Jugendliche.

Sie drehte sich mit in die Hüfte gestemmten Händen zu Wallas um. Augen und Reißzähne leuchteten leicht bläulich. Dann schüttelte sie langsam den Kopf.

»Bah! Wenn Freund von ihm, zu dreckig!«

»Ihr verschont sie *beide*?«, rief der Jugendliche mit offensichtlicher Überraschung.

»Sein Blut trinken, der Gedanke ist, äh, widerwärtig.«

Sie wandte sich von Wallas ab und funkelte wieder Andry an.

»Also, äh, geschätzter Unhold … äh, werte Dame, können wir, äh, gehen?«, fragte Wallas, unsicher, mit wem oder was er eigentlich sprach. »Es sieht so aus, als wärt Ihr nicht durstig.«

Wallas war sich bewusst, dass sich die leuchtenden Augen in seine Richtung drehten.

Er legte sich beide Hände an den Hals, aber sie schüttelte wieder den Kopf.

»Appetit verloren, nachdem gerochen *das*!«

Als Andry wieder zu Atem gekommen war und sich aufgesetzt hatte, waren seine Angreiferin und ihr Gefährte bereits wieder geräuschlos im Schatten der schlecht beleuchteten Straßen untergetaucht. Wallas fühlte sich, als habe er gerade Bekanntschaft mit einem Armbrustbolzen gemacht, der ihm ein Dutzend Haare oben aus dem Scheitel gezupft hatte.

»Andry, lebst du noch?«, brachte Wallas heraus, der auf allen vieren zu ihm gekrochen war.

»Aye, ich glaube, ja.«

»Was war *das*?«

»Äh, ich bin offen für Vorschläge?«

Mit Hilfe einer Wand in der Nähe kamen sie auf die Beine, stolperten ein paar hundert Schritte weiter und bogen dann in eine schmale Straße ein, die sich als Sackgasse entpuppte. Sie schwankten wieder heraus, dann drehte sich Andry um, taumelte zurück und fiel auf die Knie.

»Das ist Segeltuch«, verkündete er. »Verrottetes Segeltuch.«
»Wir haben kein Schiff«, antwortete Wallas.
»Ich meine, da kann man gut drin schlafen.«
»Und der Regen?«
»Sieh nach oben, da sind Sterne.«
Wallas sah hoch, verlor das Gleichgewicht und brach zusammen. In dieser Lage beschloss er, eine kurze Ruhepause einzulegen, bevor er zu dem Segeltuch kroch. Andry kroch zu ihm.
»Wach auf, du erkältest dich.«
»Verpiss dich«, murmelte Wallas.
Andry versuchte, Wallas zu dem Haufen ausrangiertem Segeltuch zu ziehen, aber er war zu schwer. Stattdessen nahm er die Brettleier des Barden und kroch zurück zu seiner Schlafstätte.
»He, ich hab deine Leier«, rief er. »Komm und hol sie dir.«
»Pass auf meine Leier auf«, antwortete Wallas, nicht ganz wach.
Nachdem er ein paar Töne auf der Leier gespielt hatte, versuchte sich Andry an die Worte von »Stadt Alberin« zu erinnern, doch dann fiel ihm wieder ein, dass er mit seinem letzten Versuch, das Lied zu singen, die Aufmerksamkeit eines Wesens mit unmenschlicher Stärke auf sich gelenkt hatte, das Blut trank. Er rieb sich die Stelle, wo er in die Rippen getreten worden war, und machte es sich im Segeltuch gemütlich.
»Weißt du, Wallas, für 'n Matrosen verträgst du aber nicht viel«, stellte Andry fest.
»Pass auf meine Leier auf«, erwiderte Wallas.
»Mir kommt da gerade eine Idee. Hast du eine Unterkunft?«
»Pass auf meine Leier auf«, schien Wallas wiederum als Aussage neutral genug zu sein, um sie vorbringen zu können.
»Ich meine, wir könnten zu deiner Unterkunft gehen und mit einem Dach über dem Kopf schlafen.«
»Pass auf meine Leier auf«, wich Wallas dem Thema murmelnd aus.

»Weißt du, Wallas, du bist ein grottenschlechter Barde, aber du weißt, wie man diesem Ding hier ein oder zwei Melodien entlockt.«

Nach neunzig Silbervasallen für Übungsstunden an einer Engelsflügelleier sollte ich dazu wohl verdammt noch mal auch in der Lage sein, dachte Wallas, aber er antwortete nur: »Pass auf meine Leier auf.«

Jemand schrie in der Nähe, und dann waren schnelle Schritte zu hören. Wer auch immer da lief, sie kamen näher.

»Frau«, sagte Andry in undeutlichem, aber dringlichem Tonfall.

»Pass auf meine Leier auf«, antwortete Wallas im Halbschlaf.

Jemand stürmte an der Gasseneinmündung vorbei, kehrte dann um, rannte hinein, stolperte über Wallas und lief an Andry in seinem Haufen Segeltuch vorbei. Andry stieg ein leichter Geruch nach parfümierter Seife in die Nase, und er hörte den pfeifenden, keuchenden Atem einer Frau, die so erschöpft war, dass sie sich nur noch verstecken konnte.

Unglücklicherweise waren ihre Verfolger nah genug, und hatten sie in die Gasse laufen sehen. Jetzt kamen sie näher. Noch mehr Füße trampelten über Wallas hinweg und dann an Andry und sein Segeltuch vorbei. Inzwischen hatte die Frau herausgefunden, dass sie in eine Sackgasse gelaufen war und in der Falle saß. Sie stellte sich zum Kampf, sprach einen Feuerzauber in ihre Handflächen und warf ihn dann auf ihre Angreifer. Sie traf nicht. Ihr Zauber fiel stattdessen auf den Haufen Segeltuch.

Andry sprang auf, in erster Linie deshalb, weil das Segeltuch rings um ihn in Flammen aufgegangen war. Im Feuerschein konnte er fünf stämmige Männer erkennen, die eine Frau in die Enge getrieben und auf den Boden gedrückt hatten. Hinter ihm hatte Wallas sich auf die Knie erhoben. Andry hörte Kleidung zerreißen und sah das Schimmern blasser Beine und das Aufblitzen von Messerklingen.

»Heda, dassis erbärmlich, wshatter denn vor, hier?«, wollte

Andry seiner Ansicht nach auf Diomedanisch wissen, doch das Kauderwelsch blieb für alle ziemlich unverständlich.

Um seinen Worten Nachdruck zu verleihen, winkte er mit Wallas' Leier. Die fünf Männer blickten überrascht auf. Ihr Opfer auch. Einen Moment lang war es absolut still.

»Pass auf meine Leier auf«, brabbelte Wallas hinter Andry.

»Dassis erbärmlich, wissta, dassis schrecklich«, beharrte Andry. »Wenner 'ne Frau bespringen wollt, bezahlt wie alle andern auch.«

»Schnappt sie Euch«, ertönte es vom Ende der Gasse. Zwei massige Schatten stürmten los.

In einem flüchtigen Moment klaren Denkens hob Andry seine Axt aus dem Haufen brennenden Segeltuchs auf und wirbelte damit herum. Unglücklicherweise war der Schaft vom Feuerzauber der Frau in Mitleidenschaft gezogen worden, als dieser das Segeltuch angezündet hatte. Der Schaft brach knapp unterhalb der Klinge, und diese flog am ersten Schläger vorbei, der beim Ausweichen seinen Kameraden anrempelte. Sie fielen gemeinsam. Andry trat dem näheren der zwei an den Kopf, und zerschmetterte Wallas' Brettleier auf dem Kopf des anderen. Der Alberiner stand jetzt mit zwei Teilen einer Brettleier und den Resten eines Axtschafts in den Händen da.

»Komm *hoch*, komm *hoch*!«, blaffte Andry. »Hast wohl keine Eier in der Hose, wette ich!«

Haare, Bart und Kleidung des Mannes, der gerade auf der Frau hockte, gingen jetzt in Flammen auf, und er wälzte sich mit einem spitzen Aufschrei von ihr herunter. Ein anderer stürzte sich auf Andry, oder wenigstens in seine Richtung. Tatsächlich lief er mittlerweile um sein Leben, aber das konnte Andry nicht wissen. Er schlug mit den Stücken der Brettleier und dem angekokelten Axtschaft um sich und brachte den Strauchdieb damit ins Stolpern, der dann über den immer noch im Weg knienden Wallas fiel. Andry warf sich auf den Haufen strampelnder Gliedmaßen und schlug auf etwas, von dem er hoffte, dass es nicht zu Wallas gehörte. Eine Faust krachte in

Andrys linkes Auge, und eine strahlend blaue Sonne ging im Kopf des Alberiners auf. Augenblicke später wachte er am Boden liegend auf und sah Wallas, der sich an den Arm des Schurken klammerte und in die Luft gehoben wurde, als der Angreifer mit einem Messer ausholte. Andrys Fuß zuckte vorwärts und traf das Knie des Mannes, der daraufhin mit Wallas auf Andry fiel.

Plötzlich bewegte sich niemand mehr. Andry fand noch wichtiger, dass niemand mehr versuchte, ihn zu töten oder auch nur zu schlagen. Aber offenbar lag mindestens ein Körper auf ihm. Er hievte sich hoch, und der Strauchdieb rollte von ihm herunter. Wallas' Hand hielt immer noch den Griff des Messers umklammert, das mitten in der Brust des Angreifers steckte.

Andry stand auf. Inzwischen war auch die Frau auf den Beinen und stützte sich an einer Mauer ab. Ihre Kleidung war stellenweise zerrissen. Das Segeltuch brannte immer noch, ebenso wie einer der Strauchdiebe, der sich aber nicht mehr bewegte. Neben ihm lag der fünfte Angreifer, den eine Zufallsbegegnung mit der Rückseite von Andrys abgebrochenem Axtkopf gefällt hatte. Er hatte immer noch ein Grinsen im Gesicht. Einer der beiden bewusstlosen Strauchdiebe ächzte. Andry verpasste ihm einen Tritt an den Kopf.

»Pass auf meine Leier auf«, jammerte Wallas.

»Er ist tot«, sagte Andry. »Du musst sein Herz getroffen haben.«

Sie drehten sich beide zu der Frau und der menschlichen Fackel neben ihr um.

»Er brennt«, sagte Andry.

»Ich habe ihn angezündet«, japste die Frau.

»Äh, es könnte eine gute Idee sein, von hier zu verschwinden«, sagte Andry langsam, während er die Überreste der Leier aufsammelte und sie Wallas überreichte.

»Meine Leier ist kaputt«, sagte Wallas.

Die Frau fiel in Ohnmacht.

Andry trat so lange vor die Tür von Madame Jillis Erholungsheim, bis ein Riegel zurückgeschoben wurde und die Tür aufschwang. Drei Frauen in knapper, wenn auch teuer aussehender Kleidung standen, hockten und knieten vor ihm. Jede zielte mit einer kleinen Armbrust auf seine Brust. Die Waffen sahen wie Spielzeuge aus, aber Andry wusste, dass die Bolzen vergiftet waren, falls es sich um die Art handelte, wie sie sich die alberinischen Freudenmädchen unter den Rock schnallten. Einen Moment später hatte jemand im Schatten hinter den Frauen entdeckt, dass Andry eine Frau auf der Schulter trug und etwas weiter dahinter noch ein zweiter Mann in der Dunkelheit stand.

Bei den Worten »Lasst sie ein« senkten die Frauen die Waffen und rückten zur Seite. Andry trat mit der geretteten Frau ein. Ihnen folgte Wallas, der eine Axtklinge mit einem verkohlten Schaftstumpf, den abgebrochenen Rest des Schafts, einen blutigen Dolch, vier Geldbeutel und die zerschmetterten Überreste einer Brettleier trug. Sein linker Ärmel war voller Blut.

»Wir, äh, haben irgendwie ein Freudenmädchen gerettet, so vor ein paar Männern«, erklärte Andry.

»Das waren ganz schlimme Männer«, fügte Wallas hinzu.

»Sie haben, na ja, versucht, umsonst zum Zug zu kommen, aber wir haben sie daran gehindert«, fuhr Andry fort.

»Ich hab einen erstochen«, gab Wallas zu. »Aber mit seinem eigenen Messer.«

»Und das macht es besser?«, fragte Madame Jilli.

»Aye, es war irgendwie nicht Wallas' Schuld«, unterstützte ihn Andry.

Wallas war kein Mensch, der gerne zugab, so etwas Anstößiges wie einen Dolch, eine anzügliche Zeichnung oder ein Schafdarmkondom zu besitzen. Er hielt die verkohlten Reste der Axt hoch.

»Zugegeben, aber Andrys Schuld war es auch nicht.«

Andry legte die bewusstlose Frau auf ein Sofa. »Da waren noch drei andere. Ich hab irgendwie versucht, ihnen gut zuzureden.«

»Andry hat ihnen vor den Kopf getreten«, erklärte Wallas. »Er hat sie so fest getreten, dass sie, na ja, nicht geneigt waren, schnell wieder aufzustehen.«

»Die Frau hat den anderen irgendwie in Brand gesteckt«, fügte Andry hinzu.

»Aber wir wissen nicht, ob es ihre Schuld war«, ergänzte Wallas.

Madame Jilli stand mit verschränkten Armen da und wirkte vollkommen ruhig, während sie verzweifelt versuchte, die Unmengen von Fakten und Geschichten, die ihr aufgetischt wurden, zu einem zusammenhängenden Bild zusammenzufügen. Schließlich blieb sie an einem Detail hängen.

»Sie hat jemanden in Brand gesteckt?«

»Oh, aye«, bestätigte Andry.

»Nur eine mächtige Initiatin des elften Grades kann einen Mann in Brand setzen«, sagte Madame Jilli, während sie die Frau untersuchte. »Seid Ihr sicher, dass sie ein Freudenmädchen ist?«

»Oh, aye, weil ich ... äh, Wallas, sag du es ihr.«

»Äh, nun ja, sie ... war nachts auf der Straße.«

»Oh, aye, man trifft nachts keine anderen Frauen alleine auf der Straße.«

»Ihre Begleitung könnte getötet worden sein«, stellte Madame Jilli fest und lockerte die Kleidung der Frau.

»Oh, äh, dann sind wir vielleicht doch nicht ganz so sicher«, räumte Andry ein, der sich zwar schämte, aber dennoch versuchte, einen besseren Blick auf die Frau zu werfen.

»Warum habt Ihr sie hergebracht?«, fragte Madame Jilli, während sie etwas aus dem Beutel der Frau zog.

»Wir haben Euer Schild gesehen und irgendwie gedacht, dass Freudenmädchen sich gegenseitig helfen.«

»Sie ist eine Priesterin des Metrologischen Ordens!«, rief Madame Jilli und starrte auf eine Art Siegel.

»Äh, aye?«, fragte Andry.

»Das ist ein Gelehrten-Orden, der sich mit der Messung aller möglicher Dinge beschäftigt«, erklärte Wallas. »Sie bieten in den Städten an wo sie einen Tempel haben, auch Unterstützung für Dirnen, Waisen und Krüppel an.«

Madame Jilli erhob sich und baute sich vor Andry auf. »Sie ist kein Freudenmädchen, aber als Metrologin ist sie hier willkommen. Warum habt Ihr sie gerettet?«

»Ja nun, weil«, sagte Andry. »Weil diese Arschlöcher sie am Boden hatten und es umsonst von ihr wollten, irgendwie, und das ist irgendwie schrecklich.«

»Ja, wirklich«, ergänzte Wallas. »Sie schienen furchtbar minderwertiges Gesindel zu sein, und sie hat mit ziemlich gebildeter Stimme geschrien. Natürlich müssen wir kultivierten Leute zusammenhalten, also sind wir eingeschritten.«

»Lasst mich das klarstellen. Ihr habt eine Frau, die Ihr für ein Freudenmädchen hieltet, vor fünf Mitgliedern der Throngarde gerettet, weil es Euch anständig vorkam?«

»Was?«, lachte Andry. »Throngarde? O nein, das waren nur ein paar Schurken, irgendwie.«

Madame Jilli nahm Wallas den funktionstüchtigen, aber verzierten Dolch ab und hielt ihn zwischen Daumen und Zeigefinger hoch.

»Das Wappen auf dem Dolch ist das der Kaiserlichen Throngarde. Nur Throngardisten dürfen so etwas bei sich tragen. Die unbefugte Benutzung des Wappens auf Waffen wird mit dem Tode bestraft – zu vollstrecken mit der Waffe, auf der das Wappen gefunden wird.«

»Ich habe einen Kaiserlichen Throngardisten getötet?«, jammerte Wallas, ließ dann alles fallen, was er bei sich trug, wurde ohnmächtig und fiel schwer zu Boden.

»Armer Mann«, sagte Madame Jilli. »So tapfer und doch so wortgewandt. Andry, nicht wahr?«

»Aye.«

»Geht mit Ellisen, sie wird sich um Euch kümmern. Roselle, Melier, helft mir mit Wallas und der Priesterin.«

Ellisen ließ Andry nicht eher in die Nähe eines Bettes, bis er sich seiner Kleider entledigt, ein Bad genommen und seine Haare mit Dornbuschöl gewaschen hatte, um die Läuse zu töten. Ellisen war größer als Andry, auch breiter in den Schultern und offenbar nicht daran gewöhnt, sich von Männern irgendwas bieten zu lassen. Tatsächlich erinnerte sie Andry an seine Mutter, und als ihm das einmal klar geworden war, kam er wesentlich besser mit ihr zurecht. Kurze Zeit später schrubbte sie seinen Rücken mit einer Scheuerbürste und Schmierseife, wobei sie sich Geschichten über die besten Tavernenschlägereien erzählten, in die sie verwickelt gewesen waren.

Andry glitt unter die duftenden Laken des ersten Doppelbetts, in dem er je geschlafen hatte. Eine Weile lag er da und lauschte den Geräuschen aus dem angrenzenden Raum ... und dann war plötzlich Morgen. Seine Kleider lagen ordentlich gefaltet auf einem Stuhl an der Wand. Sie rochen nicht mehr und schienen die Farbe gewechselt zu haben. Andry dachte einen Moment darüber nach, dann ging ihm auf, dass sie gewaschen worden waren. Er kleidete sich eilig an und zog seine Stiefel an, die geputzt und poliert worden waren. Als er in der Kleidung steckte, die ihm nicht mehr gänzlich vertraut erschien, bemerkte er einen Spiegel, der so angebracht war, dass man ihn nur benutzen konnte, wenn man im Bett lag.

»Der nützt doch so keinem was«, murmelte der verwirrte Andry, als er ihn abnahm, drehte und auf den Boden stellte. Das Abbild im Spiegel kam ihm viel respektabler vor, als Andry sich selbst einschätzte. »Aber wenn ich wirklich so gut aussehe, warum kriege ich dann kein Mädchen?«, fragte er sich zweifelnd. »Vielleicht bist du einer von diesen magischen Spiegeln, die einem nur zeigen, was man sehen will?«, fragte er den Spiegel. Der blieb jedoch stumm.

Er öffnete die Tür und fand Ellisen, die es sich an der gegenüberliegenden Wand unter einer Decke gemütlich gemacht hatte. Ihre Armbrust lag neben ihr. Nicht sicher, ob sie dort lag, um ihn am Verlassen oder andere am Betreten des Zimmers zu hindern, verkündete Andry, er sei nun wach. Ellisen stand auf, streckte sich und führte Andry zu Madame Jilli, die gemeinsam mit Wallas in einem Raum beim Frühstück saß, der für einen Speisesaal zu klein, aber für ein Esszimmer zu groß war. Wallas sah sehr selbstzufrieden drein.

»Anscheinend haben eine große Anzahl Attentäter und fünf ausländische Zauberer letzte Nacht zwei Kaiserliche Throngardisten getötet«, berichtete Madame Jilli.

»Wir?«, antwortete Andry.

»O nein«, lachte Madame Jilli. »Nein, Ihr könnt es gar nicht gewesen sein. Kommt jetzt, Euer höchst unermüdlicher Gefährte und ich haben auf Eure Gesellschaft gewartet.«

Beim Frühstück schwieg Andry überwiegend. Sie hatten nur wenig Gesellschaft im Speisezimmer, da die meisten Mädchen, die im Haus arbeiteten, mittlerweile schliefen. Eine Dienstbotin stand an einer Bank in der Nähe und faltete Servietten, und Madame Jilli trank eine Tasse Tee und las dabei Schriftrollen aus Schilfpapier.

»Ich habe noch nie, na ja, gekämpft, um zu töten«, gestand Andry, während er geräucherten Schinken aß.

»Natürlich hast du«, sagte Wallas. »Letzte Nacht. So wie ich auch.«

»Nein, ich meine, na ja, noch nie zuvor. Ich habe vor ein paar Köpfe getreten und so, aber noch nie versucht, jemanden zu töten.«

»Aber du *hast niemanden* getötet.«

»Oh, aye, das stimmt.«

»Verdammt guter Wurf mit der Axt«, sagte Wallas mit einem Seitenblick auf Madame Jilli. »Ich hätte mein Messer geworfen, aber es sah so aus, als hättest du alles im Griff.«

»Zufall«, sagte Andry achselzuckend. »Ich könnte es nicht noch mal machen, nicht mal, um mein Leben zu retten.«

»Aber es hat geholfen, das Leben der Metrologin letzte Nacht zu retten.«

»Aber *du* hast jemanden getötet, Wallas. Wie erträgst du das Gefühl? Das Schuldgefühl, ich meine, wenn ich mir vorstelle, dass ich jetzt hier sitze und frühstücke und er nie mehr was essen wird. Nie wieder.«

»Ich weiß nicht, ja, sicher, ich fühle mich schlecht. Ich habe vor letzter Nacht noch nie jemanden getötet.«

»Ist das wahr?«, fragte Madame Jilli.

Wallas erinnerte sich plötzlich an einiges, womit er in der vergangenen Nacht in ihrem Bett geprahlt hatte.

»Nun ja, wenn man sich im Kampf so geschickt anstellt wie ich, kann man es sich außer unter den extremsten Umständen leisten, Gnade walten zu lassen.«

»Dann war also dieser Schnitt von seinem rechten Herzen durch die Verbindungsarterie dein erster dieser Art?«, fragte Andry.

»Du weißt tatsächlich, was die Verbindungsarterie ist?«, wechselte Wallas schnell das Thema.

»Oh, aye. Das ist die große, die unsere beiden Herzen verbindet. Sie ist Teil unseres Austauschsystems.«

»Woher weißt du das alles?«

»An meinen freien Tagen habe ich früher immer, na ja, Leichen von den Friedhöfen für die Gilde der Medizin gestohlen. Sie haben sie aufgeschnitten, damit die Studenten lernen konnten, was so alles in einem Körper drinnen ist. Ich hab dann da so rumgehangen und hinterher für noch zwanzig Kupferzehner beim Saubermachen geholfen. Ich hab bei den Leichen nie darüber nachgedacht, dass sie mal lebendig waren. Aber letzte Nacht waren erst fünf lebendig und dann nachher zwei nicht mehr. Beide sind jetzt unterwegs zu den Finsteren Orten.«

»Weißt du, dieses Schuldgefühl, das du erwähnt hast?«, fragte Wallas im Flüsterton.

»Ja?«, erwiderte Andry.

»Was mache ich dagegen?«

Andry legte eine Hand an sein Gesicht, da ihm keine Antwort einfiel, und zuckte dann mit den Achseln. Ein paar Minuten lang aß er schweigend weiter.

»Das erste Mal, dass ich in einem Hurenhaus geschlafen habe«, sagte Andry.

»Erholungsheim«, sagte Ellisen, die mit verschränkten Armen an der Tür stand.

»Männer kommen nicht hierher, um zu schlafen«, sagte Wallas sanft.

»Ihr hättet mal die im Zimmer neben mir hören sollen. Das hat sich angehört, als hätten sie das Bett durchs Zimmer gerudert.«

Das Dienstmädchen kicherte, Madame Jilli legte beide Hände vor den Mund, und sogar Ellisen lächelte.

»Das war Madame Jillis Zimmer«, erklärte Wallas grinsend. Er war zwar durchaus stolz, für die Geräusche verantwortlich zu sein, aber auch etwas verärgert über den Vergleich. »Und was hast du gemacht?«

»Versucht zu schlafen!«

»Du meinst, du hattest keine Gesellschaft?«, sagte Wallas mit einem durchtriebenen Blick in Ellisens Richtung.

»Aye, stimmt.«

»Muss das erste Mal gewesen sein, dass in dem Bett ein Mann ohne Frau gelegen hat.«

»Aye, ich meine, niemand würde nur zum Wichsen herkommen.«

Inzwischen hatte Madame Jilli das Gesicht in den Händen vergraben, das Dienstmädchen wischte sich die Tränen aus den Augen, und Ellisen starrte konzentriert auf etwas an der Decke.

»Na, und was jetzt?«, fragte Wallas.

»Wir suchen uns eine Taverne und trinken eine Halbe«, antwortete Andry.

»Andry, wir werden gesucht. Wir haben ein paar Elitegardisten des Kaisers getötet.«

»Aye, aber wir haben die Dame gerettet.«

»Andry, die anderen Gardisten leben noch. Welche Lügen sie auch an die Schwarzen Bretter hängen, man wird nach einem Burschen in Matrosenkleidung mit einer Zimmermannsaxt und einem starken alberinischen Akzent suchen.«

»Oh, aye, und nach seinem fetten Freund mit einer Brettleier.«

»Wir müssen Palion verlassen, und zwar schnell!«, beharrte Wallas.

Als Andry und Wallas das Haus verließen, hatte sich ihr Aussehen ein wenig verändert. Andry hatte sich die Wangen rasiert und die Haare mit einem Stirnband zurückgebunden. Das verlieh seinem Kopf das Aussehen eines Mopps, der einen Gürtel trug. Wallas hatte sich etwas von Andrys abrasiertem Bart auf die Oberlippe und die Kinnspitze geklebt und die Überreste der Brettleier verbrannt.

Madame Jilli nahm das Messer der Throngardisten und warf es in den Fluss. Sie war bald wieder zurück in ihrem Erholungsheim, wo sich ihre unerwarteten Gäste gerade zum Gehen bereitmachten.

Andry und Wallas konnten den ersten Blick auf die Frau werfen, die sie gerettet hatten. Sie sah aus, als sei sie um die dreißig, und wirkte zerbrechlich und erschöpft.

»Meine Herren, ich möchte mich noch einmal bei Euch bedanken«, sagte Terikel auf Diomedanisch, aber mit einem merkwürdigen, unbekannten Akzent.

»Ach, keine Ursache«, erwiderte Andry.

»Aber solltet Ihr zufällig einen preiswerten, diskreten Weg kennen, die Stadt zu verlassen, wären wir Euch sehr verbunden«, fügte Wallas hinzu.

»Warum?«, fragte sie nur.

»Wir sind hier nicht wirklich willkommen«, sagte Wallas.

»Na ja, irgendwie wären wir in jedem Wachhaus der Stadt

willkommen«, ergänzte Andry. »Das ist sozusagen das Problem.«

Kurze Zeit herrschte Stille. Andry kratzte sich am Kopf.

»Warum habt Ihr mir geholfen?«, erkundigte sich Terikel, als sei es das Letzte, was sie von einem Fremden erwartet hätte.

»Ihr brauchtet, na ja, Hilfe«, brachte Andry hervor.

»Und das ist alles? Ich brauchte Hilfe?«

»Aye.«

»Und sonst gab es keinen Grund?«

»Aye, nein, warum? Ich meine, Ihr Metrologischen Priesterinnen helft kranken und geschlagenen Freudenmädchen. Fragt Ihr *die*, wie sie dazu gekommen sind?«

Die Priesterin überlegte einige Momente mit gerunzelter Stirn. Erst jetzt bemerkte Andry, dass sie geliehene Kleidung aus den Gemeinschaftskleiderschränken der Mädchen von Madame Jilli trug. Irgendwie sagte ihr Gesicht jedoch nicht *Freudenmädchen*. Ein Falke mit bösen Kopfschmerzen mochte so aussehen, aber keine Frau, die sich nachts auf der Straße aufhielt.

»Auch ich muss Palion verlassen«, verkündete sie, »aber ich muss zuerst noch ein paar Leute aufsuchen und ein paar Dinge regeln. Ich bin eine Handelsagentin, müsst Ihr wissen.«

»Madame Jilli sagte, Ihr wärt eine Priesterin«, entfuhr es Andry.

»Jeder Wachmann und Söldner in der Stadt sucht eine Priesterin«, antwortete sie vielsagend. »Für mich ist es besser, eine Handelsagentin zu sein.«

»Oh, aye, also seid Ihr eine Handelsagentin«, sagte Andry.

»Sehr gut. Jetzt hört genau zu. Die Konkurrenten meines Auftraggebers wollen ein sehr wichtiges Projekt verhindern, über das ich gerade verhandle. Verstanden?«

»Aye«, bestätigten Andry und Wallas gemeinsam.

»Wenn Ihr die Stadt verlassen wollt, könnt Ihr mich begleiten und dabei als meine Leibwächter arbeiten. Was meint Ihr?«

»Er sagt ja!«, sagte Wallas schnell mit einem Seitenblick auf Andry. »Wir sagen beide ja.«

Ringstein Centras sollte der Erste sein, an dem die Grundform des Drachenwall-Zaubers getestet wurde. Astential begutachtete die Ringstein-Stätte vom Rand aus und kontrollierte, ob alle sechzehn Zauberer an ihren jeweiligen Ringsteinen bereit waren, den Zauber zu wirken. Sein eigener Megalith befand sich in der Mitte am tiefsten Punkt der kreisförmigen Senke.

Irgendwas ist noch nicht richtig, dachte Astential, während er sich auf den Weg in das Becken mit geschmolzenem Sand machte. *Alle sechzehn äußeren Megalithen stehen stolz und für jeden sichtbar aufrecht, nur meiner ist in der Senke versteckt.* Astential brauchte nicht lange, um auf seinen Megalithen zu steigen und sich zu setzen, und er verschwendete keine Zeit mit großen Gesten und theatralischen Pausen. Schließlich war dies hier nur ein Test.

»Gelehrte Kollegen, sprecht Eure Zauberformeln«, rief Astential, und seine sechzehn Zauberer sprachen den mächtigen, aber instabilen Zauber in ihre hohlen Handflächen. »Ausdehnen!«, fügte Astential hinzu. Sechzehn Zauberer teilten ihre Bälle aus leuchtenden, sich windenden Ranken reiner ätherischer Energie in zwei Teile und hoben sie dann in die Armlehnen der Megalithen. »Wirken!« Zweiunddreißig blaue Feuerstrahlen schraubten sich in die Höhe, jeweils ein Paar von den ausgebreiteten Armen jedes Zauberers rund um den Ringstein. Jetzt sprach Astential den Kontrollzauber, zog den sich windenden Ball zu zwei Hände voll Energie auseinander und sandte dann zwei Strahlen himmelwärts.

Etwa ein Drittel von Astential konnte schließlich für eine Bestattung geborgen werden, und im Umkreis einer Viertelmeile vom Ringstein gab es kein Tier und keine Person, die nicht mit Fragmenten von ihm bedeckt waren.

»Es ist der zentrale Megalith«, sagte Lavolten, als er und

Talberan die Stätte später am Tag besichtigten. »Er muss genauso hoch stehen wie die Megalithen am Rand, sonst gibt es Resonanzen. Wir wissen alle, welchen Schaden Resonanzen anrichten können«, fügte er mit einer Geste hinzu.

»Jetzt wissen wir es«, antwortete Talberan. »Warum wurde diese Senke dann überhaupt angelegt?«

»Sie gehört gar nicht zur ursprünglichen Anlage! Etwas sehr Heißes ist hier vor fünftausend Jahren explodiert und hat einen Krater aus geschmolzenem Glas hinterlassen. Um den ursprünglichen Aufbau des Ringsteins wiederherzustellen, müssen wir steinerne Plattformen bauen, um die Megalithen in der Mitte auf die gleiche Höhe zu bringen wie diejenigen am Rand.«

»Noch mehr Verzögerungen in einem ohnehin schon knappen Zeitplan«, seufzte Talberan.

»Besser Verzögerungen als Katastrophen«, sagte Lavolten und stieß mit der Stiefelspitze ein Stück von einem Ohr an.

Terikel, Andry und Wallas mischten sich unter die morgendlichen Menschenmengen auf den Straßen Palions. Für den unbeteiligten Beobachter hätte die Priesterin die Geliebte eines reichen Mannes sein können, die von zwei gemieteten Leibwächtern nach Hause begleitet wurde. Terikel ging auf dem kürzesten Weg zur Marktstraße, wo es anstelle von Ständen Läden gab. Andry war in seinem Leben noch nie in einem Laden gewesen und daher so nervös, dass die Ladenbesitzer ihn schon verdächtigten, sie ausrauben zu wollen. Terikel suchte sich einen knöchellangen dunkelgrauen Mantel aus. Während sie noch feilschte, um den Schein zu wahren, gingen Andry und Wallas bereits die Straße weiter zu einem anderen Laden.

»Diese Madame Jilli, man würde nicht glauben, wie die war!«, sagte Wallas, der nun endlich die Möglichkeit hatte, in Bezug auf die Nacht mit der Besitzerin ihrer Zufluchtsstätte indiskret zu sein.

»Würde sie wollen, dass du Einzelheiten ausplauderst?«, fragte Andry, der unbehaglich dreinschaute.

»Weich und charmant, aber sie wurde einfach nicht müde – na, jedenfalls zuerst nicht, weil ich …«

»Das ist nicht für meine Ohren bestimmt, Wallas!«, zischte Andry mit einem Finger auf den Lippen, dann drehte er sich abrupt um und betrat einen Laden. Wallas folgte ihm und fand sich in einem Musikgeschäft wieder. Andry griff nach einer Bambusflöte von der Länge eines Unterarms.

»Du hast doch schon eine Flöte«, sagte Wallas.

»Ja, stimmt schon«, erwiderte Andry und spielte dann ein paar Töne eines Tanzliedes. »Aber die ist für dich.«

»Für mich? Aber ich kann darauf nicht spielen. Die ist für die niederen …« Wallas konnte es gerade noch vermeiden, »niederen Klassen« zu sagen. »Die ist für die niederen Töne, und das gefällt mir nicht so.«

»O nein, das ist eine D-Flöte, die ist sehr vielseitig«, sagte Andry und zückte seine eigene verbeulte Querflöte.

»Aber wie soll ich singen?«

»Wallas, du singst schrecklich, vor allem wenn du ein paar Gläser Wein intus hast. Tu uns allen einen Gefallen und lerne Flöte spielen.«

Wallas war sprachlos vor Schock und Wut. Kaiserlicher Musikmeister zu sein bedeutete, dass nur der ehemalige Kaiser sein Spiel hatte kritisieren dürfen. Da der Kaiser kein musikalisches Gehör gehabt hatte, war er eine ganze Weile von niemandem kritisiert worden. Der Ladenbesitzer kam jetzt zu ihnen, lächelte und rieb sich die Hände.

»Ah, das ist ein sehr schönes Instrument, mein Herr, aber spielt Ihr nicht vielleicht auch Brettleier? Die haben wir nämlich gerade im Sonderangebot, wir bieten sie zu einem Viertel des ursprünglichen Preises an.«

»Zufällig könnte ich gerade eine Brettleier brauchen«, erklärte Wallas.

Andry wandte den Blick ab und sah durch die Tür nach

draußen auf die Straße. Ihm fiel auf, dass mehrere Personen den Laden zu beobachten schienen. Zwei von ihnen reckten den Hals nach ihnen. Er drehte sich wieder um und sah, dass Wallas auf der Leier spielte.

»O nein, das ist ein Instrument für einen Barden, und du bist kein Barde«, sagte Andry vielsagend und wies mit Zwinkern und Augenverdrehen in Richtung der Beobachter auf der Straße.

Der Ladenbesitzer rieb sich mit kreisförmigen Bewegungen die Glatze. Die Leute auf der Straße versuchten krampfhaft, unbeteiligt auszusehen und so zu tun, als beobachteten sie den Laden gar nicht, und redeten dabei miteinander. Terikel betrat das Geschäft. Durch ihren neuen grauen Mantel sah sie völlig verändert aus.

»Ah, sehr gut«, sagte sie in plötzlich völlig akzentfreiem Diomedanisch. »Ich brauche noch ein Instrument als Geschenk für meinen Gemahl, aber es muss eins sein, das er leicht lernen kann.«

»Auf einer Brettleier kann man schon nach ein paar Tagen Üben eine Melodie spielen«, versicherte ihr Wallas.

Andry hatte keine Ahnung, was vorging, warf aber einen Blick auf den Ladenbesitzer – der sich mit dem Daumen auf die Glatze tippte. Ein weiterer Blick auf die Beobachter draußen vor dem Laden bestätigte, dass mehrere plötzlich sehr aufgeregt wirkten und diskret Geheimzeichen austauschten. Andry schaute wieder auf den Ladenbesitzer. Jetzt kratzte er sich mit dem kleinen Finger die Glatze. Ein rascher Blick zur Straße verriet, dass die restlichen Beobachter auf der Straße daraufhin unsichtbaren Personen weitere Signale gaben.

»Wir haben Brettleiern gerade im Sonderangebot«, informierte der Ladenbesitzer Terikel.

»Ah, ausgezeichnet, was verlangt Ihr also dafür?«, sagte sie, indem sie das Instrument nahm, das Wallas ihr hinhielt. »Ich möchte etwas haben, das mich an Palion erinnert. Ich bin zu Besuch aus Diomeda hier und habe meine Leibwächter hier gebeten, ein einfaches Instrument auszuwählen. Ihr müsst wissen, dass ich sehr unmusikalisch bin.«

»Und ich werde den Preis für dieses ziemlich minderwertige Instrument aushandeln«, ergänzte Wallas.

Der Ladenbesitzer schien erpicht darauf zu sein, ausgiebig mit Wallas zu feilschen. Andry nahm Terikel beiseite.

»Da draußen sind Leute, die den Laden beobachten, Mylady«, flüsterte er.

Terikel schaute auf die Straße. Die Beobachter stellten sich nicht sonderlich geschickt an und konnten ihre Aufregung nicht verbergen.

»Also haben sie mich doch gefunden«, flüsterte sie zurück.

»Sie? Wer sind sie?«

»Die Leute, die mich finden sollten.«

Irgendwo in der Ferne ertönte ein Pfiff, und jemand schlug auf einen Gong.

»Bei näherem Hinsehen haben mich vielleicht doch die falschen Leute gefunden.«

Andry ging zur Tür und schaute auf die Straße. Von Norden marschierte eine Gruppe Gardisten heran. Er schaute in die andere Richtung, von wo eine Gruppe von mindestens zwei Dutzend Kämpfern in Plänklerrüstungen anrückte. Gegenüber vom Laden signalisierten die Spione in beide Richtungen und starrten sich dabei voller Unbehagen an. Anscheinend hielten sich keine anderen Personen mehr auf der Straße auf, weil die Einheimischen mitbekommen hatten, dass Gardisten im Anmarsch waren, und sich an sicherere Orte zurückgezogen hatten. Andry ging zum Ladenbesitzer, packte ihn am Kragen und schlug ihm ins Gesicht. Der Mann fiel bewusstlos zu Boden.

»Was machst du denn da?«, wollte der entsetzte Wallas wissen. »Ich hatte ihn gerade auf drei Silber …«

»Jetzt ist es ein Geschenk des Hauses. Schnell, durch die Hintertür.«

»Es gibt keine Hintertür!«, rief Terikel aus dem hinteren Teil des Ladens. »Und auch kein Fenster!«

Plötzlich gab es draußen einen Tumult. Das Zischen von Pfeilen und die eiligen Schritte vieler Füße mischten sich mit Schmerzensschreien und Kampfrufen. Die Spitzel auf der Straße taumelten und fielen, da sie ins Kreuzfeuer zwischen der Stadtgarde – auf der Suche nach Wallas – und einer Abteilung der Throngarde – auf der Suche nach Terikel – gerieten. Die beiden Gruppen bekämpften sich jetzt gegenseitig.

Terikel, Wallas und Andry beobachteten fasziniert die draußen tobende Schlacht. Die Stadtgarde war massiv in der Überzahl, aber die Throngarde war eine tödliche Elitetruppe. Die Stadtgardisten preschten am Ladeneingang vorbei, dann wurden sie von den Throngardisten aufgehalten und zurückgedrängt. Die vorderste Linie passierte wieder den Laden. Inzwischen glaubte der Anführer der Throngarde, die andere Streitmacht habe Terikel aus dem Laden gerettet, und ließ seine Männer einen Sturmangriff ausführen, um die Älteste der Metrologen zu fangen oder zu töten. Andry nahm eine dreisaitige Fiedel samt Bogen von einem Gestell an der Wand.

»Andry, das ist Diebstahl!«, rief Terikel.

»Oh, aye, ist das so?«, antwortete Andry. »Dann kann er den Preis von der Belohnung abziehen, die er dafür bekommt, dass er uns an die Kerle da draußen verraten hat!«

Andry wählte ein paar Ersatzsaiten aus, dann trat er auf die Straße und beobachtete den Kampf, der sich inzwischen siebzig Schritte weiter nach Norden verlagert hatte.

»Äh, ich denke, wir machen uns besser auf den Weg«, sagte er, während er die anderen herbeiwinkte.

Terikel und Wallas folgten seiner Aufforderung, und sie entfernten sich rasch vom Laden. Sie waren nur noch ein paar Schritte von einer Kreuzung entfernt, als der Ladenbesitzer aus dem Musikgeschäft taumelte, winkte und schrie.

»Da geht er, haltet ihn auf, er hat eine Brettleier gekauft!«

Ein Throngardist schaute sich genau im falschen Moment um – jedenfalls im falschen Moment für Terikel, Andry und Wallas.

»Hinter uns, die Älteste!«, rief er.

Die Throngardisten drehten sich um, und neun von ihnen schleuderten ihre leichte Wurfaxt. Eine bohrte sich mit der Klinge in den Schädel des Ladenbesitzers, aber Terikel, Andry und Wallas waren selbst für die Wurfkünste der Throngardisten schon zu weit entfernt. Die Männer der Stadtgarde stürmten jetzt auf die Throngardisten los, weil sie dachten, diese wollten sich zurückziehen. Die Throngardisten drehten sich wieder um und setzten ihren Kampf gegen die Stadtgarde fort. Terikel, Andry und Wallas verschwanden hinter der nächsten Ecke.

»Dürfte ich fragen, was da eigentlich los war?«, fragte Wallas, als sie in einer Taverne etwa eine Meile vom Musikgeschäft entfernt saßen, um sich zu sammeln und Atem zu schöpfen.

»Der Laden wurde überwacht!«, sagte Andry.

»Sie haben nach *mir* gesucht«, erklärte Terikel.

»Aber der Ladenbesitzer hat etwas von einer Brettleier gerufen«, hob Andry hervor.

»Gewiss wegen Eurer Rettungsaktion«, sagte Terikel. »Die drei überlebenden Thronwachen haben doch bestimmt gemeldet, dass einer meiner Retter eine Brettleier hatte, die im Kampf zerbrochen ist. Als Wallas nach einer Leier fragte, muss der Ladenbesitzer jemandem draußen vor dem Laden ein Zeichen gegeben haben«, sagte Terikel.

»Aber da haben sich eben zwei Gruppen gegenseitig bekämpft.«

»Es muss eine große Belohnung auf mich ausgesetzt sein. Sie müssen um das Recht gekämpft haben, sie nach meiner Ermordung beanspruchen zu können.«

Andry wandte sich an Wallas. »Halt bloß diese dämliche Leier versteckt!«, polterte er.

»Was machen wir jetzt?«, fragte Wallas, während er seine Brettleier in eine zerlumpte Decke hüllte.

»Der Ladenbesitzer ist ebenso tot wie alle Beobachter auf der Straße«, stellte Terikel fest, »und die Wachen haben uns nur aus der Entfernung gesehen. Mit einigen kleinen Veränderungen in Aufmachung und Kleidung können wir schnell ganz anders aussehen. Ich habe weiße Pilgerstirnbänder für jeden von uns. Wenn wir uns als Pilger ausgeben, können wir wie Fremde durch die Stadt laufen und uns an merkwürdige Orte begeben, ohne merkwürdig zu erscheinen.«

»Was für Orte?«, fragte Andry mit ehrlicher Neugier.

»Inwiefern merkwürdig?«, erkundigte sich Wallas misstrauisch.

An diesem Nachmittag erkundeten sie dann tatsächlich die Tempel, Schreine, heiligen Stätten und Orte, wo in den letzten paar tausend Jahren aus dem einen oder anderen Grund Heilige getötet worden waren.

»Euer Akzent klingt, als wärt Ihr ein Scalticarier aus Alberin«, sprach Terikel Andry unterwegs an.

»Oh, aye, gut erkannt.«

»Seid Ihr schon lange hier?«

»Gestern hier angekommen.«

»Ach ja ...« Terikel unterbrach sich abrupt.

»Verzeihung, Mylady?«

»Ja, ein Hochseekauffahrer ist gestern hier angekommen, die *Sturmvogel*.«

»Oh, aye, auf der war ich. Ich war nämlich Schiffszimmermannsmaat. Nur dass es keinen Schiffszimmermann gab.«

»Seid Ihr nicht noch ein wenig jung, um Schiffszimmermannsmaat zu sein?«

»Oh, aye. ich bin neunzehn, glaube ich. Aber ich habe Zeugnisse für meine Lehrzeit.«

Terikel hatte nur wenig von der *Sturmvogel* gesehen außer ihrer Kabine, der Kapitänskajüte und dem, was sich gerade zufällig jenseits der Gischtschleier befand, wenn sie sich übergab. Das waren im Normalfall Wellen gewesen, obwohl sie auch einmal vom Wasser aufgeschaut und gesehen hatte, wie eine gigantische Welle die hohe Meerdrachenspitze überspült hatte. In den zweiunddreißig Tagen war es ihr gelungen, insgesamt sechs Mahlzeiten am Kapitänstisch einzunehmen, aber sie erinnerte sich noch gut daran, dass die Tischgespräche sich zwar meist um Kälte, Elend sowie die Notwendigkeit gedreht hatten, das Schiff schwimmfähig und auf Nordkurs zu halten, während es nach Westen getrieben wurde, man sich aber auch regelmäßig über »diesen jungen Bastard«, den Schiffszimmermannsmaat, beklagt hatte. Er war kurz vor ihrer Abfahrt aus Alberin von einer Press-Patrouille an Bord gebracht und danach auf See beinah täglich bestraft worden, und zwar für alles Mögliche von Schlägereien über trunkenes Singen auf Nachtwache bis hin zu allgemein ungebührlichem Verhalten.

»Ihr habt auch fünfundzwanzig Peitschenhiebe bekommen, weil Ihr die Rumflasche des Ersten Offiziers geleert habt, um sie dann mit etwas zu füllen, das ihm beträchtliches Unbehagen verursacht hat. Weitere fünfundzwanzig Hiebe gab es, weil Ihr einen Offizier geschlagen und versucht habt, bei den Malderischen Inseln vom Schiff zu desertieren.«

»Ich ... Ihr ... wie ... ich ...«, stammelte der erstaunte Andry.

»Normalerweise wird man für das Schlagen eines Offiziers aufgehängt, also müssen sie Eure Dienste sehr geschätzt haben, wenn sie Euch mit einer Auspeitschung haben davonkommen lassen.«

»Aber, aber ... wie?«

»Im Hafen sind gerade fünf Dutzend Seeleute von der *Sturmvogel*, und die haben die Geschichte der Fahrt überall herumerzählt, Andry«, erklärte sie. »Sie ist seit geraumer Zeit das erste Schiff aus Scalticar, daher ist jede noch so winzige Neuigkeit aus dem Süden und jedes Detail der Reise in der ganzen Stadt verbreitet worden, hauptsächlich von Betrunkenen mit scalticarischem Akzent.«

»Oh ... äh, aye.«

»Aber merkt Euch eines, Andry und Wallas. Ich höre zu, ich erinnere mich an alles, und ich verbinde Tatsachen miteinander, auf die andere Leute nicht achten. Lügt mich also *niemals* an. Wenn ich die Wahrheit nicht bereits kenne, werde ich sie bald erfahren. Dann wäre ich sehr enttäuscht von Euch.«

Wallas und Andry hatten gleichzeitig das Bild der äußerst geschwächten Zauberin vor Augen, wie sie einen der Throngardisten in Brand gesteckt hatte. Beide fanden diese Erinnerung ernstlich beunruhigend.

»Nun zu Euch, Wallas. Ihr gebt nur vor, ein Seemann zu sein.«

Inzwischen war Wallas so eingeschüchtert, dass er ein Abstreiten nicht einmal in Erwägung zog.

»Äh, aye.«

»Was seid Ihr dann?«

»Auf der Flucht.«

»Wegen welcher Verbrechen?«

»Ich hab's nicht getan.«

»Das war nicht die Frage.«

»Mord.«

»Scheiß die Wand an!«, rief Andry.

»Seht Ihr, das war doch ganz einfach«, sagte Terikel strahlend, anscheinend nicht im Mindesten besorgt wegen der Tat, die nicht begangen zu haben Wallas geschworen hatte. »Manchmal stelle ich auch Fragen, auf die ich die Antworten bereits kenne. Ihr habt mich wirklich vor einem unerfreulichen Schicksal bewahrt, wahrscheinlich sogar vor dem Tod, aber es wäre auch möglich gewesen, dass Ihr mir nur Theater vorgespielt habt.«

»Theater?«, riefen Wallas und Andry gemeinsam.

»O ja. Stellt Euch folgenden Plan vor: Ich werde überfallen, geschlagen und zu Boden geworfen, und man reißt mir die Kleider vom Leib. Dann kommt Ihr zwei vorbei und wischt mit den besten Kriegern des ganzen Kontinents das Pflaster auf.

Dann vertraue ich Euch und erzähle Euch alle meine Geheimnisse – Geheimnisse, die mir auch die besten Folterknechte des verstorbenen Kaisers nicht hätten entreißen können. Meine Herren, wenn Ihr seid, was Ihr zu sein vorgebt, verdanke ich Euch mein Leben, und mein Dank wird aufrichtig und großzügig ausfallen. Solltet Ihr mich aber hintergehen, wäre Euer weiteres Schicksal keiner Kontemplation mehr wert.«

Andry und Wallas ließen sich etwas zurückfallen und blieben stehen, während Terikel die Statue von Barbaroon anstarrte, dem Gott der Stürme. Der ganze Boden rings um den Sockel war voller Opfergaben angesichts der Torea-Stürme, die wesentlich heftiger und häufiger auftraten, als dies als normal erachtet wurde.

»Hm, was bedeutet ›Kontemplation‹?«, flüsterte Andry Wallas zu.

»Das ist, wenn man sehr, sehr sorgfältig über irgendwas nachdenkt«, antwortete Wallas.

»Wie wenn ich über Marielle Stoker nachdenke, wie sie sich gerade auszieht und ein Bad nimmt?«

»Aye, aber denke stattdessen über das Ding nach, das dich letzte Nacht angefallen hat und dir beinah den Hals aufgeschlitzt und dein Blut getrunken hätte.«

»Lieber nicht.«

»Aha! Jetzt weißt du auch, was die Zauberin mit ›der Kontemplation nicht wert sein‹ gemeint hat.«

Terikel gesellte sich wieder zu ihnen, und sie gingen gemeinsam zur nächsten Sehenswürdigkeit.

»Mylady, Ihr verehrt Barbaroon?«, fragte Andry unterwegs.

»Barbaroon und ich haben gemeinsame Interessen«, antwortete Terikel. »Drachenwall ist konzipiert, ihm seine Kräfte zu rauben. Mein Auftrag lautet aber, Drachenwall zu …« Sie warf einen Seitenblick auf Andry. »Mein Auftrag lautet, Drachenwall genau zu erforschen.«

Früh am Abend kehrte Terikel zu Madame Jillis Haus zurück, redete einige Minuten mit ihr und danach sehr viel länger mit einem der Freudenmädchen. Sie gingen gemeinsam in eines der Schlafzimmer und tauchten kurze Zeit später wieder auf. Das Mädchen trug jetzt Terikels Kleider, während Terikel gewandet war wie ein Kaufmann. Der Mantel war gepolstert und die Brüste fest mit Stoff umwickelt worden, so dass sie wie ein Mann mit breiten Schultern und kräftigem Oberkörper wirkte.

»Das ist Melier«, verkündete Terikel und deutete auf das Mädchen, das sich als Terikel verkleidet hatte. »Melier, das sind Andry und Wallas. Sie sind Euer Begleitschutz. Melier ist eine Diomedanerin, die nach Palion gegangen ist, um dort ihr Glück zu machen. Als Gegenleistung dafür, dass sie als Terikel verkleidet an Bord der *Sturmvogel* geht, habe ich ihr einen kleinen Beutel mit Goldmünzen gegeben und die Fahrt nach Diomeda bezahlt. Ihr werdet sie als ihre Leibwächter auf der *Sturmvogel* begleiten. Diomeda liegt außerhalb des Sargolanischen Imperiums, daher solltet Ihr dort so sicher sein, wie man es in dieser Welt nur sein kann. Und jetzt, meine Damen und Herren, muss ich wirklich gehen. Ihr werdet mich nie wiedersehen.«

Terikel verließ ohne Abschied oder Zeremonie den Raum, und nach einer kurzen Verbeugung fiel die Tür hinter ihr zu. Melier ging wieder nach oben, und Andry und Wallas stimmten ihre Instrumente, während sie auf das Mädchen warteten.

»Komisches Frauenzimmer, diese Älteste«, sagte Andry leise. »Man könnte meinen, sie ist nur mal eben zum Einkaufen auf den Markt gegangen und nicht für immer verschwunden.«

»Wahrscheinlich konnte sie nicht schnell genug von dir wegkommen«, antwortete Wallas. »Das muss man sich mal vorstellen, einfach in den Rum des Ersten Offiziers zu pissen.«

»Gar nicht wahr! Die Flasche war leer.«

»Aha, also hast du seinen Rum zuerst getrunken!«

»Der Dreckskerl hat meine Flöte über Bord geworfen, also musste ich mir eine vom Bootsmann stehlen. So, wo bleibt denn nun diese Melier?«

»Oh, sie packt ihre Sachen, nehme ich an.«

»Eine Viertelstunde lang? Als ich noch auf den Barken auf den Flüssen gefahren bin, hatte ich nur eine Decke und die Sachen, die ich am Leib trug.«

»Kein Wunder, dass die Leute die Straßenseite wechseln, wenn sie an dir vorbeigehen.«

»Was willst du damit sagen?«

In diesem Augenblick schlenderte Madame Jilli heran, die dabei mit den Händen kleine Kreisbewegungen beschrieb. Sie zeigte nach oben.

»Wallas, gebt Melier doch netterweise ein paar Ratschläge, was sie auf dieser Reise erwartet«, befahl sie.

»Aber, aber ich weiß doch noch nicht einmal, wie man schwimmt!«, rief Wallas.

»Dann helft Ihr beim Packen. Ellisen, du gehst mit.«

Madame Jilli sah zu, wie sie die Treppe erklommen, dann wandte sie sich ab und winkte Andry zu sich.

»Begleitet mich, Andry, es gibt ein paar Einzelheiten, die ich mit Euch besprechen möchte.«

Vor seiner Ankunft in Palion war Andry einem Freudenhaus nicht näher gekommen als bis zu dem Eingang, in dem er in seiner letzten Nacht in Alberin zusammengebrochen war. Jetzt hielt er sich im Privatgemach einer Frau auf, die ein solches Haus führte. Andry stellte seine Tasche in eine Ecke und wand sich innerlich in Erwartung dessen, was da kommen mochte, während er sich fragte, ob er wohl einen Narren aus sich machen würde. Der Raum roch schwach nach Lavendel und enthielt ein großes Bett mit einem bunten Quilt und zwei rosa Kissen in der Form von Brüsten. Außerdem gab es noch ein paar Schrankkoffer, einen Tisch mit einem Spiegel und einen anderen mit Schreibzeug und mehreren Kassenbüchern. *Sie wohnt ganz einfach hier*, dachte Andry, und plötzlich wirkte der Raum wesentlich weniger bedrohlich. Madame Jilli öffnete einen der größeren Schrankkoffer und stöberte darin herum.

»Ihr fragt Euch vielleicht, warum ich Euch hergebracht habe«, sagte Madame Jilli, während sie sich aufrichtete und einen kleinen Beutel schwenkte.

»Oh, aye«, gab Andry voller Unbehagen zu.

»Und, wie sehen Eure Gedanken dazu aus?«

»Verzeihung, Mylady, aber die sind alle ziemlich unanständig.«

»Was zu erwarten war, aber mir schwebte nicht vor, Euch das zu geben. Stattdessen wollte ich Euch diesen Beutel geben.«

Andry streckte die Hand aus, und sie legte ihn darauf. Er starrte ihn ein paar Sekunden an.

»Äh, hat er etwas Magisches an sich?«

»In gewisser Weise. Er enthält eine Nähnadel, ein Knäuel schwarzes Garn, ein Stück Seife, eine Zahnbürste, einen Waschlappen und eine Nagelfeile. Benutzt jeden dieser Gegenstände an jedem Tag der nächsten Woche, dann werdet Ihr feststellen, dass die Mädchen Euch nicht mehr wie einen schlechten Witz behandeln. Benutzt sie einen Monat, und Ihr könntet eine Liebeserklärung bekommen. Benutzt sie, bis Ihr Euch dazu entschließt, von Diomeda wieder nach Scalticar zu fahren, und ... nun, vergesst nicht, mich zu besuchen.«

»Ihr sagt, ich soll mir einfach das Gesicht waschen, die Zähne putzen, meine Kleider flicken und die Nägel feilen?«, sagte Andry zweifelnd.

»Ihr könntet auch versuchen, Euch das Haar zu kämmen, aber ungekämmt seht Ihr angenehm rau aus«, sagte Madame Jilli, während sie die Tür öffnete.

Andry eilte durch die Tür, doch sobald er den Raum verlassen hatte, nahm er all seinen Mut zusammen und legte den Beutel auf einen Tisch im Flur.

»Vielen Dank, Mylady, aber nein«, sagte er.

Madame Jilli blinzelte ihn überrascht an.

»Ich habe es ernst gemeint, als ich sagte, Ihr solltet mich besuchen, wenn Ihr noch mal nach Palion kommt«, beharrte sie.

»Warum?«, brachte Andry beinah flüsternd hervor.

»Ach, Andry, um zu sehen, was aus Euch geworden ist, Dummkopf.«

»Aber ich würde so aussehen wie jetzt: gewaschen und sauber angezogen.«

Madame Jilli lächelte ihn an, den Kopf ein wenig auf die Seite gelegt.

»Ich könnte Euch mögen«, räumte sie schüchtern ein.

»Verzeihung, Mylady, aber Ihr mochtet Wallas, als er ungepflegt und schmuddlig war. Was mit mir nicht stimmt, lässt sich nicht durch Reinlichkeit in Ordnung bringen.«

»Ihr seid ja eifersüchtig!«, sagte Madame Jilli mit geweiteten Augen und lachend.

»Nicht eifersüchtig, Mylady, nur ein klein wenig verletzt. Wallas kriegt ein Schäferstündchen, ich kriege Nähzeug. Das ist genau wie in den Tavernen in Alberin. Die Schankdirnen geben mir ein Freibier für ein gut vorgetragenes Lied und setzen sich dann auf das Knie eines anderen. Könnt Ihr mir sagen, warum das so ist?«

Es war eine erstaunlich scharfsinnige Frage, und sie überraschte Madame Jilli. Sie legte die Fingerspitzen an die Lippen, während sie versuchte, sich eine glaubhafte Antwort aus den Fingern zu saugen.

»Einige Männer machen auf den ersten Blick einen guten Eindruck, könnte ich mir vorstellen«, brachte sie hervor.

»Aye, und einige eben nicht«, antwortete Andry kläglich.

Über ihnen wurde eine Tür zugeschlagen, und Wallas, Ellisen und Melier polterten die Treppe herunter. Ellisen trug Meliers fünf Taschen, die sie Andry hinhielt, als sie schließlich unten ankamen.

»Meine liebe Madame Jilli, ich fürchte, es ist Zeit, sich von Eurem reizenden Haus und Eurer noch reizenderen Gegenwart zu verabschieden«, stellte Wallas fest, während er die Arme ausbreitete und sich verbeugte.

Madame Jilli wich mit ernstem Gesicht einen Schritt zurück. Sofort ließ Wallas die Arme sinken und beschrieb eine förmliche Verbeugung. Sie hob den Rock so weit, dass ihr linkes Bein in gesamter Länge zu sehen war. Sie hatte die ungeteilte Aufmerksamkeit von vier Augenpaaren, als sie aus einer spitzenbesetzten und am Strumpfband befestigten Scheide einen Dolch zog.

»Der hier hat einmal einem Mann die Zunge herausgeschnitten, der damit geprahlt hat, was in unserer einzigen gemeinsamen Nacht zwischen uns vorgefallen war«, sagte sie, während sie mit der kleinen Waffe gestikulierte.

Wallas wurde kalkweiß, Melier schaute verwirrt drein, und Ellisen lächelte verschmitzt. Andry riss sich unter beträchtlicher Mühe vom Anblick von Madame Jillis entblößtem Bein los – und sah, dass sie ihm den Dolch mit dem Griff voran hinhielt.

»Mein Herr, ich bedaure zutiefst, dass ich zu schüchtern war, Euch gestern einen Platz in meinem Bett anzubieten«, sagte sie leise und sah Andry dabei direkt in die Augen. »Bitte nehmt diesen Dolch, meinen intimsten Besitz, zur Erinnerung an mich an Euch. Solltet Ihr jemals nach Palion zurückkehren, würde es mir das Herz brechen, solltet Ihr in einem anderen Bett schlafen als dem meinigen.«

Andrys Hand zitterte ein wenig, als er den Dolch zusammen mit der Spitzenscheide entgegennahm. Dann legte Madame Jilli ihm die Arme um den Hals und küsste ihn fest auf die Lippen. Nachdem weitere Abschiedsworte getauscht worden waren, hielt Ellisen die Vordertür auf. Wallas war so erpicht darauf, das Haus zu verlassen, dass er auf der Treppe stolperte und kopfüber auf die Straße fiel. Melier folgte ihm, immer noch mit verwirrter Miene, und schließlich quetschte Andry sich mit den Taschen an einer Stange auf den Schultern seitlich durch die Tür.

Madame Jilli und Ellisen standen gemeinsam im Eingang und beobachteten die drei, wie sie die Ungehörigenstraße entlangmarschierten.

»Ich glaube, ich verstehe Andry jetzt«, verkündete Madame Jilli.

»Inwiefern, Madame?«, erkundigte sich Ellisen.

»Er ist in einer rauen Umgebung aufgewachsen, trotzdem ist er anständig, tapfer, gutherzig und sehr, sehr intelligent. Sein Problem ist, dass er nicht zu seinesgleichen passt. Sie wissen nicht, was sie von ihm halten sollen.«

»Stimmt, Madame«, sagte Ellisen, die mit den Schwierigkeiten, irgendwo nicht hinzupassen, sehr vertraut war.

»Aber für ihn ist auch kein Platz bei den vornehmeren Leuten, die er alle weit hinter sich lassen könnte. Ich habe ihn verletzt, Ellisen, aber ich habe versucht, es wiedergutzumachen.«

»An Eurer Wertschätzung für ihn besteht jetzt kein Zweifel mehr, Madame.«

»Ich habe versagt.«

»Versagt ist ein sehr starker Ausdruck.«

»Meinst du, ich habe Wallas ausreichend gedemütigt?«

»Ohne Zweifel, Madame.«

»Gut.«

Als ihm plötzlich bewusst wurde, dass Andry möglicherweise ein ernsthafter Mitbewerber um Meliers Aufmerksamkeit war, kämmte Wallas sich die Haare, strich seine Kleidung glatt und sprach unterwegs in seinem besten höfischen Sargolanisch. Nach kurzer Zeit ging ihm auf, dass dadurch nicht nur Andry von der Unterhaltung ausgeschlossen wurde, sondern auch Melier. Er wechselte zu gebildetem Diomedanisch.

»Natürlich müssen Agenten des Kaisers wie ich Meister der Verkleidung sein«, sagte er schon, noch bevor sie die Straße mit Madame Jillis Haus verlassen hatten.

»Und in welchem Auftrag seid Ihr unterwegs?«, fragte sie mit einer Mischung aus Argwohn und Bewunderung in den geweiteten Augen über dem Schleier, den sie nun trug, um ihr Gesicht zu verbergen.

»Ich soll natürlich die Älteste Terikel beschützen.«

»Aber ist sie nicht von den Throngardisten des verstorbenen Kaisers verfolgt worden?«

»Äh, nein, das waren nur gedungene Mörder, die sich als Throngardisten verkleidet hatten. Natürlich wurde mir das rasch klar, weil man sich ihrer wesentlich leichter entledigen konnte als echter Throngardisten.«

»Und Ihr, Lord Andry«, sagte sie, während sie sich von Wallas zu Andry wandte, der vier ihrer Taschen an einer Stange auf den Schultern trug und sich eine weitere auf den Rücken gebunden hatte. »Mir ist gar nicht wohl dabei, mir von einem so hervorragenden Edelmann wie Euch meine Taschen tragen zu lassen.«

Nicht halb so unwohl wie mir, dachte Andry, sagte aber: »Das gehört alles zur Verkleidung, Fräulein.«

»Wie lautet Eure Geschichte, Andry? Madame Jilli hat durchblicken lassen, dass Ihr von gleichem Rang seid wie Lord Wallas.«

»Ich bin nur ein einfacher Junge«, sagte Andry und starrte dabei auf die Straße vor sich.

»Aha, aber Ihr könnt natürlich keine andere Antwort geben, nicht wahr? Ich glaube, ich werde die ganze Reise versuchen herauszufinden, wer Ihr in Wirklichkeit seid. Das Wetter scheint viel besser als gestern zu sein, also sollten wir eine angenehme Reise haben.«

»Das Wetter wechselt schneller von gut nach schlecht als andersherum«, antwortete Andry. »Ist ein bisschen wie die Leute, das Wetter.«

Hätte Andry sich wirklich um Melier bemüht, hätte Wallas in dieser Schlacht eindeutig auf verlorenem Posten gestanden. Doch Melier fasste Andrys Zurückhaltung und seine Manieren als die eines Edelmannes auf, so dass ein Freudenmädchen wie sie sich keine Hoffnungen machen konnte. Wallas gelang es daher bald, das Gespräch wieder an sich zu reißen, und er unterhielt sie unterwegs mit Skandalgeschichten aus dem Palast.

»Natürlich ist es niemandem gelungen, sich dem ehelichen Schlafgemach von Prinzessin Senterri und Graf Cosseren zu nähern, als sich die beiden schließlich zurückzogen, aber ich habe mich mit Lady Cormendiel unterhalten, deren vierte Tochter dafür bekannt ist, als Gegenleistung für kaiserliche Gefälligkeiten Ihre Gunst sehr freigebig im Palast zu verteilen.«

»Nein!«, hauchte Melier, die bis jetzt weder von Lady Cormendiel noch von ihrer Tochter je gehört hatte.

»Doch, nachdem sie den Grafen Cosseren eine Nacht und den nächsten Morgen unterhalten hatte, nun ja! Sie hat gesagt, dass er ungehobelt war, schlechte Manieren hat und überhaupt keine Ahnung, was einer Dame gefällt. Du meine Güte, sie hat sogar gesagt, die Eroberungen, mit denen er prahlen würde, könnten nur Schafe gewesen sein.«

Sie brachen beide in unkontrolliertes Gelächter aus und klammerten sich aneinander, um sich gegenseitig zu stützen.

»Und zwar Schafe der untersten Schicht«, gelang es Wallas dann doch noch, die Pointe der Geschichte anzubringen, die trotz aller Ausschmückungen einen erstaunlich großen Wahrheitsgehalt hatte.

Andry wartete, bis sie sich gefasst hatten und ihm wieder folgten.

»Welche, äh, Fähigkeiten braucht man denn, um einer Hofdame zu gefallen, Lord Wallas?«, fragte Melier mit gekünstelter Unschuld, obwohl sogar Andry erkannte, worauf die Frage abzielte.

»Oh, das lässt sich nur schwer in Worte fassen«, antwortete Wallas mit einer im Thronsaal üblichen verschnörkelten Geste, die kein Bettler gekannt, geschweige denn so gut hätte ausführen können. »Kleine Gesten, Zwinkern, Verbeugungen, Gefälligkeiten, Liebkosungen, es gibt viele Feinheiten, die man besser vorführt, anstatt sie durch Worte zu besudeln.«

»Es würde mir sehr gefallen, vor meiner Rückkehr nach Diomeda etwas mehr über höfische Feinheiten zu erfahren.«

»Nun, nach dieser Reise könnt Ihr sogar sagen, Ihr hättet eine Liaison mit einem Höfling gehabt.«

Ich könnte niemals ein großer Verführer sein, meine Würde wäre mir im Weg, dachte Andry, während er sich weiter mit Gepäck abschleppte, das mehr wog als er selbst. *Habe ich gerade gedacht, was ich glaube, gedacht zu haben? Ich und Würde? Andry Tennoner aus Barkenwerft? Das vierzehnte von siebzehn Kindern? Zumindest hatte Madame Jilli Stil. Stil? Habe ich gerade Stil gedacht? Das Haarewaschen muss irgendwas mit meinem Gehirn angestellt haben. Oder vielleicht liegt es auch daran, dass die Läuse tot sind. Aber wie konnte Melier sich durch so ein albernes Geplänkel von Wallas einwickeln lassen? Wenn die Frau auch nur halbwegs bei Verstand wäre, wäre sie immer noch ein Schwachkopf!*

Andry war immer noch in Gedanken versunken, als sie die *Sturmvogel* erreichten. Melier hatte die Hand auf Wallas' Arm, als sie an Bord gingen, Andry folgte mit den Taschen. Sie trafen auf den Kapitän, der Meliers Papiere in einem langwierigen, komplizierten Brimborium überprüfte.

Dann sprach Wallas sie mit Terikel an, da ihn die dreifache Persönlichkeit der Frau inzwischen etwas verwirrte. Der Kapitän beugte sich daraufhin näher zu ihr und flüsterte ihr etwas zu. Sie verpasste ihm eine Ohrfeige. *Das wird eine interessante Reise*, dachte Andry, während er Meliers Taschen dem Zahlmeister übergab, der in der Nähe der Luke zu den Passagierkabinen stand und versuchte, sich das Lachen zu verbeißen. Zuerst schenkte niemand Andry Beachtung, da alle damit beschäftigt waren, das Schiff zum Auslaufen klarzumachen.

»Heda, aber ich will Bilgenwasser saufen, wenn das nicht der junge Tennoner ist!«, rief der Bootsmann, als er Andry schließlich erblickte.

»In Person«, antwortete Andry einfach.

»Aber wir haben keinen Platz für dich an Bord. Wir haben heute einen Zimmermann und einen Zimmermannsmaat angeheuert.«

»Aber diesmal komme ich als Passagier an Bord«, erwiderte Andry. »Ich arbeite für die diomedanische Dame da, die in ihre Heimatstadt reist. Sie hat mich als Leibwächter gemietet.«

»Du, ein Leibwächter?«, lachte der Bootsmann.

»Ich habe besondere Fähigkeiten, die mir bei dieser Arbeit gut zupasskommen. Wir haben gutes Segelwetter, wie ich sehe.«

»Aye, aber wie lange wird das anhalten?«

An dieser Stelle kam Wallas angestiefelt, wählte eine von Meliers Taschen aus, kehrte damit zu ihr zurück und verschwand mit ihr durch die Luke zu den Kabinen. Andry fiel auf, dass der Kapitän ihnen finster hinterhersah. Außerdem rieb er sich die Wange. Er rief den Bootsmann zu sich, und sie unterhielten sich eine Zeit lang, um dann gemeinsam über etwas zu lachen. Andry wusste, was einer Person auf einer langen Reise alles widerfahren konnte. Er entschied, dass Wallas eine interessante Zeit bevorstand. Wahrscheinlich würde seine erste Mahlzeit mit einem Abführmittel versetzt sein, so dass er sich von Schmerzen gequält im Krankenrevier wiederfinden würde – während der Kapitän Melier mit den Vorzügen bekannt machen würde, die es mit sich brachte, in der Gunst des Kapitäns eines großen Schiffs zu stehen. Andererseits, sobald sie jedoch auf hoher See in die hohen Wellen jenseits des Hafens gerieten, war vielleicht gar kein Zaubertrank mehr nötig, um Wallas krank werden zu lassen. Vielleicht war dann auch Melier keine angenehme Gesellschaft mehr.

Warum bin ich in ungehobelter Gesellschaft so ein ungehobelter Tölpel, aber besser erzogen in besserer Gesellschaft?, fragte sich Andry. *Bin ich vielleicht ein Adeliger und nur als Waise oder Findelkind in Barkenwerft aufgezogen worden?* Er sah gewiss aus wie sein Vater, hochgewachsen und hager, aber ziemlich zäh. Man hätte es bemerkt, wenn seine Mutter gar nicht seine Mutter wäre, und außerdem hatte er ihr Talent geerbt, sich gut an Dinge erinnern und schnell lernen zu können.

Aber als er bei Madame Jilli gewesen war ... Seine gestohlene Fiedel! Andry fiel jetzt wieder ein, dass sie noch in Madame Jillis Erholungsheim lag, in ihrem Schlafzimmer.

Zuerst wollte Andry auf den Pier springen und zu Madame Jilli zurücklaufen, aber die Leinen wurden schon losgemacht, und ein Schleppkahn wartete darauf, die *Sturmvogel* in offene Gewässer zu ziehen. *Nein, es ist ein guter Grund, beim nächsten Mal dort vorzusprechen, in aller Unschuld,* entschied er. Dann schlug er plötzlich mit der Faust auf die Reling. *Zur Hölle mit der Unschuld, eigentlich will ich wieder zurück in Madame Jillis Zimmer und mit ihr tun, was Wallas gerade mit Melier in ihrer Kabine macht.* Das Tageslicht war schon beinah verschwunden, aber das Wetter war so ruhig wie selten, seit es die Torea-Stürme gab. *Wann werde ich Madame Jilli wiedersehen,* dachte Andry – und dann dachte er gar nichts mehr.

Lavolten und Talberan wanderten langsam um den Ringstein Centras herum, der jetzt nicht nur menschenleer war, sondern auch bewacht wurde. Außerhalb des Ringsteins wurden drei zusätzliche Ringe sorgfältig vermessen und errichtet.

»Ich bin immer noch nicht sicher, ob die zusätzlichen Ringe klug sind«, sagte Talberan. »Ich meine, wie kann man diese Dinger Ringstein-Runden nennen, wenn die Megalithen doch nur Holzstühle mit hohen Rückenlehnen sind?«

»Oh, aber die Sitze sind aus Stein, alle mit passgenauen Vertiefungen für das Gesäß. Außerdem stehen sie auf Steinplatten.«

»Das ist nicht dasselbe. Die alten Zauberer ...«

»Die alten Zauberer haben die kleinste Konfiguration errichtet, die funktionieren konnte. Wir bauen hingegen die größte Konfiguration, die Sterbliche aushalten können.«

»Was ist mit dem Megalithen in der Mitte?«

»Oh, ich denke, wir wissen, was schiefgelaufen ist, alles ergibt jetzt einen Sinn. Die gesamte ätherische Energie muss durch den Megalithen in der Mitte geleitet werden, und er muss sich in perfektem Gleichgewicht mit den anderen sechzehn befinden. Unser Megalith war zu niedrig, weil er in einem Krater stand, also wumm!«

Lavolten reckte verzweifelt die Arme in den Himmel.

»Wumm, wie Ihr den Vorfall so krude nennt, hat uns das Vertrauen aller Zauberer im Lager gekostet. Eigentlich wollte ich sagen, dass sich jetzt niemand mehr freiwillig dafür zur Verfügung stellen wird.«

»Wir hätten versuchen sollen, das Problem geheim zu halten.«

»Geheim?«, lachte Lavolten. »Wie denn? Jeder im Umkreis von vierhundert Schritten ist von Stückchen von Astential getroffen worden.«

»Aber wir können doch trotzdem ein Mindestmaß an Geheimhaltung wahren. Sergal ist beim Ringstein Logiar. Er ist ohne Frage mächtig und erfahren genug, um Astential zu ersetzen. Ich werde heute Nacht aufbrechen und ihn hierherbestellen. In der Zwischenzeit müsst Ihr mit dem Bau der steinernen Plattform im Krater beginnen, um den zentralen Megalithen auf eine Höhe mit den anderen zu bringen.«

»Es war eine traumatische Art zu erkennen, dass die Vertiefung ein Krater ist, und warum.«

»Aber wenigstens haben wir ein uraltes Rätsel gelöst.«

Andry fand sich in fast vollständiger Dunkelheit wieder und sah sich einer hageren und sehr sportlich aussehenden jungen Frau gegenüber. Auf den ersten Blick schien sie fast nackt zu sein, doch genaueres Hinsehen enthüllte, dass sie ein enges weißes Gewand trug, das nur Hände, Füße und Kopf unbedeckt ließ. Hinter ihr konnte er das Wasser eines dunklen Flusses mit wenig Strömung erkennen, und am Ufer neben ihr lag das schnittigste, stromlinienförmigste Boot, das Andry je gesehen hatte. Sogar die Ruder waren so lang und dünn, dass man sie fast schon als filigran bezeichnen konnte. In den Händen hielt sie ein großes, aufgeschlagenes Buch.

»Ich habe ein ganz schlechtes Gefühl«, sagte Andry.

»Ihr wisst, wer ich bin?«, fragte sie.

»Ihr seid das Fährmädchen, aber Euren Namen kenne ich nicht.«

»Und warum seid Ihr hier?«

»Ich bin tot, nehme ich an.«

»Theoretisch ja ... aber da scheint es ein Problem zu geben.«

»Ihr seid nicht so, wie ich mir Euch vorgestellt habe. Ihr solltet in Lumpen gehüllt sein und eine Stake und einen schwarzen Kahn haben.«

»Es gibt ganz verschiedene Personifikationen des Fährmädchens, darunter auch mich. Ich bin von einer anderen Welt verpflichtet worden. Es gab zu viele Tote, als Torea verbrannt wurde, deswegen sind die regulären Kräfte immer noch mit der Aufarbeitung des Rückstands beschäftigt.«

Sie starrte in das Buch und runzelte dann die Stirn. Andry nahm zur Kenntnis, dass ihre Ohren nicht spitz und die Pupillen ihrer Augen rund waren.

»Und jetzt?«, erkundigte er sich.

»Ich sollte Euch ins Jenseits rudern, aber ... hier ist zwar ein Tod vermerkt, aber kein Name.«

»Oh. Das ist also mein ganzes Leben?«

»Bitte? Augenblick, ich gehe die Zusammenfassung hinter Eurem Namen durch. Meine Güte, da steht aber reichlich. Zeugnisse für die Lehre, Seemann, fünfzig Peitschenhiebe, 3140 zum Betrunkenen Streithammel des Hafenviertels gewählt, kleine Diebstähle, tapfer, spricht drei Sprachen, sehr intelligent ... Allein für den Missbrauch Eurer Talente hättet Ihr einen Preis verdient.«

»Ist das schlecht?«, fragte Andry.

»Eher enttäuschend als schlecht. Habt Ihr eine Münze?«

»Münze?«

»Münze wie in Bezahlung dafür, über den Fluss ins Jenseits gerudert zu werden«, sagte das Fährmädchen und zeigte auf die Dunkelheit jenseits des Wassers.

Andry durchsuchte seine Kleidung. Er schien überhaupt kein Geld zu besitzen. Das Fährmädchen schaute wieder in das Buch.

»Keine Münze«, gestand Andry.

»Ich verstehe«, sagte das Fährmädchen, ohne von dem Buch aufzuschauen. »Ihr seid Musikant. Wie wär's mit einem Lied?«

»Mit Vergnügen, aber meine Fiedel ist noch bei Madame Jilli.«

»Irgendwas an diesem Eintrag ist komisch. Wallas ertrinkt, weil er nicht schwimmen kann, lebt aber gegenwärtig noch, dafür seid Ihr mit Bestimmtheit tot. Was für ein Durcheinander!«

»Was ist passiert? Ist die *Sturmvogel* gesunken?«

»Nein. Der Kapitän war eifersüchtig auf Wallas und Melier. Er hat Euch einen Schlag auf den Kopf verpasst und über Bord geworfen, weil er dachte, Ihr solltet sie bewachen. Dann hat er auch Wallas über Bord werfen lassen ... Hört her, ich glaube, wir können uns gegenseitig helfen.«

»Ich? Soll dem Tod helfen?«

»Ich bin das Fährmädchen, nicht der Tod. Ihr rettet Wallas. Ich hole Eure Fiedel. Was sagt Ihr dazu?«

»Ich bin dabei.«

Andry fand sich plötzlich im kalten Wasser von Palions Hafen wieder. Neben ihm zappelte eine Masse aus strampelnden Gliedmaßen und Schaum, die vermutlich Wallas war.

Terikel war alleine, als sie einen Platz auf einem Hügel mit Hafenblick betrat. Die Hälfte des Platzes war von einer Steinmauer umgeben, auf der anderen Seite standen die Häuser derjenigen, die reich genug waren, sich den Meerblick leisten zu können. Der Abend war schon weit fortgeschritten, als die Älteste die letzten fünfzig Schritte bis zur Mauer ging, sich darauf stützte und aufs Meer blickte. Hin und wieder sah sie sich aber auch einmal um. Sie war wie ein reisender Händler gekleidet und erweckte den Anschein, als sei sie männlich, stark und keineswegs reich – also folglich nicht der Mühe wert, ausgeraubt zu werden.

Nach weniger als einer Minute tauchten zwei Gestalten auf der anderen Seite des Platzes auf. Sie blieben stehen, berieten sich und schauten dann zu ihr herüber. Schließlich schlenderte eine Gestalt zu ihr herüber, während die andere zwischen zwei Häusern verschwand. Terikel hörte sich nähernde Schritte, die dann hinter ihr innehielten. Der Geruch von Schimmel und Verwesung stieg ihr in die Nase. Eine Zeit lang standen sie beisammen, die Ellbogen auf den verwitterten Marmor der Mauer gestützt. Schließlich drehte sich Terikel um, konnte jedoch kaum mehr erkennen, als dass ihr neuer Gefährte schwarz gekleidet war.

»Velander?«, fragte Terikel.

»Ja, Ehrwürdige Älteste«, ertönte eine leise, seidenweiche, aber eindeutig bedrohliche Stimme. »Kommt mir besser nicht zu nah, ich bin sehr gefährlich.«

Die Stimme sprach die tote Sprache eines toten Kontinents, aber das war auch Terikels Sprache.

»Ich dachte, ich würde Euch nie wiedersehen«, antwortete sie.

»Aber so ist es nicht, Ehrwürdige Älteste. Ich bin sehr froh. Wir waren viel zu lange getrennt.«

»Unser Verhältnis war nicht das Beste, als wir uns das letzte Mal gesehen haben.«

»Stimmt. Wir haben uns gehasst. Ich habe Euch verraten, Ehrwürdige Älteste, ich habe versucht, Euch zugrunde zu richten. Das war unverzeihlich.«

Terikel richtete sich auf, verschränkte die Arme, nahm sie wieder auseinander, rieb sich das Kinn und wedelte mit einer Hand in der Luft herum, während sie nach versöhnlichen Worten suchte, die außerdem noch überzeugend klangen. Doch sie fand noch nicht einmal Worte, die sie selbst überzeugten, geschweige denn Velander. Sie verschränkte die Arme noch fester und starrte auf die Mauer, während sie aus Verlegenheit und Unbehagen ständig von einem Fuß auf den anderen trat.

»Ihr müsst Euch so verletzt und betrogen gefühlt haben, als ich …«, begann Terikel.

»Das stimmt, aber das ist keine Entschuldigung für das, was ich getan habe. Ich kann keine Vergebung erwarten.«

»Aber Fortuna hat Euch bestraft«, hob Terikel hervor. »Warum sollte ich Euch noch mehr bestrafen? Ich möchte wieder Eure Freundin sein.«

Ein Geräusch wie ein unterdrücktes Schluchzen ertönte. »Eure Freundin? Seht mich doch an. Ich bin ein totes Ding, das läuft. Die Lebenden sind meine Beute, und ich bin *immer* hungrig.«

Velanders Augen glänzten, als sie sich umdrehte, um Terikel zu betrachten, und sie fuhr sich mit der Zunge über die Lippen. Terikel kämpfte gegen den Drang, vor ihr zurückzuweichen. Inzwischen hatte sie den Gestank in der Luft als den nach geronnenem Blut identifiziert. Sie hatte ein Gefühl drohender Gefahr, als stehe sie unter einer großen, schweren Kiste, die lediglich an einem dünnen, ausgefransten Seil hing.

»Velander, zwischen uns gibt es viel wiedergutzumachen.«

Terikel trat vor und breitete die Arme aus, doch Velander glitt an der Mauer entlang außer Reichweite.

»Bitte fasst mich nicht an!«, rief sie. »Das wäre so, als würde ein Schaf einen Wolf umarmen: eine ganz schlechte Idee.«

Terikel dachte darüber nach. Es roch nicht nur nach geronnenem Blut und Schimmel, sondern auch stechend nach Schweiß. Nach dem Schweiß von zu Tode erschrockenen Leuten. *Die jetzt zweifellos alle tot sind*, folgerte sie. Aus ihrer ehemaligen Seelenverwandten war ein Ungeheuer geworden.

»War das Laron, der mit Euch hergekommen ist?«, fragte Terikel.

»Ja, wir können ihn später treffen, aber er muss sich jetzt erst um ein paar Probleme im Palast kümmern«, sagte Velander mit einer Geste auf den kaiserlichen Palast.

»Ich habe gehört, dass er nicht mehr so ist wie Ihr.«

»Ihr meint tot und ein bösartiger Geist?«

»Äh, ja.«

»Das stimmt, er fühlt sich jetzt besser. Warum seid Ihr hier? Kann ich Euch helfen?«

»Offiziell bin ich gar nicht hier, sondern als Passagier auf dem Schiff da unten, der *Sturmvogel*.«

»Aber sie hat bereits abgelegt und die Segel gesetzt.«

»Ja. Sie wird an der Ostküste von Acrema entlang zu den Königreichen im Norden segeln. Meine Feinde wissen das, und was meine Freunde denken, spielt kaum eine Rolle.«

»Aber Ihr seid doch immer noch hier, Ehrwürdige Älteste.«

»Ja. Ich muss ins Kapfanggebirge reisen. Ich habe dort in Zusammenhang mit Drachenwall etwas zu erledigen.«

Velander starrte auf die davonsegelnde *Sturmvogel*. Man konnte die Umrisse des großen Schiffes durch die Positionslichter gut erkennen, und sie kam gut voran. Zur Abwechslung war das Wetter gut, und es wehte ein steter leichter Wind.

»Drachenwall ist nicht, was er zu sein scheint«, begann Velander.

Plötzlich brodelte rings um die *Sturmvogel* Feuer, große Flammenstrahlen erfassten Segel und Takelage, breiteten sich auf das Deck aus und leckten durch die Speigatts. Lange Schlangenhälse schwankten im Licht des brennenden Schiffes. Sie endeten in großen, flachen Köpfen, die gelegentlich auf die Wasseroberfläche herabstießen, um kleine, dunkle, strampelnde Dinge aus dem Wasser zu pflücken und zu verschlingen.

»Andry!«, schrie Terikel entsetzt und schlug die Hände vors Gesicht. »Melier! Wallas!«

»Sind das die Lockvögel, die Ihr an Bord geschickt habt?«, fragte Velander, ohne den Blick von der Szene abzuwenden.

»Lockvögel, aber auch Freunde.« Terikel weinte.

Das brennende Öl, das die Seeschlangen versprühten, war klebrig, so dass etwas davon an ihrer Beute haften blieb und sie schnell außer Gefecht setzte. Die *Sturmvogel* glich schon nach der ersten Minute einem auf dem Wasser treibenden Scheiterhaufen. Die Schlangen taten sich weiterhin an den Seeleuten gütlich, die über Bord gesprungen waren.

»Es gibt keinen nachgewiesenen Fall eines derartigen Rudelverhaltens bei Meerdrachen«, sagte Terikel.

»Ich gehe davon aus, dass jemand diesen Vorfall aufzeichnen wird«, antwortete Velander.

»Das sind Hochseekreaturen, aber sie sind hier, in Sichtweite der Küste. Sie werden ganz sicher beherrscht.«

»Jemand versucht, Euch zu töten«, schloss Velander.

»Das war mir auch schon aufgefallen«, erwiderte Terikel kopfschüttelnd.

»Und was jetzt?«, fragte Velander. »Eure Gegner müssen Euch für tot halten.«

Ein Teil von mir ist wirklich tot, dachte Terikel. *Ich dachte, ich würde meinen Freunden einen Gefallen tun.*

»Ich brauche eine Unterkunft, eine sichere. Und dann brauche ich eine sichere Reisemöglichkeit ins Kapfanggebirge. Luftwandeln kommt nicht in Frage. Ich bin zu schwach nach der Überfahrt und ... anderen Erfahrungen.«

»Da kann ich helfen«, sagte Velander und wies auf eine der Straßen, die auf den Platz mündeten. »Kommt, Ihr müsst Euch das nicht länger ansehen.«

Sie gingen gemeinsam über den im Dunkeln liegenden Platz, der nun nicht mehr so verlassen war. Menschen lehnten sich aus dem Fenster oder hatten ihr Haus verlassen und waren zu der niedrigen Mauer gerannt, um zu gaffen. Plötzlich erleuchtete ein greller Blitz hinter ihnen die höheren Gebäude. Terikel nahm zur Kenntnis, dass einige der Zuschauer aufschrien.

»Manchmal, nur manchmal, habe ich das Gefühl, dass es für mich nicht mehr genug Wärme auf der Welt gibt«, flüsterte Terikel unterwegs.

»Es tut mir leid für Eure Freunde«, sagte Velander. »Ich kenne das Gefühl.«

»Dann müsst Ihr auch das unerträgliche Schuldgefühl kennen, Vel. In gewisser Weise bin ich froh, dass sie tot sind. Ich könnte ihnen nie, nie erklären, dass ich ihnen dieses Schicksal nicht zugedacht hatte.«

Durchnässt und schmutzig kauerten Andry und Wallas auf einer Schlammbank in der Nähe des Piers und starrten auf das brennende Schiff und die Alpträume, die es angriffen.

»Da scheiß doch die Wand an!«, rief Andry.

»Heute nicht, danke schön«, keuchte Wallas.

»Fräulein Melier war auf dem Schiff!«, rief Andry und zeigte auf den treibenden Feuerball und die fressenden Seeschlangen.

»*Wir* wären auch beinah noch dort gewesen!«, stellte Wallas fest.

»Sie haben gedacht, Lady Terikel wäre an Bord«, antwortete Andry.

»Wer sind *sie*?«, wollte Wallas wissen.

»*Sie* sind eine gemeine Bande von Säufern«, sagte Andry.

Ein greller rot-gelb gestreifter Blitz zuckte plötzlich in den Himmel, als die *Sturmvogel* explodierte.

»Ach, verdammt«, jammerte Wallas.

Eine Woge der Flammen schlug über den fressenden Seeschlangen zusammen. Sie konnten zwar Feuer speien, aber ihre Haut war ganz und gar nicht feuerfest. Mit schrillem Gekreisch tauchten sie unter und nicht wieder auf.

»Was war das?«, keuchte der schwer erschütterte Wallas.

»Eine Ladung Lampenöl«, sagte Andry. »Viel wert, verbraucht wenig Frachtraum. Genau das Richtige für das letzte große Schiff, das noch übrig war. In Diomeda hätten sie damit ein Vermögen verdient.«

»Du meinst – die *Sturmvogel sollte* wie vom Blitz getroffen in die Luft fliegen?«

Der Gedanke war Andry noch gar nicht gekommen.

»Die Älteste«, sagte er zögernd. »Sie hat dafür gesorgt, dass Melier als Terikel verkleidet an Bord geht.«

»Melier, aye.«

»Und ihre Feinde hätten das Schiff im ersten angelaufenen Hafen durchsucht und entdeckt, dass die Älteste gar nicht an Bord war ... Aber jetzt kann niemand mehr erfahren, dass sie nicht tot ist. Könnte sie diese Viecher gerufen haben?«

»Ihr meint, um ihren eigenen Tod vorzutäuschen«, sagte Wallas ungläubig und zeigte auf die Überreste der Feuersbrunst.

»Aye.«

»Das mordende Miststück!«

»Aye.«

»Glaubst du, jemand hat das überlebt?«, fragte Wallas, der an Melier dachte und sich vage schuldig fühlte, weil er noch am Leben war, sie hingegen tot.

»Nur du«, antwortete Andry, während er auf die rauchenden Flammen in der Mitte des Hafens starrte. »Was hast du bei dir?«

»Nasse Kleider, drei Silbernobel und ein paar Kupfermünzen«, antwortete Wallas. »Was ich sonst noch besessen haben war in einer Tasche auf der *Sturmvogel*.«

»Aber deine Brettleier war in meiner Tasche.«

»Na und? Die war auch auf der *Sturmvogel*.«

»Nein. Ich habe meine Tasche bei Madame Jilli vergessen.«

Wallas schaute wieder Richtung Hafen, wo das brennende Lampenöl den Todeskampf einer verbrannten Seeschlange beleuchtete, die gerade aufgetaucht war. Er fragte sich, wie Melier wohl gestorben war, und hoffte, sie möge einen schnellen Tod gehabt haben.

»Mein Leben habe ich auch noch, so unmaßgeblich es auch sein mag«, seufzte er.

»Dann hast du mir was voraus«, antwortete Andry und fiel dann tot um.

Madame Jilli lag vollständig angezogen mit dem Arm über dem Gesicht auf ihrem Bett, als jemand dreimal zaghaft an die Tür klopfte. Sie ignorierte es. Nach einer halben Minute klopfte es erneut dreimal.

»Ich habe gesagt, ich möchte alleine sein!«, rief sie, ohne den Arm vom Gesicht zu nehmen.

»Ich fürchte, ich muss darauf bestehen«, sagte eine leise Altstimme.

Madame Jilli fuhr wütend in die Höhe. »Wie könnt Ihr es wagen, mein Zimmer zu betreten!«, fauchte sie und funkelte das Mädchen vor sich an. »Niemand darf hier ...«

Ihre Stimme verlor sich. Sie war in ihrem Schlafzimmer, aber auch an einem sehr dunklen Ort an einem Fluss scheinbar aus schwarzer Tinte. Nicht weit entfernt saß in der Nähe eines schnittigen, außerordentlich schmalen Bootes eine Gestalt.

»O nein«, flüsterte Madame Jilli.

»Das sagen viele, wenn sie mich sehen«, sagte das Mädchen, während es durch den Stoff von Andrys Tasche griff und seine Fiedel und den Bogen herausholte.

»Aber wie? Ich lag in meinem Bett, und die Tür war abgeschlossen.«

»Betten sind gefährlich. Im Bett sterben viel mehr Leute als anderswo. Tatsächlich seid Ihr gar nicht tot, aber Andry. Ich brauche Eure Erlaubnis, ihm seine Fiedel zu geben.«

»Meine Erlaubnis?«

»Er hat sie bei Euch gelassen, daher muss ich fragen. Also?«

Madame Jilli erhob sich vom Bett – dann drehte sie sich um und starrte auf ihren Körper, der immer noch auf dem Bett lag.

»Ich sollte mich nicht allzu lange hier aufhalten«, sagte das Fährmädchen. »Es sei denn, Ihr möchtet gerne, dass ich Euch einen ernsteren Besuch abstatte.«

»Einen Besuch ... vom Tod?«

Das Mädchen lachte. »Ach, den Tod gibt es gar nicht, das ist nur eine Phantasiegestalt, die von neomodernistischen Zaubertheoretikern und metaphysischen Philosophen geschaffen wurde. Es gibt nur mich und ein paar Kolleginnen.«

»Was bedeutet all das?«

»Der Tod ist ein Vorgang, keine Person.«

»Ich verstehe es immer noch nicht.«

»Darf ich Andry nun seine Fiedel bringen? Das Original aus der wirklichen Welt wird in seiner Tasche bleiben, und er wird richtig Ärger bekommen, wenn er mit mir den Fluss überquert, ohne mir ein Lied vorzuspielen.«

»Wenn Andry sie braucht, nehmt sie«, sagte Madame Jilli. »Aber wartet!«

»Ich kann mich nicht auf Bedingungen einlassen«, warnte das Mädchen. »Darf ich sie nun nehmen oder nicht?«

»Bitte, hört einfach nur zu. Ich wollte Andry verändern, ich wollte ihm etwas Dauerhaftes geben. Ja, ich glaube, ich habe ihm sogar eine Nacht mit mir irgendwann in der Zukunft in Aussicht gestellt … Vielleicht war das ja nur eine armselige Perspektive, aber ich habe es gut gemeint. Jetzt ist er tot, und ich wünschte, ich hätte ihn, na ja, ehrenhafter behandelt.«

»Das passiert oft«, sagte das Fährmädchen.

Madame Jilli bemerkte, dass ihr Schlafzimmer ringsumher langsam verblasste und durch die Dunkelheit des Flussufers ersetzt wurde.

»Ihr seid dem Tod schon sehr nah«, sagte das Fährmädchen. »Wenn Ihr zu lange in meiner Nähe bleibt, könnt Ihr nicht mehr zurückkehren.«

»Habe ich noch genug Zeit, um Andry spielen zu hören?«

Andry saß alleine am Flussufer, als das Fährmädchen mit Fiedel und Bogen zurückkam.

»Was für ein Lied möchtet Ihr hören, Fräulein?«, fragte er, als sie ihm beides reichte.

»Oh, ich kenne keine Lieder aus Eurer Welt«, sagte sie mit einem Winken der Hand. »Irgendetwas Seemännisches vielleicht. Schließlich gehöre ich ja irgendwie auch zu den Seeleuten.«

Andry spielte ein Tanzlied, dann einen alten Volkstanz, dann einen Reel – ein Stück im Vierviertaltakt –, und zum Schluss sang er »Der in den Dienst gezwungene Flussschifferjunge«. Das Fährmädchen saß da und hörte ihm zu. Augenscheinlich genoss es die Musik. Hinter dem Mädchen schienen sich vage, geisterhafte Gestalten aus dem Nichts zusammenzufügen. *Geister sind ja hier keine Überraschung,* dachte Andry. Er hörte auf zu spielen, als das Fährmädchen die Hand hob.

»Das hat mir sehr gut gefallen, Andry«, verkündete sie. »Ich bin zufrieden, du darfst ins Boot steigen.«

»Nein, wartet!«, rief eine der Gestalten hinter ihr.

Ein Paar mit unglaublich attraktiven und perfekten Körpern trat vor, und das Fährmädchen stellte sie als Fortuna und Zufall vor.

»Wir haben uns gefragt, ob du wohl ›Der Hacken-Spitzen-Sprung‹ spielen würdest«, fragte Fortuna.

»Oh, aye, das kann ich«, antwortete Andry.

»Ihr müsst aber nicht, Andry«, sagte das Fährmädchen. »Sie haben hier keine Macht über Euch.«

»Das mag ja sein, aber ich möchte es gerne.«

Schicksal trat aus dem Schatten, verbeugte sich vor dem Fährmädchen und streckte seine Hand aus. Nachdem Andry einige Takte gespielt hatte, tanzten Dutzende Götter, Halbgötter und verlorene Seelen am Flussufer. Er bemerkte jedoch, dass eine Gestalt abseits blieb und sich nicht unter die Tanzenden mischte. Schließlich bat das Fährmädchen um eine Pause.

»Wie bist du eigentlich gestorben, Andry?«, fragte Fortuna. »Ich habe dich doch begünstigt.«

»Ein Akt des Schicksals«, sagte Zufall.

»Blinder Zufall«, entgegnete Schicksal.

»Ich bin nicht blind«, stellte Zufall klar.

»Bei der vielen Zeit, die Ihr mit betrunkenen Spielern in Tavernen verbringt, würde ich sagen, dass der Fusel Euch blind gemacht hat«, antwortete Schicksal. »Egal, die Leute sagen nie, Fortuna ist blind, obwohl sie mehr Zeit als ich in Tavernen verbringt. *Mich* verfluchen sie, aber *sie* beten sie an.«

»Wenn Ihr Tavernen mitrechnet, sind für Zufall und mich mehr Tempel gebaut worden als für alle anderen Götter«, sagte Fortuna und stieß Andry einen Ellbogen in die Rippen.

»Wer hat Andry denn nun getötet?«, fragte das Fährmädchen.

Die Götter schauten sich gegenseitig an.

»Es war kein Zufall, es war Absicht«, sagte Zufall.

»Es war nicht Schicksal, ich habe zu der Zeit Bestimmung besucht«, stellte Schicksal fest.

»Und ich habe ihn begünstigt«, sagte Fortuna und legte Andry einen Arm um die Schultern. »Ich mag dich, Andry.«

»Ist er wirklich gestorben?«, fragte Zufall das Fährmädchen.

»Es war sein Schicksal zu leben«, sagte Schicksal.

»Ich könnte wetten, dass es eine von diesen willkürlichen Fluktuationen war, die Wahrscheinlichkeit dauernd herumliegen lässt«, sagte Zufall.

»Sind die auf dieser Welt zugelassen?«, fragte das Fährmädchen.

»Es gab eine gewisse Wahrscheinlichkeit, dass der Schlag auf seinen Kopf zu hart sein würde«, räumte Wahrscheinlichkeit ein. »Die würde dann die Wahrscheinlichkeit verringert haben, dass er durch das kalte Wasser wieder zu Bewusstsein kommt, so dass er eben jenes Wasser schluckt und untergeht.«

»Also wart Ihr es?«, fragte das Fährmädchen.

»Nein, er hat einen harten Schädel und schon viele Kämpfe überstanden, daher kann es nur Zufall ...«

»Nein, war es nicht!«, rief Zufall. »Ich bin es leid, dass mein Name immer missbraucht wird.«

Das Fährmädchen stand auf und bedeutete Andry, sie zu

begleiten. Sie gingen zu ihrem Boot und beobachteten die Zankerei der außerweltlichen Entitäten.

»Das passiert von Zeit zu Zeit«, erklärte sie. »Wenn ich die Seele bitte, ein Lied zu spielen, kommen ein paar von ihnen, um zuzuhören, und nach kurzer Zeit werfen sie sich gegenseitig Beleidigungen an den Kopf. Ich mag Seeleute, deshalb bitte ich die netteren unter ihnen um ein Lied, statt um Geld für die Überfahrt.«

»Das verstehe ich nicht«, sagte Andry.

»Oft werden Menschen durch eine Kombination von Schicksal, Zufall und noch anderer getötet. Sie werden ärgerlich, wenn das passiert. Kompetenzstreitigkeiten, wisst Ihr. Wenn man dann noch bedenkt, dass Fortuna Euch begünstigt, sehen die Dinge doch recht verheißungsvoll aus.«

»Ich verstehe das immer noch nicht«, sagte Andry.

»Seht einfach nur zu«, sagte das Fährmädchen und holte ein Meldebuch, einen Federkiel und ein Tintenfässchen aus ihrem langen, schmalen Boot. »Meine Damen und Herren, Andry hat sein Lied für mich gespielt, daher brauche ich jetzt nur noch eine Unterschrift neben seinem Namen, damit ich ihn auf die andere Seite …«

»Ich unterschreibe gar nichts!«, blaffte Zufall.

»Die Wahrscheinlichkeit dafür, dass ich meinen Namen mit seinem Tod in Verbindung bringe, ist verschwindend gering«, verkündete Wahrscheinlichkeit.

»Sein Tod war nicht Schicksal, also habe ich nichts damit zu tun«, brummte Schicksal.

»Ich habe ihn begünstigt, also seht nicht mich an«, sagte Fortuna bestimmt.

»Ich sammle sie nur ein«, sagte das Fährmädchen. »Ich bin nicht befugt, auf der Liste zu unterschreiben.«

Andrys Leben stand auf Messers Schneide, als das Fährmädchen und mehrere bedeutsame Götter innehielten, um über die Situation nachzudenken. Zufall räusperte sich. Die anderen wandten sich ihm zu.

»Seine Körperprozesse könnten im kalten Wasser durch Zufall so verlangsamt worden sein, dass er weniger Atemluft brauchte als sonst.«

»Es gibt eine geringe Wahrscheinlichkeit dafür, dass die von den Meerdrachen und der Explosion der *Sturmvogel* erzeugten Wellen ihn auf eine Sandbank unter dem Pier gespült haben«, sagte Wahrscheinlichkeit.

»Seinem Schicksal nach sollte er eigentlich wesentlich länger leben«, verkündete Schicksal.

Fortuna verschwand ohne Vorwarnung. Schicksal verbeugte sich vor Andry und verschmolz mit den Schatten. Wahrscheinlichkeit verabschiedete sich und löste sich einfach auf. An dieser Stelle trat die Gestalt vor, die bisher schweigend zugeschaut hatte, stieg in das Boot des Fährmädchens und setzte sich. Zufall warf eine Münze in die Luft, fing sie auf, klatschte sie auf seinen Handrücken, schaute auf das Ergebnis, zuckte mit den Achseln und verbeugte sich dann vor der Gestalt, welche die Geschehnisse verfolgt hatte.

»Durch Zufall könnte Eure Verbindungsarterie reißen, Madame«, warnte er.

»Madame, das ist eine ganz schlechte Idee«, sagte das Fährmädchen und näherte sich dem Boot.

Die Gestalt schüttelte unter ihrer Kapuze den Kopf. Zufall schrieb etwas in das große Buch, bevor er es wieder schloss und auf einen Tisch legte, der kurz zuvor noch nicht da gewesen war. Andry blinzelte. Der Tisch verschwand. Er stand auf und ging zu Zufall.

»Bin ich tot?«, fragte er.

Zufall schaute ihn mit ausdruckslosen Augen an.

»Dieser Zufall hätte eintreten können«, antwortete der Gott. »Willst du weiterleben?«

»Oh, aye, seit meiner Ankunft in Palion hatte ich schon ein paar richtig gute Ideen. Es ist so, als hätte ich irgendwie mein Leben in Alberin hinter mir gelassen und gesehen, dass ich bisher all meine Talente an die Wand gepisst habe, wisst Ihr?«

»Nun, dein Leben hast du ganz gewiss hinter dir gelassen.«

»Ich möchte irgendwie herausfinden, wie ich sein sollte, und diese Person werden. Mich bessern, irgendwie, Sachen lernen, studieren.«

Der Gott nickte, aber sein Gesicht blieb ausdruckslos.

»Ich schicke dich zurück, Andry, hauptsächlich deshalb, weil du offensichtlich eine Begegnung mit Wandel hattest. Die Begegnung war vielleicht etwas zu heftig, aber andererseits ist es ziemlich schwierig, mancher Leute Aufmerksamkeit zu erregen. Aber ich warne dich, wenn du das Geschenk von Wandel zurückweist, wirst du große Schwierigkeiten bekommen.«

»Äh, wie das, mein Herr?«

»Sein nächstes Geschenk könnte aus interessanten Zeiten bestehen. Jetzt geh und lebe ... Ach, und wirklich gut gespielt!«

3
DRACHENWALL

Wallas klopfte an die Vordertür von Madame Jillis Erholungsheim und rechnete damit, von einem Trupp exotisch gekleideter und mit Armbrüsten bewaffneter Frauen empfangen zu werden. Stattdessen öffnete sich die Tür, und Ellisen schlug ihm ins Gesicht, bevor sie ihm die Tür wieder vor der Nase zuschlug. Als Wallas wieder zu sich kam, lag er rücklings auf der Straße. Sein Kiefer knackte bei jeder Bewegung, und einige seiner Zähne fühlten sich locker an. Er setzte sich auf und fragte sich, was er jetzt machen sollte. In Andrys Tasche befanden sich Geld, Kleidung, die Fiedel und auch die Brettleier. Mit der Tasche hätte er die Mittel, um sofort aus Palion zu fliehen. Ohne sie saß er jedoch in der Stadt fest und musste wieder um Kupfermünzen betteln.

Die Tür öffnete sich erneut, und Ellisen erschien. Sie trat auf die Straße und beugte sich mit verschränkten Armen über ihn.

»Warum lebt Ihr noch?«, fragte sie bestimmt. »Es heißt, die *Sturmvogel* sei mit Mann und Maus gesunken.«

»Andry und ich wurden ins Wasser geschleudert«, erklärte Wallas atemlos. »Ich habe ihn ans Ufer gezogen, aber da ist er dann gestorben. Hört her, ich brauche seine …«

»Ihr habt gesagt, Ihr könnt nicht schwimmen.«

»Ja, schon gut, *er* hat *mich* ans Ufer gezogen, aber bevor er gestorben ist, hat er mir gesagt, er hätte seine Tasche in Madame Jillis Zimmer gelassen.«

»Andry ist tot?«

»Ja, ja, er wurde verletzt, als diese Meerdrachen das Schiff zerstört haben. Ellisen, bitte, meine Brettleier ist in seiner Tasche – und auch mein Geld. Das heißt, genau genommen gehört mir nur die Hälfte des Geldes in der Tasche. Ihr könnt den Rest behalten – aber falls Ihr in mildtätiger Stimmung sein solltet, ich brauche es dringend, um aus der Stadt zu fliehen.«

Wallas lächelte sie an und hoffte, angemessen jämmerlich und bedürftig auszusehen.

»Kommt rein«, sagte sie, drehte sich um und ging zurück ins Haus.

Die Tür zu Madame Jillis Zimmer stand offen, und mindestens ein Dutzend Mädchen und Frauen hatten sich um ihr Bett versammelt. Sie lag vollständig angekleidet darauf, von Blumen in verschiedenen Frischestadien umgeben, die von überall im Haus herbeigetragen worden waren. Ein Konstabler mit einer Armbinde, die ihn als Medikus auswies, beugte sich über sie und zog ein Augenlid hoch.

»Ihr sagt, sie hätte nur einen einzigen Schrei ausgestoßen?«, fragte er Ellisen bei deren Rückkehr.

»Ich habe nur einen einzigen Schrei gehört, Mylord. Als sie nicht auf mein Klopfen und Rufen antwortete, habe ich die Tür aufgebrochen.«

»Sie ist an einem Riss der Verbindungsarterie gestorben. Sie hat vermutlich einen heftigen Schmerz verspürt, dann war es nach wenigen Augenblicken vorbei. Ich schreibe eine Erklärung, dass hier kein Verbrechen vorliegt.«

Wallas achtete darauf, dass Ellisen stets zwischen ihm und dem Konstabler stand, bis der Mann den Raum verlassen hatte. Ellisen sah sich um, bis sie Andrys Tasche entdeckte.

»Ihr könnt die Brettleier und die Hälfte des Silbers haben,

Wallas, aber nicht mehr«, verkündete Ellisen, als sie die Tasche aufhob. »Aber zuerst müsst Ihr mich zu Andrys Leichnam führen.«

»Was? Aber, aber ich wäre in Gefahr!«

»Durch wen?«

»Durch Konstabler, die Leute, die das Schiff versenkt haben, die Meerdrachen und durch ...«

»Und wie würde es Euch gefallen, *mich* auch noch auf diese Liste zu setzen?«, erkundigte sich Ellisen, die Hände in die Hüften gestemmt.

»Das würde ich ... lieber nicht tun«, erwiderte Wallas widerstrebend.

»Hervorragend. Geht voran.«

Wallas zog sich die nasse Kapuze über den Kopf, ging zur Vordertür, öffnete sie – dann stieß er einen Schrei aus und sprang zurück in Ellisens Arme. Ellisen ließ ihn prompt auf den Boden fallen. Vor ihnen stand mit erhobener Faust Andry, gerade im Begriff, an die Tür zu klopfen. Wie bei Wallas tropfte immer noch Wasser aus seiner schlammverschmierten Kleidung.

»Äh, könnte ich meine Tasche haben?«, fragte er. »Sie ist in Madame Jillis Zimmer.«

Ellisen trat Wallas heftig in den Hintern.

»*Das* ist dafür, dass ihr Andry berauben wolltet«, bellte sie wie ein Feldwebel auf dem Exerzierplatz.

In der nächsten Stunde erklärte Andry, er sei tatsächlich in Ohnmacht gefallen, nachdem er Wallas ans Ufer gezogen habe. Bedachte man, dass Wallas ihn bei fast völliger Dunkelheit und in kaltem, nassem Schlamm unter dem Pier untersucht hatte, war es nicht weiter verwunderlich, dass er ihn für tot gehalten hatte. Wieder ließ man für beide ein Bad ein, während Ellisen eine Truhe mit Kleidung durchwühlte, die in den letzten Jahren von diversen Kunden zurückgelassen oder vergessen worden war. Sie fand genug, um sowohl Andry als auch Wallas passabel einzukleiden.

Andry setzte sich neben Madame Jillis Bett zu den Frauen, welche die Totenwache hielten. Ellisen stand hinter ihm und kämmte ihm das Haar.

»Ich habe Wallas mit Roselle, unserem neuesten Freudenmädchen, zum Abendmarkt geschickt«, erklärte Ellisen. »Sie hat eine Liste mit den Dingen, die sie kaufen soll. Danach werden sie in einer bestimmten Taverne auf uns warten.«

»Äh, warum das, Mylady?«

»Terikel weiß, dass Ihr hier Freunde habt.«

»Sie hält uns für tot.«

»Dann sollte es besser auch so bleiben.«

Nach einer halben Stunde Kämmen hatte Andry viele lose und verfilzte Haare verloren. Ellisen zog die sauberen, trockenen und entwirrten Haare nach hinten, fasste sie mit einem Lederband zusammen und hielt ihm dann einen Spiegel vor.

»Erkennt Ihr Euch wieder?«, erkundigte sie sich.

»Mein Kopf sieht aus, als wäre er geschrumpft.«

»Die Leute werden zweimal hinsehen müssen, um Euch wiederzuerkennen, und die Leute, die Euch etwas antun könnten, halten Euch für tot. Verabschiedet Euch jetzt von Madame Jilli, wir müssen gehen.«

»Aber wie? Sie ist tot.«

»Oh ... macht irgendwas Romantisches, Andry! Sie hatte eine überraschend starke Vorliebe für Euch entwickelt.«

»Da bin ich nicht so sicher. Sie hat nette Sachen zu mir gesagt, aber geschlafen hat sie mit Wallas. Das nenne ich eine echte Vorliebe.«

»Das anzunehmen, ist ein dummer Fehler, den wir alle machen. Sie hat Euch ihren Sterndolch gegeben. Das ist eine ganz besondere Waffe aus von Frauen gesammeltem Sterneisen, die von Frauen geschmiedet, gehärtet und geschliffen und von Männern nur berührt wurde, wenn sie von ihm aufgeschlitzt wurden. An meiner Hand sind mehr Finger, als es Männer gibt, denen ein solcher Dolch überreicht wurde. Sie hat versucht, Euch zu sagen, dass es ihr Leid tut, Andry. Leid, dass sie sich von Wallas und seinem neckischen Geplänkel hat verführen lassen, und Leid, Eure Gefühle verletzt zu haben.«

Andry saß mit der Faust an den Lippen da und betrachtete eingehend Madame Jillis Leichnam. Schließlich nahm er den Haufen seiner verlorenen Haare, hob eine ihrer Hände hoch und legte sie auf das Lockengewirr.

»Jetzt kann sie mir ewig mit den Fingern durch die Haare streichen«, sagte er, während seine Hand noch auf ihrer lag. »Ich habe viele Schankdirnen gesehen, die das den ganzen Abend bei den Jungs gemacht haben, auf die sie so richtig gestanden haben.«

Eine der Frauen neben dem Bett schniefte. Ellisen legte Andry eine Hand auf die Schulter.

»Und jetzt ist es wirklich Zeit zu gehen«, sagte sie.

»Ich bin in meinem ganzen Leben noch nie so gedemütigt worden«, sagte Madame Jilli, als das Boot des Fährmädchens zum Ufer am Rande des wirklichen Lebens zurückkehrte und auf den Kieselstrand auffuhr.

»Aber Ihr seid jetzt tot«, erwiderte das Fährmädchen, das ebenfalls so aussah, als habe es keinen sonderlich guten Tag.

»Aus Arcadia ausgewiesen, weil man nicht regelgerecht gestorben ist. Eine Frechheit von diesem Einwanderungs-Cherubim.«

»Das ist auch für mich ein Präzedenzfall.«

»Sie wollten uns nicht mal in der Hölle landen lassen.«

»Ich habe Euch gewarnt. Alle aufgeblasenen Beamten sind dort.«

»Und was nun? Bleibe ich einfach hier?«

»Nicht für immer. Euer Sterbeprozess ist mit dem von Andry gekoppelt. Wenn er stirbt, könnt Ihr das Boot mit ihm teilen. Sehr romantisch.«

»Aber er könnte noch Jahrzehnte leben!«

»Stimmt, aber das ist nicht für immer.«

»Was soll ich tun? Ich habe gern Leute um mich herum, und ich lerne gern neue Leute kennen. Hier ist es deprimierend.«

»Ich muss in meine eigene Welt zurück, mein Vertrag ist beinah abgelaufen ... aber ich will Euch etwas sagen. Ich werde Euch zeigen, wie man in die Bibliothek kommt, in der die Bücher der Präzedenz und der Prozedur aufbewahrt werden. Darin gibt es viele romantische Geschichten und Schilderungen von Verführung, Verrat und so. Durchsucht die Inhaltsangaben nach den schönen, saftigen Geschichten.«

»Oh, ich liebe eine schöne Liebesgeschichte.«

»Hervorragend, ich bin sicher, Ihr werdet sehr glücklich sein.«

Nachdem er sich damit abgefunden hatte, nur stellvertretender Ringmeister des Ringsteins Logiar zu sein, war Sergal sehr überrascht, als er unangekündigten Besuch von Talberan erhielt. Die Besprechung fand im Regen auf dem Rücken von Pferden mitten auf der Straße nach Logiar statt.

»Dann soll ich *heute noch* zum Ringstein Centras reisen?«, fragte Sergal zum dritten Mal, da er seinen Ohren immer noch nicht ganz traute.

»Wenn Ihr einverstanden seid, Gelehrter Bruder, habt Ihr die Reise bereits angetreten. Eine Kutsche wird in Logiar auf Euch warten und Euch auf der Küstenstraße nach Norden bringen. Unterwegs wird man die Pferde wechseln, alles ist schon vorbereitet. Ihr werdet in der Kutsche essen, schlafen und einige sehr wichtige Zauber studieren.«

Sergal drehte sich um und schaute zurück auf den Ringstein Logiar, dann blickte er Richtung Norden.

»Ringmeister des Ringsteins Centras, sagtet Ihr?«, fragte er zum fünften Mal.

»Eigentlich werdet Ihr Ringmeister von ganz Drachenwall

sein«, antwortete Talberan, um den Reiz noch etwas zu erhöhen. »Alle anderen Ringmeister wären Euch unterstellt.«

»Und Ihr wisst ganz sicher, wie es dazu gekommen ist? Zu Astentials Tod, meine ich.«

»Natürlich, und er ist auch nicht vergeblich gestorben, er hat das Rätsel gelöst, warum der ursprüngliche Drachenwall zerstört wurde. Wisst Ihr, die Zauberer, die den Drachenwall-Zauber wirken, müssen sich alle auf genau gleicher Höhe im Ringstein befinden, und die Höhe des mittleren Ringsteins ist dabei besonders kritisch. In dieser urzeitlichen Äthermaschine war einer der mittleren Megalithen nicht richtig aufgestellt. Irgendwann, nachdem Drachenwall gewirkt worden war, ist der Megalith umgefallen. Das hat nicht nur den einen Ringstein gestört, sondern auch alle anderen. Die gesamten Energien wurden schlagartig durch die mittleren Megalithen freigesetzt und sprengten dort jeweils einen Krater in den Boden, wo sie gestanden hatten.«

»Also gehören die Krater eigentlich gar nicht zur Anlage der Ringsteine?«, schloss Sergal nickend und strich sich den Bart.

»Nein, sie sind nur die Zeugnisse eines lange zurückliegenden Unfalls«, antwortete Talberan fröhlich.

»Das bestätigt, was ich schon seit einiger Zeit vermutet habe«, sagte Sergal und drehte sich erneut zum Ringstein Logiar um. »Ich habe deswegen einige Diskussionen mit Waldesar geführt.«

»Oh, und er liegt falsch, das wisst Ihr jetzt genau. Er wird damit beauftragt, eine Steinplattform anzulegen und den mittleren Megalithen von Ringstein Logiar auf die richtige Höhe zu bringen.«

Etwas in Talberans ein wenig bösartigem Tonfall sprach Sergal an, etwas, das vermuten ließ, dass er phantasielose politische Zauberer wie Waldesar nicht ausstehen konnte und glücklich war, ihre kleinlichen Ambitionen in Grund und Boden zu stampfen, wenn sie nicht mehr von Nutzen waren. Obwohl sein Regenmantel undicht war und er eine Reise über fast zweitausend Meilen ohne eine einzige Nacht in einem vernünftigen Bett vor sich hatte, konnte Sergal dieses Angebot nicht ablehnen.

»Ihr habt einen neuen obersten Ringmeister, Gelehrter Talberan«, verkündete er und wandte sich zum letzten Mal vom Ringstein Logiar ab.

Ellisen führte Andry durch ein Labyrinth von Gassen, Wegen und dunklen Plätzen, bis sie endlich sicher war, dass ihnen niemand folgte. Dann ging sie zum *Verirrten Wanderer*. Die Taverne war nicht weit von Palions Westtor entfernt und dafür bekannt, die ganze Nacht geöffnet zu bleiben. Roselle und Wallas waren schon da und saßen gemeinsam neben einem ausgebeulten Rucksack. Sie waren nicht mehr ganz nüchtern und schienen ziemlich gut miteinander auszukommen. Als er Ellisen erblickte, setzte sich Wallas gerade hin und eine ernste Miene auf.

»Wir haben Madame Jilli gedacht«, erklärte er.

»Wallas sagt, man muss das Leben feiern, nachdem jemand gestorben ist«, fügte Roselle hinzu, um dann aufzustehen und in Richtung Tresen zu schwanken.

»Man muss den Fährmann mit Getränken bestechen«, fuhr Wallas fort.

»Die Fähre wird von einem Mädchen gerudert, und das ist nur so um die zwölf«, sagte Andry, als er sich setzte und sich eine schmerzende Stelle am Hinterkopf rieb.

»Woher willst du das wissen?«, lachte Wallas. »Bist du ihr schon mal begegnet?«

»Ja.«

Wallas schaute von Andry zu Ellisen, dann wieder zu Andry. Keiner der beiden lächelte auch nur über seine als Scherz gemeinte Aussage.

»Sind hier denn alle verrückt?«, fragte Wallas und versuchte weiterhin, dazu zu lächeln.

»Nein, nur am Leben«, sagte Andry, der jetzt das Gefühl hatte, dass dieser Zustand von viel zu vielen lebenden Personen als selbstverständlich angesehen wurde.

Wallas verlor die Farbe und starrte Andry an, während er sich daran erinnerte, dass sein Gefährte am Pier weder geatmet noch einen Puls gehabt hatte. Auch Ellisen starrte ihn an, dann blickte sie auf den Tisch, verschränkte die Hände ineinander, knackte mit den Knöcheln und nickte bei sich. Wallas beschloss, das Thema nicht weiter zu verfolgen.

»Ihr habt nicht zufällig meine Brettleier dabei, oder?«, fragte er.

Andry holte das Instrument aus seiner Tasche und gab es Wallas, der es sofort anschlug.

»Sie ist verstimmt!«, rief Wallas.

»Fortuna begünstigt mich«, antwortete Andry.

»Aber nicht sehr.«

»Fortuna hat mich im Stich gelassen.«

»Was machen wir jetzt?«, fragte Wallas, während er an einem der Wirbel drehte und die dazugehörige Saite anschlug.

»Du kannst noch etwas trinken«, sagte Andry und zwickte sich ins Handgelenk, um festzustellen, ob er noch Schmerz spüren konnte.

»Was ist mit dir?«

»Nachdem ich den halben Hafen geschluckt habe, bin ich nicht in Stimmung.«

»Wann gehen wir zurück zu Madame Jilli?«, fragte Wallas Ellisen.

»Es heißt jetzt Madame Ellisen, und Ihr geht gar nicht dorthin zurück«, antwortete Ellisen. »Wir bleiben bis zum Morgen hier, dann verlasst Ihr und Andry die Stadt.«

»Aber wo schlafen wir?«, protestierte Wallas mit einem Seitenblick auf Roselle, die gerade mit vier Krügen zurückkam.

»Heute Nacht nirgendwo«, erwiderte Ellisen in einem Tonfall, der keinen Zweifel daran ließ, dass sie Wallas sogar seine bloße Existenz verübelte. »Die Stadttore werden erst eine halbe Stunde vor Sonnenaufgang geöffnet – es sei denn, Ihr würdet gerne über die Stadtmauer klettern.«

»Nun denn, es gibt viele Möglichkeiten, wie man sich die nächtlichen Stunden vertreiben kann«, sagte Wallas, als sich Roselle ihm gegenüber niederließ.

Er griff unter den Tisch und ließ die Hand einen Schenkel emporgleiten. Er erwies sich als Ellisens und nicht Roselles. Ellisen packte Wallas' kleinen Finger und ruckte scharf daran. Es knackte, und Wallas stieß einen Schmerzensschrei aus.

»Na, wer möchte ein Lied hören?«, sagte der verlegene Andry und packte eiligst seine Fiedel aus.

»Eigentlich möchte ich lieber einen Schluck am Tresen trinken«, murmelte Wallas. Er stand auf und hielt sich dabei den verletzten Finger.

»Ich möchte gerne einen Tanz hören!«, rief die ziemlich beschwipste Roselle, sprang auf und nahm Wallas am Arm.

Andry spielte mehrere Tanzlieder, zu denen Wallas und Roselle sich auf einer freien Fläche vor dem Kamin bewegten. Die Schankdirnen und ein paar Gäste schlossen sich ihnen an, und der Besitzer des *Verirrten Wanderers* schaute beifällig zu. So etwas half dabei, die Taverne als einen Ort bekannt zu machen, der auch zu später Stunde noch Unterhaltung bei unverdünntem Bier zu konkurrenzfähigen Preisen bot. Hinzu kam, dass diese Musikanten auch noch umsonst spielten.

In der ersten Pause ging Wallas zum Tisch zurück, machte einen großen Bogen um Ellisen und setzte sich heftig schnaufend neben Andry. Er leerte den Krug, der zufällig vor ihm stand, und rieb sich den verletzten Finger. Andry wühlte in seinem Beutel, bis er einen Streifen Stoff gefunden hatte, und band Wallas' kleinen Finger dann an den Ringfinger.

»Weißt du, Andry, diese Tanzerei ist eine wirklich gute Übung für das, was uns auf der Straße erwartet«, sagte Wallas leutselig.

»Tatsache?«, fragte Andry.

»O ja, aber ich hatte auch nicht erwartet, dass du als Seemann das weißt. Die reine, kühle, erfrischende Luft in herrlicher Landschaft, die Sonne auf dem Gesicht, in warmen, sauberen Heuschobern schlafen, die ehrlichen, freundlichen Bauern und die Gewissheit, dass man auf niemanden außer sich selbst angewiesen ist.«

»Aye, tja, das stimmt schon«, pflichtete Andry ihm bei. »Auf einem Schiff ist die Luft an Deck eiskalt und darunter widerlich. Die Mannschaft muss zusammenarbeiten, sonst stirbt sie, und die Offiziere sind meist nicht sehr freundlich.«

Wallas holte tief Luft und fing an zu singen.

»Wander, wander, auf der Straße, auf den Himmel zu,
Wander, wander, auf der Straße, einzig ich und du.«

Andry erkannte die Melodie des Wanderlieds wieder, das er in seiner ersten Nacht in Palion gehört hatte. Er nahm seine Fiedel und spielte eine Begleitung.

Der Rest der Nacht entwickelte sich zu einer etwas gedämpften Feier. Andry und Wallas spielten Fiedel und Brettleier, während die anderen Gäste im *Verirrten Wanderer* tanzten und sangen. Irgendwann nach Mitternacht kamen zwei Mitglieder der Nachtwache herein, informierten den Wirt, dass die Sperrstunde eingehalten worden sei, um sich dann hinzusetzen und jeder ein Ale zu bestellen. Kurz darauf tanzten sie mit Ellisen und einer Schankdirne, während Andry spielte. Wallas und Roselle waren mittlerweile verschwunden.

Die Sonne war bereits aufgegangen, als Andry ihrer Gruppe vom *Verirrten Wanderer* zum Westtor voranging. Ellisen trug Wallas über einer Schulter und hielt mit der anderen Hand Roselle am Kragen fest in dem Versuch, sie in gerader Linie zu steuern. Die beiden Männer der Nachtwache hatten sich entschlossen, sie aus reiner Freundlichkeit zu begleiten. Andry trug beide Rucksäcke, einen ungeöffneten Weinkrug und seine Fiedel. Der kleinere der beiden Wachleute hatte einen Weinschlauch mitgenommen, der Andry als Geschenk von den Gästen der Taverne überreicht worden war, während sein größerer Kollege Ellisen gerade erzählte, welch glücklicher Zufall es doch sei, dass sie beide Wachen seien und Nachtschicht hätten und ob sie Interesse an einem Frühstück habe.

»Was sollten Wallas und Roselle eigentlich für unterwegs kaufen?«, fragte Andry, als sie in Sichtweite des Stadttors stehen blieben.

»Für jeden eine Decke, etwas Brot und Räucherwurst und einen Wasserschlauch«, antwortete Ellisen. »Ich war früher in der Miliz, wo ich mich als Mann ausgegeben habe. Ich weiß, was man auf der Straße braucht.«

»Du gehst also auf eine Reise, mein Junge?«, fragte der große Wachmann und reichte ihm dann einen Silbernobel. »Wirklich famos gespielt heute Nacht.«

Mit dieser Geste wollte er eher Eindruck bei Ellisen schinden, als sich bei Andry bedanken, und sie zeigte die gewünschte Wirkung. Ellisen ließ Wallas auf den Boden fallen und Roselle los, trat dann zurück und drückte den Arm des Wachmanns, während sie ihm zuflüsterte, dass dies sehr süß von ihm gewesen sei. Andry entkorkte den Krug, trank zwei Schlucke und goss sich dann etwas vorne über die Jacke. Den Rest schüttete er Wallas über den Kopf, so dass dieser sich speiend und fluchend aufsetzte.

»Auf die Beine, Wanderer, es wird Zeit für die Freuden der offenen Landstraße!«, lachte Andry.

»Andry, das ist für Euch«, sagte Ellisen und hielt ihm einen Ebenholzkamm hin, der so geschnitzt war, dass er wie ein Dämonengesicht mit sehr langen Zähnen aussah. Sie blickte zur Seite, holte dann mit dem Fuß aus und trat Wallas. »Und das ist für Euch, Wallas. Jetzt geht, Andry, möge Fortuna Euch gewogen sein.«

Inzwischen hatte der kleinere Wachmann sich mit Roselle entfernt, die halb über einer Umzäunung hing, weil ihr schlecht war. Andry brauchte eine Weile, bis er Wallas auf den Beinen hatte, so dass dieser sein Gepäck schultern konnte. Ellisen unterhielt sich inzwischen ziemlich angeregt mit dem größeren der Wachleute über interessante Armhebel und Würgegriffe. Andry schob die Arme durch die Gurte des Rucksacks, dann legte er den Weinschlauch aus dem *Verirrten Wanderer* obenauf.

»Jetzt tu so, als wärst du betrunken, wenn wir uns dem Tor nähern«, sagte Andry, als sie sich auf den Weg machten.

»Wie meinst du das, ›tu so‹?«, erwiderte Wallas.

Sie torkelten ganz allgemein in die Richtung des Stadttors mit den freien Armen untergehakt, um sich gegenseitig zu stützen. Am Tor herrschte wenig Betrieb, was schlecht war. Die Wachen würden nur wenig zu tun haben und daher aus reiner Langeweile die wenigen vorbeikommenden Reisenden sorgfältig prüfen. Ein Wachmann trat ihnen in den Weg. Andry und Wallas achteten peinlichst darauf, keinen zusammenhängenden Satz herauszubringen. Nach einigem Herumwühlen gelang es Wallas, ein paar Kupfermünzen als Bestechung vorzuweisen, doch der Wachmann schüttelte den Kopf.

»Ich brauche Passierscheine für Euch beide«, sagte er bestimmt.

Andry hatte erwartet, dass man vielleicht Papiere brauchen würde, um in eine Stadt zu gelangen, aber nicht, um sie zu verlassen. In Alberin war es ein Grund zum Feiern, wenn Leute, die aussahen wie er und Wallas, die Stadt verließen.

»Hab kein' Passsch... Pa... schein inner Hand, vielleicht im Rucksack«, murmelte Andry hoffnungsvoll.

»Ich muss euch auffordern, entweder im Rucksack nachzusehen oder in der Stadt zu bleiben«, begann der Wachmann. Da trat die größere der beiden Nachtwachen zwischen sie.

»Das sind Unerwünschte, der Hafen-Magistrat hat sie ausgewiesen«, erklärte er.

»Ausgewiesen, sagst du?«, fragte die Torwache.

»Ich habe den Befehl, sie zum Tor zu eskortieren und bis

spätestens eine Stunde nach Tagesanbruch aus der Stadt zu werfen. Falls ihnen jemand helfen sollte, in der Stadt zu bleiben, muss ich die Namen notieren und sie dem Magistrat melden.«

»Aye, aye, danke für die Warnung!«, rief der Wachmann, der dann beiseitetrat und durch das Tor auf die Straße dahinter zeigte. »Ihr zwei, raus mit euch!«

Andry und Wallas hatten das Westtor von Palion vielleicht vierhundert Schritte hinter sich gelassen, als die ersten Zeichen von Problemen auftraten.

»Diese Gurte schneiden mir in die Schultern«, brummte Wallas.

»Du hast den Rucksack ohne Murren durch die Stadt getragen«, sagte Andry.

»Ja, aber … da war er nicht so schwer beladen, und ich konnte mich hinsetzen und ausruhen, wenn er mir zu schwer wurde.«

»Finde dich damit ab. Wir müssen außer Sichtweite der Torwachen sein, bevor jemand auf die Idee kommt, dass wir doch kontrolliert gehören.«

Sie schafften noch eine Viertelmeile.

»Mein linker Fuß tut weh«, beklagte sich Wallas.

»Du läufst darauf rum, was erwartest du?«, antwortete Andry.

»Können wir anhalten und uns etwas ausruhen?«

»Nein! Wir sind noch keine halbe Meile gegangen.«

»Noch keine halbe Meile? Es fühlt sich an wie fünf! Du bist ein Seemann, wie kannst du da einschätzen, dass es noch keine halbe Meile ist?«

»Weil da vorne ein Meilenstein steht, in den PALION ½ MEILE eingemeißelt ist.«

Sie legten eine weitere Viertelmeile zurück.

»Ich kann nicht glauben, dass wir den ersten Meilenstein

immer noch nicht erreicht haben«, maulte Wallas. »Die Zeit scheint zu kriechen. Irgendein böser Zauberer hat uns mit einem Fluch belegt – oder vielleicht hat auch jemand den Meilenstein gestohlen.«

»Rede keinen Unsinn, Wallas, diese Steine wiegen eine halbe Tonne!«

»Vielleicht hat jemand wirklich Starkes den Meilenstein gestohlen.«

»Ich wette mit dir um eine Kupfermünze, dass wir ihn in ein paar Minuten erreichen.«

»Topp!«

Andry zeigte auf einen weißen Stein ein Stück entfernt und bat dann um seine Kupfermünze.

»Der verdammte Landvermesser muss sich mit der Entfernung geirrt haben«, murmelte Wallas.

»Ich habe die Schritte gezählt, die Entfernung kam mir seit der Halbmeilenmarkierung schon richtig vor.«

Am Meilenstein war Wallas der Verzweiflung nah.

»Meine Fersen fühlen sich an, als wären lauter Nadeln im Schuhleder«, jammerte er.

»Das nennt man Blasen, ich hab auch welche.«

»Und ich habe einen Krampf in der linken Wade.«

»So etwas passiert beim Wandern.«

»Aber es tut weh!«

»Hast du gewusst, dass die toreanischen Meilen doppelt so lang sind wie unsere acremanischen?«

»Sei doch still!«

»Du solltest öfter wandern gehen!«

Am Zwei-Meilen-Stein waren sie dann durch ein kleines Gehölz neben der Straße vor Blicken geschützt, so dass Andry eine Pause gestattete. Wallas schüttete gierig größere Mengen Wein in sich hinein. Andry trank etwas Wasser, borgte sich dann Wallas' Axt, schlug einen langen, geraden Ast von einem der Bäume ab und entfernte dann alle Zweige und Blätter.

»Ha, du brauchst wohl einen Stab als Stütze«, schnaubte Wallas. »Deine Matrosenfüße eignen sich anscheinend doch nicht so fürs Laufen.«

»Ich brauche eine Waffe«, erklärte Andry. »Das hier wird ein ganz passabler Kampfstab.«

»Die Waffe eines Gemeinen!«, lachte Wallas. »Edle tragen Äxte.«

»Kannst du denn mit einer Axt umgehen?«

»Ich … äh, wo du es gerade erwähnst …«

»Ich kann dir Unterricht geben …«

»Nein! Nichts, wozu ich aufstehen muss, bitte.«

»Ich fürchte, du musst ohnehin aufstehen. Wir müssen weiter.«

Wallas trank noch ein paar Schlucke aus dem Weinschlauch. »Ich mache ihn nur leichter«, erklärte er.

Nach fünf Meilen war Wallas den Tränen nah und bettelte darum, anzuhalten und das Nachtlager aufzuschlagen. Andry wies darauf hin, dass es dem Sonnenstand nach gerade mal neun Uhr früh war. Kurz darauf stolperte Wallas in einer Furche in der Straße und fiel schwer zu Boden. Er krümmte sich und heulte vor Schmerzen über die Krämpfe in beiden Beinen. Nachdem Andry Wallas' Beine so lange massiert hatte, bis der wieder stehen konnte, gab er nach und bewilligte ihnen eine Pause. Wallas humpelte zu einem geschützten Heuhaufen, legte sich hin, ohne den Rucksack abzunehmen und war nach wenigen Augenblicken eingeschlafen.

Andry inspizierte einige der Gegenstände, die Ellisen in seinen Rucksack gepackt hatte. Er fand eine rosa Decke mit Rüschen, auf der in jeder Ecke mit rotem Garn *Madame Jillis Erholungsheim* aufgestickt war, einen kleinen Läufer, allerlei Proviant und ein kleines Buch.

»*Almanach für den Wanderer im Sargolanischen Reich*«, las Andry laut, dann aß er ein wenig Brot und fing an zu lesen.

Nach einer Weile packte er alles wieder ein und döste ein wenig. Gegen Mittag wurden sie von einem Bauern geweckt, der entdeckte, dass Wallas sich in sein Heu erbrochen hatte. Er trieb sie mit einem Knüppel auf die Straße zurück.

»Oh, mein Kopf«, ächzte Wallas, sobald der Bauer verschwunden war.

»Meiner tut auch weh und das noch nicht einmal vom Kater«, sagte Andry.

»Will sterben«, krächzte Wallas.

»Fünf Meilen«, sagte Andry. »Sieh dich mal um, man kann nur noch einen nebligen Dunst sehen. Wir sind aus der Stadt raus.«

»Ich war in einer Taverne …«, begann Wallas zaghaft, aber er wusste nicht mehr genau, was dort passiert war.

»Weißt du, wir haben den Leuten mit der Fiedel und der Leier ganz schön eingeheizt. Ich wette, wir brauchten kein einziges Getränk mehr für uns vier zu kaufen, als wir einmal zu spielen angefangen hatten.«

»Stimmt genau, viel getanzt in einer Taverne. Gesungen. Roselle hat auf unserem Tisch getanzt. Eine Schankdirne hat mich mit nach hinten genommen, um nach einem guten Fass zum Anstechen zu suchen.«

»Und ich durfte eine halbe Stunde lang alleine spielen.«

»Haben das beste Fass überhaupt angestochen.« Wallas lachte anzüglich. Dann zuckte er vor Schmerzen zusammen.

Andry zupfte etwas von dem Stroh aus seiner Kleidung.

»Was ist mit Roselle?«, fragte Andry.

»Was soll mit ihr sein?«

»Sie schien dich zu mögen.«

»Ach, sie ist doch nur eine Hure. Aber egal, ich hab sie im Stall gepimpert.«

Andry dachte hundert Schritte lang über diese Worte nach. Schließlich kam er zu einem verblüffenden Ergebnis, weil es eine Ansicht war, die alle anderen sonst immer für ihn reserviert zu haben schienen.

»Wallas, wusstest du eigentlich, dass du ein Arschloch bist?«

»Was? Du musst gerade reden! Ich hätte nicht übel Lust, alleine weiterzugehen.«

»Tu das ...«

»Nein! Ich, äh, kann dich doch nicht alleine lassen, einen Ausländer, alleine in der sargolanischen Wildnis. Du brauchst einen Führer und Übersetzer.«

Er wand sich vor Schmerzen von den Gurten auf seinen Schultern, doch dann fand er heraus, dass es schon eine kleine Erleichterung bedeutete, wenn er sie nur etwas nach außen auf die Deltamuskeln verlagerte.

»Ich frage mich, wie weit es wohl bis Logiar ist«, dachte Wallas laut nach.

»Fünfhundert Meilen.«

»Fünfhundert! Du meine Güte, das ist das Hundertfache von dem, was wir heute am gesamten Tag geschafft haben!«

»Es ist doch gerade mal Nachmittag.«

»Woher weißt du, dass es fünfhundert sind?«

»Ellisen hat mir einen Almanach gegeben.«

»Ha! Zweifellos im Gedenken daran, was du ihr ... Aaah!«

Andry hatte wie zufällig den Stab zwischen Wallas' Beine gehalten, so dass dieser schwer zu Boden fiel.

»Hoppla, pass besser auf die Straße auf«, sagte Andry und ging weiter, ohne Wallas aufzuhelfen.

Erst nach einer halben Meile hatte Wallas Andry wieder eingeholt. Sie schritten bis zum Sechs-Meilen-Stein schweigend nebeneinander her.

»Ich glaube, ich gehe nur bis nach Glasbury«, verkündete Wallas. »Das ist eine schöne große Stadt. Wie weit es wohl bis dahin ist?«

»Zweihundert Meilen«, antwortete Andry mit hämischer Genugtuung.

Wallas runzelte die Stirn und dachte eine Zeit lang über diese unwillkommene Tatsache nach.

»Na, es gibt ja auch noch diese große Provinzstadt Clovesser.«

»Einhundertachtzig Meilen.«

»Verdammt noch mal, welches Dorf liegt denn am nächsten?«

»Harrgh, etwa siebzig Meilen von hier. Das kann man in zwei Tagen Gewaltmarsch erreichen.«

»Du meinst, das ist jetzt gerade kein Gewaltmarsch?«

»Ein Gewaltmarsch heißt, achtzehn Stunden Marschieren pro Tag und Pause nur zum Schlafen und Pissen. Gegessen wird marschierend, getrunken wird marschierend, und weder Regen noch Schnee noch Kater ist ein Grund zum Anhalten.«

»Irgendwo an dieser verwünschten Straße muss es doch ein Gasthaus geben!«, jammerte Wallas.

»Oh, aye, es heißt *Zur Rast an der Stiege*.«

»Alberner Name für ein Gasthaus.«

»Es heißt so, weil es am Zwanzig-Meilen-Stein liegt.«

»Zwanzig Meilen!«, rief Wallas. »Das ist viermal weiter, als wir schon gegangen sind.«

Es fing an zu regnen.

Es war die Tageszeit, zu der Reisende sich normalerweise in einen Schankraum setzten, um Mittag zu essen oder einfach zu trinken. Folglich war der Gastraum des *Verirrten Wanderers* leer, als Terikel eintrat. Sie ging zum Kamin und rieb sich die Hände über den hellen Flammen. Als sie sich umdrehte, um sich den Rücken zu wärmen, stellte sie fest, dass Laron und Velander vor ihr standen.

»Ehrwürdige Älteste«, sagten sie gemeinsam und verbeugten sich gleichzeitig mit einer höfischen Geste.

»Laron.« Terikel trat vor, hielt dann aber inne. Sie hatte ihn hundertsechzig Tage nicht gesehen, und seitdem hatte er sich erheblich verändert. »Ihr seht, äh ...«, begann sie zaghaft.

»Lebendig aus, Ehrwürdige Älteste?«, schlug Laron vor.

»Ich wollte gerade sagen ... sehr gut aus. Eigentlich sogar wunderbar. Attraktiv, schneidig und außerordentlich galant.«

»Danke schön, Ehrwürdige Älteste, aber ich bin immer noch nur ein Jugendlicher von fünfzehn Jahren«, antwortete Laron.

»Aber einer, der schon siebenhundert Jahre gelebt hat.«

Velander trat einen Schritt zur Seite, als Terikel und Laron sich umarmten. Terikel nahm zur Kenntnis, dass tatsächlich wieder warmes Blut in seinen Adern floss und sein Gesicht ohne die Pickel und Akne war, die es siebenhundert Jahre lang entstellt hatten. Sie setzten sich vor das Feuer, während Velander im Schatten auf der anderen Seite des Schankraums herumschlich – wachsam, aufmerksam und hungrig.

»Aber wie ist Velander so geworden, wie Ihr einst wart?«, erkundigte sich Terikel. »Ich meine, war sie nicht tot? Als ich in Diomeda war, habe ich mit Leuten gesprochen, die ihren Leichnam gesehen hatten. Er war eindeutig leblos.«

»Richtig, aber ich verstehe einiges von Zaubern und Energien in den äußersten Grenzbereichen des menschlichen Lebens. Ich habe ihren Schatten dort entdeckt, der noch verweilte, losgelöst von fast allem, was sie in dieser Welt verankern konnte. Jeder andere Zauberer hätte sich nur noch von ihr verabschieden können, aber ich habe siebenhundert Jahre lang in diesen Grenzbereichen existiert. Sie war furchtbar schwach, und es war zu spät, ihr Leben zu retten, aber es war noch möglich ... gefährliche Dinge zu tun.«

»Und es hat funktioniert?«

»O ja. Velander ist jetzt tot, aber nicht von uns gegangen. Das Blut anderer nährt ihren kalten Körper, da ihre ätherische Lebenskraft sie stärkt. Wenn Miral unter dem Horizont steht, muss sie wie tot ruhen, aber zu anderer Zeit kann sie herumlaufen und sprechen wie wir anderen auch.«

»Ihr habt Velander in das verwandelt, was Ihr einst wart?«

»Ja, aber ich habe es gut gemeint«, sagte Laron und wand sich dabei ein wenig.

»Sie tötet also Menschen?«

»Nun ja, aber nur solche, die Elend verbreiten.«

»Schon wieder ein vampyrischer Gesellschaftsreformer«, seufzte Terikel, während sie sich eine Hand an die Stirn legte und sich dann die linke Schläfe massierte.

»Laron hat mir beigebracht, was Ritterlichkeit bedeutet«, erklärte Velander aus der anderen Ecke des Raumes. »Ich ernähre mich nur von denen, die, äh …«

»Die als gute Bürger einiges zu wünschen übrig lassen?«, mutmaßte Terikel.

»Ja, genau.«

»Und daran herrscht kein Mangel«, fügte Laron hinzu.

»Ach, Vel!«, rief Terikel, stand auf und breitete die Arme aus.

»Keine Umarmungen, bitte«, sagte Velander und zog sich noch weiter zurück. »Meine Selbstbeherrschung ist nur angemessen, nicht perfekt.«

Terikel setzte sich wieder, froh über den Halt, den der Stuhl ihr gab. Ihr schwirrte der Kopf. Velander war zu einem Ding aus kaltem Fleisch geworden, hatte die Kraft von fünf Männern und eine Vorliebe für Blut. Außerdem konnte sie sich nicht bewegen, wenn die große beringte Scheibe von Miral nicht am Himmel stand. Trotzdem waren Velander und Laron vermutlich die beiden Personen auf dem ganzen Kontinent Acrema, denen sie am meisten vertrauen konnte.

»Was muss jetzt getan werden?«, fragte Laron, als sich das Schweigen unangenehm dehnte.

»Ich muss das Kapfanggebirge erreichen«, antwortete Terikel und stützte den Kopf auf eine Hand.

»Zufälligerweise lässt sich das leicht einrichten«, sagte Laron. »Ein Trupp Lanzenreiter in meinem Bekanntenkreis will dorthin. Könnt Ihr reiten?«

»Nein«, gestand Terikel.

»Oh. Könnt Ihr mit einer Axt kämpfen?«

»Ich habe schon mal Feuerholz gehackt.«

»Mit einer Lanze umgehen?«

»Noch nie eine angefasst.«

»Äh, bitte betrachtet das nicht als Beleidigung, Älteste, aber könnt Ihr irgendetwas, was von Söldnern in einem Trupp von Lanzenreitern verlangt wird – außer Uniform und Kettenpanzer zu tragen?«

»Ich habe die Kenntnisse eines Medikus'.«

»Das eröffnet neue Möglichkeiten«, entschied Laron. »Trotzdem müsst Ihr Reiten lernen. Vielleicht sollten wir den Ställen heute noch einen Besuch abstatten, ein paar Grundlagen durchgehen und Euch dann ein paar intensive Reitstunden geben. Die, äh, Expedition ins Kapfanggebirge bricht in einer Woche auf, uns bleibt also mehr als genug Zeit, Euch bis dahin zu einem erfahrenen Reiter zu machen. Warum wollt Ihr dorthin?«

»Dort leben, äh, Leute, sehr gelehrte Leute. Ich muss mit ihnen über Drachenwall reden, damit … Vielleicht wäre es besser, wenn ich Euch das nicht erzähle, alles ist sehr kompliziert und schwierig. Drachenwall soll in zwei Tagen initiiert werden. Eigentlich wollte ich das verhindern …«

»Drachenwall verhindern?«, rief Laron. »Die größte magische Unternehmung in der Geschichte dieser Welt?«

»Wie ich schon gesagt habe, es ist alles ziemlich schwierig und ganz sicher sehr gefährlich. Ihr habt gesehen, was letzte Nacht mit dem Schiff passiert ist, und vorher bin ich in den Straßen Palions von der Throngarde angegriffen worden.«

»Aber ich habe gehört, dass Ihr von Euren eigenen gemieteten Leibwächtern gerettet wurdet«, fragte Laron.

»Nein, ich war alleine. Ich habe zwei Zauberer getötet und bin dann geflohen. Als mich die fünf Throngardisten schließlich in eine Sackgasse getrieben hatten, war ich zu erschöpft, um mich gegen sie zu wehren. Dann haben mich zwei Betrunkene gerettet. Alberinische Seeleute, jedenfalls war das zumindest einer der beiden.«

»Alberiner?«, rief Laron. »Seeleute?«

»Ja. Einer der beiden hatte einen starken Akzent.«

»Götter der Mondwelten, die müssen aber hartgesottene Seeleute in Alberin haben«, sagte Laron, während er sich mit den Fingern durch die Haare strich und sie mit seinen alarmierend grünen Augen unverwandt ansah. »Sie haben wirklich die Throngardisten getötet?«

»Na ja, einer hat einen Throngardisten getötet, und ich habe einen anderen lebendig verbrannt. Diese letzte Anstrengung hätte mich beinah umgebracht.«

»Und die anderen drei?«

»Der magere Seemann hat sie einfach zusammengeschlagen.«

»Aber, aber um Throngardist zu werden, muss man gegen zehn bewaffnete und verurteilte Verbrecher im Kampf antreten. Gleichzeitig. Und zwar unbewaffnet und nackt.«

»Glück war wohl auch mit im Spiel, obwohl sie dann wahrscheinlich das Glück der ganzen Stadt für die nächste Dekade aufgebraucht haben«, erklärte Terikel.

»Wo sind sie jetzt?«, fragte Laron.

»Sie waren auf der *Sturmvogel*. Ich hatte ein Freudenmädchen als Terikel verkleidet an Bord geschickt, und die beiden waren ihre Leibwächter. Sie sind jetzt alle tot.«

In dem Bewusstsein, dass sie eine Reise von mehreren Wochen und über viele hundert Meilen antreten würde, sobald sie sich erhob, suchte Terikel nach jedem nur erdenklichen Vorwand, um noch etwas länger auf dem Stuhl am Kamin sitzen bleiben zu können. Sie starrte quer durch den Raum auf Velander, die beinah enttäuschend vertraut aussah, wenn auch ein wenig dünner und sehr blass.

»Vel, Ihr habt Euch gar nicht verändert«, sagte Terikel liebenswürdig.

»Ich verändere mich nie, Ehrwürdige Älteste. Ich werde immer so bleiben, zumindest bis jemand es schafft, mir den Kopf abzuschlagen, ihn zu Asche zu verbrennen, mir die Herzen herauszuschneiden und sie an einem Kreuzweg zu vergraben, um dann ...«

»Schon gut, schon gut, bitte, es tut mir leid, ein heikles Thema angeschnitten zu haben!«, rief die völlig erschöpfte Priesterin.

»Ehrwürdige Älteste, nur ich sollte mich entschuldigen. Ich wollte Euch nur mitteilen, wie man mich zerstören kann, um mich Eurer Gnade auszuliefern.«

»Aber Velander, dessen bin ich nicht würdig.«

»Ehrwürdige Älteste, es wird lange dauern, bis *ich* wieder würdig sein werde, Eure Seelenverwandte zu sein, nachdem ich Euch so verletzt habe. In der Zwischenzeit tue ich das Wenige, was ich tun kann.«

»Aber Vel, ich vergebe Euch alles, was Ihr mir jemals angetan habt ...«

»Ehrwürdige Älteste, Ihr versteht das nicht. Ihr könnt mir vergeben, aber ich muss Eurer Vergebung auch würdig sein. Ich muss ... Wesentliches für Euch tun. Ich war sehr grausam zu Euch, und es gibt viel wiedergutzumachen.«

Während Terikel sich bei ihren Reitstunden die ersten wunden Stellen im Sattel holte, zählten Andry und Wallas jeden einzelnen Meilenstein bis zum Gasthaus *Zur Rast an der Stiege*. Die Landschaft rund um den Gasthof war ebenes Weideland mit wenigen Bäumen, so dass sie die weiß gekalkten Mauern des Gebäudes schon aus drei Meilen Entfernung sehen konnten.

»Bei den Vindiciern gibt es eine Redewendung«, sagte Wallas, der sich in erster Linie darauf konzentrierte, einen Fuß vor den anderen zu setzen, und deshalb seiner Zunge freien Lauf ließ. »Sie lautet: *Er macht ein Gesicht, als hätte er eine weite Reise hinter sich.* Ich wette, genauso sieht mein Gesicht jetzt aus.«

»Das ist wahr«, antwortete Andry, »aber siebzehn Meilen ist nicht weit. Die meisten Gasthäuser an der Straße sind laut Almanach zwanzig Meilen voneinander entfernt. Das gilt als Tagesmarsch für einen gesunden, starken Bauern.«

»Ich bin kein gesunder, starker Bauer!«

»Wallas, was bist du eigentlich wirklich?«

»Fußkrank, schlapp, am Ende, müde und – Ach, Mist! Es fängt wieder an zu regnen.«

»Na, wir können die restlichen drei Meilen bis *Zur Rast an der Stiege* ja auch rennen.«

»Dein Vater ist eine kurzsichtige Kanalratte und deine Mutter ein kleines, grünes, warziges Ding, das Fliegen isst.«

»Also willst du nicht rennen?«

»Die Sonne hat sich nur für zwei Stunden gezeigt, und in der Zeit habe ich einen Sonnenbrand bekommen. Jetzt fühlt es sich an, als hätte mich jemand mit einer Drahtbürste bearbeitet.«

Der Regen wurde stärker. Andry rollte den Läufer aus Madame Jillis Schlafzimmer auseinander und nutzte ihn als Regenjacke. Wallas unternahm nicht einmal den Versuch, sich vor dem Regen zu schützen. Er veränderte wieder den Sitz der Rucksackgurte, doch inzwischen schmerzte jeder Fingerbreit seiner Schultern.

Eine Stunde nach Einbruch der Dunkelheit erreichten sie den Gasthof *Zur Rast an der Stiege*. Der Regen ließ nach und hörte in dem Moment auf, als sie die Eingangstür erreicht hatten, doch Wallas hielt nicht einmal inne, um einen Fluch gen Himmel zu schicken. Vielmehr schlurfte er auf direktem Weg in den Schankraum und zum Kamin, ohne die Menge der Reisenden und Trinker von den umliegenden Bauernhöfen auch nur zur Kenntnis zu nehmen, und ließ sich auf den Boden sinken. Er zog sehr, sehr langsam die Stiefel aus. Die Socken waren durchnässt von einem Gemisch aus Schlammwasser und Blut. Die Trinker ringsumher pfiffen. Er zog die Socken aus, so dass große aufgebrochene Blasen an den Fersen und Fußballen zum Vorschein kamen, dann schüttelte er blutige Hautfetzen aus den Socken. Wieder pfiffen die Umstehenden und zeigten auf ihn. Wallas legte die Socken auf die Kaminsteine, wo sie sofort zu dampfen anfingen. Der Geruch erinnerte ihn an ranzig gewordenes und danach noch einmal aufgewärmtes Gulasch.

Andry kam mit zwei Krügen zu ihm, und erst jetzt bemerkte Wallas, dass er immer noch seinen Rucksack trug. Er streifte ihn ab und ließ ihn auf den Boden fallen, dann trank er seinen Krug Ale in einem Zug aus.

»Hattest wohl einen harten Tag auf der Straße, was?«, erkundigte sich ein sehr alter Mann, der auf einem Hocker am Feuer saß.

»Sieht so aus«, grunzte Wallas.

»Solltest es mal mit Ochsenfett und Holunderöl probieren«, sagte der Alte und hielt Wallas einen kleinen Krug hin.

»Nein, Tigerfett und Lanolinöl«, widersprach der Besitzer einer Hand, die einen anderen Krug anbot.

»Du brauchst Heu, um die Stiefel auszupolstern«, empfahl jemand hinter Wallas.

»Nein, frisches Gras, das ist besser als alles andere.«

»Aber nur gezähntes, blühendes Gras, das hat heilende Wirkung, die Medici empfehlen es.«

»Du hast nur ein Paar Socken an. Ich nehme immer zwei Paar.«

»Ich sogar drei.«

»Solltest dir die Füße mit Honigweingeist abreiben. Das brennt zwar, hilft aber. Warte hier, ich hole einen Fingerhut voll.«

Andry hatte den Eindruck, dass es für Leute, die nicht segelten, ritten, auf Barken auf dem Fluss fuhren oder in Kutschen durch die Gegend rollten, nichts Wichtigeres gab als ihre Füße und deren Pflege. Wallas schrie heiser, als der Honigweingeist über das rohe Fleisch seiner aufgeplatzten Blasen geschüttet wurde. Dann wurden seine Füße mit linderndem Öl eingerieben und verbunden, wobei man sich angeregt über die verschiedenen Stiefelmodelle unterhielt.

An dieser Stelle kam einer der in der Gegend ansässigen Kaufleute herein, sicherte sich einen Krug Glühwein und gesellte sich zu der Menge im Schankraum.

»Na, das ist ja mal ein gemütliches Beisammensein munterer Gesellen!«, verkündete er mit lauter und mitgefühlloser, fröhlicher Stimme. Er ignorierte das aufkommende ominöse Gemurmel, das von allen und niemandem zu kommen schien. »Das war gerade ein äußerst erfrischender Spaziergang von meinem Lagerhaus über das Feld hierher«, fuhr er fort. »Ach, das würde ich nie gegen ein Leben in der Stadt eintauschen wollen, nicht mal für einen Beutel voll Gold.«

»Ich würde es gegen einen falschen Kupferzehner eintauschen«, sagte Wallas leise, aber nur Andry hörte ihn.

»Ja, die kühle, erfrischende Luft eines Abends auf dem Lande, die ist einfach magisch«, fügte der Kaufmann hinzu. »Keine Gerüche und kein Rauch, nur die eigenen zwei Füße unter dir auf der Straße, die allzu bald endet, aber wenigstens an einem freundlichen Gasthaus. Keine ungehobelten städtischen Banditen, nur ehrliche, freundliche Bauerngesichter, die sich darauf freuen, ein Halbes und ein Lied zu teilen.«

Wallas stellte sich vorsichtig auf die verbundenen Füße. Die Schmerzen waren erheblich, doch er zwang sich, sie zu ertragen, und setzte entschlossen den rechten Fuß vor den linken. Seine Waden fühlten sich an, als seien sie mit heißen Nadeln gefüllt. Er zwang den linken Fuß vorwärts. Der Kaufmann trank einen Schluck Wein und holte dann tief Luft.

»Wander, wander, auf der Straße, auf den Himmel zu,
Wander, wander, auf der Straße, einzig ich und …«

Wallas linke Hand packte den Kaufmann an den grünen Borten seines Jackenaufschlags und schlug ihm dann die rechte Faust ins Gesicht, die das linke Auge, die linke Wange und die Nase traf.

»Mach irgendwann mal 'ne anständige Wanderung, du Wichser«, blaffte Wallas, während er mit geballten Fäusten vor ihm stand. »Und dann sieh mal, ob du *danach* noch Lust auf dein albernes, dämliches Wander-Wander-Lied hast!«

Wallas wurde kräftig bejubelt, als er zurück zum Herd humpelte, und ein reisender Schuster bot ihm sogar an, ein paar Mängel in der Form seiner Stiefel kostenlos zu beheben. Andry holte seine Fiedel aus dem Rucksack und spielte eine langsame Melodie aus Scalticar, während die übrigen Gäste zu ihren Gesprächen und Getränken zurückkehrten.

»Ich muss schon sagen, dieser Tage sind ein paar ziemlich grobe Gesellen unterwegs, Schankwirt«, ertönte eine Stimme aus der Richtung des Tresens.

»Ich glaube, ich möchte gerne heim nach Alberin«, sagte Andry, während er spielte.

»Alberin in Nord-Scalticar?«, fragte Wallas, während er sich vorsichtig einen Socken über den verbundenen Fuß streifte.

»Es gibt nur ein Alberin«, sagte Andry wehmütig.

»Habt Ihr die Straße des Schreckens vergessen? Wellen höher als Berge? Außerdem ist das einzige Schiff, das die Fahrt durch die Straße des Schreckens bewältigen konnte, in Rauch aufgegangen. Im Hafenbecken treiben vielleicht noch ein paar lauwarme Stücke Holzkohle.«

»Ich will zuerst nach Logiar. Dort warte ich, bis die Stürme aufgehört haben. Dann heuere ich auf einem Schiff an, das durch die Straße fährt.«

»Aber es gibt keine Schiffe mehr.«

»Die Straße ist an der schmalsten Stelle nur hundert Meilen breit. Eine Menge Fischerboote sind an Land gezogen worden, und wenn die Stürme vorbei sind, wird man nur darauf Fracht transportieren können. Und es gibt sehr viel Fracht, die transportiert werden muss.«

»Ich werde mich in Glasbury niederlassen«, sagte Wallas, während er sich mühsam den zweiten Socken anzog. »Das ist die alte Hauptstadt von Sargol, als es das Reich noch nicht gegeben hat. Noch einhundertachtzig Meilen! Also neun Tage bei unserem momentanen Tempo. Eigentlich würde ich mich überall niederlassen, wo man mich nicht kennt.«

»Aber die Leute halten uns für tot«, erinnerte ihn Andry.

»Die Leute halten uns nur so lange für tot, wie sie uns nicht lebendig sehen. Wenn sie herausfinden, dass wir nicht tot sind, werden sie ziemlich wütend sein.«

»Oh, aye. Wir haben gerade erlebt, wozu sie im Stande sind, wenn sie wütend werden«, gab Andry zu. »Das kann ich gerade noch zugestehen. Alle möglichen Leute in Palion versuchen, die Älteste Terikel zu töten, dann versucht die Älteste Terikel uns zu töten, damit es so aussieht, als sei sie getötet worden.«

»Aye, und Melier hat sie getötet«, sagte Wallas. »Das ist traurig, es war ein nettes Schäferstündchen mit ihr.«

»Melier auch?«, rief Andry aus. »Das waren ja dann drei Frauen in einer Nacht.«

»Ja – ich meine, aye«, antwortete Wallas.

»*Das* ist wirklich widerlich.«

»Ach, du bist doch nur ein prüder Spießer aus der Unterschicht«, sagte Wallas herablassend. »Frauen wollen Schmeicheleien und Charme und sind bereit, mit sehr angenehmer Währung dafür zu bezahlen.«

Andry hatte das ganze Feld des Liebesspiels noch nie zuvor unter derart nüchternen Gesichtspunkten betrachtet. Er starrte ins Feuer, grübelte über die Beziehungen zwischen den Geschlechtern nach und hoffte, dass sie nicht so gänzlich unromantisch waren, wie Wallas behauptete. Seine Gedanken kehrten zur *Sturmvogel* zurück.

»Alle meine Schiffskameraden sind tot«, sagte er mehr zum Feuer als zu Wallas. »Es versetzt mir einen Stich, wenn ich daran denke, dass sie jetzt alle ertrunken, verbrannt oder von Ungeheuern verschlungen worden sind.«

»Aber sie haben dich ausgepeitscht, bestohlen, bestraft und geschlagen«, erinnerte ihn Wallas.

»Oh, aye, aber das machen Schiffskameraden nun mal. Trinken wir auf sie und auf Melier.«

Schweigend stießen sie an.

»Wenigstens sind wir noch am Leben«, sagte Wallas.

»Oh, aye, und das, obwohl bestimmte Leute schreckliche

Dinge mit mir vorhatten – wie mich zu verbrennen oder mir für ein paar Maß flüssige Erfrischung den Kopf abzureißen.«

»Oh, da stimme ich zu. Dieses Dämonenmädchen allein war schon Grund genug, Palion zu verlassen.«

Der Lupan-Transit war ein astronomisches Phänomen, und daher war der Zeitpunkt genau festgelegt. Dieser Zeitpunkt war Tag sechsunddreißig des Viertmonats im Jahre 3141, sechs Minuten nach der neunten Stunde. Man konnte das Ereignis nicht verhindern, ausfallen lassen, verschieben oder darüber streiten, aber man konnte es von der halben Welt aus beobachten. Daher war der Lupan-Transit auch ein wichtiges Signal für die Zauberer von Lemtas, Acrema und Scalticar: Zauberer, die über die siebzehn Ringsteine entlang einer Linie von fast dreizehntausend acremanischen Meilen Länge zwischen Ringstein Glacien und Ringstein Terminus verteilt waren. Die Verständigung zwischen den Stätten war schwierig, weil sie jeweils achthundert Meilen auseinanderlagen, doch der Höchstgelehrte Astential hatte zur Orientierung ein Signal festgelegt, das weder verpasst noch missverstanden werden konnte.

Der Höchstgelehrte Astential war natürlich tot, aber inzwischen hatte sich das Drachenwall-Vorhaben verselbständigt. Drachenwall versprach in der Tat, die Gewalt der Torea-Stürme eindämmen zu können, und den meisten teilnehmenden Zauberern war außerdem klar, dass die Äthermaschine den Teilnehmern auch die Herrschaft über gigantische Energien und sogar die Aussicht auf Unsterblichkeit versprach. Jeder wollte daran teilhaben.

Die siebzehn Ringsteine lagen alle auf Land, vier in Lemtas, fünf in Scalticar, sechs in Acrema und zwei auf Inseln. Die Ringsteine in Scalticar waren alle freigelegt und mit Megalithsitzen ausgestattet worden, bevor die Stätten in Acrema begutachtet worden waren, so dass der sargolanische Kaiser sich eilends entschlossen hatte, seinen eigenen Zauberern zu befehlen, Astential ernst zu nehmen. Drei Ringsteinkreise lagen innerhalb der Grenzen des Sargolanischen Reichs und seiner Verbündeten, und die übrigen beiden Stätten in Acrema waren von der Wüste umgeben. Diese Gebiete wurden von den Anführern einiger Nomadenvölker beherrscht und konnten daher leicht erobert und annektiert werden. Das Nordkönigreich, an dessen Küste die einzige andere Ringstein-Stätte in Acrema lag, hatte einen Herrscher, der eine äußerst pragmatische Einstellung zu seinen mächtigen und exzentrischen Nachbarn hatte. Nach allem, was in der Wüste passiert war, entschied er, dass mit den Sargolanern nicht zu spaßen war. Er erklärte sich nicht nur bereit, Ringstein Littoral zu räumen, sondern stellte auch die erfahrensten und gelehrtesten Zauberer seines Reichs für dessen Nutzung zur Verfügung.

Die Insel im Norden stellte kein Problem dar. Die diomedanische Flotte landete auf der Insel Felicy, eroberte das Gebiet rund um den dortigen Ringstein und sicherte sich damit auch eine Beteiligung an Drachenwall, obwohl Diomeda nicht ansatzweise in der Nähe der Ringsteinlinie lag. Wie die Dinge lagen, hatten die Diomedaner gerade zur richtigen Zeit gehandelt. Die Torea-Stürme machten Seereisen zunehmend gefährlich, und die diomedanische Invasionsflotte sank kurz nach ihrem Sieg in einem besonders heftigen Unwetter im Hafen. Auch die Stätten in Lemtas waren kein Problem. Als den Regenten in Lemtas klar wurde, dass sie die Möglichkeit hatten, vier Ringsteine zu kontrollieren und zusätzlich die acremanischen Herrscher bereit waren, in den Krieg zu ziehen, um die Ringsteinkreise wieder aufzubauen, besetzten sie die Ringsteine schnell mit ihren eigenen Zauberern, bevor es jemand anders tun konnte.

Die Erschaffung Drachenwalls glich dem Erbauen einer steinernen Bogenbrücke. Bis zur Fertigstellung blieb alles relativ instabil, aber danach würde er sich selbst stabilisieren. Die Schlüsselworte waren dabei natürlich »bis« und »Fertigstellung«. Sergal verglich den Aufbau von Drachenwall damit, ein Floß auf einem Gebirgsfluss mit besonders gefährlichen Stromschnellen auf Kurs zu halten. Die Fahrt sei schnell, gefährlich und beängstigend, und das Floß gewaltigen Kräften ausgesetzt. Doch im Gegensatz zu so einer Flussfahrt hatte man bei Drachenwall nicht die Möglichkeit, während der Fahrt anzulegen, um besonders gefährliche Abschnitte zu umgehen.

Alle vier Schichten der Zauberer vom Ringstein Logiar bildeten eine Reihe und schritten in einer Prozession aus dem Versorgungslager und einmal um den gesamten Kreis des Ringsteins. Waldesar führte die Prozession an, da er seine Stellung als Ringmeister so weit wie möglich ausnutzen wollte. Er hatte eine Schwäche für solche Umzüge und öffentliche Spektakel, und als junger Mann hatte er danach gestrebt, sich der Reisegarde anzuschließen und den Kaiser persönlich bei Paraden zu begleiten. Doch stattdessen waren schon früh seine intellektuellen und ätherischen Talente entdeckt worden, so dass er zur entsprechenden Ausbildung in den nahen Tempel geschickt worden war. Danach war er zur sargolanischen Akademie des Arkanen gegangen, um sich zum Zauberer ausbilden zu lassen, und dort hatte er eine Begabung für magische Zauber an den Tag gelegt. Als sein Vater gestorben war und seine Brüder begonnen hatten, sich im Streit um das Erbe gegenseitig zu töten, war Waldesar Hofzauberer bei einem Provinzstatthalter und bereits wohlhabender, als sein Vater es je gewesen war.

Jetzt hatte Waldesar die Autorität, selbst Paraden anzuordnen, und soweit es ihn betraf, gab es kaum einen besseren Anlass für eine Parade als die Einweihung von Drachenwall. Lediglich vom eigenen Zelt zum Ringstein zu gehen und sich dann auf dem Steinsitz des zugewiesenen Megalithen niederzulassen, war einfach nicht gut genug. Waldesar verfügte, dass die Prozession den gesamten Ringstein-Komplex siebzehnmal zu umkreisen habe, was sich zu einem Fußmarsch von mehreren Meilen Länge summierte. Für die überwiegende Mehrheit der Zauberer war diese Strecke länger als alles, was sie in Jahrzehnten und in einigen Fällen in ihrem ganzen Leben zurückgelegt hatten. Als sie den Ringstein zum siebzehnten Mal umrundeten, erlangten die meisten von ihnen ähnliche Einsichten über das Wandern wie Wallas an seinem ersten Tag auf der Straße westlich von Palion.

Beim Ertönen der Trompetenfanfare verließen die Zauberer der vierten Schicht die Parade und besetzten einen Kreis von sechzehn kleinen Steinen mit hölzernen Stühlen außerhalb der Hauptrunde. Bei der zweiten Fanfare verließen die Zauberer der dritten Schicht die Gruppe, um die Plätze in einem kleineren Ring aus Stühlen und Steinen einzunehmen. Daraufhin hatte die zweite Schicht ihren Einsatz, die ohne Verzögerung ihren Platz im innersten Ring der kleinen Megalithen einnahm. Schließlich wandte sich auch die erste Schicht der Zauberer den Hauptmegalithen zu. Sie schritten durch die bereits besetzten äußeren drei Reihen und kletterten dann auf die Sitze, die in die Megalithen gemeißelt waren. Zeitgleich wechselte die Musik der Kapelle zu einem pompösen Marsch, und Waldesar begann seine Wanderung zum zentralen Megalithen.

Zuerst umrundete er den äußersten Ring und inspizierte jeden einzelnen Zauberer der vierten Schicht von hinten. Dann trat er in den Ring und inspizierte alle sechzehn auch noch von vorne. Diesen Vorgang wiederholte er dann für die nächsten beiden konzentrischen Ringe, um schließlich in den innersten zu treten. Waldesar umrundete einen Megalithen nach dem anderen und ging dann schließlich zu seinem zentralen Stein.

Die einfache Frage »Sind alle bereit?« hätte es auch getan, dachte Landeer.

Waldesar kletterte endlich auf seinen Megalithensitz. Die von der Kapelle gespielte Marschmelodie erreichte einen kunstvollen Höhepunkt, und dann gebot eine nachdrückliche Kadenz in einer anderen Tonart absolute Stille.

»Gelehrte Herren, sprecht Eure Zauberformeln!«, rief Waldesar.

Und was ist mit uns gelehrten Damen?, dachte Landeer, während sie Zauberworte murmelte, die in ihren gewölbten Händen ein Gewirr blau-weißer Feuerzungen bildeten.

»Beim dritten Gongschlag sind es noch zwei Minuten bis zum Lupan-Transit!«, rief ein Herold außerhalb der Kreise. Drei Schläge eines tiefen Gongs ertönten. Die meisten Zuschauer blickten auf Miral, der tief am westlichen Himmel stand, aber noch nicht ganz versunken war. Die winzige leuchtende Scheibe Lupans war dem riesigen beringten Planeten bereits sehr nah.

Für die Initiation von Drachenwall mussten alle vier Schichten gleichzeitig arbeiten. Dabei würde eine sehr viel größere Äthermaschine als vor fünftausend Jahren entstehen, aber man war sich einig, dass eine Schicht Zauberer zur Aufrechterhaltung reichen würde, sobald Drachenwall gewirkt war.

»Schicht Vier, ausdehnen!«, ordnete Waldesar an.

Landeer, die im vierten und äußersten Kreis saß, zog langsam die Hände auseinander, und ihr Gewirr aus ätherischer Energie teilte sich in zwei, eines in jeder Hand.

»Schicht Vier, wirken!«

Landeer hob die Arme mit nach oben gerichteten Handflächen. Als sie einen Winkel von fünfundvierzig Grad bildeten, schossen die beiden Gebilde aus ätherischer Energie in zwei Strahlen aufwärts, trafen sich ein paar Schritte über ihrem Kopf, umkreisten dann einen riesigen Zylinder mit der Grundfläche des vierten Steinrings und trafen sich gegenüber wieder hoch oben, bevor sie weiter in den dunklen Himmel stiegen. Den Zuschauern bot sich ein überaus beeindruckendes Schauspiel, als die sechzehn Zauberer gleichzeitig ihre Zauberformeln sprachen, und beinah jedes Augenpaar im nahegelegenen Logiar war auf die schwache Säule aus ineinander verschlungenen Lichtbändern gerichtet, die im Südwesten aufgetaucht war.

»Beim dritten Gongschlag ist es noch eine Minute bis zum Lupan-Transit!«, warnte der Herold.

Waldesar wurde plötzlich klar, dass sein Bemühen um Prunk, Pomp und Feierlichkeit für die Initiierung von Drachenwall einen sehr engen Zeitplan mit wenig Spielraum aufgestellt hatte.

»Schicht Drei, ausdehnen!«, überschrie Waldesar die Gongschläge, zählte dann bis zehn und fügte hinzu: »Schicht Drei, wirken!«

Eine zweite Säule schraubte sich innerhalb der ersten in den Himmel, doch diese war weniger koordiniert, da einige der älteren Zauberer nicht daran gewöhnt waren, gehetzt zu werden, und daher noch nicht ganz fertig gewesen waren. Die Säule waberte und flackerte mehrfach zwischen Blau und Rot hin und her, stabilisierte sich dann aber.

»Schicht Zwei, ausdehnen!«, befahl Waldesar mit einem leichten Unterton der Verzweiflung, und diesmal erhob er sich und kletterte auf die Spitze seines Megalithen.

»Beim dritten Gongschlag ist es noch eine halbe Minute bis zum Lupan-Transit!«

Während er sich umsah, um sich zu versichern, dass alle Zauberer der zweiten Schicht bereit waren, rief Waldesar, »Schicht Zwei, wirken!«, und praktisch sofort hinterher: »Schicht Eins, ausdehnen!«

Der dritte verwobene Zylinder erhob sich sehr viel stabiler in den Himmel als sein Vorgänger. Waldesar schaute nur so lange in die Höhe, bis er sicher sein konnte, dass die Säule stand, dann vergewisserte er sich, dass die Hauptzauberer bereit waren. Waldesar sah, dass zwei von ihnen noch erweiterten.

»Beim dritten Gongschlag ist es noch eine Viertelminute bis zum Lupan-Transit!«

Kostbare Sekunden verflogen, aber in jeder einzelnen davon schlug Waldesars Puls dreimal. *Wenn die zweite Schicht es geschafft hat, das unkoordinierte Wirken auszugleichen, müsste die erste Schicht auch dazu in der Lage sein,* entschied er.

»Schicht Eins, wirken!«, rief Waldesar. Dann glitt er zurück auf seinen Megalithensitz, während er den Zauber in die eigenen Handflächen sprach und ihn mit einer fast schon komisch anmutenden Hast erweiterte.

»Lupan-Transit beim dritten Gongschlag!«, verkündete der Herold, während Waldesar die Arme hob, bis sie in den dafür vorgesehenen Vertiefungen im Megalithen lagen. Er wirkte den Zauber, als der Gong ertönte.

Zwei orange Strahlen schossen von seinen Handflächen gerade in den Himmel. Beim zweiten Gongschlag ging Waldesar auf, dass ihm gerade noch ein Moment Zeit blieb, dann neigte er die Hände nach Norden und Süden. Die beiden orangefarbenen Strahlen kippten daraufhin in entgegengesetzte Richtungen und rissen zwei getrennte Zylinder aus verwobenem Blau mit. Sie verbogen sich, dann stabilisierten sie sich plötzlich zu zwei immensen Röhren aus verwobenem Licht, die konvergierten und sich am Ringstein trafen. Die Zauber von Ringstein Logiar hatten im Norden diejenigen von Ringstein Alpine getroffen und sich mit ihnen vereint, und im Süden war dasselbe mit den Energien vom Ringstein Septire in Scalticar geschehen.

Sehr langsam nahm Waldesar die Arme aus den Vertiefungen und führte die Hände über dem Kopf zusammen. Die Enden der orangefarbenen Strahlen verschmolzen, als sich die Handflächen berührten, dann lösten sie sich von Waldesar und nahmen, während sie in den Himmel stiegen, stetig an Helligkeit zu. Waldesar wartete, bis sich nur noch ein einziges oranges Band von Horizont zu Horizont erstreckte, bevor er sich vorbeugte. Er wäre beinahe vom Megalithen gefallen, so erschöpft hatte ihn seine Aufgabe bei diesem enormen gemeinsamen Wirken, von der vorhergegangenen Prozession ganz zu schweigen.

»Schicht Vier, Zauber vereinen!«, krächzte er, und die Zauberer des äußersten Kreises legten die Hände über den Köpfen zusammen. Blaue Strahlen erhoben sich von ihren Handflächen, vereinten sich und strebten dann gemeinsam gen Himmel. Das orange Band, das Drachenwall war, wurde dadurch erheblich heller. Waldesar gab auch den nächsten beiden Reihen denselben Befehl, und jedes Mal wurde Drachenwall noch heller.

»Schicht Eins, zusammenziehen!«

Die beiden Röhren aus ineinander verwobenen blauen Strahlen vereinigten sich wieder und bildeten eine einzige Säule, deren Aufbau für die Beobachter wegen ihrer schieren Höhe nicht mehr zu erkennen war. Der Lichtstreifen am Himmel zerfloss in alle Regenbogenfarben. Waldesar schaute sich um, dann räusperte er sich.

Gelehrte Herren, hiermit erkläre ich die Äthermaschine Drachenwall für initiiert!, probte Waldesar in Gedanken. Dies würde das Signal für den Jubel des Publikums aus Adeligen, Wachen, Bediensteten und ausgewählten Lakaien sein ... Doch Waldesar stellte fest, dass er gelähmt war. Kontrollfasern funkelten und flackerten im zentralen Ringstein. Auch die Zauberer der zusätzlichen Steinkreise versuchten, sich zu bewegen, mussten aber feststellen, dass auch sie gelähmt waren. Jeder Zauberer im Ringsteinkomplex wurde starr festgehalten, ob er nun auf einem der Stühle mit Steinsitz saß oder auf einem der primären Megalithen.

Orangefarbene Strahlen fielen wasserfallartig aus dem gewaltigen Regenbogen hoch über ihnen. Sie schlugen in den Boden, zischten, als sie Felsen und Erde ringsumher schmolzen und begannen dann allmählich um eine Achse zu rotieren, die sich bis zu dem Band im Himmel erstreckte. Zwei Pferde, ein Wachmann und ein Baron wurden von den ätherischen Stacheln aufgespießt und waren auf der Stelle tot. Jeder in ihrer Nähe schrie, geriet in Panik und floh.

Man sollte doch meinen, Waldesar hätte das ankündigen können, dachte Garko. Andererseits hätte natürlich die Ankündigung von einer Barriere aus ätherischen Strahlen, die vom Himmel herabschossen und dauerhaft den Kontinent spalteten, eine Menge Proteste ausgelöst.

Der Sohn des Barons hatte sich inzwischen wieder so weit

gefangen, dass er sich zurückschlich, um den Leichnam seines Vaters näher zu untersuchen. Er war sechsundzwanzig Jahre alt und hatte bereits beträchtliche Erfahrung mit dem Gemetzel auf Schlachtfeldern, aber beim Anblick dessen, was von seinem Vater übrig geblieben war, sank der Krieger auf Hände und Knie und musste sich übergeben. Schließlich fühlte er sich wieder in der Lage, zurückzugehen und den mächtigen Zaun zu betrachten, der vom Himmel gefallen war. Genau über jedem der im Boden verankerten Stacheln schraubte sich ätherisches Material S-förmig um eine Achse und bildete damit ein vertikales Rotorblatt. So wurde jeweils ein sehr leistungsfähiges Windrad mit einem Durchmesser von etwa sechs Fingerbreit gebildet. Die Räder begannen bereits, sich zu drehen.

»Eine Windmühle, so lang wie die halbe Welt«, sagte er zu einem Vasallen, der den Mut gefunden hatte, sich zu ihm zu gesellen.

Eine Fledermaus war so dumm zu versuchen, durch den blass orangefarbenen Vorhang rotierender Zauber zu fliegen. Fell, Blut, Fleischstücke und Knochen regneten auf die beiden Männer herab.

»Ich glaube, die Zugvögel werden Probleme bekommen«, sagte der Vasall und wischte über Wappenrock und Kettenpanzer.

»Tja, dann werde ich wohl im Namen der Zugvögel und aller anderen in Acrema Protest einlegen«, sagte der frisch gebackenste Baron des Kontinents.

Später fand man heraus, dass die Rotoren nicht einfach im Erdboden verankert waren. Die Ankerzauber waren jeweils sechs Fingerbreit voneinander entfernt in den Boden gedrungen, und sie waren hart, unnachgiebig und sehr, sehr lang. In einem der Bergwerksschächte Alpenniens fand man heraus, dass sie über eine Meile tief in den Untergrund reichten. Draußen in der Straße des Schreckens reichten sie von der Gischt der Wellen bis zum Meeresboden. Wurde etwas Massives wie ein Stück Treibholz oder ein großer Fisch dagegengedrückt, wurden sie weißglühend und schnitten es in sechs Fingerbreit kleine Stücke.

Da niemand erklärt hatte, dass dies eine Begleiterscheinung von Drachenwall sein würde, wurden einer sehr großen Zahl von Personen drastische Unannehmlichkeiten bereitet. Der junge Baron scharte seine Eskorte von neunzig Vasallen um sich, bestieg sein Pferd und näherte sich dem Herold des Ringsteins. Er verlangte Waldesar zu sprechen und verkündete, er und seine Männer würden jeden einzelnen Zauberer niedermetzeln, der am Wirken Drachenwalls teilgenommen habe, wenn seinem Wunsch nicht innerhalb von zwei Minuten entsprochen werde.

Zur Überraschung aller tauchte das Abbild Waldesars auf und schwebte ein wenig über dem Baron in der Luft.

»Das ist keine Art, zu einem Gott zu beten«, sagte das Abbild. Dann gab es einen grellen Lichtblitz und einen Donnerschlag, der noch in Logiar zu hören war.

Wo der junge Baron und seine Vasallen gestanden hatten, war jetzt ein glühender Kreis auf dem Boden, gespickt mit Klumpen aus teilweise geschmolzenem Metall und verkohltem Fleisch. Waldesars Abbild schaute auf das schwarze, rauchende Ding herab, das Augenblicke zuvor noch sein treuer Herold gewesen war. *Nun, irgendeines Verbrechens war er bestimmt schuldig,* dachte Waldesar. *Wir Halbgötter haben immer recht.*

Andry und Wallas waren die dritte Nacht auf der Straße. Der Himmel war klar, und Miral stand tief am westlichen Horizont. Inzwischen hatte sich bei Wallas ein Gleichgewicht zwischen den quälenden Füßen, den schmerzenden Beinen und der Erschöpfung eingestellt, die ihm nichtsdestoweniger den tiefsten Schlaf seines bisherigen Lebens bescherte. Sie hatten entschieden, dass die Gasthäuser als Unterkunft viel zu teuer waren, so dass sie darin nur noch am Ende des täglichen Fußmarsches etwas tranken und danach auf freiem Feld schliefen. Der *Fünf-Dutzend-Meilenstein* war ein ziemlich großes Gasthaus mit einem weitläufigen, überdachten Westbalkon, auf dem die Gäste den Sonnenuntergang bis zuletzt genießen konnten – und der Inhaber seine Öllampen erst ziemlich spät am Abend anzünden musste.

»Bald ist der Lupan-Transit«, sagte ein Kesselflicker, der bei Wallas und Andry am Tisch saß.

»Aye, das steht auch im Almanach«, antwortete Andry.

»Da müsst ihr euch dann was wünschen, Fortuna soll beim Lupan-Transit Wünsche erfüllen.«

»Ich wünschte, meine Füße würden nicht mehr weh tun«, sagte Wallas.

»Ich wünschte, du würdest aufhören, mir etwas über deine Füße vorzujammern«, sagte Andry.

»Tun dir deine Füße eigentlich nie weh?«, erkundigte sich Wallas übelnehmerisch.

»Aye. Ich habe Blasen an den Füßen und Wadenkrämpfe.«

»Das würde man nicht glauben, wenn man dich laufen sieht. Warum gehst du nicht langsamer?«

»Ich bin daran gewöhnt, mich unbehaglich zu fühlen, so ist es nun mal auf einem Schiff.« Andry lachte. »Du nicht, deswegen redest du pausenlos davon.«

»Einhundertvierzig Meilen bis Glasbury«, seufzte Wallas wehmütig.

»Vierhundertvierzig Meilen bis Logiar«, sagte Andry.

»Die kannst du behalten«, murmelte Wallas.

»Logiar, sagst du?«, warf der Kesselflicker ein.

»Aye, und wie ist die Straße dorthin?«, fragte Andry. »Gibt es die üblichen Banditen, die Leute ausrauben, und Bestien, die sie auffressen?«

»Ha! Mehr noch, da ist einer von den Ringsteinen. Die sind nicht natürlich. Ich war vor 'ner Weile da, als sie angefangen haben, ihn aufzubauen. Mehr Zauberer, als man sich vorstellen kann, und Tausende Bauern, die an, tja, komplizierten

Sachen rumwerkelten. Sie hatten zehn Mega-Dings-Steine aufgestellt, als ich vorbeiging. Riesige Dinger, wie große Stühle.«

»Nur weiter«, sagte Andry.

»Aye, lacht mich aus, wenn ihr wollt, aber ich habe gesehen, was ich gesehen habe. Sie wollen etwas Magisches einschalten mit 'nem ganz großen Zauber. Ist nicht natürlich. Sollte man nicht versuchen.«

»Stimmt«, antwortete Wallas. »Genauso wenig wie jeden Tag zwanzig Meilen zu laufen.«

»Weswegen seid ihr Burschen denn auf der Straße?«

»Wir suchen was«, sagte Andry, ohne wirklich nachzudenken.

»Aha, wegen 'ner Suche, hm? Wonach? Magie? Frauen? Ehre?«

»Eigentlich etwas von allen dreien«, sagte Wallas. »Mein unermüdlicher Gefährte hier, der keine Schmerzen spürt, hat aus fehlgeleitetem Ehrgefühl eine Frau gerettet, und die hat sich dann bei uns damit bedankt, dass sie uns fast von magischen Bestien hätte auffressen lassen.«

»Also seid ihr jetzt auf der Suche nach ihr, um es ihr heimzuzahlen?«, fragte der Kesselflicker.

»Wir versuchen, uns so weit wie möglich von ihr zu entfernen«, antwortete Wallas.

Der Kesselflicker lachte. Andry und Wallas nicht.

»Ich möchte mir auch Drachenwall ansehen«, improvisierte Andry jetzt seine Geschichte. »Es ist das größte magische Unternehmen aller Zeiten. Wie könnte ich meinen Enkeln erklären, dass ich zwar während des größten Zaubers in der Geschichte gelebt, aber es nicht für nötig gehalten habe, es mir anzusehen?«

»Du bist wohl noch etwas jung für Enkel, oder?«, gackerte der Kesselflicker und stieß Wallas den Ellenbogen in die Rippen.

»Bis jetzt hat er noch nicht mal versucht, Kinder zu machen!«, antwortete Wallas mit einem anzüglichen Grinsen und knallte seinen Krug auf den Tisch.

Ein blauer Lichtstrahl flackerte im Nordwesten auf. Die gesamte Trinkgesellschaft verstummte nach und nach und gaffte den Horizont an, als einer den anderen darauf aufmerksam machte.

»Da geht es nach Ringstein Alpine«, sagte Wallas. »Wenn man das aus einer Entfernung von … äh …«

»Dreihundert Meilen«, sagte Andry.

»Oh, ja, von dreihundert Meilen sehen kann, tja, dann muss das Ding einfach riesig sein.«

Während sie weiter auf den Horizont starrten, teilte sich der entfernte blaue Strahl in zwei Teile, die zur Seite kippten. Dann schloss sich der Spalt von unten herauf, und der obere Teil wurde orange. Die Trinker im *Fünf-Dutzend-Meilenstein* sahen, wie sich am westlichen Himmel eine orange Linie stabilisierte, die von einer blauen Säule gestützt wurde, dann verbreitete sich die gelbrote Linie zu einem Band in allen Regenbogenfarben. Von diesem Regenbogenband Drachenwalls fiel wie ein Wasserfall etwas Orangefarbenes herab, bis es wie ein Vorhang von dem gewaltigen Regenbogen herabhing. Nur an einer Stelle war noch eine blaue Linie zu erkennen, die sich durch den Vorhang bohrte, und diese Linie markierte den Ringstein Alpine.

»Da scheiß doch die Wand an«, hauchte Wallas.

»Suche beendet«, flüsterte der Kesselflicker.

Andry und Wallas schliefen in dieser Nacht unter einem Baum und frühstückten, als es fast schon zu spät zum Mittagessen war. Für Wallas bestand die Mahlzeit aus einem halben Laib Brot und einem halben Maß Wein. Andry aß ein paar Scheiben Wurst und das, was Wallas vom Brot übrig gelassen hatte, und spülte alles mit einem Schluck Wasser herunter.

»Mir fällt auf, dass du weniger trinkst als sonst«, stellte Wallas fest.

»Aye, seit wir Palion verlassen haben, bin ich nicht mehr durstig.«

»Dein Durst scheint sich auf mich übertragen und sich mit meinem verbündet zu haben. Und du kämmst dir die Haare!«

»Aye.«

»Das sieht dir gar nicht ähnlich.«

»Aye, so erkennen mich die Leute nicht, die mich finden und aufschlitzen wollen.«

»Als Nächstes putzt du dir dann wohl die Zähne.«

»Hab ich schon getan.«

Sie machten sich mit wesentlich besserer Stimmung wieder auf den Weg. Wallas grüßte jeden, den sie unterwegs trafen, und erfrischte sich immer wieder aus dem Weinschlauch. Er hatte entdeckt, dass der Alkohol seinem Leiden etwas die Schärfe nahm, aber es war ein teurer Treibstoff. In drei Stunden legten sie zwei Meilen zurück. Normalerweise gab es nur sehr wenige Reisende, die eine Ziegenherde überholen konnte, und Andry und Wallas bemerkten die Herde, als sie sich ihnen bis auf ungefähr hundert Schritte genähert hatte. Langsam zog die Abenddämmerung herauf.

»Füße schmerzen, brauche Medizin«, sagte Wallas und machte eine Pause, um wieder etwas zu trinken.

»Ziegen hinter uns«, stellte Andry fest.

»Haben sie Lanzen und Äxte und rufen sie: ›Tötet Andry und Wallas‹?«, fragte Wallas.

»Hört sich eher an wie ›Määääääääh‹.«

»Dann sollen sie uns doch kriegen.«

»Wenn wir den Ziegen folgen, werden wir ständig in Ziegenscheiße treten.«

»Hervorragende Idee, dadurch wird die Straße viel weicher«, war die Schlussfolgerung des fußkranken Wallas.

Sie gingen an den Straßenrand, um die Herde passieren zu lassen, ohne ihr besondere Aufmerksamkeit zu schenken. Wallas nutzte die Gelegenheit, noch etwas zu trinken.

»Hallo, Wallas!«

Der Gruß traf Wallas wie ein Pfeil. Er fuhr herum, spie dabei eine Weinfontäne und erwartete, einem Kreis von Bogenschützen oder einer zum Zuschlagen bereiten Axtklinge gegenüberzustehen. Stattdessen sah er einen winkenden Ziegenhirten.

»Aye, hab ich mir doch gedacht, dass du es bist, obwohl du zugenommen hast.«

Die Kleidung des ursprünglichen Wallas, den der Attentäter getötet hat, hat nach Ziegen gerochen, schoss es Wallas durch den Kopf. *Diese Leute kennen ihn, aber ich kenne sie nicht!* Andererseits war seine gesamte Laufbahn am kaiserlichen Hof darauf aufgebaut, sich durch Gespräche mit Leuten zu bluffen, die er eigentlich kennen sollte, aber entweder vergessen oder noch gar nicht kennen gelernt hatte.

»Ich erledige das«, sagte er leise zu Andry und ging dann zur Ziegenherde. Der Mann hatte ihn in Umgangssargolanisch angesprochen, das Wallas besser sprach als die meisten Höflinge, da er ein geborener Gemeiner war.

»Heda, sprich leise, Bruder«, sagte er ruhig, wobei er versuchte, den Akzent des Mannes nachzuahmen.

»Oh, aye, bist du etwa in Schwierigkeiten, Bruder?«

»Ach, nein, aber es gibt Arbeit für mich mit dem Burschen da.«

»Arbeit?«

»Wir sind Spielmänner, eine Kapelle für Feste und Feiern.«

»Aye? Du? Ein Spielmann?«

Also konnte der ursprüngliche Wallas kein Instrument spielen, folgerte der neue Wallas. Er entschloss sich, diesen Hinweis auszunutzen. Er griff nach hinten und klopfte auf seinen Rucksack.

»Der Junge denkt, ich könnte hundert Lieder auf der Brettleier spielen, dabei kann ich nur ungefähr ein Dutzend. Ich habe einfach mitgespielt und dann gesagt, ich würde schon seit Jahren spielen. Ich kann aber nur ein paar Melodien halbwegs gut. Der Bursche ist ein junger Barde aus Scalticar, der in Acrema auf der Suche nach Heldengeschichten ist, die man besingen kann. Ich passe auf ihn auf, und dafür bringt er mir das eine oder andere Lied bei.«

»Ich wusste gar nicht, dass du überhaupt spielen kannst.«

»Hab's gelernt. Also, wenn du mein Geheimnis für dich behältst, können wir lauter reden«, schloss Wallas mit einem verschwörerischen Zwinkern.

In den nächsten Minuten fand Wallas heraus, dass er gerade mit seinem Vetter Raffin sprach und sie in einem Dorf namens Harrgh lebten. Harrgh war im Tempo der Ziegenherde ungefähr eine Woche entfernt. Das war für Wallas mit seinen schmerzenden Füßen eine wunderbare Reisegeschwindigkeit. Das einzige Problem war, dass man von ihm und Andry gemeinsam gespielte Tanzlieder erwarten würde. Er teilte all das Andry mit, während sie mit der Herde weitertrotteten.

»Wir können doch auch ein paar Lieder spielen«, sagte Andry.

»Aber ich weiß nicht, wie lange ich diese Rolle spielen kann. Ich …«

Die Worte gefroren auf Wallas' Lippen, als er hinter sich nahende Hufschläge hörte. Ein Trupp Kavallerie kanterte von Osten heran. Die Hirten beeilten sich, die Ziegen von der Straße zu schaffen, um sie vorbeizulassen, aber der Adelige, der das Kommando über die Lanzenreiter hatte, ließ seine Männer halten und rief den Führer der Herde zu sich. Raffin trat vor. Er wurde danach gefragt, ob er irgendwelche verdächtigen Fremden auf der Straße gesehen hätte. Raffin verneinte die Frage, was in einem gewissen Sinn auch stimmte. Wallas war kein Fremder für Raffin, und Andry war wiederum kein Fremder für Wallas. Der Trupp ritt weiter.

»Vielleicht sollten wir bei der Herde bleiben«, schlug Wallas vor, während sie der davonreitenden Kavallerie hinterherstarrten.

»Oh, aye, dadurch wirken wir wie Einheimische«, stimmte Andry zu. »Aber denk daran, man wird von uns erwarten, dass wir beim Bewachen helfen.«

»Was muss man beim Bewachen tun?«, fragte Wallas.

»Erinnerst du dich an die Axt, die du trägst? Schlag mit der scharfen Seite nach jedem, der versucht, eine Ziege zu stehlen.«

In dieser Nacht leerten Andry und Wallas gemeinsam mit den vier Ziegenhirten beide Weinschläuche, dann spielten sie Lieder, zu denen ihre Gastgeber um das Lagerfeuer tanzten. Wallas konnte sich des seltsamen Eindrucks nicht erwehren, dass die Hirten seltsamerweise großen Respekt vor ihm hatten, aber das bedeutete, dass es weniger wahrscheinlich war, als Betrüger entlarvt zu werden, also war er zufrieden. Er und Andry bereiteten sich ihr Nachtlager abseits von den anderen, als sie sich schließlich für die Nacht zurückzogen.

»Und, wie nehmen sie dich auf?«, fragte Andry.

»Bis jetzt kein Problem. Ich bin gut darin, Leute dazu zu bringen, über sich selbst zu reden und darüber zu vergessen, mich Dinge zu fragen. Das gehörte zu meiner Stellung am Hof.«

»Als was?«

»Äh ... als Bote am Hof«, sagte Wallas rasch.

»Da sehe ich keinen Zusammenhang.«

»Boten sind, äh, so ähnlich wie Spione.«

»Also bist du ein Spion.«

»Äh, ich war mal einer. Ich habe mir zu viele Feinde gemacht, also musste ich Bettler werden. Boten reisen weit, liefern Sachen aus, hören dann einfach zu, wenn die Leute reden, und streuen ab und zu Fragen ein, um die Zungen in Bewegung zu halten. Wir erfahren viel und reden wenig, dann erstatten wir unseren Herren Bericht.«

»Wohin gehen wir also?«

»Ihr Dorf liegt an der Hauptstraße, ungefähr einen Wochenmarsch von hier entfernt im Westen. Ich würde sagen, wir bleiben bis dort bei ihnen und gehen dann alleine weiter nach Glasbury.«

»Klingt vernünftig.«

Andry blickte nach Westen, wo unter dem Regenbogen, der Drachenwall war, orangefarbene Lichter flackerten.

»Sieht aus wie ein weit entferntes Gewitter«, sagte er kopfschüttelnd.

»Kein Gewitter, das ist Drachenwall«, entgegnete Wallas.

»Ich meine, er ist *wie* ein Gewitter. Man kann ihn schon von Weitem sehen, aber er ist so gewaltig, dass man ihm nicht entgehen kann.«

»Wen interessiert das? Für uns, äh, Gemeine ist er ohne jede Bedeutung. Nur ein Streifen aus magischem Feuer am Himmel. Irgendein großartiger Plan von den größten Zauberern.«

»Zauberer? Also *das* sind Leute, die Grund zur Sorge geben.«

»O ja ...äh, aye. Diese Älteste Terikel war eine Zauberin.«

»Aye. Sie gibt mir viel Grund zur Sorge.«

Eintausend Meilen weiter nördlich stand Rektorin Yvendel von Madame Yvendels Akademie für Angewandte Zauberei in der Küstenstadt Diomeda auf einem der wenigen Dächer der Akademie, das die Nachbardächer überragte und somit einen freien Blick auf den westlichen Horizont bot. Anders als ihre Tochter, eine gewisse alberinische Zauberin namens Wensomer, war Yvendel groß, elegant, schlank, Anfang fünfzig und in bunte Seide gehüllt. Trotz ihres fortgeschrittenen Alters übten ihr Gesicht und ihre Figur immer noch einen großen Reiz auf Männer aus. Neben ihr stand Lavenci, die Albino-Akademikerin, die beinah ebenso groß wie Yvendel war. Beide Frauen trugen ihr Haar offen und hatten es bereits für das Bett ausgebürstet. Der wunderschöne Drachenwall am Nachthimmel leuchtete, und beinah direkt im Westen erhob sich der blaue Stachel von Ringstein Centras.

»Die Äthermaschine scheint stabil zu sein«, sagte Yvendel.

»Nicht nur stabil, Rektorin. Nach allem, was ich von den

Mustern und Farben erkennen kann, scheint sie noch stärker zu werden«, stellte Lavenci fest.

»Ich habe die Leute gewarnt«, sagte Yvendel.

»Einige von uns haben Euch zugehört«, erinnerte sie Lavenci.

»Richtig, und ich danke Euch dafür. Wie kommt Ihr mit dem Packen voran?«

»Praktisch erledigt. Alle Bücher sind in Kisten mit wasserdichtem Futter aus Wachstuch verpackt, und die persönlichen Habseligkeiten des Stabes und der älteren Studenten sind danach ausgewählt worden, dass alles, was sie nicht zwei Meilen weit ohne Hilfe tragen können, zurückbleiben muss.«

»Alles, was nicht mitgenommen wird, muss auf den Märkten verkauft werden. Ein Makler hat bereits einen anständigen Preis für die Akademie geboten, und ich habe ihm erklärt, dass der König uns neue Räumlichkeiten zugesichert hat – er aber bis zur öffentlichen Ankündigung nichts verlauten lassen soll, wenn er sich nicht den Unmut des Königs zuziehen will.«

»Wie viele wissen davon?«

»Nur wir fünf im Vorstand der Akademie und diejenigen, die uns begleiten. Ich werde die jüngeren Studenten morgen in den Urlaub nach Hause schicken. Niemand wird sich über einen unerwarteten Urlaub beschweren oder Fragen stellen.«

Yvendel und Lavenci verstummten und bewunderten erneut die Schönheit des fernen Drachenwall.

»Dürfte ich Euch trotzdem noch einmal fragen, Mutter, wie Ihr es herausgefunden habt?«, fragte Lavenci schließlich. »Durch die Spionin Pellien?«

Yvendel dachte ein paar Augenblicke über ihre Antwort nach, entschied dann jedoch, dass sie durch Geheimhaltung nichts gewinnen konnte.

»Ich habe es durch niemanden herausgefunden, um die Wahrheit zu sagen«, gab sie zu, ohne den Blick von Drachenwall zu wenden. »Ich habe mich nur in die Rolle der ätherischen Konstrukteure versetzt, die das Ding ersonnen haben.

Sie sind keine richtigen Zauberer, sie sind nur Planer von Plänen und Erbauer von Bauten. Ihre Initiationsgrade weisen nur auf Befähigungen mit reiner Macht hin.«

»Aber ist das nicht auch zu irgendwas nütze?«, fragte Lavenci, die sich Hoffnungen machte, innerhalb des nächsten Jahrzehnts den Initiationsgrad zwölf zu erreichen.

»Wenn ein Mann sehr schwere Gewichte heben und mit einer Axt umgehen kann, macht ihn das zu einem guten König? Ätherische Konstrukteure haben keine Seele, kein Mitgefühl. Sie sehen, ohne jemals Visionen zu haben, und sind schlau, ohne wirklich intelligent zu sein. Außerdem haben sie eine sehr vereinfachte Weltsicht. Es ist nicht schwer, sich in ihre Denkweise zu versetzen, obwohl ich manchmal danach das Gefühl hatte, meinem Verstand ein Bad gönnen zu müssen.«

»Dieser ganze Ärger. Wäre es nicht klug, auf irgendeine Weise einen eindeutigen Beweis zu finden, bevor die Akademie weiteren Schaden nimmt?«

»Wir werden einen Beweis bekommen, Akademikerin, aber dann wird es zu spät sein, so zu handeln, wie wir es gerade tun. Im Moment müssen wir uns mit Verfolgungswahn begnügen. Wir segeln morgen Nacht auf dem kleinen Hochseekauffahrer *Pangelon*. Er fährt zur Insel Helion, dann weiter zu den Malderischen Inseln, dann zum zurlanischen Handelsprotektorat und schließlich nach Alberin. Die Fahrt wird uns so weit auf den Plazidischen Ozean hinausführen, dass die gewaltigen Wellen der Straße des Schreckens dort nur noch hohe Wellen sein werden. Wir werden monatelang auf See sein, aber das heißt auch, dass wir monatelang unsichtbar sind.«

»Alberin«, murmelte Lavenci, während sie sich mit den Fingern durchs Haar strich. »Lebt da nicht unsere Wensomer?«

»Ja.«

»Wensomer, die Euch überhaupt nicht leiden kann und potenziell einen höheren Initiationsgrad hat als Ihr?«

»Genau die.«

»Wensomer, die mich letztes Jahr unter ziemlich peinlichen Umständen mit einem ihrer Verehrer erwischt hat und mich nun noch mehr hasst als Euch?«

»Ist ihr ganz recht geschehen.«

»Wensomer Callientor, die erfahrenste Zauberin auf dem Kontinent Scalticar, die als Berufsbezeichnung Bauchtänzerin und Nachtschwärmer, als Leidenschaften gutes Essen, teuren Wein und interessante Männer und als Hobby Zauberei angibt?«

»Das ist mein kleines Mädchen.«

»Die Begrabt-mich-in-einem-wasserdichten-Sarg-gefüllt-mit-teurem-3129er-Eiswein-Wensomer?«

»Das würde mich nicht überraschen.«

»Gibt es keine andere Stadt als Alberin, in der wir Zuflucht finden können?«

»Akademikerin Lavenci, wir gehen nach Alberin, weil unsere Welt auf ein dunkles Zeitalter zusteuert. Armeen werden zerschlagen werden, große Städte ausgelöscht und Festungen in Schutt und Asche gelegt. Aber – Alberin ist lächerlich. Die Liste seiner Vasallen ist kleiner als der Stab dieser Akademie, und wir sind nur vierzehn. Und erst der Herrscher! Der Mann ist so degeneriert, dass er sich beinah als Ehemann für Wensomer eignen würde. Nein, wenn die jungen, dummen Götter Drachenwalls anfangen, Feuer auf die Städte der Welt herabregnen zu lassen, werden sie sich vielleicht nicht mit Alberin aufhalten. Danach werden Wensomer, Ihr und ich vielleicht die einzigen Zauberer sein, die nicht tot oder mit Drachenwall verschmolzen sind. Sollte es so weit kommen, sind wir die Einzigen, die die Maschine noch zerstören können.«

4
DRACHENTÖTER

Die Ziegenherde brauchte für die zehn Meilen bis Harrgh vier Tage, aber selbst das wurde als stramme Leistung empfunden. Wallas störte das überhaupt nicht, weil er wegen Krämpfen, Blasen, Stürzen sowie dem einen oder anderen Rempler von einem Ziegenbock nur langsam schlurfen konnte. Dreimal passierte sie ein Trupp Lanzenreiter mit Federbüschen auf den Helmen und goldenen Wappenröcken, und jedes Mal wurden sie gefragt, ob sie auf der Straße Fremde gesehen hätten. Insbesondere fragten die Lanzenreiter nach einer Frau, die nur Diomedanisch spreche. Die Ziegenhirten verneinten immer nur und starrten die Fragenden ausdruckslos an.

Das Musikantenduo Wallas und Andry hörte sich inzwischen auf eine schlichte Art beinah wie eine kleine Kapelle an. Sie hatten in jeder Taverne am Wegesrand gespielt und dafür ab und zu kostenlose Getränke bekommen. Wallas kaufte immer neue Weinschläuche für unterwegs, wodurch die Reise für alle Beteiligten ein ziemlich geselliges Miteinander wurde. Sie erreichten Harrgh am Abend des achten Tages nach ihrem Aufbruch aus Palion. Es entpuppte sich als ein mit einer Holzpalisade befestigtes Dorf, das von einigen verstreuten Bauernhöfen umgeben war. Die Gegend lebte von der Ziegenhaltung und von Ziegenprodukten, außerdem verkaufte man auf den umliegenden Märkten ein paar Gemüsesorten. Am Himmel über ihnen flackerte inzwischen violettes Licht, das mit vereinzelten grünen Streifen und einem schleierartigen orangefarbenen Schimmer durchzogen war. Im Westen leuchtete auch der regenbogen- und orangefarbene Windvorhang namens Drachenwall, aber wesentlich ruhiger.

»Die sind nicht natürlich, diese Lichter«, sagte Raffin, während sie hinter den Ziegen hertrotteten.

»Sind sie auch nicht«, erwiderte Wallas. »Das ist das Werk von Magiern, die Zauber gegen das schlechte Wetter wirken.«

»Ach, hör auf!«

»Nein, es stimmt.« Wallas zeigte mit einem Daumen auf seine Brust. »In der Stadt erfährt man viele Sachen.«

In der Ferne läutete eine Glocke, und dann strömten die Leute von Harrgh mit Fackeln herbei, um die Hirten zu begrüßen und die neuen Zuchttiere zu begutachten, die sie gekauft hatten. Nichts davon kam unerwartet. Was Wallas jedoch überraschte, war die dralle Frau mit roten Wangen und kastanienbraunen Haaren, die ihn nervös begrüßte und ihn mit »mein Gatte« ansprach.

»Aye, Wallas, du glücklicher Teufel, mit 'ner Frau wie Jelene und so«, sagte Raffin.

Es wäre falsch zu behaupten, dass für die nach Harrgh heimkehrenden Hirten ein großes Fest veranstaltet wurde. Schließlich waren sie nur zwei Wochen weg gewesen. Andererseits war die Straße nicht wirklich sicher, und angesichts der in ihrer Abwesenheit angekommenen Nachricht von der Ermordung des Kaisers gab es Ängste wegen eines möglichen Bürgerkriegs. Das Ziegengulasch, welches seit der Mittagszeit vor sich hinköchelte, wurde zusammen mit drei frisch am Spieß gebratenen Ziegen serviert, und außer dem Dorfbier bekamen die Hirten noch einen Maischebrand und dazu mit Beerensaft vermischtes Regenwasser.

Andry und Wallas griffen so schnell wie möglich zu den Instrumenten, um sich nicht in Gespräche verwickeln zu lassen, da Wallas mit Sicherheit mit Fragen konfrontiert würde, auf die er keine Antworten hatte. Die Leute waren aber schon bald zu sehr mit Essen und Trinken beschäftigt, um Fragen zu stellen, und Andry und Wallas schmiedeten Pläne, sich früh am nächsten Morgen in Richtung Glasbury abzusetzen. Eine ganze Prozession von Mädchen brachte Andry immer neue Becher mit Dorfbier, wovon er jedoch den größten Teil diskret ins Gras schüttete.

»Warum mache ich das eigentlich?«, fragte sich Andry, als er fast seinen gesamten sechsten Becher hinter seinem Sitz ausgoss. »Das ist ein gutes Bier, und ich mag Bier.«

Die Frau namens Jelene, die mit jemandem – lebendig oder tot – namens Wallas verheiratet war, tauchte mit Andrys siebtem Becher auf. Er hatte ein Gefühl, als könne schon bald etwas gehörig schiefgehen, und dieses Gefühl sollte sich schnell bewahrheiten.

»Ich habe gehört, Ihr sprecht Diomedanisch«, sagte sie, während sie ihm den leeren Becher abnahm und den vollen reichte. »Das bedeutet, wir können uns unterhalten.«

Mist, sie spricht Diomedanisch, dachte Andry, der so getan hatte, als beherrsche er das Umgangssargolanisch kaum, um sich aus allen Schwierigkeiten herauszuhalten.

»Oh, aye, alle Seemänner sprechen das in Alberin.«

»Ihr seid ein scalticarischer Seemann?«, sagte sie und setzte sich neben ihn.

»Aye, ich bin auf der *Sturmvogel* hergekommen. Meine erste Fahrt und alles.«

»Meine Eltern haben mich an Wallas verkauft«, sagte Jelene. »Es war ein hartes Jahr, als sie es taten. Ihr hartes Jahr war damit zu Ende, aber ich hatte seitdem drei weitere, und da bin ich nun.«

Andry trank das restliche Bier aus dem Becher. Jelene verlagerte ihr Gewicht und stupste Andry lächelnd mit der Hüfte an. *Aye, das würde sie nicht tun, wenn sie nicht irgendwas vorhätte,* dachte er.

»Also, äh, Ihr seid mit Wallas verheiratet?«, fragte er.

»Wallas, aye, wir sind verheiratet. Kennt Ihr ihn gut?«

»Äh, nicht sehr. Und was ist mit Euch?«

Die Erkenntnis, wie idiotisch es war, die Ehefrau eines Mannes nach drei Jahren Ehe zu fragen, ob sie ihn gut kenne, traf Andry wie ein Keulenschlag, aber Jelene schien es als subtiles Wortgeplänkel aufzufassen.

»Ich dachte, ich kenne ihn. Wallas, den Trinker, Wallas den Ehebrecher, Wallas, der seine Ehefrau schlägt, Wallas, der Ziegendiebe tötet. Jetzt ist er wieder da, redet vornehm und ist höflich und freundlich. Er spricht sogar Diomedanisch. Ich verstehe nur nicht …«

»Äh, wartet einen Moment«, sagte Andry. »Könnte ich mehr über einen dieser Wallasse hören?«

»Ihr meint Wallas, den Ehebrecher?«

»Nein, nein, es hatte was mit Ziegen zu tun.«

»Ich glaube nicht, dass er jemals – ach so, Ihr meint die Sache mit den Ziegendieben und so. Aye, er hat fünf getötet. Unser Wallas ist aggressiv und meistens mürrisch. Jetzt ist er verändert. Vielleicht bilde ich es mir ja nur ein, aber er kommt mir größer und stämmiger vor. Sein Haar ist dichter und dunkler, und ich vermisse auch ein paar Falten und Sommersprossen. Wo habt Ihr ihn getroffen?«

»In einer Taverne, in meiner ersten Nacht an Land. Wir haben gemeinsam zu seiner Brettleier gesungen und dann getrunken. Wir sind in eine Schlägerei geraten mit … nein. Dann haben wir … nein, das würdet Ihr mir ja doch nicht glauben.«

»Wallas kann nicht singen«, sagte Jelene.

»Oh, aye, da sind wir einer Meinung. Bittet ihn bloß niemals, eine seiner Balladen zu singen. Damit kann man einen Schankraum schneller räumen als mit dem Ruf ›Feuer!‹.«

»Ihr versteht mich nicht. Wallas hat *noch nie* gesungen.«

Jetzt hat sie mich gleich, dachte Andry. *Bereithalten zur Abwehr der Entermannschaft.*

»Aye, tja, Leute ändern sich, wenn sie längere Zeit von zu Hause weg sind«, antwortete er unschuldig, als sei das Problem mit Wallas nicht seines.

»Er war nur drei Monate weg«, beharrte Jelene.

»Oh. Äh, nun ja, vielleicht ...«

Andry war sich bewusst, dass ihm die Worte fehlten, doch dann redete Jelene weiter.

»Er kann sich in drei Monaten nicht so verändert haben. Sicher, vielleicht könnte er ein oder zwei Sachen gelernt haben und auch ein Dutzend Worte Diomedanisch, aber irgendwo müsste der alte Wallas noch in ihm stecken. Der Wallas, der zu mir immer nur *Bier!*, *Essen!* und *Bett!* gesagt hat. Ich lebe jetzt seit drei Jahren in ständiger Angst vor ihm und versuche immer, ihm zu Willen zu sein, um nicht geschlagen zu werden. Ich hatte gedacht, er würde nie mehr zurückkommen, aber jetzt, wo er wieder da ist ... Ihr wollt doch bestimmt noch ein Bier, oder?«

Kaum dass sie gegangen war, bemerkte Andry plötzlich, dass hinter ihm jemand im Schatten des Hauses stand.

»Ihr dort, der Scalticarer«, ertönte eine heisere weibliche Stimme auf Diomedanisch.

»Ich?«, fragte Andry.

»Ihr, der Freund von Wallas. Wallas ist in Gefahr.«

»Was? Woher wisst Ihr das? Wer seid Ihr?«

»Ich bin die Kräuterfrau des Dorfs. Jelene hat vor nicht einmal einer Stunde ein Fläschchen Dämonenblicksaft von mir gekauft. Sie hat gesagt, sie wollte eine Ratte damit töten. Jetzt weiß ich, wer die Ratte ist.«

Dämonenblick wuchs in Scalticar ebenso wie in Acrema. Die Beeren waren hellrot mit einem schwarzen Streifen. Vor den dunklen Blättern des Strauchs sahen sie aus wie große rote Augen mit schlitzförmigen Pupillen. Dämonenblick gehörte zu den giftigsten Pflanzen, die in der Kräuterkunde bekannt waren.

»Er ... ich ... aber was kann ich tun?«, keuchte Andry. »Er ist mein Freund.«

Freund? Nach elf Tagen?, dachte Andry. *Na, vielleicht stimmt es ja,* entschied er. Sie hatten schon eine Menge zusammen durchgemacht.

»Geht in ihr Haus und stehlt das Gift.«

»Warum tut Ihr das nicht?«

»Sie hat einen Wolfshund.«

»Einen Wolfshund! Aber der kann mich genauso leicht beißen wie Euch.«

»Ihr habt mich nicht richtig verstanden. Verführt sie. Sie wird den Wolfshund anbinden. Sobald sie eingeschlafen ist, stehlt Ihr das Gift.«

»Aber Wallas ...«

»Macht ihn zuerst betrunken. Still! Sie kommt!«

Jelene setzte sich wieder neben Andry, und sie stießen auf die Göttin der Ziegen an. In der Ferne spielte Wallas auf der Brettleier ein Tanzlied mit ein paar Dorfbewohnern, die ihn auf Querflöten begleiteten. Einige tanzten zur Musik, die anderen tranken.

»Ich hätte Lust auf einen Tanz«, verkündete Andry und hoffte dabei auf eine Gelegenheit, Entscheidungen aufschieben zu können, die zu treffen er nicht den Wunsch verspürte. »Was ist mit Euch?«

»Ich wäre nicht abgeneigt«, sagte Jelene.

Andry war es nicht gewöhnt, dass seine Einladungen zum Tanz angenommen wurden, was ihn dazu gebracht hatte, die meiste Zeit seines kurzen gesellschaftlichen Lebens in Kapellen zu spielen. Daher kam Jelenes Antwort ziemlich überraschend. Er hatte eigentlich vorgehabt, nach Jelenes Ablehnung einfach zu den Musikern zu gehen und dann irgendwie Wallas zu warnen. Die Tänze in Harrgh ähnelten den Hafentänzen, die Andry von seinen Schwestern in Alberin gelernt hatte, und so tanzten sie zwei Lieder miteinander, bevor die Spieler eine Pause machten. Als Jelene ging, um weiter beim Bedienen zu helfen, ging Andry zu Wallas.

»Andry, was mache ich mit dieser Frau?«, flüsterte Wallas, bevor Andry den Mund öffnen konnte.

»Wie meinst du das?«

»Ich bin nicht ihr Ehemann! Oh, bis jetzt bin ich durchgekommen, weil ich nur ein paar Worte mit ihr gewechselt habe, aber bald gehen wir nach Hause, und, na ja, was soll ich dann machen?«

»Ich würde meinen, dass das ziemlich offensichtlich ist.«

»Das nicht! Ich weiß doch nichts über sie, ich, ich, ach, was soll ich nur machen ...«

»Bleib ruhig und mach dir keine Sorgen. Hör mal, sie hat gesagt, Ihr Gatte wäre ein großer Trinker, also trink reichlich. Wenn du sturzbetrunken bist, erwartet auch niemand ein Gespräch. Morgen Früh verschwinden wir nach Glasbury, und dann brauchst du ihr nur zu sagen, dass du in einem Monat wieder da bist.«

»Reichlich trinken, hast du gesagt?«

»Das ist nie verkehrt!«

Was er nicht weiß, macht ihn nicht heiß, dachte Andry. *Wie es mir dabei ergeht, steht aber auf einem anderen Blatt.*

Wallas trank fünf Halbe in ebenso vielen Minuten, doch Andry hatte beschlossen, dass er selbst besser nüchtern blieb, um über ihn wachen zu können. Keiner wollte mehr tanzen, und am Lagerfeuer blieben nur die Trinker und Sänger übrig. Wallas hatte inzwischen einen Zustand erreicht, in dem er nicht mehr laufen konnte, und zu Andrys Schrecken erboten sich einige Männer, ihn zu seinem Haus zu tragen. Andry begleitete sie und bestand darauf, dass sie Wallas an der Tür absetzten.

»Er muss erst mal hier draußen pissen, er trifft den Topf nicht mehr, wenn er so voll ist«, erklärte Andry.

Sobald die Männer gegangen waren, führte Andry Wallas ums Haus zum Holzschuppen. Nachdem er ihn davon überzeugt hatte, sich hinzulegen, kehrte Andry zur Tür der Kate zurück. Jelene räumte noch mit den anderen Frauen nach dem Fest auf. Er drückte die Tür auf. Im Kamin glühten rote Kohlen und beleuchteten eine riesige Gestalt, die zu ihm herübertrottete. Zu seiner Überraschung schnüffelte der Hund nur kurz an ihm, bevor er mit dem Schwanz wedelte und ihm die Hand ableckte.

»Oh, aye, ich hab mit deinem Frauchen getanzt!«, sagte Andry erleichtert leise.

Er suchte schnell die Kate ab, die nur aus einem einzigen Raum bestand, der alles bis auf das Feuerholz enthielt. Das Gift musste sich in einem kleinen Fläschchen befinden, und Dämonenblick wurde immer in Gefäßen aufbewahrt, auf die ein großes Dämonenauge aufgemalt war. Andry zündete an den Kohlen eine Talgkerze an, die zwar beim Brennen sehr rußte, aber weit mehr Licht abgab als das Feuer im Kamin. *Wo könnte sie es versteckt haben*, fragte er sich. *Wo würde ein Mann wie Wallas danach suchen? Natürlich, das Kräuterregal!*

Das Fläschchen mit Dämonenblick war hinter einigen Krügen mit getrockneten Blättern auf dem obersten Brett des Kräuterregals versteckt. Andry leerte das Gift in das Kaminfeuer, spülte das Fläschchen mit Regenwasser aus und füllte es dann mit mehr Regenwasser, bevor er es dahin zurückstellte, wo er es gefunden hatte. Er löschte die Kerze, streckte sich, drehte sich um – und stand Jelene gegenüber. Sie trug einen Arm voll Kaminholz und eine Tonlaterne.

»Andry!«, rief sie. »Was macht Ihr hier?«

Das frage ich mich selbst, dachte er, sagte aber: »Ich habe geholfen, Wallas nach Hause zu bringen.«

»Das habe ich mitbekommen. Er liegt im Holzschuppen, umarmt den Hackblock – und hat sich in die Kiste mit den Anmachspänen übergeben.«

»Äh, ja, ich, äh, dachte, er wäre im Schuppen besser aufgehoben. Irgendwie auch für die Nacht.«

»Für die Nacht?«

»Äh, aye.«

»Was wollt Ihr dann hier drin?«

Schon wieder diese Frage, aber das kleine zusätzliche Wörtchen »drin« macht es noch schwerer zu antworten. Warum sollte er sich spät in der Nacht in der Kate einer Frau aufhalten, während ihr Ehemann draußen im Holzschuppen lag? Abgesehen davon, ein Fläschchen Gift ins Feuer zu schütten, gab es nur einen möglichen Grund. Andrys Kiefer arbeitete einen Moment geräuschlos. *Na los, du weißt doch, wie es ist, eine Ohrfeige zu bekommen und rausgeworfen zu werden*, sagte ihm eine innere Stimme. Eine andere sagte: *Na los, irgendwann muss es passieren.*

»Ich dachte, ähm, ich sollte es Euch besser erklären«, stotterte er und hoffte, dass dies ausreichen würde.

Jelene sagte nichts, legte das Kaminholz ab und stellte die Lampe auf den Boden.

»Dass Wallas sturzbetrunken da draußen ist und alles«, fuhr er fort. Andry sah, dass ihre Züge sich entspannten. *Das ist es, ich bin hier, um ihr die Sache mit Wallas zu erklären.* Andry machte dann den Fehler, nicht das Haus zu verlassen, und den noch schlimmeren Fehler weiterzureden. »Ich dachte ...«

»Sprecht weiter.«

»Äh, dass er betrunken ist, jetzt wisst Ihr es ja und ...«

Und was? Sie stand zwischen ihm und der Tür und hatte die Hände in die Hüften gestemmt. Es gab keinen Weg an ihr vorbei. In wenigen Augenblicken würde sie ihn aufs Bett werfen und dann ...

»Fräulein Jelene, er ist nicht Wallas!«, rief Andry.

Jelene fiel die Kinnlade herunter, aber nur für einen Moment. Sie nickte zögernd und verschränkte die Arme.

»Das habe ich mir gedacht«, sagte sie.

»Der richtige Wallas ... ist tot.«

Jelene zuckte mit keiner Wimper.

»Dieser Mann ist ein Edelmann und sehr reich«, improvisierte Andry. Schließlich hatte Wallas schon so viel über seine Vergangenheit gelogen, dass er nun auch noch ein paar Lügen hinzufügen konnte. »Er hatte ein böse Frau, die nur sein Geld wollte. Sie ... äh, muss Euren Wallas auf der Straße getroffen und bemerkt haben, dass er ihrem Gatten sehr ähnlich sieht. Vielleicht hat sie ihn mit nach Hause genommen und ihn mit in ihr Bett genommen, wir haben die Wahrheit nicht erfahren. Der, äh, Wallas da draußen weiß nur, dass er zu Hause angekommen ist und mit einer Lampe sein Schlafzimmer betreten hat. Seine Frau schlug das Laken zurück und zeigte auf jemanden im Bett, der genauso aussah wie er, aber tot war – in seiner Brust steckte ein Messer. Seine eigenen Bediensteten packten ihn und hielten ihn fest, während sie die ganze Zeit heulte, er habe ihren Ehemann ermordet und versuche, sich als jemand anders auszugeben.«

»Das ist alles viel zu seltsam, um wahr zu sein«, flüsterte Jelene.

»Nun ja, Wallas merkte, dass es schlecht für ihn aussah, zumal der Magistrat der Vater seiner Frau war, so dass alles gegen ihn stand. Er kämpfte sich den Weg frei und floh. In den folgenden Tagen gab es viele Bekanntmachungen über Wallas, und dadurch erfuhr er, wer der Mann gewesen war.«

»Und wer seid Ihr?«

»Ich bin ein enger Freund von, nun ja, dem Mann, der sich jetzt Wallas nennt. Ich kann seinen Namen nicht reinwaschen, aber ich kann ihm helfen zu fliehen.«

»Seid Ihr auch ein Edelmann?«

»Das darf ich nicht sagen, Fräulein Jelene. Er hat beschlossen, sich lieber zu betrinken, als mit Euch das Bett zu teilen und Euch zu entehren.«

»Aber er hätte doch einfach so tun können ...« Jelenes Stimme verlor sich, als ihr die volle Bedeutung von Andrys Worten aufging. Sie legte die Hände an die Wangen. »Er hat um meine *Ehre* gefürchtet?«

»Oh, aye, ich meine, ja! Ja, so ist es.«

»In meinem Leben hat noch niemand auch nur einen Gedanken an meine Ehre verschwendet. Ein Edelmann, in einem Holzschuppen! Schnell, helft mir ihn ins Haus zu tragen – äh, wenn Ihr so freundlich wärt – Mylord.«

Wallas wurde von Jelene ins Haus getragen, bevor Andry auch nur die Möglichkeit hatte zu helfen. Sie ließ ihn aufs Bett fallen und bat dann Andry, ihr dabei zu helfen, ihn von seiner ziemlich stinkenden Kleidung zu befreien. Wallas wachte auf, als ihn ein nasses Tuch berührte, das noch dazu furchtbar kalt war.

»Es ist alles in Ordnung, Mylord«, erklärte Andry. »Fräulein Jelene weiß, dass Ihr nicht ihr Ehemann seid, und sie ist sehr um Euer Wohlergehen bemüht.«

»Alles dreht sich«, murmelte Wallas.

»Ach, Mylord, Ihr seid so betrunken, und das alles meinetwegen!«, jammerte Jelene und strich ihm über die Stirn, wobei sich ihr beträchtliches Dekolleté direkt vor Wallas' Gesicht bewegte. »Ihr müsst heute Nacht in meinem Bett liegen. Oh, und Lord Andry! Ihr seid natürlich ebenfalls herzlich eingeladen, unter diesem Dach zu bleiben.«

»Ich?«, keuchte Andry. »Ach, vielleicht doch lieber nicht. Ich sollte besser draußen Wache halten. Man kann nie wissen, wann sich seine Feinde auf ihn stürzen.«

Ganz zu schweigen von seinen Bewunderern, fügte Andry im Stillen hinzu, dann eilte er hinaus, holte seinen Rucksack und machte es sich in Jelenes Holzschuppen so gemütlich wie möglich. Nachdem er eine halbe Stunde lang dem Kichern, Keuchen und Quietschen aus dem Häuschen zugehört hatte, zog er jedoch neben die Reste des Lagerfeuers um und schlief endlich ein – jedenfalls für eine Stunde. Dann fing es an zu regnen. Diesmal suchte Andry Schutz unter einem Karren, wo er den Rest der Nacht verbrachte, mehr oder weniger trocken, wenn auch nicht gerade komfortabel. *Was wir nicht alles für unsere Freunde tun,* dachte Andry, während er dalag und einzuschlafen versuchte. *Und der geile Bock ist nicht mal mein Freund.* »Du Dummkopf«, sagte Andry kurz vor dem Einnicken laut und fragte sich dann, warum er das gesagt hatte.

Als es dämmerte, wurde Andry von den Dorfbewohnern geweckt, als diese Stände und Tische für den Markt aufbauten. Der Himmel war wolkenlos, aber der Boden war vom nächtlichen Regen noch schlammig. Er entschied sich zu bleiben, wo er war, und nachdem er in der Nacht nicht allzu gut geschlafen hatte, fiel er trotz der Betriebsamkeit ringsumher sofort in einen tiefen Schlaf. Es war schon spät am Morgen, als der Karrenbesitzer Andry weckte und ihm entschuldigend erklärte, er müsse den Karren nun wegfahren.

Hirten und andere Bauern von außerhalb liegenden Höfen und Weilern sowie einige Lanzenreiter in sauberen, teuer aussehenden Wappenröcken und glänzenden Kettenpanzern belebten den Marktplatz. Inzwischen war Andry beim Anblick von bewaffneten Vertretern der Obrigkeit in seiner Nähe nicht mehr so aufgeregt. Seit einer Woche hatte ihn niemand verfolgt oder zu töten versucht, vielleicht, weil man den Andry, den Leute in Palion töten wollten, für tot hielt.

Andry verspürte den Drang, sich die Haare zu waschen, sich zu rasieren und ganz allgemein zu säubern. Es kam ihm vor wie etwas, was er immer tat und ohne das seine Morgenroutine nicht vollständig wäre. Das war ziemlich seltsam, weil er die Gelegenheiten, wo er dies tatsächlich getan hatte, an den Fingern einer Hand abzählen konnte. Er wusch sich gerade das Gesicht im Pferdetrog, als Wallas aus Jelenes Kate auftauchte und Eier, geräucherte Wurst und Kräuter einkaufte. Andry schulterte seinen Rucksack und gesellte sich zu Wallas.

»Aha, du willst also frühstücken?«, fragte er Wallas, der gerade einen Krug Öl kaufte.

»O nein, ich habe schon vor Stunden gefrühstückt, im Bett mit Jelene. Das wird unser Mittagessen – und du bist herzlich eingeladen.«

»Aber nicht, wenn das auch im Bett eingenommen wird.«

»O nein, am Tisch, der gedeckt sein wird wie bei Hof«, lachte Wallas. »Jelene hält dich für einen Edelmann wie mich, sie ist richtig versessen darauf, dich zu Gast zu haben.«

»Aber Wallas, wir sind beide keine Edelleute.«

»Sie *denkt*, wir sind Edelleute, die vorgeben, Gemeine zu sein. Benimm dich einfach so wie immer, aber versuch, etwas nervös auszusehen. Oh, aber rasier dir die Wangen und versuch nett auszusehen, wie ein Edelmann, der sich als Gemeiner ausgibt.«

»Wallas, ich bin ein *Gemeiner*, der sich als Gemeiner ausgibt.«

»Andry, vielleicht solltest du ein paar anmutige Gesten lernen. Dann könntest du ein Gemeiner sein, der sich als Edelmann ausgibt. *Niemand* würde vermuten, dass du es bist.«

Obwohl sarkastisch gemeint, kam Andry die Bemerkung durchaus vernünftig vor. Er kehrte zum Trog zurück, zückte sein Messer und rasierte sich die Wangen. Er überprüfte sein Spiegelbild im Wasser und wusch sich die Haare. Nach einigen Minuten des Rupfens und Fluchens mit Ellisens Kamm sahen Haare und Bart einigermaßen ordentlich aus. Er band sich gerade die Haare hinten zusammen, als er einen wütenden Ausruf hörte, gefolgt von einem Schrei. Andry schaute auf und sah rasch, dass Wallas einen Lanzenreiter gepackt und ihm beide Arme auf den Rücken gedreht hatte. Andry eilte zu den beiden und erkannte plötzlich, dass der Lanzenreiter niemand anders war als Terikel.

»Holt einen Magistrat, ich habe die Zauberin gefangen, es gibt eine Belohnung für sie!«, rief Wallas.

Sie fielen gemeinsam in den Matsch, wo Wallas die Älteste der Metrologen am Boden festhielt. Ein anderer Lanzenreiter rannte mit erhobener Reiteraxt zu dem kämpfenden Paar.

»Laron, Hilfe!«, rief Terikel.

Larons Hieb zielte zwischen Wallas' Schultern, wurde aber von Andrys Stab pariert. Als Andry einen Rückhandschlag folgen ließ, tänzelte Laron zurück und startete einen Angriff, den Andry wiederum parierte. Andry trat nach Laron, der seinen Fuß mit einer Hand festhielt und umdrehte. Andry machte die Drehung mit, ließ sich auf den Boden fallen, rollte sich ab und schlug dann mit dem Stab nach Larons Knie. Er streifte das Knie nur, doch Laron ging kurz zu Boden. Andry versuchte es mit einer Rückhand auf Larons Kopf, doch Laron wehrte den Hieb mit solcher Wucht ab, dass Andry der Stab aus den Händen gerissen wurde. Laron schlug nach Andry, doch der Seemann beschrieb eine Kreisbewegung mit dem Arm, klemmte den Axtgriff ein, packte den Schaft direkt über Larons Hand und stieß Laron das stumpfe Ende des Schafts ans Kinn. Laron klappte zusammen. Andry sah sich um. Wallas wurde inzwischen von zwei weiteren Lanzenreitern festgehalten, während ein dritter Terikel aufhalf. Mindestens zwei Dutzend weitere Lanzenreiter umringten Andry, alle bewaffnet mit einer Kavallerie-Axt oder Lanze.

»Lass die Axt fallen, Kerl, ich sage es nicht noch mal!«, rief eine gebildete Stimme auf Umgangssargolanisch.

Andry ließ die Axt fallen.

»Mylady, ist alles in Ordnung?«, fragte der Offizier Terikel.

Der Offizier sprach jetzt Diomedanisch, ging zu Terikel, ließ sich auf ein Knie sinken und verbeugte sich.

»Ich bin nicht verletzt, ich will einfach nur weiter«, sagte sie rasch und leise.

Der Offizier trug den Helm eines Hauptmanns und einen dunkelblauen Waffenrock über der Rüstung. Sein ebenfalls dunkelblauer Mantel war mit scharlachroten Borten umsäumt. Auf der Verschlussfibel des Mantels prangte das kaiserliche Wappen, aber auf dem Helm trug er ein anderes Wappen. Jetzt kam ein Trupp der Dorfmiliz herbeigeeilt, um nachzusehen, was es mit dem Tumult auf sich hatte.

»Ich bin Hauptmann Gilvray von der Kaiserlichen Reisegarde«, verkündete der Hauptmann ihnen, jetzt wieder auf Umgangssargolanisch. »Meine Befugnisse reichen weiter als diejenigen des hiesigen Magistrats.«

Niemand wollte dies bestreiten. Andry wurde nun von zwei Lanzenreitern ergriffen, und ein Korporal schlug ihm in den Magen. Er krümmte sich und bekam einen weiteren Schlag ins Gesicht. Immer noch im Griff der beiden Lanzenreiter zog er die Beine an und trat dem Korporal mit beiden Füßen ins Gesicht. Der Korporal ging benommen zu Boden. Ein Dutzend seiner Kameraden machten Anstalten, auf Andry loszugehen, doch inzwischen rief Terikel ihnen zu, aufzuhören. Andry verpasste einem der beiden Lanzenreiter, die ihn festhielten, einen Kopfstoß, riss dem Mann die Axt aus dem Gürtel und stieß dem anderen den Ellbogen in den Magen. Sofort war er von Lanzenreitern umzingelt, die ihre Äxte und Lanzen auf ihn richteten.

»Haltet ein, lasst die beiden Männer frei, ich kenne sie«, rief Terikel und wischte sich den Matsch von der Stirn.

»Aber sie haben Euch angegriffen«, sagte Hauptmann Gilvray.

»Das war ein Missverständnis.«

»Ein Missverständnis?«, rief Andry. »Sie hat versucht, uns zu töten, sie hat mein Schiff versenkt.«

»Andry, bitte!«, flehte Terikel. »Wir können woanders in Ruhe darüber reden.«

»Warum? Angst vor der Wahrheit?«

Terikel bewegte sich auf Andry zu. Da er gesehen hatte, wie Terikel einen Mann der Throngarde in Brand steckte, bereitete Andry sich darauf vor, einem von ihr auf ihn gewirkten Zauber auszuweichen. Stattdessen fiel sie vor ihm auf die Knie und ließ den Kopf hängen. Das sorgte für einige Überraschung bei den Lanzenreitern.

»Andry Tennoner, ich entschuldige mich für Eure Leiden und auch für Eure, Wallas«, sagte sie deutlich auf Diomedanisch, »aber ich habe die *Sturmvogel* nicht versenkt. Ich war, als diese Kreaturen über das Schiff hergefallen sind, genauso entsetzt und überrascht wie alle anderen.«

»Ihr sagt, Ihr wusstet nichts davon?«, sagte Wallas.

»Ich hatte keine Ahnung. Bitte, würdet Ihr zwei mit mir den Marktplatz verlassen, damit wir uns aussprechen können?«

Andry schüttelte den Kopf. »Ihr wollt uns ohne Aufsehen von hier wegschaffen, damit Ihr uns in aller Stille töten könnt.«

»Noch einmal«, ergänzte Wallas.

»Also glaubt Ihr mir nicht?«, fragte Terikel.

Laron war jetzt wieder bei Bewusstsein und erhob sich. »Ich bürge mit meinem Leben für die Älteste«, sagte er. Er war zwar noch immer etwas unsicher auf den Beinen, schaute aber Andry direkt in die Augen.

»Oh, aye, aber in erster Linie interessiert mich *mein* Leben«, antwortete Andry.

An dieser Stelle traf Terikel eine schwere Entscheidung, was Andry sofort klar war.

»Hauptmann Gilvray, ich brauche keinen weiteren Schutz mehr von Euch«, erklärte sie dem Edelmann.

Die Überraschung auf Gilvrays Gesicht war unübersehbar. »Habt Ihr die Absicht, noch in diesem Dorf zu verweilen?«, fragte er.

»Nein, ich reise weiter nach Glasbury, alleine. Wenn diese beiden Herren, Andry und Wallas, damit einverstanden wären, mich zu begleiten, verbessern sich meine Überlebensaussichten vielleicht.«

»Mylady, das könnt Ihr nicht machen!«, rief Gilvray. »Das ist Irrsinn.«

»So lautet meine Entscheidung, Hauptmann Gilvray, und Euer erstes Anliegen ist nicht meine Sicherheit. Ich danke Euch für Eure bisherige Freundlichkeit und grüßt Eure Gebieterin von mir.«

Terikel ließ nicht mit sich reden, und so dauerte es nicht

lange, bis die Lanzenreiter aus Harrgh sich wieder zum Hauptteil ihrer Streitmacht gesellten, der außerhalb der Palisade lagerte. Der Trupp, der einige Wagen und eine Kutsche begleitete, setzte sich in Bewegung, doch Laron kehrte zurück.

»Es ist Euch gelungen, das Kommando über eine Eskorte zu übernehmen, wie sie einem Kaiser gut zu Gesicht stünde«, sagte Wallas, als er mit Terikel, Andry und Laron in Jelenes Kate saß. »Das war die Reisegarde.«

»Es war die Eskorte seiner Tochter«, sagte Terikel.

»Prinzessin Senterri?«, rief Wallas.

»Ja. Sie reist gerade zufällig mit ihrem Ehemann Graf Cosseren zum Hafen von Logiar. Sie soll kraft ihrer Persönlichkeit Regentin und kraft des Gesetzes Königin werden. Mir wurde gestattet, mit ihr zu reisen. Ein Freund in hoher Position hat das arrangiert, nachdem ich angeblich auf der *Sturmvogel* ums Leben gekommen war.«

»Warum habt Ihr uns auf die *Sturmvogel* geschickt?«, erkundigte sich Andry, dem beim bloßen Gedanken an das Schicksal des Schiffes erneut die Zornesröte ins Gesicht stieg.

»Ihr wolltet Palion verlassen, und ich wollte Palion *scheinbar* in Richtung Diomeda verlassen. Ich hatte keine Ahnung, dass meine ... meine Feinde das gesamte Schiff samt Besatzung auslöschen würden.«

»Was geht eigentlich im Palast vor?«, fragte Wallas, wobei seine vornehme sargolanische Redeweise durchbrach. »Erst wollen Euch Throngarde und Stadtgarde töten, und dann taucht Ihr mit der Reisegarde als Eskorte auf.«

»Niemand besitzt mehr wirklich die volle Kontrolle«, erklärte Laron. »Nun, da der Kaiser tot ist, greifen alle seine Söhne nach der Macht. Kann das wirklich überraschen?«

»Wer ist Euer Freund in hoher Position, der so viel Einfluss bei der Prinzessin hat?«, fragte Andry.

»Das bin ich«, sagte Laron.

»Was? Ihr seid doch nur ein Junge.«

»Ich bin fünfzehn!«, entgegnete Laron empört.

»Oh, aye, das ändert natürlich alles!« Andry lachte.

»Ich bin ein Vertrauter der Prinzessin. Außerdem bin ich auch Ihr Leibwächter, wenn es nötig ist. Technisch gesehen bin ich ein Lanzenreiter ohne feste Einheit im Rang eines Hauptmanns bei der Kaiserlichen Straßenmiliz. Ich unterstehe direkt der Prinzessin.«

»Aber jetzt seid Ihr hier und habt ihre Erlaubnis, die Älteste zu bewachen?«

»Das, mein misstrauischster aller Gemeinen, zeigt nur, wie wichtig die Älteste ist.«

Terikel verschränkte die Hände und ließ den Kopf hängen. »Dass Laron und ich hier sind, zeigt auch meine Reue über das, was Euch beinah zugestoßen wäre. Meine Wertschätzung für Euch ist groß, also war es eine Frage der Ehre für mich.«

»Wertschätzung, Ehre, das ist etwas für affektierte Adelige mit viel Geld!«, rief Andry, der das Gefühl hatte, dass dies alles leeres Geschwafel war. »Was könnt Ihr uns außer Euren Worten geben?«

»Es heißt doch, im Zweifel für den Angeklagten!«, rief Laron aufgebracht. »Betrachten wir es mal von der anderen Seite. Die Älteste sollte mit Euch auf der *Sturmvogel* sein. Ihr springt von Bord. Warum? Weil *Ihr beide* wusstet, dass das Schiff von den Meerdrachen angegriffen wird?«

»Das stimmt nicht, außerdem wussten wir beide ja, dass die Älteste nicht an Bord war!«, gab Andry zurück. »Die verschleierte Frau, die an Bord ging, war nur als Älteste verkleidet. Sie ist gestorben.«

»Und warum wart Ihr dann nicht an Bord?«, wollte Laron wissen.

Andry starrte Wallas unbehaglich an. Wallas wand sich auf seinem Sitz.

»Ich ... ich glaube, ich habe einen Schlag auf den Kopf bekommen und bin noch beim Auslaufen über Bord geworfen worden«, sagte Andry. »Ich habe immer noch eine Platzwunde und eine kleine Beule am Hinterkopf.«

»Tatsächlich? Und was könnte der Grund dafür gewesen sein?«

Wallas räusperte sich. »Die, äh, verkleidete Person.«

»Könnt Ihr das näher erklären?«

»Weil wir die Wachen der verkleideten Frau waren«, sagte Andry.

»Ich kann Euch immer noch nicht folgen«, sagte Laron.

»Die, äh, Dame, die von der Ältesten ausgewählt worden war, sie auf der *Sturmvogel* zu vertreten, war empfänglich für meinen Charme«, erklärte Wallas. »Der Kapitän war eifersüchtig, und deshalb wurden Andry und ich über Bord geworfen.«

»Du hast sie gepimpert, sobald du mit ihr in ihrer Kabine warst, aber du kannst dich noch nicht einmal an ihren Namen erinnern!«, rief Andry.

»Roselle, sie hieß Roselle.«

»Nein, *Roselle* hast du ungefähr vier Stunden später im Stall des *Verirrten Wanderers* bestiegen, du schleimiger Drecksack. Da war der arme Lockvogel schon tot und im Bauch eines Meerdrachen.«

»Dann sag du den Namen!«, verlangte Wallas.

»Melier!«, antwortete Andry.

»Melier, genau, Ich hab's die ganze Zeit gewusst«, rief Wallas. »Ja, äh, Melier fand mich anziehend, und wir, äh, beschlossen, uns etwas näher kennen zu lernen, sobald wir in ihrer Kabine waren. Nach einer halben Stunde – da waren wir schon losgesegelt – klopfte ein Offizier an die Tür und sagte, ich müsse sofort an Deck kommen. Eine Angelegenheit des Sargolanischen Amts für Zoll, Steuern und Ein- und Ausreise von Ausländern. Natürlich habe ich Jacke, Hose und Stiefel angezogen und bin sofort nach oben geeilt, aber als ich an Deck kam, wurde ich so schnell gepackt und über Bord geworfen, dass ich kaum Zeit hatte zu schreien, bevor ich ins

Wasser fiel. Dann habe ich ›Mann über Bord‹ gerufen, aber niemand hat mir geholfen.«

»Also seid Ihr durch die Eifersucht des Kapitäns gerettet worden«, sagte Laron.

»Und durch mich«, warf Andry ein. »Der Witzbold kann nämlich nicht schwimmen, und ich habe ihn an Land gezogen.«

»Dann haben die Meerdrachen das Schiff angegriffen«, schloss Wallas die Schilderung mit einem raschen Hohnlächeln an Andrys Adresse.

»Aber warum hätte der Kapitän so schnell in Leidenschaft für sie entbrennen sollen?«, fragte Laron.

Eine jähe Stille trat ein. Alle starrten sich gegenseitig an. Terikel schloss die Augen und beugte sich vor.

»Weil ich auf der Reise nach Palion die Geliebte des Kapitäns war!«, schnauzte sie. »Jedenfalls, wenn ich mich nicht gerade übergeben musste. Wie sonst hätte er sich wohl überreden lassen, sein Schiff bei einer so gefährlichen Fahrt zu riskieren? Ich hatte zwar eine Empfehlung des Kronprinzen von Alberin, aber die Bezahlung für die Fahrt hat dennoch praktisch alle Geldmittel des Metrologischen Ordens aufgezehrt. Sobald wir auf See waren, sagte mir der Kapitän, er werde mein Geld nehmen, nach Zorlan segeln und mich dort absetzen, und … Ich bin nicht wirklich stolz darauf, wie ich ihn überredet habe, hierher zu segeln – und jetzt ist Schluss damit!«

Niemand wusste, was er darauf sagen sollte.

Larons Gesicht verriet keinerlei Gefühlsregung, Andry war augenscheinlich schockiert, und Wallas warf Terikel einen listigen, abschätzenden Blick zu. Als er aufstand und die Arme ausbreitete, sah Laron aus wie ein Magistrat, der sein Urteil verkünden wollte.

»Älteste Terikel, Andry, Wallas, wer hat nun die unwahrscheinlichere Geschichte erzählt?«, fragte er.

Andry murmelte, dass er wohl nicht ganz Unrecht habe. Terikel räumte ein, dass ihre Handlungen aus Sicht von Andry und Wallas wahrscheinlich nicht gut aussahen. Wallas wettete, dass ihm ohnehin niemals jemand seine ganze Geschichte glauben würde.

»Also, was wollt Ihr jetzt tun?«, erkundigte sich Laron und starrte Andry fest an.

»Warum solltet Ihr überhaupt einen feuchten Kehricht darauf geben, was ich tun will?«, fragte Andry widerspenstig.

»Ihr habt mich bei einem anständigen Kampf geschlagen, in dem ich Euch töten wollte. Dann habt Ihr mich verschont, also schulde ich Euch mein Leben. Sagt mir, was Ihr tun wollt, und ich werde dafür sorgen, dass es geschieht.«

»Ich will, dass Ihr Euch um die Älteste kümmert, verstanden? Sie hat sich unter meinen Schutz gestellt, aber ich habe abgelehnt. Jetzt verzieht Euch, nehmt sie mit und schließt Euch wieder der Reisegarde an.«

»Aber was wollt Ihr tun?«

»Ich? Was spielt das für eine Rolle?«

»Sagt es mir.«

»Ich will nach Logiar. Jetzt wisst Ihr es.«

»Älteste, und was wollt Ihr?«

»Dasselbe wie zuvor. Ich will ins Kapfanggebirge und zu einem Ort namens Himmelsspiegel in der Nähe von Logiar.«

»Und Wallas?«

»Ach, ich wollte nach Glasbury«, sagte er mit einem Seitenblick auf Terikel, »aber Logiar hat auch seine Reize.«

»Wie zum Beispiel den, weit weg von Palion zu sein«, fügte Andry hinzu.

»Durchaus. Wenn ich nicht marschieren muss, wäre ich durchaus dafür zu haben.«

»Und schließlich gibt es auch noch mich«, sagte Laron und legte sich eine Hand auf die Brust. »Tatsächlich scheine ich für andere Leute zu leben, also ist mir ziemlich egal, was ich tue.« Er klatschte in die Hände. »Ich sorge dafür, dass Ihr alle Logiar erreicht.«

»Kümmert Euch um die anderen«, sagte Andry mürrisch. »Ich gehe dahin, wohin ich will.«

»Ich habe ein Pferd, aber es kann uns nicht alle tragen, also brauchen wir wohl auch einen Wagen. Ich werde Maßnahmen ergreifen, um uns einen zu sichern. Älteste, seid so gut und kauft für uns auf dem Dorfmarkt etwas Reiseproviant.«

»Und ich?«, fragte Wallas.

»Macht, was Ihr wollt, Wallas, seid nur morgen Früh fertig zur Abreise. Und Andry, bis dahin habt Ihr Zeit, Eure Meinung zu ändern. Im Wagen wird ein Platz für Euch frei sein.«

»Bis dahin bin ich schon weg«, antwortete Andry.

»Wie Ihr wollt. Ach, und Wallas, ich muss Euch noch etwas sagen«, sagte Laron, indem er sich wieder an Wallas wandte.

»Ja, Hauptmann Laron?«, sagte Wallas, indem er die Hände verschränkte, breit grinste und sich leicht verbeugte.

Laron stieß Wallas ein Knie in den Schritt. Wallas krümmte sich vor Schmerzen, und in seinem Gesicht kämpften Überraschung, Schock und Ärger gleichermaßen miteinander.

»Unritterlicher Dreckskerl!«, knurrte Laron, der sich daraufhin wieder an Andry wandte und sagte: »Nun?«

»Ich glaube, ich komme vielleicht doch mit Euch«, sagte Andry, der zum ersten Mal seit ihrer Begegnung lächelte.

Sobald Laron und Terikel gegangen waren, kam Jelene zurück. Sie hockte sich auf die Bettkante, während ihre beiden Gäste auf ihren Hockern sitzen blieben.

»Ich, äh, brauche etwas zu trinken«, sagte Andry und stand auf. »Nur einen Schluck.«

»Über der Anrichte stehen Weinkrüge, Mylord«, sagte Jelene, sprang auf und holte ihm einen kleinen Krug, bevor er auch nur einen Schritt machen konnte.

»Nicht ›Mylord‹, ich bin nur ein schäbiger Seemann«, sagte Andry. »Bei Wallas bin ich mir nicht so sicher.«

»Wer Ihr auch seid, mein Ehemann jedenfalls nicht«, sagte Jelene zu Wallas.

»Äh, nein.«

»Aber das wäre besser. Ist er tot?«

»Ich habe ihn nicht getötet!«, rief Wallas.

»Aber er hat den Mann getötet, der es getan hat«, fügte Andry hinzu.

Immer noch zeigte sich auf dem Gesicht der Frau kein Ausdruck von Trauer. Sie ließ sich die Neuigkeiten einen Moment durch den Kopf gehen.

»Letzte Nacht habe ich noch eine andere Geschichte gehört«, sagte Jelene. »Also, wo ist mein Ehemann?«

»Tot«, bekräftigte Wallas.

»Also bin ich jetzt Witwe?«

»Ja«, bestätigten Wallas und Andry gemeinsam.

Wieder dachte sie eine Weile nach. »Es wäre viel einfacher gewesen, sich als Wallas auszugeben«, schloss sie.

»Oh, aye, aber es war auch Eure Ehre zu bedenken«, warf Andry diplomatisch ein.

»Aber wer kümmert sich schon um meine Ehre?«, schniefte Jelene.

»Äh, ich tue das«, sagte Wallas, ging zum Bett und legte einen Arm um sie. Nach der schlechten Wendung, die das Thema seiner Beziehungen zu verschiedenen Frauen zuvor genommen hatte, war er jetzt darauf bedacht, jedem, der sich die Mühe machte hinzuschauen, zu zeigen, dass er auch eine fürsorgliche und mitfühlende Seite hatte. Vor allem war ihm wichtig, in Andrys Achtung zu steigen, weil er sich auf der Reise Schutz von ihm versprach.

»Aber ich bin trotzdem mit Euch ins Bett gestiegen«, sagte Jelene.

»Aye, aber da wusstet Ihr schon, dass ich nicht Euer Ehemann Wallas bin. Ihr seid nicht betrogen worden.«

Als sie sich umarmten, stand Andry auf, ging zur Tür und hielt den kleinen Krug hoch, den Jelene ihm gegeben hatte.

»Das war ein anstrengender Morgen«, sagte er. »Ich glaube, ich brauche etwas frische Luft, um einen klaren Kopf zu bekommen und meine Nerven zu beruhigen. Ich bin heute Abend zurück.«

Auf einem Gehöft zwei Meilen vom Dorf entfernt erwachte der Besitzer durch das Jaulen und Knurren seiner fünf Wolfshunde. Er trat mit geladener Armbrust aus dem Haus, begleitet von seinem Sohn, der eine brennende Fackel in der einen und eine Axt in der anderen Hand hielt. Einer der Wolfshunde lag tot vor ihnen, und drei andere starrten ängstlich vom Dach des Kuhstalls auf sie herunter. Der fünfte lag noch zuckend auf dem Boden unter einer dunklen menschlichen Gestalt, die sich anscheinend in ihn verbissen hatte. Der Bauer hob die Armbrust und feuerte auf den Räuber. Der schaute auf, fauchte, zog sich den Bolzen aus der Seite und warf ihn weg.

»Ich an Eurer Stelle würde dieses Ding nicht noch einmal laden«, sagte eine Stimme neben ihnen.

Der Junge fuhr herum, warf seinem Vater die Fackel zu und schwang die Axt. Für den Zeitraum eines Atemzugs wirbelten Gliedmaßen. Die Axt wurde von zwei gekreuzten Armen pariert und umgedreht, bevor der Junge auch nur die Möglichkeit hatte sie loszulassen. Das Schaftende stieß gegen seinen Kiefer. Der Junge ging benommen zu Boden. Jemand, der wie ein gut aussehender Jugendlicher im selben Alter aussah, warf die Axt in die Dunkelheit und verbeugte sich leicht vor dem Bauern.

»Verzeiht die späte Stunde, aber wir sind wegen des Wagens hier, den Ihr verkaufen wollt«, verkündete er auf Diomedanisch.

»Aber ich will meinen Wagen nicht verkaufen«, sagte der zurückweichende Bauern, mit einem deutlichen Zittern in der Stimme.

»Oh, ich fürchte doch und zwei Eurer Wolfshunde noch dazu – aber ich biete Euch einen guten Preis. Ihr solltet besser auch Eure Diskretion zum Verkauf anbieten.«

»Äh, was ist Diskretion?«

»Diskretion bedeutet in diesem Fall, uns vollkommen zu vergessen, vor allem, wenn jemand nach uns fragen sollte. Andernfalls könntet Ihr Besuch von meiner Freundin hier bekommen. Sie bevorzugt Menschen, und sie ist immer hungrig.«

Während Laron mit dem Wagen zurückkehrte, setzte Jelene sich im Bett auf und beobachtete Andry, der neben dem Feuer saß und »Wellen von Bantriok« auf der Fiedel spielte, begleitet von Wallas und seiner Brettleier. Ab und zu hörte Wallas, der Jelenes Nachthemd trug, auf zu spielen und rührte im Eintopf, wendete den Braten und stach in die Backkartoffeln. *Das ist sogar noch schöner, als am Hof zu spielen,* dachte Wallas. Als es an der Tür klopfte, tänzelte er hin und öffnete. Vor ihm stand Terikel.

»Ah, genau richtig zum Abendessen«, sagte Wallas mit einem Zwinkern, dem eine übertriebene Verbeugung folgte, und trat dann beiseite, um sie einzulassen.

»Äh, meine Herren, meine Dame, Laron ist draußen und will Euch mit einer Freundin von uns bekannt machen«, verkündete Terikel. »Sie wird mit uns reisen.«

»Nur herein, kommt alle herein. Es ist genug Essen für zehn da, der mächtige Wallas hat gekocht.«

Laron trat ein. Der blasse, raubvogelartig aussehende Jugendliche trug immer noch einen Wappenrock über einem Kettenpanzer, hatte aber den Helm unter den Arm geklemmt. Dann trat Velander ein. Sie trug einen Mantel, der alles außer ihrem Kopf und den Stiefeln verbarg.

»Danke für Angebot, aber schon habe gegessen, ich – Ihr!«

Andry und Wallas hatten Velanders Stimme von ihrer Begegnung in der dunklen Gasse in Palion bereits wiedererkannt und waren aufgesprungen und dabei zusammengestoßen. Velander konnte im Dunkeln sehen und hatte sich an ihre Gesichter erinnert. Andry erwog ernsthaft, durch den Schornstein zu flüchten, Feuer hin oder her. Er beschloss aber, es stattdessen mit dem Fenster zu versuchen. Dabei stieß er wieder mit Wallas zusammen, der sich für denselben Fluchtweg entschieden hatte. Wallas zerrte verzweifelt am Haken der Fensterläden, während Andry sich eine Flasche schnappte und sie vor sich hielt.

»Warum droht Ihr meiner Freundin mit der Bierflasche?«, fragte Laron, der schon ahnte, wie die Antwort lauten würde.

»Dieses Ding trinkt Blut!«, rief Andry.

»Flucht ist sinnlos, Velander ist dreimal schneller als alle Sterblichen«, erklärte Laron.

»Scheiß drauf, ich muss nur schneller rennen als Wallas!«, rief Andry.

»Dreckiger, schmutziger, widerwärtiger, stinkender Säufer!«, zischte Velander, jedoch ohne sich zu bewegen.

»Oh, aye, aber ich bin noch schlimmer«, brabbelte Wallas, der es gerade geschafft hatte, die Fensterläden zu öffnen.

»Ich kann nie furzen, wenn ich muss«, sagte Andry.

Durch einen Vorhang blinder Panik erinnerte sich Andry plötzlich an Jelene. Er zerrte sie aus dem Bett und schob sie in Richtung Fenster – in dem Wallas inzwischen festklemmte.

»Lauft, lauft, in die andere Richtung, sie kann nur einen von Euch verfolgen!«, rief Andry, ohne sich umzudrehen.

Jelene warf sich mit ihrem ganzen Gewicht gegen Wallas' Füße, und Fensterrahmen und Läden brachen aus der Wand und fielen zusammen mit Wallas nach draußen in die Dunkelheit. Jelene kroch hinter ihm her. Andry zog sich langsam in Richtung des Lochs zurück, das einmal ein Fenster gewesen war. Dann tauchte Jelene mit ihrem Wolfshund in der Tür auf und rief: »Fass sie, Fang!« Fang warf einen Blick auf Velander, drehte sich in einem Wirbel fliegender Beine um und floh mit eingeklemmtem Schwanz in die Nacht, wobei er Jelene hinter sich herzog.

»Ah, Ihr seid Velander also schon begegnet?«, fragte Laron, der ihre Gesichter damals in Palion nicht gesehen hatte.

»Der einzige Mann, den jemals gefangen habe, ich, aber nicht ertragen konnte«, knurrte Velander.

Komisch, dachte Andry. *Sie schwankt wie ein Betrunkener.* Andry hatte schon viele Betrunkene in seinem Leben gesehen und hielt sich für einen Experten darin, sie auf einen Blick zu erkennen.

»*Sie* haben Euch gerettet, Ehrwürdige Älteste?«, erkundigte sich Laron. »Ich meine, seid Ihr wirklich sicher?«

»Benutzt Eure Augen, Laron«, erwiderte Terikel und zeigte auf Andry. »Trotz seines Entsetzens hat er Jelene vor Velander beschützt. Dasselbe hat er für mich gegen die Throngarde getan.«

Es riecht nach Alkohol, stellte Andry fest. *Auch nach Verwesung, Schimmel und Blut, aber irgendjemand hat schwer getrunken. Terikel und Laron sind sicher auf den Beinen, bleibt ... der Dämon.*

Jelene kehrte schließlich mit einigen der mutigeren Angehörigen der Dorfmiliz zurück, aber man informierte sie rasch, dass alles in Ordnung sei, und schickte sie auf die Suche nach Wallas. Dieser wurde in einiger Entfernung an der Hauptstraße gefunden, immer noch mit dem Fensterrahmen um den Leib. Eine volle Stunde nach Velanders Erscheinen saß die Gesellschaft wieder vollständig versammelt in Jelenes Kate. Eine Decke hing vor dem Loch in der Wand, und Wallas war vom Fensterrahmen befreit worden.

»Ich würde Euch gern noch einmal vorstellen«, sagte Terikel. »Laron ist mit Velanders Bewachung beauftragt.«

»Das muss eine schwierige Aufgabe sein, die Leute vor ihr zu beschützen«, bemerkte Andry.

»Aye, äh, also ist er derjenige, der *keine* Leute isst?«, fragte Wallas.

»So etwas würde mir nicht mal im Tod einfallen«, erwiderte Laron mit einem winzigen Anflug von Spott.

»Natürlich gibt es immer noch einige sehr schlimme Männer, die versuchen mich zu töten«, fuhr Terikel fort.

»Ihr meint, die sind schlimmer als *sie*?«, sagte Andry und zeigte auf Velander.

»Eine Weile hat man gedacht, ich wäre auf der *Sturmvogel* umgekommen, aber meine Flucht ist entdeckt worden. Überall gibt es Verräter und Spione, sogar im Palast.«

»Vor allem im Palast«, fügte Wallas hinzu.

»Und Velander hat versprochen, sich um sie zu kümmern«, schloss Terikel mit einem verwirrten Blick auf Wallas.

»Wer sie auch sind, sie haben mein Mitgefühl«, sagte Andry.

»Velander geht es allerdings nicht gut«, sagte Laron.

»Bin tot«, erklärte Velander.

»Daher braucht sie eine Menge Schlaf. Wir drei Männer müssen die Verteidigung bilden, wenn Velander indisponiert ist.«

»Sie schläft viel?«, erkundigte Andry sich hoffnungsvoll.

»Ungefähr zwölf Stunden am Tag, wenn Miral untergegangen ist«, antwortete Laron.

»*Ihr* werdet natürlich vor Velander sicher sein«, sagte Terikel beruhigend mit einem Blick zu Andry.

»Würde nicht essen von ihm, auch wenn letzter Mann auf der Welt, er war – wäre«, murmelte Velander.

»He, habt Ihr gehört, was sie gesagt hat?«, rief Andry erleichtert.

»Vergesst das, was ist mit mir?«, rief Wallas.

»Velander und ich haben einen Wagen sichergestellt, und ich habe auch schon ein Pferd«, schloss Laron. »Ich schlage vor, dass wir uns heute Nacht richtig ausschlafen und morgen gleich bei Tagesanbruch nach Glasbury aufbrechen.«

Velander zog sich in den Wagen zurück, alle anderen schliefen in Jelenes Kate. Wallas musste auch auf dem Boden liegen, denn Jelene war von seinem keineswegs heroischen Verhalten beim Auftauchen Velanders nicht sonderlich beeindruckt gewesen. Bei Anbruch der Dämmerung entschädigte Terikel Jelene für das ruinierte Fenster, während die anderen den Wagen beluden. Laron und Terikel standen hinter Wallas, als dieser vor dem örtlichen Vertreter des Magistrats im Dorf eine eidesstattliche Aussage darüber machte, er sei nicht Jelenes Ehemann und der andere Wallas seines Wissens nach nicht mehr am Leben. Daraufhin wurde Jelene als Witwe ins Dorfregister eingetragen.

Andry wusch sich gerade das Gesicht im Pferdetrog, als Jelene ihn zu sich rief. Er ging zu ihrer Kate und fand sie damit beschäftigt, aus einem der großen Krüge Wallas' Weinschlauch aufzufüllen. Der andere Schlauch lag bereits gefüllt neben ihr.

»Jetzt, wo mein Ehemann tot ist, brauche ich die hier nicht mehr«, erklärte sie. »Die sind für Eure Reise. Ihr könnt auch so viele von den übrigen Krügen mitnehmen, wie Ihr wollt, wenn die Schläuche voll sind.«

»Für uns?«, rief Andry.

»So viele, wie Ihr tragen könnt. Den Rest verkaufe ich dann. Setzt Euch, Mylord, ruht Euch einen Moment aus und redet mit mir.«

»Was wird jetzt aus Euch?«, fragte Andry, der vermutete, dass sie darüber mit ihm reden wollte.

»Ich habe etwas Geld zur Seite geschafft und versteckt. Raffin sucht oft Vorwände, um mich zu besuchen, und leiht sich oft Dinge, die er gar nicht braucht. Und besucht mich dann wieder, um sie zurückzugeben. Eines Abends irgendwann demnächst werde ich ihm sagen, dass seine Hose geflickt werden muss, auch wenn sie es gar nicht nötig hat.«

»Na, dann ist ja alles gut«, sagte ein sehr erleichterter Andry. »Dann bringe ich wohl besser diesen Schlauch zum Wagen.«

»Ich würde Euch auch gern das hier geben«, sagte Jelene. »Es ist ein Reisenähzeug, damit Ihr unterwegs auch ordentlich aussieht. Ich hab es für Wallas gekauft, für meinen Wallas, aber er wollte es nicht benutzen.«

»Frauen versuchen immer, mir solche Sachen zu geben«, sagte Andry, der einen heftigen Stich der Verzweiflung verspürte. »Es ist mir schleierhaft, warum Ihr wollt, dass ich nähe anstatt ... Aber in Ordnung, gebt her, und habt Dank dafür.«

Er verstaute die kleine Stoffrolle unter dem Gürtel.

»Andry, ich fühle mich irgendwie schlecht!«

»Krank, meint Ihr?«

»Nein, aber ... Wenn Ihr auch nur ein wenig Interesse gezeigt hättet in der ersten Nacht, dann wäre ich durchaus nicht abgeneigt gewesen ... freundlicher zu Euch zu sein.«

»Oh«, brachte Andry hervor, den jetzt die Aussicht beunruhigte, seine unausgesprochene Klage könne Gesprächsthema werden. »Nun, das ist sehr schmeichelhaft, nehme ich an.«

»Ich wollte nämlich nur nicht anmaßend sein. Irgendwie keine Grenzen überschreiten, wo Ihr doch ein verkleideter edler Herr seid und alles.«

»Ich bin kein edler Herr, Jelene. Wallas und Laron sind hier die einzigen edlen Herren.«

»Das stimmt nicht, Ihr seid wirklich und wahrhaftig ein edler Herr, Andry, und könnt es nicht verbergen«, sagte sie, während sie ihm die Hand drückte. »Ihr habt mein Leben verändert.«

Andry errötete und erhob sich schnell mit dem Weinschlauch. Er drehte sich zur Tür um – in der Wallas stand. Wallas zog eine finstere Miene, dann stiefelte er in Richtung Wagen.

»Was hat er wohl gehört?«, fragte Jelene, die plötzlich blass geworden war.

»Wenn es nur der Teil war, dass ich Euer Leben verändert habe, könnte er das Schlimmste annehmen«, antwortete Andry.

Andry hatte einigen Anlass zum Nachdenken, als Laron den rumpelnden Wagen aus dem Dorf lenkte. Er war mit einem edlen Herrn verwechselt worden, und Wallas stand unter dem falschen Eindruck, er habe einige Zeit in Jelenes Bett verbracht. Andry war nicht sicher, welcher Gedanke ihm mehr behagte.

Ein edler Herr. Andry Tennoner aus der Pokewossitgasse 5 in Barkenwerft, Alberin. *Ein edler Herr wie ... ja ...* Andry wurde klar, dass er keinen edlen Herrn kannte. Da war natürlich Laron und vielleicht auch Wallas, aber der benahm sich eigentlich nicht wie ein edler Herr. Laron hatte eine gebildete Stimme, und er schien sogar die Tochter des toten Kaisers zu kennen. Trotzdem reiste er mit einem räuberischen Unhold durch die Lande, der roch wie ein Haufen Unrat und Müll hinter einer Taverne. Taten edle Herren so etwas?

Andry machte sich auch über Velander Gedanken. Laron hatte erklärt, sie schlafe unter einem Haufen Decken auf dem Boden des Wagens und werde erst aufwachen, wenn Miral wieder aufging. Andry trank einen Schluck Wein aus einem der Krüge, stellte fest, dass er sauer geworden war, und warf ihn auf ein Feld am Straßenrand.

»Der war von meinem Weinvorrat«, brummte Wallas.

»Tja, dein Wein ist verdorben«, antwortete Andry und griff nach einem anderen Krug.

»Betrunkener Tölpel«, murmelte Wallas, der aber nichtsdestoweniger selbst an einem Weinschlauch nuckelte.

»Ich erleichtere dem Pferd nur die Arbeit«, antwortete Andry fröhlich.

»Du würdest sie ihm noch mehr erleichtern, wenn du dich gleich mit vom Wagen stürzt.«

»Oh, aye, aber du wiegst mehr.«

»Hört auf damit, Ihr beiden«, rief Laron, ohne sich umzudrehen.

Andry entkorkte den Krug, trank einen Schluck, griff dann nach Wallas' Brettleier und spielte »Zur Hölle mit dem Fuhrmannsjungen«.

»Erst benutzt er meine Frau und dann meine Leier«, brummte Wallas mürrisch.

»Du bist nicht geblieben, um deine Frau gegen den Unhold – äh, ich meine gegen Lady Velander – zu verteidigen.«

»Und du bist nur geblieben, um sie zu verteidigen, weil ich im Fenster festsaß.«

Auf eine merkwürdige Art und Weise ist auch Velander ein edler Herr, sagte eine Stimme in Andrys Kopf. Er dachte darüber nach. Tatsächlich hatte sie etwas Nobles an sich und war in einem gewissem Sinn fast tragisch. Vielleicht sah Laron etwas in ihr, das andere nicht wahrnahmen. Vielleicht gehörte es dazu, ein edler Herr zu sein, dass man Dinge sehen konnte, die anderen verborgen blieben. Eine Gruppe Bauern winkte und klatschte zu Andrys Spiel, als der Wagen an ihnen vorüberfuhr. Wallas warf ihnen einen vollen Weinkrug zu.

»Das war einer von meinen«, sagte Andry.

»Der Wein ist von *meiner* Frau, also ist es *mein* Wein.«

»Sie war nicht mehr deine Frau, als sie uns den Wein gegeben hat, also gehört er uns allen.«

»Dann nehmt einfach an, dass es ein Krug von meinem Anteil war und lasst es dabei bewenden«, sagte Laron, ohne sich umzudrehen.

»Euch gehört überhaupt kein Anteil«, sagte Wallas.

»Wenn Ihr zwei nicht mit der Zankerei aufhört, nehme ich Krüge von beiden Eurer Stapel und werfe sie auf die Straße!«

Inzwischen hatten sich die fünf so weit voneinander entfernt wie auf dem kleinen Wagen nur eben möglich. Andry und Laron saßen auf dem Wagenbock, Andry spielte, und Laron konzentrierte sich aufs Fahren. Terikel lag auf der Ladefläche unter einer Decke und versuchte, außer Sicht zu bleiben. Wallas saß auf der Ladeklappe, ließ die Beine herunterbaumeln und schaute auf die Straße, die sie hinter sich ließen. Velander lag irgendwo tief unter ihren Lebensmitteln, Gepäck und Wein auf der Ladefläche. Andry dachte wieder daran, was Jelene zu ihm gesagt hatte. *Ein edler Herr. Andry Tennoner, der edle Herr.* Es war fast so, als spreche ein anderer in seinem Kopf.

»Äh, Mylord?«, sagte Andry, ohne sein Spiel zu unterbrechen.

»Nur Laron«, antwortete Laron.

»Oh, aye, dann Laron. All diese Lanzenreiter, waren das edle Herren?«

»Alle sind edle Herren, und einige von ihnen sind noch dazu sogar edel.«

»Oh, aye. Also, äh, wie ist das? Ist man edel, wenn man auf dem Weg ist, ein edler Herr zu werden?«

»Bei einigen ist das so, ja. Man kann den Titel eines edlen Herrn *kaufen*, aber edel muss man *sein* – und das kostet nichts.«

Plötzlich klickte etwas in Andrys Kopf. Wallas war zwar ein edler Herr, aber er konnte sich – wie Laron es ausgedrückt hatte – wie ein unritterlicher Dreckskerl benehmen. Andry wusste zwar nicht, was »unritterlich« bedeutete, aber es hörte sich nach Wallas an.

»Ist ›ritterlich‹ so etwas wie, äh, edel?«, fragte Andry.

»O ja.«

»Aha, tja, das ergibt dann einen Sinn. Und, äh, was muss man machen, um edel zu sein?«

»Nun ja, ... zuerst braucht man Manieren.«

»Oh, aye, Manieren, sagt Ihr?«

»Ja.«

»Was ist das?«

Laron brauchte ein wenig Zeit, um den Begriff der Manieren zu erklären. Schließlich führte er spezifische Beispiele an. Andry überschüttete ihn mit einem Haufen grundsätzlich sinnvoller Fragen. Laron dehnte seine Lehrstunde auf Etikette und gesellschaftliche Kultiviertheit aus. Auf den nächsten zehn Meilen lernte Andry die Grundlagen des angemessenen Umgangs eines Gardisten mit Gemeinen, Gleichgestellten, Offizieren, Adeligen, Vasallen, Herrschern, ausländischen Herrschern, Geistlichen und Kriegsgefangenen. Die Tischsitten bereiteten ihm größere Probleme, weil Andry seine Mahlzeiten kaum jemals an einem Tisch eingenommen hatte. Laron hatte das Thema Verbeugen und Schnörkel erreicht, als Andry sich voller Begeisterung vom Bock erhob, eine förmliche Verbeugung versuchte und vom Wagen fiel.

Die nächsten fünf Meilen lag Andry auf der Ladefläche und kümmerte sich um seine Schrammen. Dann erwachte Velander, tauchte aus dem Durcheinander auf und fauchte ihn an. Andry zog sich hastig auf den Wagenbock zurück. Laron reichte ihm die Zügel.

»Wenn man gegen jemanden kämpfen muss, ist es sehr wichtig, richtig zu grüßen«, erklärte Laron und zog seine Axt.

»Zu grüßen?«, sagte Andry.

»Ja, zu grüßen. Was macht *Ihr*, bevor Ihr Euch in einen Kampf stürzt?«

»Oh, ich schreie ›Na los, na los, worauf wartest du? Deinen Mumm hat wohl die Katze gefressen?‹«

»Äh, der Gruß ist etwas förmlicher«, sagte Laron mit einem leicht gequälten Gesichtsausdruck. »Ihr zieht die Axt mit der linken Hand, fasst den Schaft mit der rechten Hand, haltet sie senkrecht, so dass der linke Arm an der Seite ist und die rechte Faust an der linken Schulter, und nehmt sie dann hoch in die Ausgangsstellung, wie sie Eure spezielle Schule des Axtfechtens gelehrt hat.«

»Äh, ich habe das Axtfechten nicht in der Schule gelernt«, wandte Andry ein.

»Ich ... Oh! Aber Ihr seid zur Schule gegangen?«

»Oh, aye, ich kann lesen und schreiben, Alberinisch und Diomedanisch. Aber nicht allzu gut, wohlgemerkt. Ich kann auch zählen und zusammenrechnen. Sargolanisch habe ich in Tavernen gelernt, so von Seeleuten.«

»Das bringt mich auf eine Idee«, sagte Laron. »Die Älteste hat etwa die gleiche Größe wie Ihr und trägt die Uniform eines Reisegardisten.«

»Aye.«

»Aber Ihr wärt ein überzeugenderer Gardist. Schließlich könnt Ihr mit einer Axt kämpfen, während sie mit einer Waffe eher sich selbst verletzen würde als einen Feind. Wenn sie mit Zauberformeln kämpfen würde, wüssten die Leute sofort, dass sie eine Zauberin ist, und das hätte uns gerade noch gefehlt. Aber wenn wir sie in Eure Sachen stecken und Euch als Gardist ausstaffieren, sehen wir eher so aus, wie wir aussehen wollen.«

»Und das wäre?«

»Ein Proviantkarren, der hinter dem Haupttrupp der Reisegarde hinterherfährt. Ein Wagen wird immer von zwei Gardisten begleitet.«

Gegen Abend war Andry bereits wie ein Gardist gekleidet, und Terikel hatte Andrys Sachen angezogen. Terikel wirkte völlig demoralisiert, als Laron ihr erklärte, all das sei nur zu ihrem Besten. Andry versuchte, seine neu erlernten Tischmanieren praktisch anzuwenden, obwohl es keinen Tisch gab. Sie aßen Wallas' Mahlzeit aus Bohnen und geschnetzeltem Fleisch von Zinntellern und mit kleinen sargolanischen Essschaufeln sowie ihren normalen Messern. Andry schnitzte etwas, das wie eine Schaufel aussah, und machte sich damit über sein Essen her. Es war ein wenig schwieriger, als das Essen einfach nur mit einem Stück Brot vom Teller in den Mund zu schieben. Sein Stück Fleisch rutschte vom Teller und fiel in den Dreck. Er spülte es mit Wein ab und schob es sich in den Mund. Laron schüttelte den Kopf.

Während Andry Wallas beim Abwaschen des Kochgeschirrs half, registrierte er den vertrauten Geruch nach nassem Teppich, Schimmel und Alkohol. Es dauerte nicht lange herauszufinden, in welchem Schatten Velander lauerte. Inzwischen sah Andry in ihr eher einen großen und übellaunigen Wachhund: Solange jemand die Leine hielt, brauchte man sich nur außerhalb ihrer Reichweite aufzuhalten.

»Du hast meine Frau gepimpert«, murmelte Wallas, als sie am Ufer eines schlammigen Bachs knieten und die Töpfe mit einer Handvoll Gras ausscheuerten. Terikel trocknete sie ab und packte sie dann zurück auf den Wagen.

»Sie war nicht deine Frau«, antwortete Andry, dem es Spaß machte, den Mythos der Verführung fortzusetzen, die niemals stattgefunden hatte.

»*Sie* hat gedacht, sie wäre es.«

»*Sie* wollte dich auch vergiften.«

»Also bist du mit ihr ins Bett gegangen. Inwiefern sollte mich das retten? Also rede keinen Unsinn.«

»Aber sie wollte dich wirklich vergiften.«

»Warum hast du mich dann nicht gewarnt?«

»Wir wollten kein Aufsehen ...«

»Oh, das ist ja ganz reizend. Mein Leben steht auf Messers Schneide, und *du* willst kein Aufsehen.«

»... also habe ich dir geraten, dich zu betrinken.«

»Wie sollte das helfen? Sie hätte mir die Lippen öffnen und mir das Gift einfach einträufeln können.«

»Ich habe sie eine Weile ... abgelenkt«, sagte Andry.

»Was ist eine Weile?«

»Oh, eine Viertelstunde.«

»Was? Du dreckiger Schuft, du hast meine Frau gepimpert! Du hast es wirklich getan.«

»Werdet Ihr beiden niemals aufhören zu streiten?«, fragte Terikel, die auf das Geschirr wartete, das nun nicht mehr abgewaschen wurde.

»Er war nicht mit ihr verheiratet, er hat beim Magistrat geschworen ...«, begann Andry.

»Ich glaube, Ihr meint, er hat eine eidesstattliche Erklärung abgegeben«, sagte Terikel.

»Jedenfalls *dachten* die Leute, ich wäre mit ihr verheiratet«, fuhr Wallas fort. »Er hat mich gedemütigt und mir vor all diesen Leuten Hörner aufgesetzt.«

»Du wirst diese Leute nie wiedersehen«, lachte Andry.

»Wie meinst du das? Drei von ihnen sind hier – vier, wenn wir dich als Person mitrechnen.«

»Warte ein oder zwei Wochen, dann bist du auf dem Weg irgendwohin, wo dich niemand kennt.«

»Ihr wart noch nie zuvor in Harrgh, Wallas, oder?«, erkundigte sich Terikel.

»Nein, offensichtlich nicht«, gab er zu.

»Wallas ist wirklich tot, oder nicht?«

»Ich habe ihn nicht getötet. Ich habe noch nie jemanden getötet – nur diesen Gardisten.«

»Also! Ihr seid jemand anders, der nur aussieht wie Wallas.«

»Nun ja, in gewisser Weise könnte man das sagen.«

»Ihr seid jemand mit passablem Talent und sehr gebildet. Ihr kommt leicht mit Leuten ins Gespräch, wie ein Höfling aus dem Palast. Ihr seid jemand, der ein Dutzend Instrumente spielen kann, sich aber auf die Brettleier spezialisiert hat.«

»Jemand, der Balladen so schlecht vorträgt, dass sie schon wieder lustig sind«, warf Andry ein.

»Jemand, der des Mordes beschuldigt wird, bisher aber noch nicht gesagt hat, wen er ermordet haben soll«, schloss Terikel vielsagend.

Plötzlich wich Andry vor Wallas zurück und ließ dabei einen Zinnteller fallen.

»Sag mir, dass du den Kaiser nicht getötet hast«, rief er.

»Ich habe den Kaiser nicht ...«

»Du lügst!«

»Na, du hast mir doch gesagt, ich soll ...«

»Du bist ein Meister-Attentäter ... Du Schwein! Du hast mich ganz allein gegen die Throngardisten kämpfen lassen!«

»Ich habe einen getötet.«

»Aye, und ich musste drei erledigen, und sogar Mylady hier musste einen übernehmen. Du bist ein Meister-Attentäter, du hättest alle fünf erledigen können – du hättest sie zum Beispiel mit einer deiner schrecklichen Balladen zu Tode langweilen können.«

»Will irgendjemand gerne meine Darstellung hören?«, rief Wallas.

»Es sollte besser die Wahrheit sein«, warnte ihn Andry. »Also, wer bist du?«

»Ich bin ... Ach, du würdest mir ja doch nicht glauben.«

»Versuch's doch einfach!«, schnauzte Andry.

»Ich bin Milvarios von Tourlossen«, verkündete er großartig, »Kaiserlicher Musikmeister ...«

Weiter kam er nicht. Andry brach in einem beinah hysterischen Lachanfall am schlammigen Bachufer zusammen. Irgendwo im Schatten in der Nähe kicherte sogar Velander.

»Ich habe ja gesagt, du würdest mir nicht glauben«, sagte Wallas verdrossen.

»Erzähl mir mehr«, keuchte Andry und erhob sich wieder.

»Er – der wirkliche Attentäter – kam durch einen Geheimgang in meine Gemächer. Er hatte mein Gesicht! Er hat mich gefesselt, aber ich habe die Seile weggebrannt.« Wallas zeigte die Brandnarben an den Handgelenken vor. »Er sagte, er hätte einen Zauberspruch benutzt, um sein Gesicht in meins zu verwandeln.«

»War aus toreanischer Assassinen-Gilde, er«, sagte Velander. »Gestaltwandler, war Name. Mächtige Zauber, benutzen sie, äh, um Gesicht zu verändern.«

»Ja, ja, das hat er gesagt!«, bestätigte Wallas eifrig.

»Gestorben sind alle, sie, als Torea geschmolzen ist, aber ... vielleicht war in Übersee, einer. Ein Auftrag. Großer Auftrag. Aber heißt Ärger. Waren Scherz, Gestaltwandler. Nach Töten, leicht zu fangen. Gesichter ... Verdammt, wie heißt Wort? Wollten? Wünschten? Suchten?«

»Brauchten?«, fragte Andry.

»Ja. Brauchten ein Jahr zum Erholen, um wieder Gesicht zu ändern. Sehr oft gefangen und getötet wurden bei Warten, sie. Vielleicht hat recht, Wallas.«

»Ihr könnt ihm doch nicht glauben!«, rief Andry. »Seine Balladen sind schrecklich.«

»Herrje, du ...«, knurrte Wallas.

»Ha! Meistermusikant, verkleidet, spielt nicht gut als Teil der Verkleidung?«, fragte Velander, dieses Mal mit einem Hohnlächeln in Wallas' Richtung. »Prinzessin Senterri zu mir gesagt hat, am Hof von Palion, man sagt jetzt, äh, ›Hurra, Milvarios weg ist, keine langweiligen Balladen mehr‹.«

»Bei Mirals Ringen, also stimmt es doch!«, rief Andry.

»Dagegen muss ich mich verwahren!«, rief Wallas.

»Hat Attentäter, äh, für die Wachen gelassen, Euch, damit sie finden können, Euch?«, fragte Velander.

»Ja, aber ich habe mich in dem Geheimgang versteckt und den Eingang versperrt. Er saß in meinen Gemächern in der Falle und ist von der Throngarde getötet worden. Während ich im Geheimgang kauerte, habe ich die Verkleidung entdeckt, die der Attentäter für sich dort versteckt hatte. Vielleicht hätte ich hervorkommen und meine Geschichte erzählen sollen, aber hätte man mir geglaubt?«

»Nein!«, rief Andry.

»Siehst du? Siehst du? Du hättest mich auch getötet. Ich hatte das Gesicht des Attentäters – oder vielmehr er hatte mein Gesicht.«

»Vielleicht Gestaltwandler ... vernünftig. Tötet Wallas. Echten Wallas. Lebt als Wallas. Hat Wallas' Gesicht.«

»Aber Jelenes Wallas hatte eine gewisse Ähnlichkeit mit mir!«, rief der ehemalige Musikmeister des verstorbenen Kaisers. »Vielleicht haben alle Gestaltwandler ihre Morde auf diese Art ausgeführt. Vielleicht ist überhaupt *nie* ein Gestaltwandler gestorben. Dutzende von unschuldigen Höflingen und Wachen könnten getötet worden sein, während die Attentäter flohen, aber es gab keine verdächtigen Fremden, die sich aus der Gegend davongemacht hätten. Die Attentäter hatten vielleicht eine andere Identität angenommen, mit Freunden, Familien, Herren und Bediensteten und allem, und keinem war klar, dass die Person, die sie kannten, tot war und sie stattdessen mit einem Fremden zusammenlebten.«

Wallas hielt inne, von seiner eigenen Argumentation beeindruckt.

»Herzlichen Glückwunsch, Wallas«, sagte Terikel.

»Oh, äh, wie meint Ihr das?«, fragte er mit einem breiten Lächeln.

»Vielleicht habt entkleidet, äh, offengelegt bestes Geheimnis von Torea, Ihr«, warf Velander ein. »Bevor Torea geschmolzen ist, jedenfalls. Wie geflohen sind, Gestaltwandler.«

»Also warst du wirklich Kaiserlicher Musikmeister?«, sagte Andry.

»Ich hatte die Ehre.«

»Aber ebenso gut könnte ich Kaiserlicher Musikmeister sein, wenn man so wenig Talent dafür braucht. Ich habe schon Hunde auf der Straße melodischer kotzen hören, als du klingst, wenn du deine Balladen singst.«

»*Du* kannst das auch ganz gut!«, schnauzte Wallas ihn an. »Aber gut, warum bist du dann nicht Musikmeister bei irgendeinem König?«

»Mangel an Bädern«, schlug Velander vor, aber Andry schenkte ihr keine Beachtung.

»Ich habe gesehen, wie seine Balladen innerhalb von einem Dutzend Atemzügen ganze Tavernen leer gefegt haben«, rief Andry. »Sogar Betrunkene, die schlafend auf dem Boden lagen, sind aufgestanden und nach draußen gekrochen.«

»Perlen vor die Säue, was hast du erwartet?«

»Diese Säue waren meine Freunde!«

»Aber trotzdem Säue!«, brüllte Wallas, warf einen Topf nach Andry und stieß ihn in den Bach.

Wallas platschte hinter Andry ins Wasser, und kurz darauf flogen die Fäuste. Wallas war stärker und größer, aber Andry hatte schon an vielen Tavernenschlägereien teilgenommen. Schnell hatte Wallas eine blutige Nase und ein eingerissenes Ohr. Er ließ sich mit vor das Gesicht geschlagenen Händen im Wasser auf die Knie fallen und gab auf. Andry watete triumphierend mit verschränkten Armen ins Trockene. Velander erhob sich und betrachtete Andry von oben bis unten. Plötzlich war er sich sehr bewusst, dass er tropfnass und schlammverschmiert war.

»Schmutzig, stinkend, albern«, sagte sie. Dann glitt sie zurück in den Schatten.

Madame Jilli blickte beim Geräusch eines höflichen Hustens von ihrem Buch auf. Ein Bild von der Größe und Gestalt einer Person stand vor ihr und verwandelte sich langsam von einem Kämpfer in einen zerlumpten Bauern.

»Madame Jilli, nicht wahr?«, sagte ein kleines Mädchen mit einem Blumenstrauß in der Hand.

»Äh, aye.«

»Ich bin Wandel«, erklärte ein Wachmann, der sich auf seinen Speer stützte.

»Wie der Gott?«, keuchte sie, während sie sich erhob und knickste.

»Ja, ja, genau der«, antwortete ein älterer Zauberer. »Wo ist dieses angeworbene Fährmädchen?«

»Das Fährmädchen? Die hat gesagt, ihr Vertrag wäre ausgelaufen.«

»Verdammnis!«, rief eine Priesterin in schneeweißen Gewändern. »Mein Sekretär muss sie aus der Kasse für Kleinstprojekte anstatt aus dem Lohnfonds bezahlt haben.«

»Es tut mir leid, das zu hören«, sagte Madame Jilli und faltete die Hände, damit sie nicht mehr zitterten.

»Schon wieder!«, sagte ein mit Lumpen bekleidetes Skelett. »Ich muss Euch sagen, dass sich da draußen langsam eine Schlange bildet.«

»Ich wünschte, ich könnte helfen«, sagte Madame Jilli mit dem Schimmer einer Idee. »Im Limbus ist es auf die Dauer etwas langweilig.«

»Stimmt«, sagte ein nackter Säugling mit einem Stoffbären in den Händen. »Lernt Ihr gerne neue Leute kennen?«

»Ich habe mein Leben damit verbracht, neue Leute kennen zu lernen«, antwortete Madame Jilli.

»Und Dienste angeboten?«, fragte eine Bauchtänzerin.

»Ich habe mehr Seelen bedient, als ich mich erinnern kann«, gestand Madame Jilli.

»Ihr werdet nicht seekrank, oder?«, fragte ein älterer Mann, dessen Bart ihm bis zu den Knien reichte.

»Ich war schon als kleines Mädchen mit Seemännern zusammen.«

»Und warum seid Ihr hier?«, fragte ein Arbeiter mit einer Spitzhacke auf der Schulter.

»Ich bin nicht anständig gestorben.«

»Ausgezeichnet!«, rief ein Tavernenwirt. »Möchtet Ihr Euch ein paar Münzen verdienen und viele Leute kennen lernen? Eurer Welt steht reichlich Wandel bevor, und ich bin gerade knapp an Fährmädchen.«

Madame Jillis erster Kunde war ein Bauer, der seine Münzen schon bereithielt. Horvessol war nicht auf den Anblick eines schneeweißen Stakkahns vorbereitet, der noch dazu von einer Frau in einem roten Abendkleid mit einem Schlitz bis zur Taille gesteuert wurde. Nach allem, was Horvessol erkennen konnte, war der Schneiderin im Bereich der Brust der Stoff ausgegangen, und sie hatte dann versucht, ihre Arbeit mit einem kurzen Stück roter Seidenspitze fertigzustellen.

»Laut Reiseregister wird es für Euch Arcadia, Horvessol«, sagte sie fröhlich und stieß den Kahn mit einer schneeweißen Stange vom Ufer ab. »Und wie seid Ihr gestorben?«

»*Ihr* wisst das nicht?«, fragte der erstaunte Geist des Bauern.

»Äh, nein, ich fürchte nicht. Das neue Boot ist gerade erst ausgeliefert worden, und ich hatte noch keine Zeit, die Lebensübersichten zu lesen.«

»Ach? O ja, ein sehr schönes Boot, wirklich.«

»Also, wie seid Ihr gestorben?«

»Eine blutsaugende Bestie hat mir den Hals aufgeschlitzt, als ich von der Taverne nach Hause gehen wollte.«

»Wirklich? So etwas hört man dieser Tage öfter.«

Andry wusch sorgfältig den Schlamm von Hose und Wappenrock, während sein Gesicht vor Scham brannte. Er hatte geschrien wie ein Fischweib und sich wie ein Gemüsehändler geprügelt. *An dieser Prügelei war nichts Nobles,* ging ihm immer wieder durch den Kopf. Um allem noch die Krone aufzusetzen, konnte er sein Verhalten noch nicht einmal damit entschuldigen, betrunken gewesen zu sein. Velander war dabei gewesen und hatte alles gehört. Andry hatte kein Problem damit, sich vor seinen Freunden zum Narren zu machen, aber er war etwas empfindlich in Bezug darauf, wie er auf Leute wirkte, die er nicht leiden konnte. Er war stolz als Lanzenreiter einhergeschritten ... *nein, als Lanzenreiter verkleidet,* machte er sich klar. Was hatte Jelene erst letzte Nacht noch über ihren richtigen Ehemann gesagt? Er hätte sich in drei Monaten nicht so verändern können. All das kam ihm sehr schwierig vor. Ein Gemeiner konnte sich in drei Monaten nicht einmal so verändern, dass er zumindest Wallas ähnelte.

Sein Wappenrock und die Hose trockneten auf Stöcken über glühenden Kohlen, während er die Stiefel vom Matsch säuberte. Schließlich wusch Andry sich nackt im kühlen Wasser des Bachs, auch die Haare. Mit der Messerspitze kratzte er den dicken Lehm unter den Fingernägeln weg und saß dann zitternd da, während seine Kleidung trocknete. Samtweiche Schritte näherten sich von hinten, dann fielen seine alte Hose und Jacke neben ihm auf den Boden. Als er hochschaute, stand Velander vor ihm.

»Sich Sorgen macht, Laron«, sagte sie in einem Tonfall, der keinen Zweifel daran ließ, dass *sie* sich keine machte. »Sagt, bekommt Erkältung, Ihr.«

Andry ging in Gedanken die nachmittäglichen Lehrstunden

über Manieren durch und suchte nach den richtigen Worten, mit denen ein kalter, nasser, nackter Mann einer toten, gefährlichen und übernatürlich starken Frau antworten konnte, die ihm gerade Kleidung zum Wechseln gebracht hatte.

»Aye, danke«, sagte er nach einem Moment.

»Stehen Euch besser, die alten Kleider«, sagte Velander leicht gereizt.

Andry hob seine alte Hose und Jacke auf. Velander hatte recht, die Kleidung wies ihn als das aus, was er wirklich war – Andry Tennoner aus Barkenwerft. Eine Stimme in seinem Kopf sagte, *Geh nicht zurück*. Die Worte waren so klar vernehmbar, dass Andry sich umschaute, ob sich vielleicht jemand zu ihnen gesellt hatte. Geh nicht zurück. Andry war sich nur allzu bewusst, was diese Worte bedeuteten, und nach kurzem Zögern ließ er die alten Kleider auf die Kohlen fallen. Zuerst schwelten sie nur, dann brannten sie. Er schaute hoch zu Velander, die erstaunt aussah und sichtlich schwankte. Sogar aus mehreren Fuß Entfernung konnte er riechen, dass sie eine frische Alkoholfahne hatte.

»Also, was trägt die Älteste Terikel jetzt?«, fragte Andry.

»Habe betrunkenen Bauern erwischt, ich, zwei Meilen entfernt, als aus Taverne kam, er. Habe Hals aufgeschlitzt, ihm, und sein Blut getrunken. Kleider abgenommen, ihm, für Älteste Terikel zum Anziehen.«

Andry schwirrte einen Moment der Kopf. Mehr grenzenlose Empörung als Wut kochte in ihm hoch.

»Ihr habt einen Mann wegen seiner Kleidung getötet?«, rief er.

»War hungrig. War Beute, er.«

»Hungrig? Blödsinn! Für Euch war er ein Weinschlauch auf zwei Beinen.«

»War betrunken. Sind böse, Betrunkene. Laron hat beigebracht das, mir. Welt wird besser, wenn mich nähre daran, ich.«

»Laron?«

»Laron kümmert sich! Führt mich, unterrichtet mich. Laron versteht. Muss töten, um zu essen, also töte Böse, ich, nähre nur von Bösen, mich.«

»Böse? Ihr seid nur ein Säufer auf der Suche nach billigem Wein.«

»Kann nur Blut trinken!«

»Aber Euch dürstet nach dem Blut von Betrunkenen!«

»*Ihr* seid Trinker!«, fauchte Velander mit einem wesentlich gefährlicheren Gesichtsausdruck als üblich.

»Falsch! Seit zehn Tagen trinke ich nur so viel Wein, dass das Zittern aufhört. Bald ist es nur noch ein Schluck, dann ein Nippen, und irgendwann trinke ich nur noch, wenn ich *will*, und nicht mehr, wenn ich *muss*. Ihr seid selbst ein Trinker, aye, und Ihr seid böse. Daran führt kein Weg vorbei.«

»Kein Trinker!«

»Denkt Ihr, ich kann einen Trinker nicht erkennen? Außerdem, was war böse an einem Bauern, der nach ein paar Halben aus der Taverne nach Hause ging?«

»Ist nach Hause gegangen und wollte schlagen Frau, vielleicht.«

»Ihr wisst noch nicht einmal, ob er verheiratet war!«, rief Andry.

Mit erstaunlicher Geschwindigkeit schoss Velanders Hand vor und legte sich um Andrys Hals. Sie zog ihn auf die Beine und sein Gesicht ganz nah an ihres heran. Ätherische Reißzähne leuchteten in ihrem offenen Mund, und der Gestank nach Blut, Verwesung und Alkohol drang Andry in die Nase, während sie ihn mit aufgerissenen und verstört blickenden Augen anstarrte – und dann zitterte ihre Hand.

»Helft mir!«, flüsterte Velander, dann warf sie Andry beiseite und floh in die Dunkelheit.

Am folgenden Tag machten sie in einem Dorf halt, in dem Laron ein sanftmütigeres Pferd als seinen Hengst kaufte, um den

Wagen zu ziehen, und zusätzlich ein Pferd für Andry. Auf dem Markt kauften sie auch ein paar sorgfältig ausgewählte Kleidungsstücke. Als sie das Dorf verließen, trugen Wallas und Terikel rote Halstücher und rote Armbinden, die sie als neue Rekruten der Kaiserlichen Straßenmiliz und Milizsoldaten ohne feste Einheit auswiesen. Wallas richtete außerdem sein gesamtes Augenmerk darauf, ganz allgemein den Wagen lenken zu lernen und besonders das Pferd davon zu überzeugen, nicht alle hundert Schritte am Straßenrand anzuhalten, um zu grasen. Andry und Laron saßen zu Pferde und trugen die Uniform, Rüstung und Farben der Reisegarde.

»Ich fürchte, ich werde immer nur ein zänkischer Vagabund bleiben, obwohl ich gerne über solchen Dingen stünde«, vertraute Andry Laron an, während sie in einiger Entfernung vor dem Wagen nebeneinander ritten.

»Ein Wort dazu, was ›Ritterlichkeit‹ bedeutet.«

»Äh, aye?«

»Sie ist ein wenig so wie Ehre.«

»Oh, aye, Ehre kenne ich. Das ist so, als ob zum Beispiel irgendein Schwerenöter Eurer Schwester einen Braten in die Röhre schiebt und sie dann nicht heiraten will und Ihr dann zur Axt greift und ihn Euch holt. Das habe ich so mit Branny Caulker gemacht, als er meine Schwester Kellen ...«

»Ja, das ist zwar eine enge, aber intensive Auslegung des Begriffs, aber würdet Ihr vielleicht gern etwas darüber hören, was es heißt, ›ritterlich‹ zu sein, Andry? Das würde eine Weile dauern.«

»Wozu sollte das gut sein? Ich wäre dennoch ein Flegel ohne jede Aussichten.«

»Die Kaiserliche Miliz bietet Aussichten. Mit Euren Erfahrungen als Zimmermann, guten Manieren sowie Eurer mutigen Art zu kämpfen könntet Ihr eines Tages Konstrukteur bei der Miliz werden.«

»Aber ich bin noch nicht einmal *in* der Miliz«, hob Andry hervor.

Laron ritt eine Minute lang gedankenverloren weiter, dann hob er die Hand. Sie hielten an. Andry schaute sich um, konnte aber nichts Verdächtiges oder Bedrohliches erkennen. Laron stieg ab. Andry folgte seinem Beispiel, und Wallas stieg vom Wagen, um zu fragen, was passiert sei.

»Wollt Ihr, Andry Tennoner, in die Kaiserliche Straßenmiliz Ihrer Hoheit, der Erbin des Sargolanischen Reichs, eintreten?«, fragte Laron. »Ihr wärt ein einfacher Lanzenreiter im niedrigsten Kavallerie-Rang.«

»Ich bezweifle, dass sie mich haben wollen«, erwiderte Andry mit einem Achselzucken. »Außerdem bin ich Bürger des Fürstentums Alberin innerhalb des Reichs von Nord-Scalticar.«

»Söldner können rekrutiert werden, solange sich ihr Heimatland nicht mit dem Sargolanischen Reich im Krieg befindet.«

»Meint Ihr das ernst?«

»Vollkommen.«

Für Andry wäre dies eine ähnliche Selbstverpflichtung wie das Verbrennen seiner alten Kleider. Es war, als würde er mit vorgehaltenem Speer eine Straße entlanggetrieben. Er war nicht sicher, wer den Speer hielt, aber andererseits gefiel ihm, was vor ihm lag.

»Dann also, aye.«

Wallas hatte auch schnell über die Vorteile nachgedacht, ein Milizsoldat zu sein. Zunächst einmal würde er dadurch wieder Papiere und einen Platz in der Welt bekommen. Wenn er es schaffte, fünf Jahre als Koch im Begleitwagen zu arbeiten, würde er mit einer ausreichend legalen Identität ins Zivilleben zurückkehren können. Das Schlüsselwort war »Begleitwagen«. Das bedeutete nämlich, er würde nicht mehr laufen müssen.

»He, und ich?«, fragte Wallas und hob die Hand. »Ich könnte mir gut vorstellen, einen Wappenrock zu tragen. Ich finde, die Miliz braucht gescheite Köche, um die Moral hochzuhalten.«

Laron strich sich einen Augenblick über das Kinn und lächelte dann.

»Nun gut, warum eigentlich nicht? Wallas, was haltet Ihr davon, Fuhrmann dritter Klasse in der Kaiserlichen Straßenmiliz zu werden?«

»Muss dazu meine Vergangenheit überprüft werden?«, fragte Wallas sofort.

»Wenn man bei jedem Milizsoldaten die Vergangenheit überprüfen wollte, gäbe es überhaupt keine Milizsoldaten – und eine ganze Menge würde man vermutlich hängen. Und da das Rekrutierungsbüro gerade geöffnet hat, würdet Ihr wohl den Eid bezeugen, Gelehrte Älteste?«

»Gewiss«, sagte Terikel und stieg vom Wagen.

»Für wie lange verpflichten wir uns?«, fragte Wallas.

»Fünf Jahre. Und ich kann es so einrichten, dass Ihr zur Garnison in Logiar abkommandiert werdet, sobald wir dort angekommen sind.«

Andry kratzte sich am Kopf. Wallas rieb sich übers Kinn.

»Könnte ich wirklich Koch sein?«, fragte Wallas.

»Ihr tut das, was man Euch sagt. Aber wenn Ihr Euch als Koch richtig anstellt, werdet Ihr wohl wenig anderes zu tun bekommen.«

Terikel bezeugte, dass Andry und Wallas beide einen sargolanischen Silbervasall entgegennahmen. Dann knieten sich die beiden Rekruten in den Staub am Straßenrand, um den Eid zu leisten.

»Namen und Heimatländer?«, fragte Laron.

»Andry Tennoner aus Alberin.«

»Wallas, äh, Bäcker, aus, äh, Sargol.«

»Könnt Ihr das ein wenig genauer sagen?«

»Dann eben Palion.«

»Andry Tennoner aus Alberin und Wallas Bäcker aus Palion, schwört Ihr bei den Göttern, an die Ihr glaubt und die Ihr verehrt, dem Thron des Sargolanischen Reiches die Treue, solange Ihr in der Kaiserlichen Straßenmiliz dient, wie von der Ältesten Terikel Arimer vom Metrologischen Orden bezeugt?«

»Aye«, antwortete Andry.

»Ich schwöre«, erklärte Wallas.

»Dann erheben Sie sich, Sie sind hiermit aufgenommen. Die Strafe für die erste Fahnenflucht beträgt hundert Peitschenhiebe, auf die zweite steht der Tod durch Erhängen. Wir sollten uns dann wieder auf den Weg machen, Ehrwürdige Älteste. Nun, da Eure Unstimmigkeiten mit diesen beiden tüchtigen Milizsoldaten beigelegt sind, schlage ich vor, dass wir uns wieder der Reisegarde anschließen.«

»Ich bin einverstanden«, antwortete Terikel. »Der Ehre ist Genüge getan.«

Laron beschleunigte jetzt das Tempo, um Senterri und ihre Eskorte möglichst rasch einzuholen. Nach einer Nacht unter freiem Himmel und zwei Tagen strammer Reise erreichten sie die Ortschaft Clovesser. Wallas nahm mit Bestürzung zur Kenntnis, das seine tägliche Weinration ein Achtelmaß pro Tag betrug, solange er im Dienst war. Für Andry war das jedoch keine Herausforderung.

Andry war jedoch sehr unruhig wegen Velander, die offensichtlich lange keine Nahrung mehr zu sich genommen hatte und einen Großteil ihrer wachen Stunden damit zuzubringen schien, ihn anzustarren und sich die Lippen zu lecken. Daher ging Andry, wenn er sich schlafen legte, dazu über, sich ein Stück Tuch um den Hals zu wickeln, das mit Knoblauch beträufelt war. Velander reagierte – wie vorauszusehen – mit Hohn und Spott auf Wallas' und Andrys neue Zugehörigkeit zur Kaiserlichen Straßenmiliz, aber sie sahen recht wenig von ihr, da sie meist in der Nacht wach war, wenn Miral am Himmel stand, und ihre aktiven Stunden abseits des Lagers verbrachte.

Clovesser war ein ziemlich großer Ort, einen guten Tagesritt im Osten der Stadt Glasbury gelegen. Als sie das Zolltor erreichten, konnten sie die Standarte der kaiserlichen Familie an der Stadtmauer hängen sehen. Ein Mitglied der kaiserlichen

Familie war also in der Stadt, und das konnte nur Prinzessin Senterri sein. Es war früher Abend, als sie in Clovesser einritten.

Sobald er Terikel und Velander in einer Herberge untergebracht hatte, ritt Laron mit Andry und Wallas zur Stadtgarnison. Nachdem er die beiden neuen Rekruten in die Mannschaftslisten eingeschrieben hatte, überreichte man ihnen Waffenrock, Jacke, Hose, Mütze und Stiefel der Miliz. Andry war bestürzt, als er hörte, dass die Rekruten ihre Kleidung selbst bezahlen mussten. Wallas wurde sofort den Versorgungstruppen zugeteilt, während Andry erfuhr, dass er ein Erkundungs-Lanzenreiter, kurz Aufklärer genannt, werden sollte. Laron ließ ihn beim Feldwebel der Reisegarde zurück.

»Und wer sind Sie?«, brüllte der Feldwebel Andry ins Gesicht.

»Lanzenreiter Tennoner, bereit zum Dienst, Herr Feldwebel«, antwortete Andry langsam und auf Sargolanisch.

»Nun, Lanzenreiter Tennoner, Hauptmann Laron hat mich davon in Kenntnis gesetzt, dass Sie ein Aufklärer sind und zur Reisegarde abgestellt werden sollen. Das macht Sie *nicht* zu einem Mitglied der Reisegarde und berechtigt Sie auch nicht zu der Behauptung, Sie hätten bei der Reisegarde gedient. Ist das klar?«

»Ja, Herr Feldwebel«, antwortete Andry, der nicht viel von dem Gesagten verstanden hatte, nur dass man ihm eine Frage gestellt hatte, von der man erwartete, dass er sie mit ja beantwortete.

»Na, dann stehen Sie nicht einfach herum! Legen Sie Rüstung und Uniform der Reisegarde ab und ziehen Sie die Jacke der Aufklärer an!«

Es folgte eine geschlagene Stunde des Angebrülltwerdens, in der Andry das Pferd striegeln, Sattel, Zaumzeug und Satteltaschen säubern und polieren und danach seine Axt reinigen, schärfen und blank wienern musste. Anschließend lernte er die Grundlagen des Exerzierens und Marschierens, bis die

Sonne den Horizont erreicht hatte. Zuletzt wurde er mit dem Befehl entlassen, sich für ein offizielles Abendessen zu waschen.

»Nach deinem ständigen Fehlverhalten auf der *Sturmvogel*, wie erträgst du jetzt all das, was auf dich einstürmt?«, fragte Wallas, als er Andrys Jacke zum Waschen abholte.

»Auf der *Sturmvogel* war es wie in Barkenwerft, Wallas. Ich hätte nicht mehr werden können als Zimmermann, selbst wenn ich es versucht hätte. Das ist hier anders. Ich könnte zum Miliz-Konstrukteur aufsteigen.«

»Konstrukteur ist ein Offiziersrang. Er entspricht dem eines Leutnants, wenn ich mich recht an meine Stunden in der Heraldik-Schule erinnere.«

»Aye, Wallas, also muss ich hart an mir und meinen Manieren arbeiten. Es ist ein langer Weg, ein edler Herr zu werden, aber wenigstens habe ich mich aufgemacht.«

»Du könntest eine Enttäuschung erleben, wenn du ankommst«, warnte Wallas.

Terikel hatte beschlossen, Velander nah bei sich zu behalten, für das Wohlergehen der Einwohner von Clovesser auf der einen und zu ihrem eigenen Schutz auf der anderen Seite. Clovesser war tatsächlich so groß, dass es dort eine kleine Zauberakademie gab, und diese besuchte Terikel in Begleitung von Velander. Der Vampyr trug einen schwarzen Mantel über einer schwarzen Jacke, und die Haare waren streng zurückgebunden, so dass andere sie in den dunklen Straßen für einen angeworbenen Leibwächter halten würden.

»Ich muss mich mit einigen eigenartigen Leuten treffen«, erklärte Terikel in einer toten toreanischen Sprache, als sie die Herberge verließen.

»Schlechten Leuten?«, erkundigte sich Velander hoffnungsvoll.

»Nein! Und bitte, versucht Euch zu benehmen. Es sind zwar

ziemlich eigentümliche und engstirnige Leute, aber sie sind nicht schlecht.«

»Können wir danach vielleicht eine Taverne aufsuchen?«, schlug Velander vor.

»Damit Ihr nach Betrunkenen Ausschau halten könntet, um sie als Beute zu reißen? Velander, ich mache mir wirklich Sorgen um Euch.«

»Niemand macht sich Sorgen, wenn Andry zu viel trinkt«, sagte Velander glatt.

»Er bezieht seinen Wein nicht aus dem Blut anderer Leute. Außerdem mache ich mir um Andry genauso Sorgen wie um Euch.«

»Wer sind diese eigentümlichen Leute?«, murmelte Velander ohne sonderliches Interesse am Thema.

»Man hat mir in Palion von ihnen erzählt. Sie nennen sich selbst Kollektiv zur Aufdeckung von Zauberverschwörungen und Okkulten Komplotten.«

»Das hört sich tatsächlich eigentümlich an.«

»Es ist eine Gruppe radikaler Studenten, die das Establishment stürzen will.«

»Das hört sich an, als wären es ernsthafte Menschen, und die sind sehr oft böse«, sagte Velander und leckte sich wieder voller Hoffnung die Lippen. »Trinken einige von ihnen vielleicht eine Menge?«

»Nein! Denkt daran, lasst sie in Ruhe! Ich ... Ach, Vel, es macht mich traurig, Euch in so einem Zustand zu sehen. Kann nichts getan werden, um Euch zu helfen?«

Velander zuckte mit den Achseln, dann verschränkte sie die Hände hinter dem Rücken, damit sie nicht mehr zitterten.

»Nein«, sagte sie schlicht. »Eines Tages erwartet mich ein trauriges Ende, und ich hoffe, dass Ihr dann als Warnung für andere meine Geschichte aufschreiben werdet.«

»Vel, wenn ich helfen könnte, würde ich es tun, aber was *kann* ich tun?«

»Wenn Laron nicht helfen kann, dann kann mir niemand

helfen. Aber wir schweifen ab, Gelehrte Älteste. Wie kann ich Euch heute Abend helfen?«

»Wie ich schon sagte, haben diese Leute sich der Aufgabe verschrieben, das Establishment bloßzustellen, und zurzeit kämpfe ich fast alleine gegen ebendieses.«

»Welches Establishment?«

»Ich wünschte, das wüsste ich. Ich muss jeden Beistand annehmen, den ich finden kann. Wenn Ihr es also gut mit mir meint, Velander, dann belästigt sie nicht.«

Das Abendessen fand in der Messe der Garnison statt, und Andry wurde an einen Tisch ganz hinten im Saal geschickt. Sechs weitere Aufklärer waren gerade zur Reisegarde abgestellt worden, und alle stammten aus dem Imperium von Nord-Scalticar. Der Trupp war unter der Voraussetzung zusammengestellt worden, dass ausländische Gemeine sich als Söldner nicht so leicht in lokale Komplotte gegen die königliche Familie verwickeln lassen würden wie die einheimischen Milizen. Bis jetzt hatte sich diese Theorie als richtig erwiesen. Der sicherste bekannte Weg, sich die Loyalität der ausländischen Gemeinen zu sichern, war der, ihnen das Gefühl zu geben, den hiesigen Gemeinen überlegen zu sein. Andry hatte nur das Problem, dass der Feldwebel ihn den anderen Aufklärern nicht vorgestellt hatte und diese sich tatsächlich sehr überlegen fühlten.

Dem Protokoll entsprechend, marschierte Andry zum Tisch der Aufklärer, identifizierte den Aufklärer mit dem roten Stern des Sprechers, verbeugte sich, überreichte ihm eine kleine Metallplakette und sagte auf Sargolanisch: »Aufklärer Tennoner meldet sich zum Dienst!«

Der Sprecher warf die Plakette auf einen leeren Platz am Tisch und sagte: »Setzen Sie sich.« Der Sprecher war in der Einheit der Verbindungsmann zum Feldwebel der Reisegarde und daher für die Männer der Garde auch ihr Anführer. Tatsächlich hatten die Aufklärer keinen Anführer, fragten aber den Sprecher nach seiner Meinung, wenn Befehle einer Auslegung bedurften. Einen Befehl des Sprechers tatsächlich zu befolgen, war jedoch eher ein Scherz.

Andry setzte sich hin, dann beobachtete er mit großer Aufmerksamkeit, was die anderen Aufklärer taten, während er darauf wartete, dass ihm aufgetischt wurde. Als Erstes fiel ihm auf, dass sie unter sich Alberinisch sprachen. Außerdem redeten sie sich untereinander ohne Rang und nur mit Namen an. Weiterhin bemerkte er, dass sie bereits Teller mit Eintopf vor sich hatten, während er noch ohne Essen war. Andry blieb geduldig sitzen. Schließlich erhob sich der Aufklärer, den die anderen Esen nannten, ging zu einem kleinen Tisch und holte sich eine weitere Portion. Als ihm plötzlich klar wurde, dass er erwartet hatte, nach Kodizes behandelt zu werden, die auf ihn nicht zutrafen, errötete er, entschuldigte sich und ging auch zu dem Tisch, um sich zu bedienen. Ihm war außerdem aufgefallen, dass die anderen kleine Weinkrüge vor sich stehen hatten. Der Wein stand auf einem anderen kleinen Tisch, aber Andry entschied, ohne Wein auszukommen, um einen weiteren Fehler im Protokoll zu vermeiden. Und so beging er bei der Korrektur eines Fehlers gleich einen anderen.

Bisher hatte Andry fünf ungeschriebene Gesetze gebrochen, nach denen die Aufklärer lebten, plus ein weiteres, das der Feldwebel im Vorfeld vergessen hatte, ihm mitzuteilen. Aufklärer sollten aufklären, und dazu gehörte auch, jede neue Gruppe auszukundschaften, bevor man sich bei ihr als neues Mitglied zum Dienst meldete. Ein Bruch der Gesetze wurde geradezu erwartet. Zwei Brüche waren nicht gerade vielversprechend, aber verzeihlich. Sechs waren jenseits von Gut und Böse.

»Manche Leute sagen, Aufklärer wären von so niedriger Geburt, dass man nicht mal mit ihnen trinken kann«, sagte der Aufklärer namens Danol.

»Was für Leute sind das denn?«, fragte Porter, der Sprecher.

»Gecken und feine Pinkel, niemand Wichtiges«, antwortete Danol.

Da macht man sich die Mühe, Manieren zu lernen, und dann wird man Geck und feiner Pinkel genannt, schäumte Andry, während er sich erhob und sich entschuldigte, um dann zu dem Tisch zu gehen und sich einen Krug Wein zu holen. Er ging zurück und setzte sich wieder. Inzwischen hatte er beschlossen, zu essen und zu trinken und sich später darum zu sorgen, die Leute nicht zu beleidigen.

Obwohl er aus extrem einfachen alberinischen Verhältnissen stammte, war Andry nicht ganz so im Nachteil wie ein absolut grüner Rekrut. Er war schon auf der *Sturmvogel* gezwungen gewesen, einiges von der Bord-Disziplin zu lernen, er hatte in den Tavernen von Barkenwerft und auf Werkhöfen kämpfen gelernt, und er konnte schon reiten, da er sich bereits einige Jahre um die Zugpferde der Barken gekümmert hatte. Außerdem hatte er sich einige Grundelemente der gesellschaftlichen Manieren und des allgemeinen Umgangs miteinander von Laron und Tischmanieren von Wallas angeeignet. Berücksichtigte man dann noch, dass er zählen, Alberinisch lesen und schreiben konnte und die diomedanische Handelssprache sowie Umgangssargolanisch kannte, war Andry nicht weit davon entfernt, den Anforderungen eines Unterfeldwebels in einem Trupp von Gemeinen zu entsprechen. Tatsächlich war Andry ein Genie, das kaum unter idealen Bedingungen aufgewachsen war und erst jetzt zeigen konnte, was in ihm steckte. Wenn ihm etwas einmal gesagt wurde, konnte er sich nicht nur perfekt daran erinnern, sondern das Gesagte auch in die Praxis umsetzen. Es mangelte ihm lediglich an Erfahrung, doch er machte sich klar, dass er am Tisch der Aufklärer genau diese Erfahrung sammeln würde.

Es wurde jedoch immer deutlicher, dass die anderen Aufklärer Andrys Ernennung zum Aufklärer zur Unterstützung der Reisegarde als Fehler des Verantwortlichen betrachteten. Was die Aufklärer anbetraf, waren sie nämlich die Elite.

»Man sagt, wir Aufklärer würden in letzter Zeit höher geschätzt«, sagte Porter.

»Das glaube ich nicht, wenn ich an unseren Sold denke«, erwiderte der ziemlich große und stämmige Costiger.

»Oh, aye. Junge Gecken wollen sich in die Einheit einkaufen, wie sie sich die Offizierspatente in den normalen Milizen kaufen.«

»Sagt mal, kriegen wir einen Anteil von dem Geld?«, fragte Sander.

»Tja, ausgebildet sind sie auch, obwohl manche sich mit ihren vornehmen Manieren für was Besseres halten«, sagte Porter.

»Sie gehen zur Hundeschule, wie die Adeligen sie für ihre Jagdhunde haben«, fügte Danol hinzu, der jüngste Aufklärer. »Sag ›Sitz!‹ zu ihnen, und sie setzen sich.«

Andry verstand langsam. Jahre des Trinkens und der Schlägereien in Barkenwerft wurden zu seiner Verteidigung mobilisiert.

»Ich dachte, Hunde müssten immer auf dem Boden sitzen und um Knochen betteln«, bemerkte Hartman, der sich eine Glatze rasiert hatte, um über seine grauen Haare hinwegzutäuschen.

»Wenn ein Hund Befehle befolgen kann, dann kann er auch zur Truppe gehören«, antwortete Sprecher Porter.

»Hunde haben uns gegenüber einen Vorteil, sie können sich am Arsch lecken, um den Proviantgeschmack loszuwerden«, legte Danol dar.

»Sauber bleiben, Danol. Alle Rekruten sollen sich willkommen fühlen.«

Andry hielt einen Schenkelknochen mit dem Löffel fest und schnitt das Fleisch sorgfältig mit seinem Messer ab, bevor er es mit der Spitze aufspießte und sich anmutig in den Mund schob. Danol und die anderen nagten lediglich an ihren Knochen herum. Danols Blick fiel unweigerlich auf Andry.

»Oh, he, keiner hat dem Hundchen gesagt, dass am Tisch

der Aufklärer die Finger reichen«, sagte er, während er einen anderen Knochen zum Mund hob.

»Ziemlich gute Manieren für einen Hund«, sagte Sander.

»Muss 'nem adeligen Pinkel weggelaufen sein«, ergänzte Danol.

Andrys Messer verließ in einer kaum wahrnehmbaren Bewegung seine Hand und traf den Knochen, an dem Danol nagte, so dass der ihm zwischen die Zähne geschoben wurde. Eine kleine Ewigkeit lang, die tatsächlich nur ungefähr zehn Sekunden währte, herrschte absolutes Schweigen am Tisch der Aufklärer.

»Ich bitte um Entschuldigung«, sagte Andry mit einem breiten Lächeln, indem er langsam die Hand ausstreckte und sie um den Messergriff schloss. »Mir ist das Messer ausgerutscht.«

Er zog Messer und Knochen aus Danols Mund, löste den Knochen von der Spitze und legte ihn geziert auf den Teller des ziemlich erschütterten Aufklärers. Er hielt einen Moment das Messer in die Höhe und zeigte den Aufklärern, dass das Heft in seinen Umrissen zwei in die entgegengesetzte Richtung zeigenden Brüsten ähnelte, während der Knauf wie ein Paar Hinterbacken geformt war.

»Entspricht nicht den Regeln, ich weiß«, erklärte Andry, »ist aber ein Zeichen der Wertschätzung der verstorbenen Madame Jilli aus Madame Jillis Erholungsheim in Palion, also bin ich ziemlich stolz darauf.«

Andry hatte Larons Art, Alberinisch zu sprechen, recht gut nachgeahmt, und klang so gebildet, ohne affektiert zu wirken. Er griff nach seinem Weinkrug.

»Aufklärer Tennoner!«

Die Stimme des Feldwebels hallte durch den Saal, und jeder – von Prinzessin Senterri bis zu Andry – verstummte augenblicklich. Viele hielten sogar mitten in der Bewegung inne. Der Feldwebel schritt zum Tisch der Aufklärer.

»Aufklärer Tennoner, Aufklärer Sprecher Porter, Ach*tung*!«, rief der Feldwebel.

Beide Aufklärer sprangen auf, salutierten vor dem Feldwebel und nahmen dann Haltung an, so dass sie dem vorderen Teil des Saals zugewandt waren, wo Prinzessin Senterri saß.

»Aufklärer Sprecher Porter, gestatten Sie mir, Ihnen den neuen Rekruten Aufklärer Andry Tennoner vorzustellen. Tennoner wird kein Wein zu den Mahlzeiten gestattet, da er seinem eigenen Bekunden nach ein bekehrter Säufer ist und das Trinken Dämonen aus den tiefsten Höllen in ihm weckt.«

»Zu Befehl!«, antwortete Porter.

»Zweitens, Tennoner hat drei der besten Throngardisten des verstorbenen Kaisers ins Lazarett gebracht – wo sie noch immer sind –, um dann in einem anderen Zwischenfall dem tapferen Hauptmann Laron eine heftige Tracht Prügel zu verabreichen und mehrere Mitglieder der Reisegarde zusammenzuschlagen. Sie sollen dafür sorgen, dass Tennoners Fähigkeiten von nun an gegen die Feinde der Prinzessin eingesetzt werden, anstatt sich gegen ihre Krieger zu richten.«

»Zu Befehl.«

»Drittens, Tennoner ist manchmal ein ziemliches Tier – wie Sie inzwischen vielleicht auch schon festgestellt haben – und braucht keine Ertüchtigung oder grundlegenden Kampfunterweisungen. Stattdessen wird er gezwungen, einen Kurs über *Manieren* und *Etikette* zu belegen, um ihn zu einer geringeren Gefahr zu machen für jene, die auf seiner Seite kämpfen sollen. Sorgen Sie freundlicherweise mit Ihren Männern dafür, dass seine Bemühungen, der Praxis zivilisierten Verhaltens zu folgen, gefördert wird.«

»Zu Befehl.«

»Das ist alles. Wegtreten und zurück an Ihren Tisch.«

»Zu Befehl, Herr Feldwebel!«, bellten Andry und Porter gemeinsam.

Andry kehrte auf seinen Platz zurück, schob seinen Weinkrug beiseite und schnitt sich das nächste Stück Fleisch von dem Knochen auf seinem Teller ab. Sehr langsam machten sich nun auch die anderen Aufklärer wieder über ihr Essen her, und der Rest der Mahlzeit wurde am Tisch der Aufklärer praktisch schweigend eingenommen.

Auf der anderen Seite des Saals nahm der Feldwebel wieder seinen Platz am Ehrentisch neben Laron ein.

»Ausgezeichneter Vorschlag, der Truppe und den Aufklärern den jungen Tennoner vorzustellen, Hauptmann Laron«, sagte er, während er nach seinem Weinpokal griff.

»Ich mag es, wenn Leute ihren Platz kennen, ohne dass es dabei zu einem Haufen alberner Missverständnisse kommt«, antwortete Laron.

»Für einen noch so jungen Mann seid Ihr sehr scharfsichtig und sensibel. Du meine Güte, sogar der junge Tennoner hat Euch mindestens fünf Jahre voraus.«

»Ganz im Gegenteil, Feldwebel, ich bin wesentlich älter, als ich aussehe.«

Terikel traf sich mit Wilbar, Riellen und Maeben in einer Pension, wo Wilbar und Maeben sich eine Dachkammer teilten. Durch das Fenster konnten sie die großen Lichtschleier Drachenwalls am Westhorizont sehen. Wilbar trug sogar bei Nacht eine Brille mit getönten Gläsern und hielt sich immer eine Hand vor den Mund, wenn er sprach. Maeben erklärte, dass Wilbar dadurch trotz seines Status' als geheimer Revolutionär unauffällig wirken wolle. Terikel und Velander schauten sich an, glaubten aber beide nicht, dass es darauf eine diplomatische Antwort gab.

»Was wir hier haben, ist ein Bohr-Ringstein«, erläuterte Wilbar, während er eine Vorrichtung in die Höhe hielt, die aus fünf dunklen Glasscherben bestand, welche oben auf einem runden Schemel klebten. »Wisst Ihr, so als würdet Ihr Euch durch eine Wand bohren, um einen Blick in den Raum zu werfen, wo die Meister die Zauber für die Prüfungen aufzeichnen.«

»Wir werden Bohrer genannt«, sagte Riellen stolz, wobei sie

Terikel über den Rand ihrer starken Halbbrille hinweg ansah. »Wir bohren uns in die Zauber wichtiger Unternehmungen.«

»Und wir schauen auf die Kontrollfasern«, sagte Maeben, darauf bedacht, nicht übergangen zu werden.

»Ich habe ihn erfunden, und von Rechts wegen sollte er eigentlich Wilbars Geneigter Ringstein heißen, aber aus Sicherheitsgründen können wir unsere Namen natürlich nicht mit Vorrichtungen in Verbindung bringen – wenigstens nicht, bis das Establishment bloßgestellt und gestürzt wurde und es für ehrliche, wissbegierige Leute ungefährlich ist, die gerechte Anerkennung für ihre innovativen …«

»Was tut die Vorrichtung?«, fragte Terikel ungeduldig.

»Wir benutzen sie, um die Kommandoworte der Zauberer abzuhören, die Drachenwall verwalten.«

Inzwischen hatte Terikel einen Eindruck von den Persönlichkeiten innerhalb des Kollektivs zur Aufdeckung von Zauberverschwörungen und Okkulten Komplotten gewonnen. Maeben war weniger als vier Fuß groß und immer darum bemüht, nicht übersehen zu werden. Riellen war ein Mädchen aus Alberin mit einer Brille mit sehr dicken Gläsern und weniger gesellschaftlichen Umgangsformen als Andry. Und Wilbar war zwei Fuß größer als Maeben, wog aber vermutlich genauso viel wie er. Er sah sich als revolutionären Erneuerer, der das Establishment der Zauberer bloßstellen wollte, gegenwärtig aber nicht so recht wusste, was er bloßzustellen versuchte.

»Aber jeder Bohr-Ringstein muss direkt auf Drachenwall zielen, um irgendeinen Kontakt mit ihm herstellen zu können«, sagte Terikel. »Das engt ihren Einsatz auf Orte direkt unter der Ringstein-Maschine ein.«

»Und genau damit liegt Ihr falsch!«, verkündete Wilbar triumphierend, während er den Schemel herumschwenkte.

»Aber trotzdem habt Ihr recht«, fügte Riellen hinzu, die als einzige Studentin unter fünf Dutzend Studienkollegen gerne Frauen unterstützte.

»Es ist nur so, dass Ihr nicht recht genug habt«, erklärte

Maeben, indem er auf der Stelle hüpfte und mit dem Arm wedelte, um die Aufmerksamkeit der anderen auf sich zu ziehen.

»Das Glas ist vom geschmolzenen Kontinent Torea«, sagte Wilbar stolz. »Wir mussten alle einen Monat lang in unserer Freizeit arbeiten, um das ursprüngliche Stück kaufen zu können.«

»Ich muss eine Menge über Glasschliff und Linsen wissen, weil ich selbst besondere Linsen brauche«, sagte Riellen. »Ich habe das große Stück dann in fünf kleine geschnitten.«

»Ich habe es auf den Schemel geklebt«, rief Maeben.

»Aber man braucht fünf Leute, die zaubern können«, warf Terikel ein. »Ihr seid nur drei.«

»Oh, Holbok schenkt heute im *Des Königs Arme* Bier aus«, sagte Wilbar.

»Und Allaine scheuert den Fußboden im *Der Königin Beine*«, rief Maeben.

»Aber *Ihr* seid auch eine Zauberin«, sagte Riellen. »Wenn Ihr noch eine Stunde wartet, bis Allaine ihre Arbeit beendet hat, sind wir zu fünft und können es Euch zeigen.«

»So lange können wir nicht warten«, sagte Terikel, »aber Velander kann auch zaubern.«

Velander nickte, als die drei Studenten sich zu ihr umdrehten, um sie zu betrachten. Sie verbeugten sich vor ihr, in der Annahme, dass sie eine erfahrene Zauberin in Verkleidung sei.

Für den Aufbau des Bohr-Ringsteins musste er an einen Tisch gebunden werden, so dass die Stirnseite durch das Fenster auf Drachenwall zeigte. Wilbar maß die Winkel sehr genau und achtete penibel darauf, dass man den möglicherweise kleinsten Ringstein der Welt nicht anstieß oder anderweitig bewegte.

»He, aber wir brauchen auch das Buch mit den Zauberformeln«, fiel Riellen plötzlich ein. »Die sind alle in meinem Zimmer.«

Bücher waren wertvoll, und Riellen wohnte in einem der

Schlafsäle der Schule für Zucht, Benimm und Umgangsformen in Clovesser, weil es die einzige Einrichtung war, die weibliche Studenten beherbergte. Sie wurde außerdem bewacht, also waren die meisten Zauberbücher der fünf Bohrer, die sie aus der Bibliothek ihrer Akademie entwendet hatten, dort gelagert.

»Ich glaube, ich kann eine passende Formel auswendig«, sagte Terikel. »Lasst uns jetzt anfangen.«

In einem normalgroßen Ringstein hätten die Zauberer auf den Steinen gesessen, aber das war nicht sonderlich praktikabel, wenn die Steine vier Fingerbreit große Glasscherben waren. Alle fünf beschworen Autonbilder von sich, die etwa einen Fingerbreit groß waren, und setzten diese auf die Glasscherben. Dann breiteten die Autonen die Arme aus und erzeugten feine Fasern aus ätherischer Kraft, die sich miteinander verflochten und durch das Fenster in Richtung Drachenwall verschwanden. Nachdem Wilbar Zauberformeln für sein kleines Abbild gesprochen hatte, erschien ein leuchtender Ball aus ätherischer Energie mitten auf dem geneigten Schemel. Die Energien bildeten einen winzigen Kopf, der mit einer schwachen Stimme sprach.

»Ringstein Alpine meldet einen Sturm dreißig Meilen nördlich. Bitte bestätigen, Ringstein Centras.«

Aus dem Kopf wurde wieder ein Ball aus ungeformter ätherischer Energie und verwandelte sich nicht noch einmal. Mehrere Minuten verstrichen. Terikel löste sich aus dem Kreis.

»Sie haben aufgehört«, sagte sie. »Wissen sie von uns?«

»Nein, sie müssen sehr nah bei uns sein, damit wir überhaupt etwas hören. Im Ringstein Alpine hat nach dieser ersten Nachricht niemand mehr gesprochen, daher haben wir auch nichts von den anderen Ringsteinen gehört.«

»Ich möchte mehr davon hören«, sagte Terikel, die krampfhaft versuchte, ihre Aufregung zu verbergen.

»Wir können nur Ringstein Alpine belauschen ...«, begann Maeben.

»Anbohren!«, warf Wilbur ein.

»... mit diesem speziellen Gerät«, schloss Maeben.

»Aber wir haben noch ein anderes!«, sagte Riellen zögernd.

»Riellen!«, riefen Wilbar und Maeben gemeinsam.

»Warum sollten wir es verheimlichen?«, fragte Riellen, die Hände in die Hüfte gestemmt.

»Diese Damen gehören nicht dem Establishment der Zauberer an«, sagte Wilbar.

»Verstehe ich das richtig, Ihr habt einen größeren geneigten Ringstein?«, fragte Terikel.

»Wir geben gar nichts zu«, sagte Wilbar förmlich, und diesmal blieben die beiden anderen stumm.

»Dann danke ich Euch für alles, was Ihr mir gezeigt habt«, sagte Terikel, während sie sich erhob. »Es ist interessant, aber nicht besonders vielversprechend.«

»Vielen Dank«, fügte Velander hinzu und stand ebenfalls auf.

Die Studenten sprangen auf, wussten dann aber nicht, wie sie sich verhalten sollten. Velander leckte sich die Lippen, und die drei Studenten wichen zurück. Terikel griff zum Türknauf.

»Wartet! Bitte wartet«, sagte Wilbar. »Wir, äh, besitzen so einen Ringstein bereits und haben auch schon, äh, bestimmte Tests durchgeführt. Es könnte für uns alle von Vorteil sein, wenn Ihr, äh, mit am Stein wärt, wenn wir ihn ausprobieren. Ich – wir – haben bemerkt, dass wir mit Eurer Hilfe schon bei dem kleinen Ringstein ein sehr viel klareres Bild in der Mitte hatten, als wir es sonst alleine mit dem großen bekommen.«

»Das liegt daran, dass Ihr sehr viel stärker im Zaubern seid als wir«, ergänzte Riellen mit unverhohlener Bewunderung.

»Also stellt Euch vor, was Ihr bei dem großen Ringstein erreichen könntet!«, rief Maeben, der wieder auf und ab sprang und winkte.

Terikel verschränkte die Arme und betrachtete sie ruhig.

»Wo ist der ›Große‹?«, fragte sie.

»Auf dem Dach der Akademie«, sagte Wilbar.

»Aber im Moment gerade nicht«, ergänzte Riellen.

»Aber wir können ihn in einer Stunde oben aufgebaut haben«, erklärte Maeben.

Sergal war inzwischen nur noch ein verzweifelter, verängstigter und gefangener Mann. In dieser Lage befanden sich auch die anderen Zauberer in allen Ringsteinen. Auch sie waren gefangen und ziemlich besorgt über ihr Schicksal. Tatsache war, dass es keinen Weg gab, den Drachenwall-Zauber zu verlassen. Daher stammte auch der Name, wie sie jetzt begriffen. Glasdrachen waren Zauberer, die ständig innerhalb eines Autonzaubers lebten, der über Jahrzehnte hinweg sorgfältig aufgebaut und über Jahrhunderte oder sogar noch länger verbessert wurde. Ihre Körper wurden in einer magischen Stasis konserviert: Sie alterten nicht und brauchten weder Essen noch Trinken noch Luft zum Atmen. Drachenwall war so ähnlich, und die Beteiligten hatten rasch erkannt, dass sie ihn nur verlassen konnten, wenn der Zauber vollständig zerstört wurde. Alle Pläne, die äußeren Ringe wie geplant zu aktivieren, waren plötzlich ungefähr so wichtig für die Zauberer wie ein Freudenmädchen für einen Eunuchen, und dasselbe galt für die Pläne, die Zauberer auf den Megalithen nach jeweils acht Stunden abzulösen. Ihre missliche Lage war jedoch nicht gänzlich ohne Reiz, da ihre Körper jetzt praktisch unsterblich waren und Drachenwall allen beteiligten Zauberern die Möglichkeit gab, die Welt aus einer Höhe von mehreren hundert Meilen zu betrachten und sich mittels Autonen mit den Sterblichen zu unterhalten. Viele der älteren, gebrechlichen und arthritischen Zauberer betrachteten dies als eine erhebliche Verbesserung ihrer Lebensumstände. Es war so, als wäre man ein Glasdrache geworden, jedoch ohne die jahrhundertelange Arbeit und Entwicklung.

Doch in Drachenwall war eine riesige Menge Energie gebunden, und wenn das Gebilde kollabierte, musste sie irgendwohin entweichen. In den Texten, die Sergal erhalten hatte, wurde etwas namens Windfeuer erwähnt, das die ätherische Energie speichern können sollte, die von Drachenwalls sich drehenden Windmaschinen erzeugt wurde. Das Problem war, dass er nur die Zauberformel kannte, um Windfeuer zu erzeugen, und wusste, dass es Energie speichern konnte. Er hatte keine Ahnung, was es sonst noch bewirkte.

Inzwischen koppelten sich auch unbefugte geneigte Ringsteine an Drachenwall an wie Neunaugen an einen Hai. Sogar Zauberer mit belanglosen Kräften und Initiationsgraden konnten mit einem entsprechend geneigten Hügel oder Dach einen solchen ausrichten. Allein auf dem Kontinent Acrema hatten sich bereits fünf mit Drachenwall verbunden, und überall wurden weitere getestet. Schlimmer war jedoch, dass es etwas gab, was Drachenwall noch um einiges bedrohlicher machte. Dieses Geheimnis war so schrecklich, dass er sein Leben dafür gegeben hätte, Drachenwall zu zerstören, hätte er vorher davon gewusst. Bis jetzt hatte keiner der anderen durchschaut, wer tatsächlich alles kontrollierte, aber früher oder später würde einer der Neuankömmlinge an einem geneigten Ringstein die Wahrheit erkennen und sie allen erzählen. Wenn das geschah, war dies tatsächlich das Ende der Welt, wie sie sie kannten.

In der Zwischenzeit konnte Sergal zumindest einige neue Mitglieder davon abhalten, sich anzuschließen. Es war zu gefährlich, normalgroße geneigte Ringsteine anzugreifen, sobald sie einmal vollständig angekoppelt waren, weil dies das Risiko barg, Drachenwall selbst zu destabilisieren. Andererseits waren nicht alle geneigten Ringsteine von normaler Größe.

Andry, alle anderen Aufklärer und die der Reisegarde zugeteilten Milizsoldaten ohne feste Einheit hatten vom Ende des Abendessens bis Mitternacht Ausgang. Sobald sie den Saal verlassen hatten, spürte Andry Wallas auf und schlug ihm vor, gemeinsam eine Taverne aufzusuchen.

»Und, wie gefällt dir das Kochen?«, fragte Andry unterwegs.

»Ich bin willkommen. Mehr als willkommen, glaube ich. Ich kann viel besser kochen als alle anderen, die sonst Dienst im Feld tun. Sogar die Reisegarde bekommt unterwegs und im Dienst ziemlich schlechtes Essen.«

»Du hast eine Begabung dafür, aus den einfachsten Nahrungsmitteln die erstaunlichsten Speisen zu zaubern«, sagte Andry. »Wo hast du das gelernt?«

»Von Eltern, die aus einfachsten und begrenzten Zutaten erstaunliche Mahlzeiten zubereitet und damit viel Geld verdient haben.«

»Deine Eltern waren Köche?«

»Das waren sie. Sie haben viel Geld verdient und dann beschlossen, meine Brüder und mich zu Höflingen ausbilden zu lassen. Ich habe Redekunst, Schmeichelei, Wappenkunde, Etikette und all die anderen kleinen Gesten und Tricks gelernt, die von adligen, untätigen und extrem gelangweilten Reichen kultiviert werden. Ich habe auch Musik gelernt und mich als sehr gut darin erwiesen.«

»Nun ja ...«

»Schon gut, spotte nur, wenn du willst. Ich gebe ja zu, dass meine eigenen Kompositionen nur selten ihrem wahren Wert entsprechend gewürdigt wurden, aber dafür spiele ich die Werke anderer sehr gut. Sogar der kitschige Schund aus der Feder der Kaiserin hat sich immer einigermaßen angehört, wenn ich ihn gespielt habe. Andere Männer konnten ihr schmeicheln, aber *ich* konnte ihre Schöpfungen besser erscheinen lassen, als sie waren. Das hat mir meinen Aufstieg beschert. Muss wohl in der Familie liegen, aus einfachsten Zutaten das Beste zu machen.«

»Wallas, der Gedanke, dass du der Spitzenmusiker im Sargolanischen Reich bist, bereitet mir ständig Sorgen. – Ah, das sieht vielversprechend aus. *Zum Drachenodem*.«

Sie betraten eine kleine, aber gut gefüllte Taverne, deren Gäste hauptsächlich Fußsoldaten, Milizen und Lanzenreiter aus der Kaserne der nahen Garnison waren. Andry kaufte zwei Halbe des hiesigen Ales und stellte sich dann mit Wallas an ein Fenster, um den nächtlichen Verkehr draußen zu beobachten.

»Wallas, ist dir je aufgefallen, dass ein armer Junge, der es durch Vernunft oder Begabung zu etwas bringt, immer am meisten von denen gehasst wird, die gerade über ihm stehen oder seinesgleichen sind?«

»Schwierigkeiten mit den Aufklärern?«, fragte Wallas.

»Reichlich, und das beim Essen. Ich weiß nicht genau, was passiert ist, aber die Aufklärer haben sich darüber beschwert, dass meine Manieren zu gut wären. Dann kam der Feldwebel und hat mich angebrüllt, als wäre ich ein Tier, und dann haben die Aufklärer nicht mehr mit mir geredet. Sie haben sogar aufgehört, miteinander zu reden. Überschreite ich wirklich gerade die Grenzen meiner Stellung?«

»In gewisser Hinsicht ja. Du könntest dich mühelos in die Gruppe dieser Aufklärer einfügen, wenn du wolltest. Niemand ist mehr ein Gemeiner als du, aber du versuchst trotzdem Manieren und Umgangsformen zu lernen, die nicht zu dir passen. Was willst du wirklich, Andry?«

»Was *ich* will? Im Moment eine lärmende Taverne, einen vollen Geldbeutel und eine gute Fiedel.«

»Das hast du alles. Das ganze Haus ist voller Soldaten, wir haben Geld, und in deinem Rucksack ist eine Fiedel.«

»Stimmt. Das Problem ist nur, wenn ich den Wappenrock anlege, will ich Offizier werden.«

»Das geht nicht. Zuerst musst du ein richtiger edler Herr werden.«

»Ich könnte einfach nach und nach befördert werden.«

»Unmöglich. Um so weit aufzusteigen, müsste die Prinzessin dich kennen, und die Prinzessin lernst du nur kennen, wenn du bereits ein edler Herr bist.«

»Die Prinzessin hat gehört, wie der Feldwebel mich angebrüllt hat. Das bedeutet, sie weiß von mir.«

»Glaub mir, Andry, das ist nicht dasselbe.«

Sie wurden von einem rundlichen Mann mit einem Halben Bier in der einen und etwas wie einer hölzernen Flöte an einem Rinderhorn in der anderen Hand unterbrochen. Er schwankte beängstigend, als er sich vor Andry und Wallas aufbaute.

»Wollt Ihr ein höfisches Musikinstrument kaufen, das am kaiserlichen Hof in Palion gespielt wurde?«, fragte er.

»Das, mein Herr, ist eine gewöhnliche Hornpfeife«, sagte Wallas. »Eine sehr, *sehr* gewöhnliche Hornpfeife.«

»Es ist ein Familienerbstück. Meine alte Mutter hat immer darauf gespielt.«

»Es ist kein Instrument für eine Frau«, entgegnete Wallas. »Ihr habt es von jemandem bekommen, der es gestohlen hat, und wenn jemand es kauft, werdet Ihr das Geld versaufen.«

»Gebt her«, sagte Andry und streckte die Hand aus.

An einem Ende hatte das Instrument eine Doppelzunge, und Andry überprüfte sie, als kenne er sich mit dem Instrument aus. Er setzte die Zunge an den Mund und spielte die »Vasallenpolka«. Einige der anderen Gäste klatschten. Andry verbeugte sich.

»Ich nehme sie«, sagte Andry. »Jedenfalls wenn der Preis stimmt.«

Einiges Feilschen senkte den Preis auf eine für Andry annehmbare Höhe.

»Wozu brauchst du eine Hornpfeife?«, fragte Wallas, während Andry den Preis für das gestohlene Instrument abzählte. »Du hast eine Flöte und eine Fiedel – *und* du leihst dir immer meine Brettleier, um das Singen von Trinkliedern zu üben.«

»Sie ist laut, und man kann sie auch von Weitem hören, das ist gut fürs Tanzen. Außerdem habe ich letzte Nacht ein Liebeslied gesungen. Edle Herren singen Liebeslieder.«

»Man kann ›Fünf Halbe bevor sie mit ihm schlief‹ nicht

wirklich als Liebeslied bezeichnen. Jedenfalls förderst du mit dem Kauf dieser Hornpfeife kriminelle Machenschaften.«

Andry übergab das Geld für die Hornpfeife.

»Hier ist Euer Geld, Mann. Wallas, sogar Gauner mögen ein gutes Tanzlied. Meine Güte, ich kenne da einen kaltblütigen Attentäter, der spielt ...«

»Schon gut, schön, das reicht, ich bin überzeugt, du hast gewonnen.«

»Wie heißt Ihr?«, fragte Andry, als der Verkäufer der Hornpfeife ein zweites Mal die Hand voll Kupfer- und Silbermünzen nachzählte.

»Transer ist der Name, unter dem ich bekannt bin.«

»Komischer Name«, knurrte Wallas. »Ich kann mich nicht erinnern, den in den Heraldik-Listen Zwei-A gesehen zu haben.«

»Es ist ein Geschäftsname, Eure Fettschaft.«

»*Lordschaft*!«, rief Wallas, der sehr stolz auf seinen jüngsten Gewichtsverlust war, wenn er auch nicht freiwillig abgenommen hatte.

»Damit ist der Transfer von Waren von Leuten, die haben, zu Leuten, die haben wollen, gemeint.«

»Ihr seht nicht wie ein Steuereintreiber aus«, sagte Wallas.

»Ha, ha, mein Herr, Ihr seid lustig. Eigentlich bin ich in der Situation eines Helfers. Die Leute helfen mir, und ich helfe den Leuten. Wir brauchen alle Hilfe, wir müssen uns gegenseitig helfen. Die Steuerfatzken helfen niemandem.«

Andry warf eine Münze auf den Tisch.

»Kopf hoch, Wallas, kauf uns was zu trinken, während ich das hier ausprobiere«, begann Andry, doch aus irgendeinem Grund erinnerte er sich plötzlich an zwei Worte aus einer Unterhaltung, die schon vor längerer Zeit stattgefunden hatte. *Helft mir.* Andry ging durch den Kopf, dass er seitdem kaum etwas Alkoholisches getrunken hatte. Es war nicht so, dass er Velander wirklich mochte, aber etwas gegen ihren sehr eigenartigen Zustand zu unternehmen, würde sicherlich genug betrunkenen Männern das Leben retten, um ein großes, wenn auch wenig wirkungsvolles Regiment zu bilden.

»He, aber für mich nur Wasser«, fügte Andry hinzu, als Wallas sich erhob.

Andry spielte »Die Weide am Wasser«, und Transer stand auf und tanzte unsicher dazu, während die anderen Gäste klatschten oder mit den Füßen stampften. Die Hornpfeife erwies sich als gutes Geschäft. Andry entschied, dass er zufrieden war, auch wenn es der ursprüngliche Besitzer nicht war.

Die Akademie für Angewandte Zauberkünste in Clovesser war tatsächlich eine alte Herberge, in der einige Wände zwischen Zimmern herausgehauen worden waren, um Platz für einen Hörsaal und eine Bibliothek zu schaffen. Sie bestand aus fünf Dutzend Studenten, fünf lehrenden Zauberern und einem Hausmeister. Anders als die Akademien in den großen Städten, wo alle in Wohnheimen oder Schlafsälen auf dem Campus lebten, wohnten die Lehrer und Studenten über die ganze Stadt verstreut. Deshalb war die Akademie nachts menschenleer.

Hineinzukommen war kein Problem. Wilbar hatte sich einige Schlüssel ausgeborgt und Wachsabdrücke gemacht, und Riellen hatte dann anhand der Abdrücke Kopien angefertigt. Der eigentliche Trick bestand darin, sich innerhalb der Akademie zu bewegen, ohne die vom Aufseher hinterlassenen Schutzzauber auszulösen.

»Auf dem Dach sind keine Zauber, Älteste, das Problem ist nur, dorthinzukommen«, erklärte Riellen, während sie in einer kleinen Seitengasse gegenüber der Akademie warteten.

»Auf dem Dach?«, fragte Terikel.

»Da haben wir den Ringstein aufgebaut«, sagte Wilbar.

»Wir wissen, wo die Zauber sind, und wir waren schon oft da drin«, sagte Maeben. »Es ist nur so, dass wir das sozusagen tun, äh, ohne groß nachzudenken. Wir müssen Euch richtig langsam durchlavieren.«

»Auf dem Dach, ist Seil?«, fragte Velander.

»Aye, eigentlich ist es ein Doppeldach«, sagte Wilbar. »Wir verstecken die Seile, Träger und die Teile des geneigten Ringsteins in der Regenrinne zwischen den beiden Dächern.«

»Warten«, sagte Velander.

Nachdem sie die Straße überquert hatte, kletterte Velander mit Hilfe der Krallen an ihren Händen an der Ziegelmauer der Akademie empor.

Augenblicke später wurde ein Seil heruntergelassen. Terikel griff danach und wurde hochgezogen. Bevor sie einmal tief Luft holen konnte, war Velander schon wieder unten. Sie ging wieder zu den drei Studenten.

»Auf dem Dach ist Ehrwürdige«, sagte sie. »Dorthin geht auch, Ihr.«

»Aber, aber wir brauchen Euch dort auch«, sagte Riellen.

»In einer Stunde bin zurück, ich.«

Velander schritt davon und ließ die verwirrten Studenten in der Dunkelheit zurück.

Andry hatte in seinem Leben schon viele Leichen gesehen, da er in Barkenwerft aufgewachsen war, doch der Leichnam, der ein paar Straßen von der Taverne entfernt lag, in der er gespielt hatte, unterschied sich von diesen auf zwei wichtige Arten. Andry hatte etwas von ihm gekauft, als er noch lebendig war, und das lag gerade mal eine Stunde zurück. Transers Hals war aufgerissen, und der ehemals rosige kleine Hehler war jetzt im Lampenlicht kreidebleich.

Andry und Wallas waren stehen geblieben und starrten die Leiche an, während ein Wachmann und ein Ausrufer sie untersuchten. Wallas schüttelte den Kopf, als der Ausrufer in den Überresten des Nackens nach einem Puls fühlte. Eine Menge aus Trinkern, Streunern und Freudenmädchen hatte sich gebildet. Andry berührte die Hornpfeife unter seinem Mantel und schüttelte sich.

»Velander«, flüsterte Andry so leise bei sich, dass selbst Wallas es nicht hören konnte.

»Ich meine mich erinnern zu können, dass es mit dir beinah dasselbe Ende genommen hätte«, sagte Wallas furchtsam.

»Und mit mir auch. Ich frage mich, ob Mutter Antwurzels Öl aus medizinischem Knoblauchwein auch hier in Clovesser verkauft wird.«

»Was für eine Art, zu den Finsteren Orten zu gehen«, sagte Andry laut. »Wie können solche edlen Leute wie Lord Laron und Lady Terikel es zulassen, dass so eine Bestie ihr Unwesen treibt?«

»Wahrscheinlich haben sie keine Möglichkeit, Velanders Interesse an den gesundheitlichen Vorteilen vegetarischer Kost zu wecken«, schlug Wallas vor. »So gesehen hat mich auch noch niemand davon überzeugen können. Keiner der Vegetarier, denen ich begegnet bin, schien mir ein inspirierender Mentor zu sein.«

»Sie hat gesagt, sie ernährt sich nur von bösen Männern«, sagte Andry, der kaum zugehört hatte. »Was war denn so böse an Transer? Er hat Waren verkauft, die anderen gestohlen wurden, und dann den Gewinn versoffen.«

»Er hätte das Geld sparen und sich bessern können«, lautete Wallas' Vorschlag.

»Viele Leute bessern sich, sparen Geld und sind trotzdem böse.«

Der Wachmann hob einen neben dem Leichnam liegenden Krug auf, zog den Korken, roch am Inhalt und trank den Rest aus.

»Ekelhaft«, sagte Wallas. »Er hat nicht mal einen Becher benutzt.«

»Mentor«, sagte Andry, wandte sich ab und ging weiter die dunkle Straße entlang. »Du hast ›Mentor‹ gesagt, Wallas. Was ist ein Mentor? Ist das so etwas wie ein Meister für Lehrlinge?«

»Nicht wirklich, mehr so wie wenn sich ein alter, erfahrener Handwerker mit einem jungen anfreundet, der gerade seinen

Meister gemacht hat. Jemand, der eher ein gutes Beispiel liefert, als zu unterrichten.«

»Ein Mentor«, sagte Andry und klopfte sich mit der Hornpfeife auf die Handfläche. »Velander hat mich um Hilfe gebeten, aber ich habe nichts unternommen.«

»Hilfe? Ich würde meinen, dass sie einen Betrunkenen auch ohne Hilfe erledigen kann.«

»Ich gehe zurück zur Kaserne, Wallas. Kommst du mit?«

»O ja. Ich habe zum ersten Mal, seit ich aus dem Palast in Palion geflohen bin, wieder ein Bett, in dem ich mich ausstrecken kann.«

»Außer Madame Jillis.«

»Äh, nun, ja.«

»Und Meliers Koje auf der *Sturmvogel*.«

»Ja, nun, kurz, ja.«

»Und Jelenes Bett in Harrgh.«

»Zugegeben.«

»Und ...«

»Ach, halt endlich die Klappe!«

Der größere geneigte Ringstein bestand aus einer Reihe von Markierungen auf einem sehr steilen Dach der Akademie. Das Gebäude hatte eine Ausrichtung von Norden nach Süden, so dass es fast parallel zu Drachenwall stand. Einige genau abgemessene hölzerne Stäbe wurden über exakt vermessenen Markierungen auf bestimmten Dachziegeln befestigt, und indem das tiefste Stück aus toreanischem Glas in der Regenrinne platziert wurde, hatte man nach einer Stunde Arbeit einen Ringstein aufgebaut, der auf das Lichtband am Horizont zeigte. Die Positionen der fünf an der Beschwörung beteiligten Initiaten waren zwar heikel, aber es war durchaus machbar.

»Was fehlt noch?«, fragte Terikel, als sie bemerkte, dass die Studenten die Ausrichtungen zum zweiten und dritten Mal überprüften.

»Ich bitte um Verzeihung, Mylady, aber Eure Freundin ist noch nicht zurück, und wir brauchen fünf Initiaten«, sagte Riellen.

»Zur Hölle mit ihr«, rutschte es Terikel heraus.

»Mylady?«

»Nichts. Ihr habt andere aus Eurer Gruppe erwähnt.«

»Holbok und Allaine. Allaine sollte inzwischen fertig sein in *Der Königin Bein*. Ich könnte ihn holen, sein Zimmer ist nicht weit von hier, aber Lady Velander könnte doch durchaus noch zurückkommen ...«

»Lady Velander kann tun, was sie will. Holt Allaine.«

Eine halbe Stunde verging, bevor Riellen mit Allaine zurückkehrte, der große Ähnlichkeit mit einem brünetten Besenstiel auf zwei Beinen hatte, der eine Tunika trug. Riellen hatte auch Holbok eine Nachricht unter der Tür durchgeschoben, da er im gleichen Haus wohnte wie Allaine.

»Holbok ist sehr ernsthaft und gutherzig, aber etwas langsam«, sagte Riellen zu Terikel, während Wilbar Allaine kurz alles erklärte. »Er ist sehr gut darin, Dinge auszudiskutieren, braucht aber Tage, um zu einer Schlussfolgerung zu gelangen.«

»Ich kann nicht glauben, dass er zu einer Gruppe gehört, die sich der Aufdeckung von Verschwörungen verschrieben hat«, kommentierte Terikel.

»Oh, seine Schlussfolgerungen sind sehr gut. Die Schwierigkeit ist nur, dass er sich nicht gern drängen lässt.«

»Das kann zu einem Problem werden, wenn man gegen Regeln, Vorschriften und Gesetze verstößt, über deren Einhaltung gefährliche Leute wachen.«

Andry betrachtete fast eine Minute lang den Wagen in dem abgedunkelten Stall, bevor er sprach. Tatsächlich war er noch nie zuvor um Hilfe gebeten worden. Hin und wieder war es ihm schon gelungen, Leute damit zu überraschen, dass er ihnen tatsächlich helfen konnte, als sie in Schwierigkeiten steckten, aber um Hilfe gebeten zu werden, war durchaus eine neue Erfahrung.

»Nun, Velander«, begann er, ohne sich dem Wagen zu nähern.

Velander schlug die Plane beiseite, setzte sich auf, glitt dann wie schwarzes, schattenhaftes Quecksilber aus dem Wagen und blieb daneben stehen.

»Nun, sagt Ihr?«, fragte Velander.

»Ihr habt um Hilfe gebeten, und ich habe geholfen.«

»Geholfen? Wie?«

»Ich habe versucht, Euer Mentor zu sein«, antwortete er in dem Versuch, die Wahrheit etwas auszuschmücken. »Seit ich damit angefangen habe, war ich nicht mehr betrunken.«

Andry wusste eigentlich gar nicht, warum er so viel weniger trank. Edle Herren tranken schließlich genauso viel wie alle anderen auch, wurden dadurch aber weniger rauflustig.

»Ich – nicht betrunken Ihr habt, Euch?«, fragte Velander, die plötzlich unsicher klang.

»Nein.«

Velander schaute weg. Auch das passierte Andry zum ersten Mal. Velander starrte Leute immer nieder.

»Nur getrunken ... einen«, gab sie widerstrebend zu.

»Dieser eine Schluck hieß Transer. Er war einundvierzig Jahre alt und hat eine Polka getanzt, die ich mit meiner neuen Hornpfeife im *Drachenodem* gespielt habe. In seinem Zimmer lebt eine wilde Ratte namens Kryl, die er mit Käserinden gefüttert hat. Früher war er Gemüsehändler auf dem Markt, aber die Schurken haben ihm immer wieder den Wagen zertrümmert und das Gemüse gestohlen, also hat er sich auf den Handel mit gestohlener Ware verlegt. Eigentlich hatte er kaum eine andere Wahl. Das hat ihn gebrochen, aber er hatte sich trotzdem einen Rest Frohsinn bewahrt. Er hat anderen weniger Schaden zugefügt als umgekehrt.«

»Nicht weiter!«, sagte Velander mit erhobenen Händen. Sie

konnte Andry immer noch nicht in die Augen schauen. »Zu tun, was ist?«

»Unsere Abmachung einhalten.«

»War keine Abmachung.«

»Ihr habt um Hilfe gebeten.«

»Ihr habt nicht gesagt Abmachung!«, rief Velander und stampfte so fest mit dem Fuß auf, dass eine Steinplatte zerbrach.

Andry zuckte vor Überraschung und Furcht zusammen, wich aber nicht von seinem Standpunkt ab.

»Gut, dann sage ich es jetzt. Ich gebe das Trinken völlig auf, wenn Ihr Euch von unschuldigen Betrunkenen fernhaltet.«

»Ihr gebt auf?«, schnaufte Velander.

»Aye. Es fällt mir sehr schwer, wenn alle meine Freunde in Tavernen herumhängen und ich darin spiele.«

»Schwer? Sehr schwer?«

»Aye. Haben wir einen Pakt?«

Velander hob ihren Kopf, um Andry in die Augen zu schauen, aber diesmal versuchte sie nicht, ihn niederzustarren.

»Ja, dann uns auf das einigen, wir: Ich töte, dann habt eine Nacht in der Taverne und Euch könnt betrinken, Ihr. Bin traurig, äh, über ... Transfer. Jetzt.«

Velanders Anstrengung, sich an den Namen ihrer letzten Mahlzeit zu erinnern, beeindruckte Andry so sehr, dass er nicht das Herz hatte, sie zu verbessern.

»Laron sagt, Ihr könnt Euch von Hunden und Wölfen ernähren«, erwähnte er.

»Ist wahr. Aber, äh, ist wie Essig gewordener Wein. Nicht so schön wie Wein.«

Mit einem Initiaten für jeden Stein sprachen Terikel und die Studenten wieder ihre Zauber und wirkten die Autonen. Die kleinen Gestalten hockten wacklig auf den Glasscherben, erhoben dann die Arme und zauberten Fasern aus ätherischem

Feuer in verwobenen Spiralen, die sich über die Stadt bis zum Regenbogen über dem entfernten Fleck orangefarbenen Lichts am westlichen Himmel erhoben.

Dieses Mal führte Terikel die Gruppe, daher waren die Zauber stabiler und besser geformt. Inmitten des Gewirrs aus ätherischer Energie bildete sich ein Kopf.

»Ringstein Centras meldet weitere Wellenbewegungen in den Kontrollfäden. Andere Ringsteine, bitte melden.«

Die Stimme war laut und klar. Vielleicht zu laut. Terikel fragte sich, was ein vorbeigehender Wachmann wohl von den merkwürdigen Lichtern und Stimmen auf dem Dach der Akademie halten würde. Eine Reihe von Köpfen nahm Gestalt an und gab jeweils auf Diomedanisch eine Statusmeldung durch.

»Ringstein Septire: Alles in Ordnung.«

»Ringstein Logiar: Wellenbewegung bemerkt, aber nicht von uns verursacht.«

»Ringstein Centras: Alles normal.«

»Ringstein Brachland: Sehr ruhig hier.«

»Ringstein Alpine: Haben Wellenbewegung beobachtet und festgestellt, dass sie sich von selbst abschwächt.«

»Ringstein Centras: Bitte wiederholen, Ringstein Alpine.«

»Ringstein Alpine: Die Wellenbewegung scheint ein starker Impuls gewesen zu sein, der sich langsam abschwächte. Es könnten Wellen im Hintergrund des Äthers existieren, die man erst seit der Errichtung Drachenwalls beobachten kann.«

»Ringstein Centras: Ihr sagt, dass diese Wellenbewegungen natürlich sind, Ringstein Alpine?«

»Ringstein Alpine: So lautet unsere Theorie.«

Wellenbewegungen, dachte Terikel. *Lass einen Stein in einen Teich fallen, und es entstehen Wellenbewegungen. Bombardiere Drachenwall mit einem nicht genehmigten Zauber, und es könnten ebenfalls Wellenbewegungen entstehen.* Es kam ihr eigenartig vor, dass ein so kleiner und schwacher Ringstein so eine Wirkung auf den gewaltigen Drachenwall haben sollte, aber auch das Wasser im Teich würde sich kräuseln, wenn es von einem millionenfach leichteren Stein getroffen wurde.

Bilder von Kontrollfäden flackerten vor Terikels Augen vorbei, während die über die halbe Welt verteilten Ringsteine sich gegenseitig über ihren derzeitigen Status informierten. Für Terikel hatte Drachenwall dennoch etwas Merkwürdiges an sich, weil die Fäden sich alle in ihrer Reichweite befanden, falls sie den Wunsch verspürte, danach zu greifen. Damit würde sie natürlich Aufmerksamkeit auf sich ziehen, aber durch die Herrschaft über einige Fäden würde sie sich mit Drachenwalls eigenen Energien verteidigen können. Es war alles viel zu leicht zu beherrschen, fast wie bei einer Falle.

Jeder kann alles tun, dachte sie. *Das hier ist wie eine riesige Schlachtgaleere, die von tausenden von Männern gerudert wird und von jedem einzelnen davon gesteuert werden kann.* Terikel gab ihrem Zauber einen bestimmten Befehl, und er setzte sich auf einen Wasserfaden, der auf den anderen lag. Dieses Mal gehörte der Kopf einem älteren Mann, der sehr verängstigt aussah.

»Mel'si dar, tik-le trras asgir.«

Die Sprache kam Terikel bekannt vor. Es war eine toreanische Gelehrtensprache, Larmentianisch. Die Vorlesungen an der Universität von Larmental waren alle auf Larmentianisch gehalten worden, und sie hatte vor zehn Jahren dort studiert. *Trras.* »Schlagen« oder vielleicht auch »Zuschlagen.« *Asgir.* »Eindringlinge« …

»Abbrechen, flieht!«, rief sie und löste sich von ihrem Auton und der Glasscherbe. »Sie sehen uns.«

Terikel rutschte das steile Dach herunter bis zur Dachrinne und fiel über die Dachkante, landete aber in einem der Büsche neben dem Vordereingang. Als sie hochschaute, sah sie Riellen gefolgt von Wilbar an dem von Velander befestigten Seil herabgleiten. Allaine erreichte die Dachrinne und hielt sich daran fest. Sie riss an einer Seite ab, und der ausgemergelte Student schwang an ihr ganz weich zur Straße herunter. Um

Terikel herum regnete es Schieferteile vom Dach, dann fiel Maeben neben ihr in das Gebüsch.

»Schnell, in die kleine Seitengasse!«, rief Terikel, während sie sich aus den Zweigen befreite.

Wenn man bedachte, dass sie sich extrem überstürzt vom Dach eines ziemlich hohen Gebäudes verabschiedet hatten, gab es überraschend wenige Verletzungen, und keine davon war ernsthafter Natur.

»Was ist denn los?«, keuchte Wilbar, als sie sich im Schatten zusammenkauerten.

»Ein ... Ding, in Drachenwall«, antwortete Terikel. »Eine Masse von Kontrollfäden«, flüsterte sie in sein Ohr. »Drachenwall muss zerstört werden!«

»Was? Warum?«, zischte Wilbar zurück.

»*Jeder* kann die totale Herrschaft über die Energien übernehmen!«, flüsterte Terikel und packte ihn am Kragen. »Es ist noch viel schlimmer, als ich dachte. Jetzt weiß ich, dass ich ihn zerstören muss, und bald werde ich auch wissen, wie.«

»He!«, warnte Riellen. »Wer ist das?«

Sie konnten in der Dunkelheit lediglich jemanden in einem Mantel mit einer langen, gezackten Feder im Hut erkennen. Während sie ihn beobachteten, holte er einen Schlüssel heraus und ging zur Tür der Akademie.

»Holbok!«, rief Maeben. »Hierher, versteck dich!«

»Brüder, wo seid ihr?«, antwortete Holbok, während er sich umsah. »In der Nachricht stand, dass die Zeiten des Versteckens vorbei seien.«

»Holbok, keine Diskussionen!«, rief Wilbar. »Komm her und versteck dich.«

»Aber Brüder, in der Nachricht stand, in dieser Nacht würden wir das Establishment der Akademie stürzen, indem wir ...«

In einer Zeitspanne, die zu kurz war, um durch die Kalten Wissenschaften dieser Welt gemessen zu werden, zerstörte ein blendender Blitz das Dach und den Ringstein. Die Explosion war so laut, dass keine der Personen in der Seitenstraße sich daran erinnern konnte, sie gehört zu haben. Staub wallte wie dichter Nebel umher, und heiße Bruchstücke von Schieferplatten und Ziegelsteinen regneten auf Terikel und die Studenten nieder.

Terikel schaute auf und erhob sich auf die Knie. Durch den Staub sah sie in den spärlichen Überresten der Akademie Feuer lodern. Das Dach schien von etwas wie sämtlichen Blitzen eines Jahres auf einmal gesprengt worden zu sein, und die vier Mauern der Akademie waren nach außen gekippt. Terikel suchte sich einen Weg durch die Trümmer auf der Straße. Ein paar Beine ragten unter einem großen Mauerabschnitt hervor, der beinah intakt heruntergekommen war. Sie kehrte zu den anderen zurück.

»Ihr müsst Eure Sachen holen und fliehen!«, sagte sie mit Entschiedenheit zu den immer noch kauernden Studenten.

»Aber wir müssen uns erst um Holbok kümmern!«, rief Wilbar.

»Von den Knien aufwärts ist Holbok jetzt nur noch so dünn wie ein Blatt Pergament.«

»Mein Haus, es brennt!«, rief Allaine, der die Straße entlangstarrte.

Das stimmte in der Tat. Tatsächlich standen inzwischen mehrere andere Häuser in Flammen, und ihre Bewohner rannten auf die Straße oder sprangen das Beste hoffend aus den Fenstern.

»Na, ein Ort weniger, den wir aufsuchen müssen«, sagte Terikel. »Und jetzt bewegt Euch!«

Die Stadt erwachte rasch zum Leben, während sie durch die Straßen liefen. Glocken und Gongschläge ertönten, Alarmtrompeten wurden geblasen, und Leute liefen mit Wassereimern und Leitern umher.

»Ich fürchte, die königliche Kutsche wird wegen dieses Zwischenfalls die Stadt schnell verlassen«, sagte Terikel und wies dabei hinter sich. »Und wenn nicht, werde ich die Prinzessin bald davon überzeugen, es doch zu tun. Ich würde Euch gerne einen Platz darin anbieten, aber ich fürchte, dass sogar ich Schwierigkeiten haben könnte, mitgenommen zu werden.«

»Ihr?«, rief Wilbar. »In der königlichen Kutsche?«

»Das ist eine lange Geschichte. Sogar Angehörige des Establishments mögen das Establishment nicht. Oder vielleicht kann der Baron uns Unterschlupf gewähren.«

Nur wenig später flatterten einige blassgoldene Schmetterlinge um sie herum auf und verschwanden im Nachthimmel.

»Was macht Ihr da?«, fuhr Terikel Wilbar an.

»Herrje, ich habe nur ein paar Autonen losgeschickt, die verkünden, dass das Establishment für diese Gräueltat verantwortlich ist.«

»Wilbar, die Zeit für revolutionäre Bewegungen ist vorbei, und die Zeit ist wahrhaftig gekommen, in der man versucht, einfach zu überleben. Wirkt keine Zauber, eigentlich solltet Ihr *gar nichts* tun, wenn ich es Euch nicht sage. Ist das klar?«

»Nun, ja, revolutionäre Schwester.«

»Wir brauchen einen Wagen, um unsere Sachen wegzuschaffen«, keuchte Riellen, die körperliche Anstrengungen nicht gewöhnt war.

»Ihr werdet Geld, eine Decke, eine Waffe, einen Rucksack und eine Garnitur Kleidung zum Wechseln mitnehmen«, erklärte Terikel bestimmt, als sie sich der großen, aber schäbigen Herberge näherten. »Auch alles an Lebensmitteln in …«

Eine Scheibe aus reinem, blendendem Weiß verwandelte die Umgebung von Wilbars Fenster im zweiten Stock in sehr, sehr heißen Dampf. Da Dampf normalerweise deutlich mehr Platz einnimmt als Holz, Stein und Putz, explodierte Wilbars Zimmer. Die Explosion zerstörte den Rest der Herberge in einem staubigen Feuerball, der brennende Fragmente auf die Nachbarschaft regnen ließ.

»Ich korrigiere mich, Ihr nehmt die Kleider, die Ihr anhabt, und Euer Leben«, sagte Terikel.

»Sie müssen unseren kleinen Ringstein auch entdeckt haben!«, rief Wilbar.

»Ich würde meinen, das ist offensichtlich«, antwortete Riellen.

Das Kollektiv zur Aufdeckung von Zauberverschwörungen und Okkulten Komplotten hatte niemals Treffen oder Experimente in Riellens Zimmer veranstaltet, weil Männern der Zutritt zu den Schlafsälen der Schule für Zucht, Benimm und Umgangsformen in Clovesser nicht gestattet war. Terikel und Riellen betraten den Raum, stopften die aus der Bibliothek der Akademie entwendeten Bücher in einen Rucksack und wickelten außerdem handgeschriebene Blätter mit Zaubersprüchen, Beschwörungsformeln und Verschwörungstheorien, eine Ersatzbrille, ein kleines Fernrohr und eine Armbrust von der Größe von Terikels Hand in eine Decke.

»Ein Gerät für die persönliche Sicherheit zwecks Mobilität in einer gewaltorientierten männlichen Gesellschaft«, murmelte das verlegene Mädchen.

»Habt Ihr keine Kleidung?«, fragte Terikel und griff nach der Armbrust.

»Das Kissen.«

Das Kissen auf dem Bett war mit Riellens Kleidung und Unterwäsche gefüllt, weil sie sich keine richtige Kissenfüllung leisten konnte. Sie flohen auf die Straße, wo Wilbar, Maeben und Allaine auf sie warteten.

»Und was nun?«, rief Wilbar, während sie wegrannten.

»Wir fliehen aus der Stadt und versuchen, am Leben zu bleiben«, antwortete Terikel.

»Könnten wir etwas langsamer fliehen?«, keuchte Allaine, der in einer äußerst schlechten körperlichen Verfassung war.

»Ich weiß, wo wir einen Wagen und ein Pferd finden können«, sagte Terikel. »Kann jemand von Euch einen Wagen lenken?«

Niemand hob die Hand.

»Sieht so aus, als müsste die Prinzessin ohne meine Gesellschaft fliehen«, murmelte Terikel.

Die prinzipielle Unzulänglichkeit des Kollektivs zur Aufdeckung von Zauberverschwörungen und Okkulten Komplotten war die, dass Ihre Verfolgungswahn nicht ausgeprägt genug gewesen war. Zurzeit gab es in der Stadt nicht weniger als dreißig verschiedene Gruppen und Organisationen mit geheimen und gefährlichen Absichten. Die Bruderschaft für Ringsteinsicherheit wusste nicht, dass Drachenwall für die beiden Explosionen verantwortlich war, daher reagierte sie mit Angriffen auf den Stab der Akademie in dessen Häusern. Infolge des konsequenten Einsatzes von Feuerbällen und Kriegsautonen standen schnell weitere Teile der Stadt in Flammen, dann traf die Miliz ein und beteiligte sich am Kampf, indem sie die Zauber mit den Eisenspitzen ihrer Waffen neutralisierten. Die Reisegarde war sofort in Alarmbereitschaft, und Prinzessin Senterri wurde in ihre Kutsche verfrachtet, während die Gardisten sich darauf vorbereiteten, die Stadt zu verlassen. Als er sah, dass die Gardisten sich in Rüstung und mit kampfbereiten Waffen formierten, nahm der in der Stadt ansässige Baron an, dass er sich die Erbin des verstorbenen Kaisers zum Feind gemacht hatte, und schickte seine eigene Leibwache mit dem Befehl auf die Straßen, jeden anzugreifen, der sich in Richtung seines kleinen Palasts bewegte. Jene aus Palion, die Terikel jagten, nahmen an, dass die Reisegarde angreifen würde, und scharten deshalb in der Stadt mehrere andere Interessengruppen für die entscheidende Auseinandersetzung um sich.

Andry und Wallas erreichten den Sammelplatz der Garnison gerade noch rechtzeitig, um die Reisegarde mit der königlichen Kutsche unter Eskorte davonrauschen zu sehen.

»Sie verlassen die Stadt ohne uns!«, jammerte Wallas, als Andry ihn von der Straße zog.

»Wenn du eine Prinzessin wärst, würden sie ganz sicher bleiben. Jetzt tu, was ich sage. Nimm meinen Rucksack, geh zur Kaserne und pack unsere Sachen zusammen. Wir treffen uns im Stall.«

Andry hatte sein Pferd gesattelt und spannte gerade das Zugpferd für den Wagen ein, als Wallas kam und das Gepäck auf den Wagen hievte. Eine wacklige Velander erschien, fauchte Wallas an und deckte sich wieder mit der Wagenplane zu. Eine Salve Brandpfeile flog hoch über sie hinweg und traf die Kaserne der Garnison.

»Können wir sie nicht zurücklassen?«, rief Wallas, als Andry sich auf sein Pferd schwang und seine Axt zog.

In diesem Augenblick kamen Terikel und die überlebenden Mitglieder des Kollektivs zur Aufdeckung von Zauberverschwörungen und Okkulten Komplotten schwankend im Hof vor dem Stall an. Alle waren nach der Anstrengung des Laufens dem Zusammenbruch nah.

»Andry! Seid Ihr das?«

»Terikel?«

»Könnt Ihr uns mitnehmen?«, keuchte sie. »Uns alle? Die königliche Kutsche hat die Stadt schon verlassen, und wir müssen alle weg!«

»Bei den Rudern des Fährmädchens, wer sind diese Leute?«

»*Könnt Ihr uns mitnehmen?*«

»Aye. Steigt auf und denkt an Velander.«

In den Straßen wurde heftig gekämpft, aber niemand wusste mit Sicherheit, wen sie eigentlich angreifen sollten. Der Wagen war bereits durch einige Straßen gefahren, als einer in einem zusammengewürfelten Haufen aus Stadtmilizen und Strolchen rief, dass man ihn anhalten solle. Hände griffen nach den Wänden der Ladefläche, bis Velander auftauchte, einen Mann an den Haaren hochzog und ihm mit den Krallen der anderen Hand die Kehle zerfetzte. Der Mann neben ihm brauchte einen Moment zu lange für seine Entscheidung loszulassen. Velander packte ihn am Arm und zog ihn auf die Ladefläche.

Sein Geschrei verstummte rasch, war aber mehr als genug Anreiz für die Meute, vor dem Wagen zu fliehen.

Eine riesige Gestalt segelte über sie hinweg in Richtung des hiesigen Palastes. Augenblicke später strömte ein Strahl aus weißglühendem Plasma und ätherischen Zaubern in das größte Gebäude von Clovesser.

»Jetzt auch noch Drachen!«, rief Wallas. »Was ist nur los? Bei unserer Ankunft war Clovesser noch so eine nette kleine Stadt!«

Sie erreichten einen kleinen Platz, den die angrenzenden brennenden Gebäude sehr gut beleuchteten, doch was sofort Andrys Aufmerksamkeit fesselte, war ein Drache, der sich über zwanzig Fuß hoch vor sechs Reitern aufbäumte, die sich vor einer umgestürzten Kutsche versammelt hatten. Die Reiter waren gekleidet wie Andry.

Mehrere Gedanken gingen Andry durch den Kopf, keiner davon sonderlich logisch. Er ließ sich zur Ladefläche des Wagens zurückfallen. Terikel und die Studenten kauerten alle gemeinsam am vorderen Ende, während Velander sich an dem Aufrührer gütlich tat, den sie sich ein paar Straßen zurück geschnappt hatte. Andry drehte seine Axt und zog Velander den Griff über den Hintern.

»Lasst ihn!«, rief Andry. »Ihr schuldet mir bereits eine Nacht am Weinfass!« Velander reagierte nicht, also schlug er ihr auf den Kopf. Sie schaute auf und kreischte dabei wie reißendes Metall. »Gieriges, betrunkenes Stück!«, rief Andry. »Lasst ihn und helft mir!«

Andry wandte sein Pferd in Richtung des Drachen und gab ihm die Sporen. Das Pferd erwies sich als eher unwillig zum Galopp. Inzwischen griffen drei der Aufklärer den Drachen an. Ein gleißend weißer Strahl erfasste den führenden Reiter, dann schritt der Drache auf die Kutsche zu, ohne die anderen Aufklärer zu beachten. Mit dem Maul riss er einen Teil des Aufbaus weg und schaute dann hinein. Offenbar gefiel ihm nicht, was er sah, denn er spie einen weiteren Feuerstrahl auf die

Kutsche und verbrannte sie damit zu Holzkohle und Asche. Sogar das Kopfsteinpflaster darunter verwandelte sich in eine Pfütze aus geschmolzenem Stein.

Es ist eine Tatsache, dass Drachen nach einem solchen Angriff ein paar Sekunden brauchen, um ihr Feuer wieder anzufachen. Eine Vielzahl von Dingen geschah in den nächsten zehn Sekunden. Andry griff von hinten an. Der Drache schwang den Kopf herum und stieß dabei Danol und sein Pferd um. Velander ließ ihr Opfer los und sprang vom Wagen. Andry erreichte den Drachen und hieb mit der Axt in seinen Rücken. Seine Klinge traf etwas, das ein merkwürdig hohles Geräusch verursachte, und Energien flammten rings um die stählerne Klinge der Axt auf. Zwei weitere Schläge ließen die Klinge durch das seltsame faserige Material dringen, von dem Terikel später erklärte, es bestehe aus miteinander verwobenen Zauberfäden. Metallwaffen zerstörten sie, aber nur durch wiederholte Schläge auf dieselbe Stelle. Beim dritten Schlag stieß Andrys Klinge auf äußerst konzentrierte ätherische Energien. Metall und ätherische Energien kommen nicht gut miteinander aus, und so gab es einen Energieblitz, der Andry die Axt aus der Hand riss. Der Drache brüllte mehr aus Empörung denn Schmerz, drehte sich um und spie Feuer. Andry duckte sich, so dass der Feuerstrahl über seinen Kopf hinwegraste, mehrere Häuser traf und alles in Brand steckte, was nicht schon in Flammen stand.

Der Kiefer des großen Kopfes öffnete sich über Andry – und dann kletterte etwas Dunkles auf den Nacken des Drachen, klammerte sich unterhalb des Kopfes fest, schlitzte die Haut auf, bis blaues Licht durchschien, und biss dann zu. Der Drache heulte auf, schwankte und breitete dann die Flügel aus. Seine Flügelspannweite war größer als der Platz breit. Wallas fuhr den Wagen in eine Nebenstraße. Der Drache schwang sich in die Luft, schlug drei Mal mit den Flügeln, kam ins Trudeln und krachte dann mitten in einige Gebäude. Eine Wolke aus Rauch und Funken markierte die ungefähre Richtung der Einschlagstelle.

Der Wagen tauchte wieder auf. Terikel hatte Wallas Riellens Handarmbrust ans Ohr gedrückt. Ein Aufklärer, der sich als Danol entpuppte, humpelte mit einer Axt in der Hand über den Platz, deren Klinge teilweise geschmolzen war. Andry lenkte den Wagen zu ihm, und die Studenten halfen ihm auf die Ladefläche. Ein Aufschrei des Abscheus ertönte, als Danol über die Reste von Velanders letzter Mahlzeit stolperte.

»Werfen Sie die Leiche raus!«, rief Andry auf Umgangssargolanisch, da der Feldwebel ihm zugebrüllt hatte, es werde grundsätzlich als Gefechtssprache benutzt. Danol hievte den Leichnam über die Seitenwand. »Wallas, nimm die Straße nach Westen!«, fügte Andry auf Diomedanisch hinzu, nachdem ihm eingefallen war, dass der Feldwebel wahrscheinlich nicht in Rufweite war. »Wo ist Sprecher Porter?«, rief er wieder in Umgangssargolanisch, da er nicht wusste, ob die Aufklärer ihn andernfalls wegen Benutzung der falschen Sprache melden würden.

»Er ist das Häufchen Kohle auf der Pfütze aus geschmolzenem Stein!«, rief einer der vier berittenen Aufklärer.

»Wer sind Sie?«

»Esen.«

»Sie alle, begleiten Sie den Wagen!«, rief Andry.

»Was ist mit Ihnen?«, fragte Esen.

»Ich werde nach, oh, äh ...«, stotterte Andry, dem dann jedoch klar wurde, dass er kein sargolanisches Wort kannte, das so viel wie »Dämon«, »Ungeheuer« oder »mörderische, Blut trinkende Bestie« bedeutete. »Dame! Nach der Dame suchen, äh, nach meiner Bekannten!«, rief er. Dann wendete er das Pferd und ritt in die Richtung der Wolke aus Rauch und Funken, die die Stelle markierte, wo Velander mit dem Drachen abgestürzt war.

Inzwischen war Andrys Pferd zu dem Schluss gelangt, dass es trotz des Grauens der letzten Minuten lebendig und mehr oder weniger unversehrt war, so dass durchaus die Möglichkeit bestand, dass sein derzeitiger Herr wusste, was er tat. Es war jedoch sehr erleichtert, als Andry es vor dem brennenden Lagerhaus zügelte, in das der Drache gestürzt war. Er stieg ab, band die Zügel an einem zerstörten Zaun fest und kletterte über den Schutt zu der Stelle, wo der riesige Umriss des Drachen inmitten der brennenden Ruine lag. »Umriss« war das Schlüsselwort, weil es keinen Körper gab.

»Velander!«

Er bekam keine Antwort. Andry versuchte herauszufinden, in welcher Richtung der Kopf des Drachens lag, weil die Abdrücke von Schwanz und Hals fast identisch waren, wenn man das Ende nicht sehen konnte. Etwas löste einen kleinen Erdrutsch in den Trümmern aus, und weil sich sonst nichts bewegte, ging Andry in diese Richtung. Er fand Velander, die unter einem Haufen zertrümmerter Bretter auftauchte. Ihre Kleider waren zerfetzt, und ihre Haut war mit Quetschungen und Schrammen übersät und staubig. Ihre Augen leuchteten in einem weißen Licht, und sie zog etwas hinter sich her, das wie ein Körper in einer Rüstung aussah.

»Velander!«, rief Andry.

»Andry. Nicht sehen«, antwortete sie, und mehr Leuchten kam aus ihrem Mund.

»Ich komme, wartet dort.«

Andry sah, dass die Rüstung im Nacken aufgerissen und darunter blutiges Fleisch zu sehen war.

»Sagt bitte, lebt noch, Zauberer?«, fragte Velander.

»Ich würde sagen, nein, der Kopf wird nur noch von ein paar Fetzen Rüstung gehalten. Wer ist das?«

»Glasdrache.«

Erst jetzt ließ Velander ihr Opfer los. Andry zog seinen Wappenrock aus und half dem benommenen und ramponierten Vampyr hinein, dann kletterten sie über den Schutt zurück.

»Das ist hoffnungslos, wir müssen uns den Weg aus der Stadt freikämpfen, und nur ich kann kämpfen«, sagte Andry, während er sie zu seinem Pferd führte.

Hinter seinem Pferd warteten vier Aufklärer und der Wagen. Inzwischen hielt Terikel Wallas im Schwitzkasten und hatte die Armbrust auf seine Nase gerichtet.

»Beeil dich, verdammt noch mal, ich parke in der zweiten Reihe!«, kreischte Wallas, als Andry nur staunend gaffte.

Madame Jilli blickte bestürzt auf die Warteschlange, dann blätterte sie eilig durch das Reiseregister, merkte sich einige Namen, legte das Register wieder beiseite und öffnete das Buch der Lebensübersichten.

»Falzer Rikel, D'brz-Thrth – auch als Lavolten bekannt – Holbok Harz, Transer, Ihr werdet Euch das Boot teilen müssen«, rief sie. »Irgendwelche Einwände?«

Die Seelen der Toten schauten einander an und zuckten mit den Achseln.

»Nicht? Gut. Bitte steigt ins Boot und setzt Euch auf den Boden. Herr Transer, Ihr seid der Glückliche, der den Platz am Ende bekommt.«

Madame Jilli las die Lebensübersichten, während sie den Kahn mit einer Hand stakte.

»Aha, Ihr seid durch herabstürzende Mauern zerquetscht worden, Holbok? Wie weit ist es mit der Welt gekommen, wenn man nicht einmal mehr gefahrlos durch die Straßen gehen kann? Transer, o je, von einer Blut saugenden Bestie den Hals zerfetzt. Ich wette, Euch wäre lieber gewesen, wenn es so schnell und sauber gegangen wäre wie beim jungen Holbok? D'brz-Thrth – du meine Güte – ein Zauberer, der zum Glasdrachen wurde und sechshundert Jahre alt! Wir Fährmädchen sehen nicht viele wie Euch, ich kann es kaum abwarten, in der Teestube in der Bibliothek der Seelen von Euch zu erzählen. Und Falzer, Donnerwetter, auch bei Euch war es diese Blut saugende Bestie.«

Sie fuhren durch Dunkelheit, die von Nebel durchdrungen war, bis schließlich ein rötlicher Schein in der Düsternis erkennbar wurde. Die Insassen des Boots konnten entfernte Schreie hören. Dann wurde vage das Ufer mit grotesken, gestikulierenden Gestalten sichtbar. Alle vier Männer starrten voller Grauen auf die Szenerie, als ein Rauschen ertönte und die Stake des Fährmädchens Falzer am Kopf traf und ihn ins Wasser stieß. Als sein Kopf die Oberfläche der schwarzen Wellen durchbrach, rammte Madame Jilli ihm das Stakenende in den Rücken.

»Freudenmädchen vergewaltigt habt Ihr?«, schrie sie. »Na, so fühlt es sich an, wenn man gegen seinen Willen heruntergedrückt und herumgestoßen wird!«

Obwohl sie der Verdammnis ins Angesicht sahen, fingen die drei im Kahn verbliebenen Seelen an zu lachen. Madame Jilli zog schließlich die Stake zurück, schwang sie herum und hinter das Boot. D'brz-Thrth bemerkte erst, dass etwas nicht in Ordnung war, als die Stake ihren Kreis vollendete und ihn ebenfalls traf. Er fiel ins Wasser.

»Ihr habt versucht, meinen Liebsten zu töten, mörderischer Schweinehund von einem Glasdrachen!«, rief sie und ließ die Stake direkt auf seinen Kopf krachen, während er sich in dem seichten tiefschwarzen Wasser zu erheben versuchte. »Und Ihr habt seinen Anführer verbrannt! Geht jetzt ans Ufer, Ihr beiden!«

Die Dämonen am Ufer jubelten herzhaft, und Madame Jilli winkte und warf ihnen eine Kusshand zu.

»Solltest du mal hier bei uns arbeiten wollen, mein Schatz, bist du jederzeit willkommen!«, rief ein Dämon, der mit einer Handschelle in der einen und einer weißglühenden Mistgabel in der anderen Hand winkte.

Madame Jilli steuerte den Kahn wieder zurück in die Dunkelheit, während ihre beiden ersten Passagiere ans Ufer wateten. Holbok und Transer kauerten nun gemeinsam am anderen Ende des Bootes und lachten überhaupt nicht mehr.

»Äh, sollen wir nicht auch dahin?«, erkundigte sich Holbok.

»Nein, ihr seid für Arcadia bestimmt. Jetzt versucht still zu sitzen, dieses Ding hier ist nicht sehr stabil. Entschuldigt, ich hasse Vergewaltiger. Und was Andrys Sicherheit betrifft, nun ja, da können schon mal die Pferde mit mir durchgehen.«

Madame Jilli kehrte schließlich dahin zurück, wo die anderen Seelen der Verschiedenen auf ihre Überfahrt warteten.

»Porter«, rief sie. »Diesmal nur Ihr, steigt ins Boot und setzt Euch auf den mittleren Sitz.« Sie stieß vom Ufer ab. »Nun denn, ich glaube, Ihr habt meinen Schatz, Andry Tennoner, befehligt.«

»Andry?«, entfuhr es der verblüfften Seele, die plötzlich die Knie umklammerte. »Er hat nie erwähnt, dass sein Mädchen der Tod ist.«

»Oh, ich bin nur ein Fährmädchen und war noch lebendig, als Andry mich kannte. Es ist eine lange Geschichte, wir können über den Höllenkai nach Arcadia fahren, wenn Ihr sie wirklich hören wollt. Wie geht es Andry dieser Tage denn so?«

»Ich hatte ihn nur kurze Zeit unter mir. Sehr kurze Zeit. Eigentlich nur ein paar Stunden.«

»Oh, das ist kein Problem, die meisten Männer in meinem Leben sind nur ein oder zwei Stunden geblieben. Sagt mir, hat er schon eine Liebste?«

»Ah, äh, nein, aber er hatte dieses kleine Messer, irgendwie. Ein besonderes, äh, so eine Art von, äh besonderem Damenmesser.«

»O nein, er verzehrt sich immer noch nach mir!«

Sehr viel später in der Nacht hielten die Aufklärer an, um die Pferde ausruhen zu lassen und eine Bestandsaufnahme zu machen. Obwohl sie bereits fünf Meilen zurückgelegt hatten, konnte man immer noch den Schein der brennenden Stadt im Osten sehen. Andry stand einige Zeit mit den Armen um den Hals des Pferdes geschlungen da und bedankte sich bei ihm für seine Treue während des Kampfes. Als das Tier ihm deutlich machte, dass es viel lieber grasen wollte, als weitere Dankesbezeugungen entgegenzunehmen, setzte Andry sich auf den Boden und vergrub den Kopf in den Händen.

»Sprecher Tennoner!«

Andry schaute auf und sah Esen in respektvoller Entfernung von sich stehen. Er stand auf und salutierte.

»Ich bin nicht der Sprecher«, antwortete Andry.

»O doch, das sind Sie, bitte um Vergebung, dass ich Ihnen widersprechen muss. Die Männer erwarten Ihre Befehle.«

»Befehle?«, fragte Andry, der unsicher war, ob er das sargolanische Wort richtig verstanden hatte.

»Ihre Befehle, Herr Sprecher. Porter war unser Sprecher für die Offiziere der Reisegarde, aber er ist tot. Wir haben Sie zu seinem Nachfolger gewählt.«

Esen brauchte eine Weile, um zu erklären, was passiert war. Die Aufklärer hatten das Recht, ihren Vertreter zu wählen, der Sprecher genannt wurde. Sie hatten unterwegs Andry gewählt. Es schien so, als könnte man jemandem, der einen Drachen mit der Axt angriff, um einen Aufklärer zu retten, wahrscheinlich zutrauen, ein halbwegs brauchbarer Sprecher zu sein. Außerdem erzählte er einiges von dem, was sich vor Andrys Eintreffen abgespielt hatte.

»Als die Reisegarde aus der Stadt floh, wurde der Drache am Himmel entdeckt«, schloss Esen seine Ausführungen.

»Nicht leicht zu übersehen«, sagte Andry.

»Hauptmann Gilvray entschloss sich, Prinzessin Senterri auf ein Pferd zu setzen und ihre Kutsche umzustürzen. Auf Sprecher Porters eigene Initiative sind wir geblieben, um das Wrack zu verteidigen, als wäre die Prinzessin noch darin. Als Sie hinter dem Drachen hergeritten sind, um Ihre Dame zu retten, haben die Jungs und ich uns zusammengesetzt und abgestimmt.«

»Was? Sie wollen sich von jemandem führen lassen, der so alberne Risiken eingeht?«

»Aye, Herr Sprecher.«

»Oh. Nun denn, wer ist der erfahrenste Offizier in dieser Gruppe?«

»Sie, Herr Sprecher.«

»Ich?«

»Sie, Herr Sprecher.«

»Wir sind verloren«, murmelte Andry leise, riss sich dann aber dennoch zusammen. »Also gut, dann versorgen Sie alle, die verwundet wurden, und dann sehen wir zu, dass wir weiterkommen. Bis Glasbury ist es nicht weit, und dort sind wir bestimmt sicherer.«

»Aye, Herr Sprecher, aber ich bitte um Erlaubnis, eine Frage stellen zu dürfen.«

»Fragen Sie.«

»Woher wussten Sie, dass Ihre Freundin da war, wo der Drache abgestürzt ist?«

»Weil sie auf dem Drachen saß.«

»Bitte um Verzeihung, Herr Sprecher, aber da war doch nur ein Dämon, der sich am Hals des Drachens festgeklammert und ihn aufgeschlitzt hat. Da war keine Dame, die er in den Krallen gehalten hätte oder so.«

»Der Dämon ist meine Freundin, Aufklärer Esen, und ich wäre Euch dankbar, wenn Sie sie nicht als Dämon bezeichnen würden.«

Sie hat sowieso ein sehr geringes Selbstwertgefühl, fügte die Stimme in Andrys Kopf hinzu.

Nachdem Terikel jeden der Männer untersucht hatte, wurde klar, dass es viele bisher unbeachtete Verletzungen gab. Es dauerte fast eine Stunde, bis Terikel alle behandelt hatte, so gut sie konnte, nicht zuletzt, da ihr für die Behandlung nur Wein und ein paar Stoffstreifen zur Verfügung standen. Velander lag in eine Decke eingewickelt auf dem Wagen und wollte mit niemandem etwas zu tun haben. Andry entschied, dass er als Anführer der gesamten Gruppe das Recht hatte, als Letzter behandelt zu werden.

Die anderen machten sich zur Weiterreise bereit, während Terikel Andrys Schnitte, Brandwunden und Schrammen verband. Andry beobachtete die flackernden Lichter Drachenwalls am westlichen Horizont, um sich vom Brennen des billigen Weins auf seiner verbrannten Haut abzulenken.

»Andry, was wisst Ihr über Drachenwall?«, fragte Terikel, als sie den letzten Verband anlegte.

»Es ist, äh, ein magischer Zauber, um den Torea-Stürmen die Kraft zu rauben, die unsere Schiffe versenkt und uns so viel Regen gebracht haben, Mylady.«

»Ja, darum geht es, grob gesagt«, antwortete Terikel, überrascht ob der schlichten Genauigkeit seiner Antwort. »Diese schrecklichen Stürme haben sich entwickelt, seit im letzten Jahr der Kontinent Torea verbrannt wurde.«

»Oh, aye, davon habe sogar ich gehört«, sagte Andry, als er sich erhob. »Ihr habt gesagt, Ihr stammt aus Torea, Mylady. Was ist da eigentlich passiert? Wart Ihr dort?«

»Oh, ich war dort, keine Frage, und ich bin nur ganz knapp entronnen. Es gab einen Krieg, und die beiden Seiten waren ungefähr gleich stark. Ein Anführer benutzte eine uralte, verzauberte Waffe namens Silbertod in der Annahme, sie sei nicht mehr als eine bessere Belagerungsmaschine. Er wusste nicht, dass ihre Kraft millionenfach stärker war als die des größten aller je gebauten Katapulte. Die Waffe geriet außer Kontrolle. Alles, was sie nicht verbrennen konnte, wurde geschmolzen.

Einige sehr mutige Leute haben Silbertod zerstört, bevor noch mehr Unheil angerichtet werden konnte, aber die Hitze des vernichteten Torea hatte bereits das Klima auf den Kopf gestellt. Die Zauberer von Lemtas, Acrema und Scalticar haben siebzehn Ringsteinkreise errichtet. Eintausend von ihnen betreiben sie mit mächtigen magischen Zaubern. Sie verteilen sich entlang einer Linie von Norden nach Süden einmal um die halbe Welt. Ihre vereinten Kräfte haben dieses wunderschöne, aber gefährliche Lichterspektakel am westlichen Himmel erzeugt, um damit den Torea-Stürmen die Kraft zu rauben, wie ein Mühlrad den Lauf eines Baches ein klein wenig verlangsamt.«

»Scheint ein ehrenwertes Unterfangen zu sein«, sagte Andry und kratzte sich am Kopf. »Aber warum seid Ihr hier?«

»Niemand hat je zuvor die gemeinsame ätherische Kraft von tausend der mächtigsten Zauberer auf drei Kontinenten vereint. Wenigstens nicht in den letzten fünftausend Jahren. Die Zahlen beunruhigen mich, Andry. Die mit Drachenwall verbundenen Zahlen hatten einige grobe Ecken und Kanten, und es gab Fragen, die nur mit Abwinken und Versprechungen beantwortet wurden. Ich bin Metrologin, ich messe Dinge und stelle Fragen. Dinge, mit denen andere sich nicht beschäftigen, und Fragen, die Leute lieber unausgesprochen lassen.«

»Wie zum Beispiel?«, fragte Andry.

»Wie zum Beispiel, wo all die Energie hinfließt, die den Stürmen entzogen wird.«

»In den Himmel?«

»Offiziell nein, aber in Wahrheit ja. Dort kann sie gespeichert, gerichtet und dann später wie Höllenfeuer auf die Menschen losgelassen werden, die unerwünschte Meinungen haben. Das ist heute Nacht passiert, und ich war das Ziel.«

»In Clovesser?«, rief Andry. »Nein, die Stadt wurde von Aufrührern, Zauberern und Drachen in Brand gesteckt.«

»Diese albernen, inkompetenten und stümperhaften Idioten haben nur geholfen, die Brände weiterzuverbreiten, aber Drachenwall hat den Anfang gemacht. Diejenigen, die ihn steuern, wissen, dass ihn jemand durchschaut hat, und bald werden sie die Meldungen bekommen, dass sie es nicht geschafft haben, mich zu töten.«

»Ich kann das alles nicht glauben, Mylady. Welchen Schaden kann ein Licht im Himmel anrichten?«

»Andry, ich stand neben der städtischen Akademie, als sie explodiert ist wie eine Melone, die von einem Holzhammer getroffen wird. Ich war gerade auf dem Weg zu einer Herberge, als ihr dasselbe widerfahren ist. Sie haben versucht, mich zu töten, und dabei waren sie bereit, Hunderte von anderen Leuten zu opfern, um das zu bewerkstelligen. Ich mache mir große Sorgen.«

»Oh, aye, Ihr könnt mich ab sofort auch zu denjenigen zählen, die sich große Sorgen machen«, sagte Andry, plötzlich sehr beunruhigt.

»Ich weiß, wie man Drachenwall Einhalt gebieten kann, aber das Problem ist, dass ich keine Ahnung habe, wie ich tausend meiner Initiatenkollegen daran hindern soll, ihn wieder in Betrieb zu nehmen. Es wird immer schlimmer ... aber genug von meinen Problemen. Können wir Glasbury morgen erreichen?«

»Die Pferde sind müde und hungrig, aber man kann sie antreiben. Die Aufklärer sagen, dass es nur noch fünf Meilen sind, aber ich würde ungern den direkten Weg nehmen, falls uns unterwegs Spione auflauern oder Schlimmeres. Wir können auf die Nebenstraßen ausweichen und einen Bogen schlagen, um Glasbury von Norden zu erreichen. Dreißig, vierzig Meilen, vielleicht. Wenn wir nicht schlafen, jetzt aufbrechen und das Risiko eingehen, die Pferde zu töten, könnten wir morgen am späten Abend ankommen. Ich befehle den Aufklärern und Wallas den Aufbruch, sobald ich verbunden bin.«

»Gut, gut, es ist eine Erleichterung, sich in guten Händen zu wissen.«

Das Kompliment Terikels raubte Andry einen Moment lang so wirkungsvoll den Atem wie ein Schlag in den Magen. Während er sich aus einem Morast aus Stolz freikämpfte, erinnerte er sich wieder an einen wichtigen Punkt.

»Darf ich noch eine Frage stellen, bevor wir uns auf den Weg machen?«

»Natürlich, ich schulde Euch das und noch viel mehr.«

»Ich habe Geschichten und Balladen über Unholde, Dämonen, Gespenster und Fleisch fressende Ungeheuer gehört, aber ich habe noch nie jemanden von einem mit einem Alkoholproblem erzählen hören. Was ist mit Velander los?«

Terikel schaute im schwachen Licht des kleinen Feuers überrascht drein.

»Velander ist eigentlich tot, erhält sich aber mit dem Blut und der ätherischen Essenz von anderen. Am liebsten von Menschen, zur Not auch von Tieren.«

»Das meine ich nicht. Ich habe gehört, dass Laron versucht hat, ihr beizubringen, sich nur von bösen Menschen zu nähren, aber jetzt jagt sie Betrunkene – wegen des Weins in ihrem Blut.«

»Andry, Ihr erstaunt mich. Ihr erschließt Geheimnisse, die die gesamte Kaiserliche Geheimkonstablerschaft nur schwerlich aufdecken würde.«

»Ich höre gerne zu, Mylady, und die Leute reden gerne. Besonders Leute, die angespannt sind.«

»Andry, Velander ist ein Ungeheuer, und sie hat die Selbstbeherrschung eines ausgehungerten Wolfshundes. Das Problem ist, dass immer noch ein Bruchteil der ehemaligen Velander in ihr steckt, und der nimmt mit Schrecken zur Kenntnis, was sie tut. Sie jagt Betrunkene wegen des Vergessens in ihrem Blut, weil sie nicht ertragen kann, was sie ist und was sie tut. Laron und Prinzessin Senterri haben eine Zeitlang über sie gewacht und versucht, ihr etwas Zurückhaltung beizubringen. Laron und die Prinzessin haben in dieser Zeit miteinander geschlafen und – Andry! Wie macht Ihr das? Ich sollte Euch das alles gar nicht erzählen!«

»Dann tut es doch einfach nicht, Mylady.«

»Oh ... schon gut, ich verknüpfe nur noch ein paar lose Enden, aber nicht mehr! Laron hat Senterri gerettet, nachdem sie von Sklavenjägern verschleppt worden war, daher war Senterri ihm verständlicherweise sehr dankbar.«

»Ich verstehe, was Ihr meint.«

»Jetzt haben Laron und die Prinzessin sich ein wenig entzweit, weil Senterri Cosseren geheiratet hat, und zwar aus Gründen der Macht und der politischen Zweckmäßigkeit und wegen des Titels Königin von Logiar.«

»Oh, aye, Leute machen so etwas. Hat Velander, naja, jemals für Laron den Rock gehoben?«

»Wenn Ihr wirklich Vornehmheit lernen wollt, Andry, dann benutzt zukünftig den Ausdruck ›intim sein‹. Und die Antwort lautet nein. Als sie noch lebte, war Velander etwas ... schwierig im Umgang. Laron hat sie unter seine Fittiche genommen, weil sie alleine und hilflos war. Jetzt ist sie nicht mehr hilflos, und er hat selbst Probleme.«

5
DRACHEN-VOGEL

Man erreichte Glasbury nicht plötzlich, sondern ritt durch zunehmend enger beieinanderliegende Dörfer, die sich zu einem Wirrwarr von Häusern, Gemüsegärten, Märkten, Tavernen und Tempeln vereinten. Der Verkehr nahm zu, und die Straßen wurden schmaler, und so erreichten die Aufklärer und der Wagen die alte Stadtmauer erst zur sechsten Stunde nach dem Mittag. Andry führte seine Schützlinge in Richtung des Palastes, der die Stadtsilhouette beherrschte. In der Palastkaserne gaben Andrys Männer die Erklärung ab, sie hätten ihn zu ihrem Sprecher gewählt, woraufhin er ein Paar rote Sterne erhielt, um sie sich auf den Wappenrock zu nähen.

»Einer ist für die Vorderseite, damit der Feind darauf schießen kann, und einer für den Rücken, damit wir darauf schießen können«, sagte Esen. »Können Sie nähen, Herr Sprecher?«

»Aye, das habe ich an Bord der *Sturmvogel* gelernt«, sagte Andry langsam. »Die Segel mussten wegen der Torea-Stürme oft geflickt werden.«

Die Aufklärer versammelten sich im Heuschober über den Pferden im Stall und aßen Pasteten, die sie in einer Taverne in der Nähe gekauft hatten. Im Licht einer Tonlampe nähte Andry sich die Abzeichen des zweituntersten Rangs im sargolanischen Militär an. Dann nähte er auch gleich die Schnitte, Brandstellen und Risse, die der Kampf in Clovesser in der Kleidung hinterlassen hatte. Ein lautes Knarren kündigte an, dass jemand die Leiter zu ihnen emporkletterte. Kurz darauf tauchte Hauptmann Gilvrays Kopf auf, und als er den Heuboden betrat, waren die Aufklärer bereits aufgesprungen und hatten Haltung angenommen.

»Meine Herren, rühren«, sagte Gilvray in Umgangssargolanisch mit einer Geste auf das Stroh.

Sie setzten sich wieder, aber das allgemeine Gefühl der Entspannung war verflogen. Gilvray ließ sich mit dem Rücken gegen einen Balken gelehnt am Rand nieder.

»Sprecher Tennoner, ich habe Ihren Bericht über den Kampf mit dem Drachen gelesen, der lediglich geführt wurde, um eine leere Kutsche zu verteidigen.«

»Aye, Herr Hauptmann«, erwiderte Andry.

»Ihnen ist klar, dass Ihre Männer keine Erlaubnis hatten, sich zu opfern, um von der Prinzessin abzulenken?«

»Aye, Herr Hauptmann.«

»In dem Bericht heißt es, der Sprecher sei von Aufrührern getötet worden, als Sie auf den Trupp stießen, und die anderen hätten Sie auf der Stelle zum Sprecher gewählt. Danach hätten Sie die umgestürzte Kutsche der Prinzessin in dem Moment gefunden, als der Drache landete, und sich entschlossen, sie zu verteidigen, als wäre die Prinzessin noch darin – um der Prinzessin so die Flucht zu ermöglichen. Der Drache wäre an Ihnen vorbeigestürmt, hätte die Kutsche zu Asche verbrannt und wäre dann in dem Glauben weggeflogen, er hätte die Prinzessin getötet.«

»Aye, Herr Hauptmann.«

»Sie sind ein verdammter Lügner, Sprecher Tennoner.«

»Aye, Herr Hauptmann.«

Die Aufklärer rutschten voller Unbehagen hin und her, und ihr Blick wanderte überallhin, nur nicht zu Andry oder Gilvray.

»Die Aussage von Milizsoldat Wallas von der Kaiserlichen Straßenmiliz lässt darauf schließen, dass Sie auf den verstorbenen Sprecher gestoßen sind, als dieser die umgestürzte Kutsche gegen den Drachen verteidigte. Dann haben Sie gesehen, wie er getötet wurde, den Drachen angegriffen, und die Aufklärer in Sicherheit gebracht, als der Drache mit einer anderen verzauberten Kreatur kämpfte.«

»Wenn das der Fall wäre, würde die Witwe des Sprechers keine Pension bekommen, weil er in Zuwiderhandlung seiner Befehle gestorben wäre, Herr Hauptmann«, erklärte Esen.

»Habe ich Ihnen Redeerlaubnis erteilt, Aufklärer Esen?«, fragte Hauptmann Gilvray.

»Nein, Herr Hauptmann.«

Gilvray wandte sich wieder an Andry.

»Nennen Sie Wallas einen verdammten Lügner, Sprecher?«

»Er ist ein Rekrut, Herr Hauptmann. Ein neuer Rekrut, der in die Armee eingetreten ist, weil er gut mit einer Pfanne ist und nicht mit einer Axt.«

»Sie sagen also, dass Wallas nur ein Koch ist und zu unerfahren, um einschätzen zu können, was wirklich passiert ist?«

»Jawohl, Herr Hauptmann.«

Gilvray überdachte die Situation einige Momente.

»Ich glaube, Milizsoldat Wallas sollte einen kleinen Anreiz erhalten, in Zukunft solche Vorkommnisse besser zu verfolgen. Vielleicht zehn Peitschenhiebe?«

»Ich denke an fünf, Herr Hauptmann.«

»Dann sollen es fünf sein, und zwar in der nächsten Stunde. Das bedeutet dann aber, dass Sie Ihren Befehlen zuwidergehandelt haben, als Sie die Kutsche verteidigten.«

»Jawohl, Herr Hauptmann.«

»Dafür werden Sie mit einer Geldstrafe in Höhe von einem Silbervasall belegt, zahlbar, wann es Ihnen passt.«

Andrys Aufklärer beugten sich fast gleichzeitig vor und hielten Hauptmann Gilvray jeder einen Silbervasall hin. Andry hielt ebenfalls eine Münze in die Höhe.

»Vielleicht können Sie die anderen Vasallen Sprecher Porters Witwe schicken«, sagte Gilvray, als er Andrys Münze nahm. »Inzwischen habe ich hier Befehle für Tennoner, Esen, Costiger, Danolarian, Hartman und Sander. Eine gute Nacht Ihnen allen, meine Herren – oh, und Sprecher Tennoner, Sie sollten darauf achten, die Axt zu tragen, mit der Sie den Drachen geschlagen haben, wenn Sie, äh, Ihren Befehlen folgen.«

Hauptmann Gilvray war noch nicht ganz aus dem Stall verschwunden, als Andry auch schon das Siegel des kleinen Umschlags brach und darin die Einladung zu einem Ball zu Ehren von Prinzessin Senterri am nächsten Abend fand.

»Mit eigener Hand unterzeichnet von Haraldean, König der Stadt Glasbury und des Fürstentums Mittelland und Vasallenherrscher des Glorreichen Sargolanischen Reiches«, las Andry laut vor.

»Verdammt will ich sein, ein König weiß, dass ich existiere!«, entfuhr es Costiger.

Es stellte sich heraus, dass alle Soldaten eingeladen waren, die in Clovesser zur Verteidigung der Prinzessin gekämpft hatten. Als das Knallen der Peitsche und Wallas' Kreischen über das dunkle Kasernengelände hallte, hatten sich die Aufklärer um den Pferdetrog versammelt und nackt ausgezogen, um hektisch ihre Uniformen zu waschen.

Costiger pfiff beim Anblick von Andrys Rücken.

»Sie sind ausgepeitscht worden, Herr Sprecher!«, rief er.

Andry zuckte die Achseln. »Aye.«

»Waren Sie auch, na ja, schuldig?«

Andry dachte schnell nach. Die Andeutung einer Ungerechtigkeit in seiner Vergangenheit konnte nicht schaden, entschied er.

»Ich sage, ich war schuldig, also war ich schuldig.«

»Dann haben Sie wohl für einen Freund die Schuld auf sich genommen, was?«, polterte Costiger.

»Ich habe gesagt, ich war schuldig.«

»Jetzt hören Sie mir gut zu, Herr Sprecher. Wenn Sie noch

einmal die Schuld für einen von uns auf sich nehmen, schlage ich Sie. Verstanden?«

»Das entspricht aber nicht den Vorschriften.«

»Kümmern Sie sich nicht um die Vorschriften. Denken Sie einfach nur daran.«

Costiger hielt seine Jacke in die Höhe, die inzwischen nicht mehr schwarz war.

»Oha, da stimmt was nicht mit meiner Jacke«, sagte er.

»Dasselbe wie bei uns«, erwiderte Esen. »Die richtige Farbe ist olivgrün.«

Costiger kippte das schmutzige Wasser aus dem Trog und machte sich daran, die Pumpe zu bedienen.

»Sprecher, wie viele Hiebe?«, fragte er Andry.

»Fünfzig.«

»Ich habe zweihundert bekommen«, sagte Costiger und zeigte Andry stolz den Rücken.

»Haben Sie die Schuld für einen anderen auf sich genommen?«, wählte Andry seine Worte mit sehr viel Bedacht.

»Nein, ich habe auf den Schlafsack eines Offiziers gepisst.«

»Nach hundert Hieben soll man angeblich nichts mehr spüren.«

»Doch, das tut man, Sprecher, man spürt es nur anders, und zwar schlimmer.«

Mitternacht war vorbei, als sie aufhörten zu flicken, zu waschen und zu polieren und es gut sein ließen, um sich zum Schlafen hinzulegen.

»He, Esen«, hörte Andry von irgendwo in der Dunkelheit.

»Aye, Costi?«

»Ich fühle mich, als würde mir morgen Abend eine wilde und blutige Schlacht bevorstehen.«

»Ich mich auch.«

»Was sage ich bloß, wenn der König mit mir redet?«

»Du lachst über seine Witze und redest ihn mit König an.«

»Die richtige Anrede ist ›Eure Majestät‹«, rief Andry. »Jetzt gebt Ruhe, Männer. Wir haben zwei Nächte nicht geschlafen.

Wir gehen doch bloß zu einem Tanzabend, nur dass wir freien Eintritt haben und alle außer uns sehr reich sind.«

Am folgenden Morgen gab Wallas den Aufklärern sehr hastigen Nachhilfeunterricht in Ballsaal-Etikette. Wallas hatte beträchtliche Schmerzen. Zwar hatte er nur fünf Peitschenhiebe bekommen, der Auspeitschende verstand aber etwas von seiner Arbeit, und deshalb war bei jedem Schlag die Haut aufgeplatzt.

»Aber ich habe nur berichtet, was ich gesehen habe!«, beharrte Wallas immer noch.

»Ein anderer hat es anders gesehen«, sagte Esen. »Und diesem anderen hat der Hauptmann geglaubt.«

»Wenn ich je herausfinde, wer das war, bekommt er für den Rest seiner Dienstzeit nur noch verbrannte Schnitzel und klumpige Suppe. Also, wenn ein Mann mit einem roten Handschuh zu dir kommt, sich verbeugt und dich am Arm nimmt, Costiger, was tust du dann?«

»Ich schlage ihm ins Gesicht. Meine Mama hat mich immer gewarnt vor …«

»Nein, nein, nein! Dieser Mann ist der Vermittler einer Dame von höherem Rang als deinem, die mit dir tanzen möchte. Du musst ihm erlauben, dich durch den Saal zu führen, und wenn er dich der Dame vorstellt, musst du sie um den nächsten Tanz bitten.«

»Oh. Und was ist, wenn sie ja sagt?«, fragte Costiger mit unbehaglicher Miene.

»Du holst dein Programm heraus, siehst nach, welcher Tanz an der Reihe ist, und überlegst, ob du die Schritte kennst. Das wird aber ein militärischer Ball, weil militärische Helden geehrt werden sollen, also werden es einfache Tänze sein.«

»Oh, aye, und wer sind die Helden?«

»*Wir*, du holzköpfiger Mistkehrer mit Haaren am Arsch! Also, es werden Militärtänze gespielt. Galopp, Reel, Polka und so weiter, also alle Tänze, die Soldaten normalerweise mit ihren Liebchen tanzen.«

»Die kenne ich alle.«

»Tja, dann haben wir ein Problem unter hundert gelöst. Obwohl mir die anderen neunundneunzig langsam Sorgen bereiten.«

Am Nachmittag machten die Aufklärer bereits eine sehr viel bessere Figur. Sie kannten die meisten Tänze auf dem Programm, das sie mit der Einladung erhalten hatten, und waren an die Exerzierplatz-Etikette gewöhnt, also lief es darauf hinaus, ihnen das Essen und Trinken mit halbwegs passablen Manieren beizubringen. Andry beschloss, sie durch eine anstrengende Fechtstunde zu jagen, da er völlig korrekt entschieden hatte, dass sie sehr viel weniger nervös wären, wenn sie müde waren. In der fünften Stunde nach dem Mittag wuschen sie sich alle am Pferdetrog und verglichen alte Narben und Striemen. Sander mischte die Wäschereiseife mit etwas gemahlenem Weihrauch und stellte so ein duftendes Haarwaschmittel her. Costiger fand heraus, dass seine Haarfarbe eigentlich gar nicht schwarz, sondern braun war, und Esen stellte fest, dass sein Haar wellig war, sobald das Fett herausgewaschen wurde.

Velander erwachte. Genauer gesagt, kam sie eher zu sich als zu Bewusstsein. Ätherische Energien summten und tanzten in der Schwärze rings um sie, brodelnde, sich windende, blaue und orange Fasern. Sie war in ihrer Mitte, in einer kleinen Sphäre aus Leere. Fasern trieben in Reichweite, Hunderte, Tausende, Millionen. Eine Handvoll Fasern schlängelten sich von Velander zu der sich windenden Masse von Energie. Diese wenigen Fasern waren alles, was von ihrem Leben noch übrig war. Da war auch Gefühl. Velander hatte den Eindruck, aus einem warmen Bad in einen sehr kalten Raum getreten zu sein, in dem ihr die Hitze aus allen Poren entwich. *Wenn ich zu lange nackt hier stehe, sterbe ich an Unterkühlung,* dachte sie. Jetzt war die Hitze zu der Lebenskraft ihres letzten Opfers geworden, die sie nährte, aber auch in die Dunkelheit entwich und von der Kälte aufgesogen wurde.

Die Energiefasern tanzten und funkelten immer noch. Velander stellte sich nicht gerne vor, wie sie aussah. Eine Masse von Stümpfen, von Fasern, die von so merkwürdigen Raubwesen abgerissen und verzehrt worden waren, dass man sogar in den Texten über Zauberei keine Namen für sie hatte. Raubwesen, wie sie eines geworden war. Ein Mann torkelte eine Gasse entlang, schwankte beängstigend hin und her und entschuldigte sich bei jeder Mauer und Haustür, an die er stieß. Näher, näher. Niemand sonst war auf der Straße, und sie beobachtete aus den Schatten der Verstrebungen eines hohen Erkerfensters. Näher, näher. Durst erstickte den Gedanken, dass sie diesen Mann nicht kannte. Roher, animalischer Durst. Laron hatte ihr etwas beigebracht. Konnte sich nicht daran erinnern. Wichtig, aber ... aber nur der Durst war wichtig. Ein beschämender Durst. Durst nach dem lieblichen Gestank von Alkohol, gemischt mit Blut und ätherischer Energie.

Eine Hand mit einziehbaren, einen Fingerbreit langen Krallen schoss nach unten, packte einen Nacken und zog den Betrunkenen in den Schatten unter dem Erkerfenster. Warmes Fleisch auf kalten Lippen, ätherische Reißzähne, die in die Süße von Blut und Alkohol tauchten und in den ätherischen Feuern des Lebens kribbelten. Das Knirschen von Knochen und Knorpel, der sinnliche Kitzel schwacher Gegenwehr in ihrem Griff, als wäre sie eine Seeschlange, die einen Seemann unter Wasser zog, um ihn zu ertränken, oder eine Katze mit einer Taube im Maul.

Velander wand sich bei der Erinnerung daran und zog an den wenigen Fasern, die noch mit dem Kern ihrer Lebenskraft verbunden waren. Dadurch prallte sie gegen die Mauer aus ätherischem Feuer. Überall flackerten Schmerzen auf, Schmerzen, als wäre sie in geschmolzenes Blei gefallen, Schmerzen, die den Gedanken auslöschten, ein Ungeheuer zu sein, Schmerzen, um sich dafür zu bestrafen, die Gewalt über die letzten ausgefransten Fäden zu verlieren, die sie mit den Sterblichen und all ihren Gefühlen und Werten verband. Die Überreste der lebenden Velander hatten sie in die Energiemauer gezerrt, aber der Vampyr kämpfte darum, zu entkommen. Abgerissene Stümpfe brannten vor Schmerzen, hellblauen und violetten Qualen.

Wo Velander schwebte, gab es keine Zeit. Sie fühlte sich wunderbar empfindlich und verletzlich. Die Sphäre aus Feuer war immer noch da ... aber jetzt bewegten sich mindestens drei Dutzend Fasern durch den Raum dorthin, wo sie schwebte. Sie kribbelten, wo sie mit ihr verbunden waren. Mit ihr verbunden waren! Elf Fasern waren noch von ihrem früheren Leben übrig gewesen. Jetzt waren es beinah vierzig.

»Wo ist der Dämon?«, fragte eine Stimme in der Nähe. Es war Esen, einer der Aufklärer.

»Liegt auf der Ladefläche des Wagens«, antwortete jemand, vielleicht Wallas. »Schläft gerne, wenn Miral untergegangen ist.«

»Mich beunruhigt eher, was ist, wenn Miral aufgeht. Ich habe gesehen, was sie mit dem Drachen gemacht hat.«

»Also wird sie eine ganze Weile nicht hungrig sein. Drachen sind ziemlich sättigend.«

»Woher weißt du das? Hast du schon mal einen gegessen?«

»Ich bin Koch. Wir wissen solche Dinge. Also, ich bin ein hübsches Mädchen aus einer niedrigeren gesellschaftlichen Schicht als du. Wie bittest du mich um einen Tanz?«

»Äh ... He, aber bei der Göttin Fortuna, du bist aber ein hübsches Ding. Willst du ein Halbes?«

Wallas seufzte ziemlich ausgiebig.

»Verzeihung, höchst bezaubernde und gewinnende Dame, aber würdet Ihr mir die Ehre erweisen?«

»Welche Ehre?«

»Keine Einwände! Stell dir einfach vor, dass das ein Plänkelbefehl deines kommandierenden Offiziers ist.«

»Hör mal, ich, äh, kann keinen Galopp.«

»Du kennst doch die Melodie, du Trottel! Ich habe heute Morgen gehört, wie du sie auf Andrys Fiedel gespielt hast.«

»Aye, aber ich habe noch nie dazu getanzt.«

»Ach, du tanzt genauso wie zu »Wellen von Bantriok«, man tauscht nur mittendrin die Hände. Ich bin das Mädchen, nimm meine rechte Hand in die linke und leg die rechte um meinen Rücken – Aua! Denk an meine Striemen, du Trottel!«

»Das ist sehr peinlich.«

»Halt den Mund und konzentrier dich. Ein Dutzend Hüpfschritte in diese Richtung, drehen und Hände wechseln – Au! Denk an meine Striemen! Dann zurück in die andere Richtung, trennen, jetzt nimm meine Linke in deine Rechte, in Kopfhöhe, und hüpf um die Mauer bis zur nächsten Wiederholung.«

»Ich glaube, das habe ich verstanden. Ich schulde dir was, Wallas. Wo hast du das alles gelernt?«

»Oh, ich habe für ein paar wichtige Leute gekocht, also habe ich viele Bälle und Tanzveranstaltungen erlebt.«

Velander hörte ihre Stimmen immer leiser werden, als sie weitergingen. *Das hätte ich eigentlich gar nicht hören dürfen*, dachte sie. Es musste etwas mit dem Töten des Drachen zu tun haben, entschied sie. Als er sich in die Luft erhob, hatte sie sich immer noch an seinen Hals geklammert und die Reißzähne in eine weiche Stelle in der glasartigen Rüstung aus verwobenen ätherischen Fasern gebohrt. Dann war er abgestürzt. Sie war von ätherischen Energien überflutet worden, von denen sie sich jedoch nicht hatte nähren können, weil es keine Lebensenergien waren. Wenn keine Lebensenergien, was dann? Der Drache wirkte fast wie eine riesige Marionette mit solchen anstelle von Schnüren. Sie hatte den Zauberer im Kern gefunden und getötet, dann war die Struktur zusammengefallen … Aber alles andere war nicht lebendig und verlor sich daher nicht langsam wie die Lebenskraft ihrer normalen Opfer.

Drachen. Was waren sie? Eine äußere Schale aus ätherischer Haut, ätherischen Flügeln, enormen Mengen ätherischer Energien im Inneren und in diesen Energien, was? Velander war fast in Ohnmacht gefallen, als sie die gewaltige Energie aus dem Glasdrachen absorbiert hatte. Andry hatte sie gerufen ... und sie war blind daraus aufgetaucht. War sie immer noch blind? Sobald Miral aufging, würde sie es herausfinden. Nein! Sie war bei sich, also musste Miral schon aufgegangen sein. Das wiederum bedeutete, dass sie blind und gelähmt war. Sie konnte sich nicht rühren. Alles rings um sie war ... Es gab kein Wort dafür. Sein, Identität, ein leeres Haus, ein Schrankkoffer voller Kleidung, Grenzpapiere, abgelegte Prüfungen, die Erfahrung von Liebe, Demütigung, Gier, Hass, Sehnsucht, Neugier, Ehrgeiz ... Velander war allein im Leben eines Toten.

Nehmt mir meine Erinnerungen, lasst mich in einer Stadt auf einem fernen Kontinent zurück, wird Velander dann immer noch existieren und am Leben sein? Es war das Gegenteil von ihrem jetzigen Zustand. Velander der Vampyr war Bewusstsein ohne die Möglichkeit, die Lebenskraft aufrechtzuerhalten. Dies hier war Lebenskraft ohne Bewusstsein. Ein Inferno aus leerer Lebenskraft, genug Lebenskraft für eine Stadt, aber doch nichts, an dem sie sich gütlich tun konnte. Es war mehr wie ... *Kleidung?*

Sie hörte weit entfernte Geräusche. Das Klirren eines Schmieds, der etwas formte, Rufe von Verkäufern in ihren Ständen, die Befehle eines Feldwebels, der Rekruten im Umgang mit der Axt ausbildete.

»Einen schönen Nachmittag, Wallas und Andry!«, ertönte Larons jugendliche Stimme in der Ferne.

»Einen schönen Nachmittag«, rief Wallas zurück.

»Und wie geht es Euch an diesem herrlichen Tag?«

»Ich habe große Schmerzen vom Auspeitschen«, antwortete Wallas.

»Von fünf Hieben? Akademiestudenten werden härter bestraft, wenn sie ihre praktischen Hausaufgaben nicht gemacht haben.«

Nachmittag, dachte Velander. *Miral ist noch nicht aufgegangen. Warum bin ich dann wach oder zumindest bei Bewusstsein?* Sie zog sich wieder an den Rand der Sphäre aus Fasern, zögerte kurz und strich dann sanft darüber. Blitzartige Schmerzen löschten alles aus, und sie schrie lautlos. Allmählich kehrte Velanders Wahrnehmung ihrer Umgebung wieder zurück. Sie zählte die mit ihr verbundenen Fasern. Siebenundfünfzig. Beim letzten Zählen waren es weniger als fünfzig gewesen. Sie nahm einen vagen Schimmelgeruch wahr. *Wahrscheinlich bin ich das selbst*, dachte sie. *Wie viele Fasern machen ein Leben aus? Zehntausende? Millionen? Jede einzelne davon eine Höllenqual wie weißglühende Nadeln unter den Fingernägeln.* Velander schreckte vor dieser Aussicht zurück.

»Velander ist also immer noch im Wagen?«, fragte Laron.

»Ja«, antwortete Andry. »Es geht ihr nicht so gut.«

»Das tut mir alles sehr leid«, sagte Laron. »Ich habe einmal gedacht, ich könnte sie dazu bringen, den gleichen Weg einzuschlagen wie ich.«

»Wie Ihr? Aber Ihr seid lebendig, Euer Blut ist warm.«

»Das war nicht immer so. Ich habe eine sehr lange Zeit als Vampyr verbracht, wie Velander. Die Metrologen haben vor siebenhundert Jahren ein paar Experimente durchgeführt. Sie haben mit einem ätherischen Gerät auf eine andere Welt zugegriffen und das Bild eines Ungeheuers kopiert. Das war ich. Sie haben es in einen toten Körper gesteckt. Ich bin ihnen entwischt und habe seitdem auf Eurer Welt als untotes Ding mein Unwesen getrieben, das sich von Blut und Lebenskraft-Äther ernährt hat. Ich war sieben Jahrhunderte lang vierzehn Jahre alt, bin nie älter geworden und habe mich nie verändert. Ich hatte einen Namen für jeden Pickel in meinem Gesicht: der auf dem Kinn hieß Pustella, und einen anderen auf der linken Wange hatte ich Pultic genannt.«

Er tippte auf etwas vor seiner Stirn, wo sich nichts zu befinden schien, und ein silbriger Reif mit einem Bündel von Strahlen wurde allmählich sichtbar. Andry stieß einen leisen Schrei der Verwunderung aus. In der Mitte des Strahlenbündels befand sich ein grüner, sphärischer Edelstein. Andry starrte ihn einen Moment an und versuchte zu ergründen, was daran merkwürdig war.

»Bevor Ihr fragt, der hintere Teil des grünen Steins ist mit meinem Gehirn verbunden, aber da er im eigentlichen Sinn nicht existiert, ist es weder ein Problem noch unangenehm. Meine ... meine Seele, meine Essenz, mein Geist wohnt in dem grünen Edelstein. Wenn man den Reif abnähme, wäre mein Körper ohne Leben. Letztes Jahr bin ich mit einer ... einer sehr mächtigen Zaubermaschine in Berührung gekommen. Sie hatte unglaubliche Kräfte. Die Kräfte, Torea zu zerstören ...«

»Mirals Ringe!«, rief Andry.

»... und die Kraft, meinem Körper wieder Leben einzuhauchen. Jetzt bin ich hier und lebendig.«

»Wart Ihr wie Velander, als Ihr nicht lebendig wart? Irgendwie unglücklich und auf der Jagd nach dem Blut von Betrunkenen, wie wir anderen einen Halben trinken?«

»So nicht, obwohl ich auch nicht vollkommen glücklich war. Solange ich tot war, hatte ich mich dem Weg der Ritterlichkeit verschrieben, und das hat mich davon abgehalten, ein abgrundtief böses Monster zu werden. Die Versuchung, Menschen wie Vieh zu behandeln, war beinah überwältigend, aber ich habe dagegen angekämpft. Velander ist ... nicht so stark. Sicher, ich habe erreicht, dass sie sich ihre Opfer unter den Strolchen sucht, die in den meisten Städten und Ortschaften niemand wirklich vermisst, aber nach einer Weile wurde sie wankelmütig. Sie ist äußerst unglücklich als Vampyr, Andry, viel unglücklicher, als ich es je war.«

»Sollte mich das überraschen?«

»Auf ihre Art ist sie vielleicht netter als ich, aber das macht es für sie noch schwieriger, ein Ungeheuer zu sein. Aber die Maschine, die mich wieder zum Leben erweckt hat, wurde zerstört, also bleibt es ihr Schicksal. Jetzt hat Velander entdeckt, dass das Blut von Betrunkenen sie für eine Weile unempfindlich macht und ihrem Kummer und Elend die Schärfe nimmt.«

»Das ist mir aufgefallen.«

»Sie rutscht ab, Andry. Sie erzählt mir, dass sie ihre Opfer immer noch unter Verbrechern und Strolchen sucht, aber ich weiß es besser, ebenso wie Ihr. Eines Tages werde ich gezwungen sein, ihrer Existenz ein Ende zu bereiten.«

»Wann wird das sein?«

»Wenn alles von Velander verschwunden und nur noch der Dämon übrig ist. Ich fürchte, das wird schon bald der Fall sein.«

»Mylord, ich versuche zu helfen. Ich habe geschworen nicht zu trinken, solange sie keine Leute umbringt.«

»Ihr? Ein Pakt mit Velander?«

»Aye.«

»Ihr habt aufgehört zu trinken, um sie moralisch zu unterstützen?«

»Aye, und dabei fühle ich mich auch nicht so toll, das kann ich Euch sagen. Ich würde alles für einen Krug geben. Aber … das mag merkwürdig klingen, aber … sie ist mein Mädchen.«

Laron schluckte, dann grinste er breit.

»Erstaunlich, Andry, Ihr wart ein schmutziger, betrunkener Seemann, als ich Euch zum ersten Mal gesehen habe, und jetzt? Jetzt trinkt Ihr nichts mehr, habt einen Rang in der Armee des Sargolanischen Reiches, kommandiert fünf Aufklärer, habt Manieren, wie ich sie nie für möglich gehalten hätte, und seid heute Abend zum Ball der Prinzessin eingeladen. Das ist eine enorme Verwandlung in nur … Bei allen Mondwelten! In nur achtzehn Tagen!«

»Oh, aye«, sagte Andry verschämt.

»Das ist unmöglich.«

»Nein, ist es nicht, Lord Laron. Wie viele Betrunkene mit zerfetzter Kehle hätten sich noch aus der Trunksucht gekämpft, wenn sie die Gelegenheit bekommen hätten? Ihr habt mir eine Gelegenheit gegeben, jetzt versuche ich dasselbe bei Velander. Wisst Ihr, was mich einmal davon abgehalten hat, sie ins Feuer zu werfen, als Miral nicht am Himmel stand und sie schlief?«

»Sagt es mir.«

»Die Tatsache, dass sie so ist, wie ich war, und dass sie es vielleicht doch noch schafft, zu sich selbst zu finden und sich zurückzukämpfen.«

»Das ist einfacher für Euch als für sie, Andry, ich schwöre es.«

»Meint Ihr? Seit Clovesser habe ich keinen Wein mehr getrunken, und in diesem Augenblick bereitet mir das Verlangen nach Wein Kopfschmerzen. Meine Zunge brennt, und mir tanzen Visionen vor den Augen herum. Ich kann verstehen ...«

In der Ferne rief jemand Andrys Namen und fragte nach Schnurrbartwachs.

»Ich gehe wohl besser«, sagte Andry.

»Eure Männer nehmen diesen Ball sehr ernst.«

»Genau wie ich. Werdet Ihr dort sein, Mylord?«

»Nein. Terikel möchte Begleitschutz, um einige gefährliche Orte aufzusuchen. Nicht die schlechteste Ausrede, um nicht hinzugehen.«

»Beschützt nicht Velander Terikel immer?«

»Wie Ihr wisst, erweist Velander sich im Moment als nicht besonders zuverlässig. In Clovesser hat das einen Studenten das Leben gekostet.«

»Bei den vielen, die in Clovesser ihr Leben verloren haben, wundert es mich, dass es überhaupt jemand bemerkt hat.«

Der Ruf nach Andry wurde lauter, diesmal wollte jemand wissen, ob er wusste, wie man einen Kamm benutze.

»Ich muss gehen, Mylord, ich muss mich für den Ball bis auf den Schnurrbart rasieren. Mögen Euch die dunklen Stunden gewogen sein.«

Velander schrak mittlerweile nicht mehr zurück. Sie stützte sich auf ihre bestehenden Fasern und warf sich so fest sie konnte gegen die sie umgebende sich windende Masse. Sie erlebte die Schmerzen von tausend Peitschenhieben, die gleichzeitig auf sie niederprasselten, Schmerzen, als würde sie nach den tausend Peitschenhieben in Salz gewälzt, und dann die Schmerzen von weiteren tausend Hieben. Kaum war Velander wieder so weit bei Sinnen, dass sie über hundert mit sich verbundene Fasern zählen konnte, warf sie sich wieder gegen die ätherische Mauer.

Bei Sonnenuntergang waren die Aufklärer mit der Reparatur von Schnitten, Rissen und ausgefransten Stellen in den Uniformen fertig, die inzwischen auch sauber und trocken waren. Aber nachdem sie die Stiefel gesäubert hatten, stellten sie fest, dass die Fingernägel noch einmal gereinigt werden mussten. Als schließlich alle sauber, angekleidet und zurechtgemacht waren, machten sie sich aufgeregt schwatzend auf den Weg durch das Stadtinnere zum Palast und überlegten dabei, ob wohl jemand mit ihnen würde tanzen wollen. Nach einer Viertelmeile kehrten sie um und eilten zurück in die Kaserne, um die vergessenen Einladungen zu holen.

Terikel und Laron waren in weitaus weniger guter Stimmung. Die Akademie für Ätherische Künste und Wissenschaften von Glasbury wurde von einem jüngeren Vorsteher des Initiationsgrads neun verwaltet, alle anderen erfahreneren Studenten und Gelehrte hatten die Stadt schon vor Monaten verlassen, um das Kontingent der Zauberer für Ringstein Alpine aufzufüllen. Die meisten jüngeren Studenten waren nach Hause geschickt worden, und man hatte sogar das Reinigungs- und Küchenpersonal entlassen.

»Wenn eine siebenhundert Jahre alte Organisation so plötzlich auf diese Weise auseinanderfällt, ist das hochgradig beunruhigend«, sagte Laron, während er mit Terikel zum Gästeflügel des Palastes von Glasbury zurückging. »Sieben Jahrhunderte hat sie funktioniert, genau wie ich, aber jetzt gleicht sie einem unheilbar kranken Großvater.«

»Ich stimme Euch zu«, antwortete Terikel. »Es fühlt sich an wie das Ende der Welt.«

»Gelehrte Terikel?«

»Ja?«

»Glaubt Ihr wirklich, es ist das Ende der Welt? Drachenwall und alles, was mit ihm verbunden ist?«

»Die Werke der Menschen sind winzig, und die Welt ist groß. Es gehört viel dazu, um alles zu zerstören.«

»Und dennoch hat eine Äthermaschine, die von Wissenschaften und Künsten aus einer sehr fernen Vergangenheit erbaut wurde, noch vor kurzem Torea schmelzen lassen.«

»Ja, der legendäre Silbertod. Dank Euch und Wensomer gibt es ihn nicht mehr.«

»Aber jetzt haben unsere Zauberer eine andere, ebenfalls sehr gefährliche Äthermaschine erschaffen. Vielleicht ist sie nicht so stark wie Silbertod, aber der Maßstab ist sehr viel größer. Glaubt Ihr nicht, dass unsere Zaubereien zu mächtig geworden sind für unsere arme kleine Welt?«

»Doch, das glaube ich, Laron, ebenso wie einige andere Leute.«

»Was unternehmen wir also?«

»Etwas außerordentlich Drastisches.«

»Und das wäre?«

»Ich spreche nicht für mich. Andere haben Pläne, selbst die Kontrolle über Drachenwall zu übernehmen, und zwar auf Grundlage der Theorie, dass sie vertrauenswürdig sind und alle anderen nicht. Meine kleine Fraktion möchte Drachenwall zerstört sehen.«

»Wer gehört dazu?«

»Ich habe nicht die leiseste Ahnung. Ich spiele meine Rolle und hoffe, dass diejenigen über mir wissen, was sie tun.«

Bei Tanzveranstaltungen in Tavernen fangen ein, zwei Trinkende an zu spielen, einige andere tanzen Polka oder Reel mit den Freudenmädchen und Schankdirnen, und der Besitzer reibt sich zufrieden die Hände, weil viele Leute in seinem Schankraum sind und sich durstig tanzen. Auf Volksfesten stellt ein Gönner einen Tisch mit einem Fass und eine Bank für drei oder vier Musikanten auf, und von da an trägt sich die Veranstaltung mehr oder weniger selbst. In Tanzhallen geht es genauso zu wie bei Volksfesten mit dem Unterschied, dass jemand an der Tür Eintritt verlangt. Musikanten spielen und werden mit Getränken und ab und zu auch mit dem einen oder anderen Kupferzehner bezahlt. Die Paare tanzen, die Ungebundenen schlendern umher und versuchen ihr Interesse aneinander durch eine Reihe sehr obskurer und subtiler Blicke, Zwinkern, Lächeln und Gesten zu vermitteln. Die Gesten reichen von Verbeugungen vor dem mutmaßlichen Partner und dem Hinstrecken der Hand bis hin zum scheinbar zufälligen Verschütten eines Getränks über ihn, um wenigstens ein Gespräch in Gang zu bringen. Jeder kennt seine Rolle, und die Regeln sind minimal. Bälle sind jedoch etwas ganz anderes und für den Neuling absolut beängstigend.

Andry und die Aufklärer wurden von diversen großartig gekleideten Lakaien und Bediensteten durch eine Vielzahl großartiger Torbögen und Korridore geführt. Man fragte beinah ständig nach ihren Namen, um diese dann mit Listen zu vergleichen. Bewaffnete Wachen in vergoldetem Kettenpanzer mit kunstvoll verzierten Waffen beschatteten sie.

»Ich würde sagen, die sollen dafür sorgen, dass wir nicht versuchen, uns das Tafelsilber zu schnappen und uns damit aus dem Staub zu machen«, sagte Andry zu Esen, doch in diesem Augenblick wurde Esen von einem Mann, der vollständig mit goldenen Litzen bekleidet zu sein schien, zu einer anderen Tür geführt. Der Mann kehrte zu Andry zurück.

»Bleibt mit erhobenem Blick stehen, während Ihr angekündigt werdet, und lasst Euch dann vom Vertreter der Gastgeberin wegführen«, sagte er, während er Andry durch die Tür führte, durch die Esen gegangen war, ohne zurückzukehren.

»Und wer seid Ihr, bitte?«, fragte Andry.

»Der Eingangsherold natürlich!«, rief der Mann mit aufrichtiger Überraschung ob der Frage.

Sie blieben in der großen Doppeltür stehen, die von den am aufwändigsten und am teuersten gekleideten Wachen flankiert wurde, die Andry je gesehen hatte. Dahinter befand sich ein Raum, in dem sich mehr Adelige befanden, als es Andrys Ansicht nach auf der ganzen Welt gab. Der Eingangsherold an der Tür stieß dreimal mit seinem Stab auf den Boden, und das Gemurmel der Menge wurde ein wenig leiser.

»Der König beliebt zu präsentieren ... Aufklärer Sprecher Andry Tennoner, ohne feste Einheit, bei der Kaiserlichen Straßenmiliz, Untertan des Kronprinzen von Alberin und gegenwärtig im Dienst des Kaiserlichen Regenten.«

Es gab höflichen, aber bemüht enthusiastischen Applaus, dann wurde Andry von einer Frau in den Saal geführt, deren Kraft und Griff deutlich machten, dass sie sich noch nie etwas von einem Mann hatte bieten lassen, sei er Krieger, Zauberer oder König. Er nahm außerdem zur Kenntnis, dass die Frauen und Mädchen ihn sehr eingehend musterten, und jetzt wünschte er sich, er hätte sich das Haar länger und gründlicher gekämmt und vielleicht ein neueres Lederbändchen benutzt, um es im Nacken zusammenzubinden.

Trotz ihrer Nervosität hinsichtlich der Konventionen und Protokolle auf großen Bällen fanden die Aufklärer rasch heraus, dass es sich dabei zwar in der Tat um komplizierte und aufwändige gesellschaftliche Versammlungen handelte, diese aber mit einem erstaunlichen Grad von Aufmerksamkeit für Details geplant und inszeniert waren. Ihre Einladungen wurden an der Tür kontrolliert, und sie wurden einem Saalwart zugewiesen, der sie zu einem Tisch führte, wo ihnen Getränke serviert wurden. Andry bat um einen leeren Pokal, also bekam er einen. Als Nächstes wurden sie zu einer Gruppe von

Milizsoldaten geführt, zu denen auch Wallas gehörte. Sie wurden einander vorgestellt, obwohl sie einander bereits kannten, und danach überließ man sie ihren Unterhaltungen. Ein paar Minuten später kamen Vermittler mit Einladungen zu ihnen, mit verschiedenen Männern und Frauen der mittleren und oberen Schicht der Gesellschaft von Glasbury zu reden, von denen die meisten noch niemals ein Wort mit einem Soldaten unterhalb des Ranges eines Leutnants geredet hatten. Die Vermittler waren jedoch äußerst geschickt darin, mühsame Unterhaltungen in Gang zu halten, so dass alle den Eindruck hatten, dass es insgesamt freundlich und geschwätzig zuging.

Die Tänze begannen. Frauen, die einem Milizsoldaten noch nie näher gekommen waren, als über ihn hinwegzusteigen, wenn einer betrunken auf der Straße lag, ließen jetzt von ihren Vermittlern Einladungen zum Tanz überbringen, und das Gefühl der Aufklärer, der Abend werde in einer absoluten und vollständigen Katastrophe enden, war rasch vergessen. Die Frauen erkannten, dass Soldaten der Unterschicht starke, körperlich tüchtige und überraschend schüchterne Männer mit etwas eigenartigem Akzent waren, während die Aufklärer und Milizen die Erfahrung machten, dass adelige Frauen sehr geschickt darin waren, Männer zu beruhigen.

»Laron hat mir gesagt, dass sie nichts sonst zu tun haben, also sind sie gut darin«, erklärte Andry Costiger in einer der Programmpausen.

»Was ist mit Waschen und so?«, fragte Costiger skeptisch. »Wer kocht, macht sauber, geht zum Markt und passt auf die kleinen Bälger auf?«

»Das machen die Bediensteten, Costi.«

»Was sind Bedienstete?«, fragte Costiger, der das Wort zwar schon ein paarmal gehört hatte, aber noch nie daran gedacht hatte, nach seiner Bedeutung zu fragen.

Der Herold an der Tür schlug dreimal mit seinem Stab auf den Boden, und das allgemeine Gemurmel der Menge wurde etwas leiser.

»Der König beliebt zu präsentieren ... Hauptmann Laron Aliasar, ohne feste Einheit, bei der Kaiserlichen Straßenmiliz und Held der Flucht aus Clovessen. Hauptmann Aliasar entschuldigt sich für seine Verspätung, verursacht durch die Notwendigkeit, eine Dame von Rang in einer Angelegenheit des Kaiserlichen Hofes zu eskortieren.«

Das Gemurmel wurde lauter, als eine ganze Reihe der anwesenden Mädchen und Frauen bemerkte, dass Laron offensichtlich wichtig, tapfer, auf eine romantische Art gut aussehend, aus gutem Hause und sehr, sehr jung war. Mindestens ein Dutzend Vermittler von Damen näherten sich ihm, während er in Richtung der Trinktische geführt wurde.

»Andry, wie gefällt es Ihnen?«, fragte eine nur allzu vertraute Stimme, und Andry nahm bereits Haltung zum Gruß an, während er sich noch zu Hauptmann Gilvray umdrehte.

»Es ist ein vergnüglicher Abend, Herr Hauptmann!«, sagte er schneidig.

»Stehen Sie bequem, Andry, wir sollen uns alle wie Gleichgestellte benehmen, sobald wir durch diese Türen getreten sind.«

»Oh. Ja, Herr Hauptmann.«

»Der junge Laron hat jedenfalls gerade einen großen Auftritt hingelegt. Die Töchter und Mütter der Hochgeborenen sind hinter ihm her wie Hunde hinter einem Fuchs.«

»Fortuna ist ihm gewogen, Herr Hauptmann.«

»Ja, aber wir wissen sehr wenig über ihn. Ich habe die Adelsregister durchsehen lassen, und Laron Aliasar wird nur ein einziges Mal erwähnt. Diese Erwähnung stammt aus dem letzten Monat, und darin heißt es, er sei von seinem Dienst am Herrscher von Nord-Scalticar freigestellt. Eigenartig ist, dass früher schon andere Aliasars im Adelsregister Erwähnung fanden. Etwa alle fünfzig Jahre trifft ein Aliasar aus Nord-Scalticar ein, bleibt ein Jahr oder zwei, um sich auf verschiedene Weise auszuzeichnen, und reist dann weiter, immer ›nach Norden‹.«

»Vielleicht eine Familientradition, Herr Hauptmann?«

»Vielleicht. Wissen Sie, ich weiß gerne etwas über die Leute, mit denen ich diene. Nehmen wir zum Beispiel Sie, Andry. Ich kenne Ihr Alter nicht, aber ich wette, Sie sind nicht älter als siebzehn.«

»Ich bin neunzehn, Herr Hauptmann. Glaube ich.«

»Aha, und an welchem Tag sind Sie geboren?«

»Das weiß ich nicht, Herr Hauptmann, aber vor fünf Jahren brauchte mein alter Herr am letzten Tag des Drittmonats einen Vorwand zum Trinken, also nannte er ihn meinen Geburtstag, und die Familie veranstaltete eine kleine Feier.«

»Aha«, nahm Gilvray diese eher ungewöhnliche Zuordnung eines Geburtstages gelassen hin. »Sind Sie das erste Mal weg von zu Hause?«

»Nein, ganz und gar nicht, ich war schon lange vorher mit den Trockenbarken flussaufwärts von Alberin unterwegs.«

»Trockenbarken?«

»Beim Zurückschleppen der Holzbarken flussaufwärts werden alle reparaturbedürftigen von zwei anderen huckepack genommen. Ein Barkenkapitän und seine Mannschaft fahren mit und reparieren sie unterwegs. Auf diese Art müssen die Barken nicht ins Dock. Das wäre unprofitabel. So sagt es jedenfalls die Handelsökonomie, was immer das ist. Ich habe die Zugpferde geritten, seit ich neun bin. Drei Tage flussaufwärts, an Bord schlafen, Barken reparieren, ein Tag in Ahrag, beim Holzaufladen helfen, dann zwei Tage zurück und dabei das Holz aufbereiten und Pinne für die Takelage schnitzen.«

»Aha, ein Zimmermannsmaat.«

»Aye, wenn die Stürme nicht alle großen Schiffe zerstört hätten, wäre ich jetzt vielleicht einer. Dann hat mich eine Press-Patrouille erwischt und … tja, da war ich dann tatsächlich Zimmermannsmaat.«

»Also können Sie recht gut reiten?«

»Oh, aye, ich habe neun Jahre die Zugpferde für die Barken geritten, das sagte ich schon. Sowohl tagsüber, wenn sie die

Kähne geschleppt haben, als auch am Ende des Tages, um ihnen Auslauf zu verschaffen.«

»Und Sie können recht gut mit einer Axt umgehen.«

»Aye, einigermaßen. Mit einem Kampfstab bin ich besser, und am besten bin ich mit einer Axt, wenn ich sie knapp unterhalb des Kopfes halte und wie einen Kampfstab benutze. Das verbessert die Balance, Herr Hauptmann.«

»Offensichtlich. Ich habe gesehen, wie Sie sich gegen Laron und zwei Dutzend Lanzenreiter auf einem Dorfmarktplatz behauptet haben, und diese arg ramponierte Axt in Ihrem Gürtel verrät mir, dass Sie es sogar mit einem Glasdrachen aufgenommen haben. Geschick im Kampf kann gelehrt werden, Andry. Tapferkeit nicht.«

»Vielen Dank, Herr Hauptmann.«

»Wie viele Männer haben Sie schon getötet?«

»Noch keinen, Herr Hauptmann.«

»Noch keinen?«, rief Gilvray in offenkundiger Überraschung, da seine Augen sich weiteten.

»Noch keinen, Herr Hauptmann. Auch noch keine Frau.«

»Aber wenn Sie gegen jemanden kämpften, der den Tod verdient hätte, was dann?«

»Bisher bin ich noch keinem begegnet, der den Tod verdient hatte, aber wenn ich töten müsste, würde ich es tun.«

»Erstaunlich. Die meisten Krieger prahlen mit der Zahl der von ihnen getöteten Feinde. Sie sind einer der besten Kämpfer, die ich je gesehen habe, und doch sind Sie stolz darauf, noch niemanden getötet zu haben. Ihre Aufklärer scheinen Sie zu mögen.«

»Wenn Sie das sagen, Herr Hauptmann.«

»Sind Sie anderer Meinung?«, fragte Gilvray, der einen Unterton von Zweifel bei Andry hörte.

»Nein, Herr Hauptmann, aber ... nein, nichts.«

»Nur zu, heraus damit.«

»Herr Hauptmann, ich bin seit sieben Tagen in der Armee und noch nicht einmal so lange bei den Aufklärern. Alle anderen Männer dienen seit mindestens einem Jahr. Ich habe wenig Erfahrung, also werde ich uns alle in den Tod führen, wenn ich Sprecher bleibe.«

»Aber viele neue Rekruten beginnen ihre Laufbahn bereits als Offizier, wenn ihre Eltern ihnen das Patent kaufen.«

»Ich habe nur gesagt, was ich denke, Herr Hauptmann.«

»Tatsächlich? So etwas höre ich nicht oft – aber ich habe kein Problem damit. Leute mit einem hohen Rang hören viel zu selten eine ehrliche Meinung von Leuten mit einem niedrigeren Rang, die auf eine Beförderung aus sind. Ihre Aufklärer schlagen sich gut heute Abend.«

»Sie sind auf ihre Art alle, äh, edel, Herr Hauptmann.«

»Tatsächlich? Wenn Sie einen Sprecher wählen müssten, auf wen würde Ihre Wahl fallen?«

»Aufklärer Esen, Herr Hauptmann. Er wird respektiert, er ist erfahren, und alle mögen ihn. Er trifft gute Entscheidungen, und er ist ein verdammt guter Musikant.«

»Aber Sprecher ist kein Befehlsrang. Ein Sprecher gibt lediglich die Befehle des Hauptmanns der Reisegarde weiter.«

»Mit Verlaub, Herr Hauptmann, aber meistens sind Sie nicht da, und die Aufklärer fragen den Sprecher, wie die Befehle gemeint sind.«

»Ah, ja, die Interpretation, Sie mögen recht haben. Sie sind also Alberiner. Ist da ein Loyalitätskonflikt möglich?«

»Nord-Scalticar und das Sargolanische Reich liegen nicht im Krieg miteinander, Herr Hauptmann, aber sollte es je dazu kommen, gehe ich davon aus, dass ich meinen Abschied von der sargolanischen Armee nehme.«

Gilvray nickte, dann lächelte er und sah sich um.

»Es war mir ein Vergnügen, mich mit Ihnen zu unterhalten, Andry, aber jetzt muss ich weiter. Weiterhin viel Vergnügen auf dem Ball.«

Laron kam zu Andry, kaum dass er allein war, eine Traube von Vermittlern im Schlepptau. Die Frauen und Mädchen, denen sie dienten, waren nicht allzu weit entfernt.

»Bitte, meine Herren, ein wenig Abstand. Ich muss mich mit Sprecher Tennoner über den Schutz der Prinzessin beraten«, sagte Laron, indem er sie mit Winken zurückbeorderte. Dann wandte er sich an Andry und verdrehte die Augen. »Ich muss eigentlich nicht mit Euch reden, ich brauche nur etwas Luft zum Atmen.«

»Ihr habt Glück. Ich werde nur von den Müttern zum Tanz aufgefordert«, gestand Andry.

»Ach, das liegt daran, dass man in Euch jemanden von niederer Geburt sieht. Sie überzeugen sich von Euren Manieren, bevor sie ihren Töchtern gestatten, ihre Vermittler zu ihnen zu schicken. Aber niemand bekommt den Rang eines Hauptmanns, ohne einer Adelsfamilie zu entstammen, also war ich von Anfang an Beute. Wartet noch eine halbe Stunde, dann habt Ihr dieselben Schwierigkeiten wie ich. Wie machen sich die Aufklärer?«

Andry sah sich um. Die anderen waren in der Nähe, während eine Vielzahl von Frauen auf sie einredete, und alle sahen so eingeschüchtert aus, wie Andry es infolge des bloßen Ausmaßes von Putz, Rang und Reichtum ringsumher auch war.

»Sie schlagen sich ganz tapfer in diesem, äh, Geplänkel«, brachte Andry heraus. »Hauptmann Gilvray schien das jedenfalls zu glauben.«

»Ein guter Mann, dieser Hauptmann Gilvray«, stimmte Laron ihm zu. »Sein Vater war Meister der Kaiserlichen Jagd. Kein Adeliger, wohlgemerkt, sondern ein edler Herr alpennischer Abstammung mit Fähigkeiten auf dem Gebiet der Jagd und einem Sinn für Etikette und Manieren, der einem Herold Ehre bereitet hätte. Ich glaube, die Prinzessin mag ihn. In zehn Jahren oder so bekommt er ein Lehen.«

»Er scheint etwas Glück mehr zu verdienen als die meisten, Herr Hauptmann«, sagte Andry.

»Schenkt Euch das ›Herr Hauptmann‹, Andry, ich bin's nur. Aber zurück zu Gilvray, er ist bereits Hauptmann, sobald er also Land bekommt, wird er ein Adeliger. Der Witz bei den Adeligen ist aber der Badehaus-Test.«

»Ihr meint, sie baden auch dann, wenn sie gar nicht müssen?«, fragte Andry, der nicht sicher war, ob er richtig gehört hatte.

»Das auch, aber steckt sie mit nur einem Handtuch um die Hüften in ein Badehaus, und Leute wie Hauptmann Gilvray klingen und handeln wie Adelige. Steckt Gemeine zu ihm, und nach kurzer Zeit kann jeder sofort sagen, wer der Adelige und wer die Gemeinen sind.«

»Wallas ist angeblich ein edler Herr und vielleicht sogar ein Adeliger …«, begann Andry.

»Ausnahmen, es gibt immer Ausnahmen. Terikel hat mir erzählt, sie hätte von – namentlich nicht genannten – Leuten erfahren, dass Wallas der ehemalige Kaiserliche Musikmeister ist.«

»Lächerliche Vorstellung, Herr H… äh, das heißt, Laron.«

»Aber wenn es stimmt, überlegt Euch Folgendes. Die Eltern des Meisters waren Bäcker, die sich durch harte Arbeit und Geschäftssinn verbessert haben. Sie haben ein kleines Vermögen in die Ausbildung ihres Sohns gesteckt, und Wallas hat sie dadurch belohnt, dass er es an den Kaiserlichen Hof geschafft hat. Dort ist es ihm gelungen, ein Familienwappen für seinen Vater zu erwirken, das sogar vom Kaiser persönlich verliehen wurde … Aber den Badehaus-Test würde er trotzdem nicht bestehen. Wo ist er überhaupt?«

»Da drüben, bei, äh, irgendeiner reich aussehenden Dame.«

»Gräfin Bellesarion!«, entfuhr es Laron sofort.

»Ihr kennt sie?«

»Sie ist eine hiesige Vertrauensperson von Prinz Valios, der dritter Anwärter auf den Kaiserthron ist.«

»Ach, wirklich? Dann macht er sich ja recht gut – Ihr meint, sie gehört zum Hof von Palion?«, japste Andry plötzlich.

»Nein, sie hält hier Augen und Ohren offen und schreibt dem Prinzen lange und informative Briefe.«

»Aber Wallas wird sie ganz sicher mit seinem üblichen Müll vollquatschen, dass er ein Agent des Reichs ist oder irgendwas.«

»Oh, das könnte ernsthafte Konsequenzen haben. Gräfin Bellesarion kennt – zumindest dem Namen nach – jeden Spion in Diensten des Hofes und auch einige aus den Reihen der Kaufleute und Gemeinen. Wenn sie Wallas für einen neuen Agenten in Prinzessin Senterris Diensten hält, wird morgen Früh ein sehr ausführlicher Brief per Kurier nach Palion geschickt – oder sogar per Autonvogel, wenn Wallas sie ausreichend beeindruckt.«

»Mist und Verdammnis, Wallas!«, murmelte Andry, als er sah, wie Gräfin Bellesarions Augen sich weiteten, während Wallas ihr etwas ernsthaft zu erklären schien.

»Das heißt ›Ach, du meine Güte, Wallas, du bist ein echter Trottel!‹«, legte Laron ihm nahe.

Plötzlich verbeugte sich Wallas und verabschiedete sich von der Gräfin. Sie ging zu einem gut gekleideten und sehr viel älteren Mann, blieb stehen, um etwas zu sagen, und zeigte dann in Richtung einer Vorhangtür. Er begleitete sie dorthin, verschwand für einen Moment darin und tauchte dann wieder auf. Auf der anderen Seite des Ballsaals sprach Wallas mit einem Serviermädchen, das er dann zum Dienstboteneingang begleitete.

»Das Erhabene und das Lächerliche in ein und demselben Raum«, sagte Laron, der die Vorgänge ebenfalls beobachtet hatte. »Das war übrigens Graf Igon Bellesarion. Er ist sehr eifersüchtig, also geht die Gräfin immer zu ihm, um ihn zu beruhigen, nachdem sie mit einem Fremden geredet hat. Ich bezweifle, dass sich in den Adelsregistern eine Erwähnung dieses Serviermädchens findet, das Wallas …«

»Wallas, dein Körper hat den Schritt anstelle des Gehirns als kommandierenden Offizier«, knurrte Andry leise. »Es kann nicht länger als eine Viertelminute gedauert haben, diese Verabredung mit dem Serviermädchen zu treffen.«

Laron lachte. Der Tanzherold kündigte den nächsten Tanz an.

»Wappnet Euch, die Vermittler der Mädchen kommen.«

Andry fand sich rasch als Partner eines der Mädchen wieder, das ihm erklärte, seine Mutter habe ihn bei einem früheren Tanz geprüft. Die junge Dame hieß Murellis und hatte ein hübsches Gesicht mit Himmelfahrtsnase, das von goldenen Locken eingerahmt war, die durch silberne Kämme gehalten wurden.

»Ich spreche kaum jemals Umgangssargolanisch!«, kicherte sie. »Das ist so aufregend, mit einem Helden aus den Reihen der Mannschaften zu tanzen. Das ist beinah so, als würde ich von einem kühnen Straßenräuber aus meiner Kutsche geholt.«

»Meine Aufgabe besteht darin, Straßenräuber aufzuspüren, Mylady«, erwiderte Andry leise in dem Versuch, das Gespräch neutral zu halten.

»O ja, aber dann würdet Ihr zu meiner Rettung kommen und ihn mit der Axt angreifen, wie Ihr es bei dem Drachen getan habt, und dann würdet Ihr mich auf Euer Pferd setzen und mich in Euren Armen in Sicherheit bringen.«

»Eure Träume sind, äh, sehr eindringlich, junge Dame«, sagte Andry verlegen.

Andry erkannte plötzlich, dass die Gräfin noch nicht wieder zurückgekehrt war. Dasselbe galt auch für Wallas und das Serviermädchen. Zwei weitere Tänze verstrichen, und beide waren recht lang und langsam.

»Was ist hinter der Tür da, hinter den roten Vorhängen?«, fragte Andry seine Partnerin.

»Ach, Ihr seid ja so kühn«, kicherte Murellis.

»Wie meint Ihr das?«

»Ihr wisst es nicht?«

»Ich habe bis heute Abend noch nie in meinem Leben einen Fuß in einen richtigen Palast gesetzt«, versicherte Andry ihr.

»Dahinter befinden sich die Ruheräume. Dorthin ziehen die Damen sich zurück, um sich auszuruhen und sich vom Lärm und von der Hitze des Tanzsaals zu erholen, wenn sie sich erschöpft fühlen. Es ist sehr in Mode, sich rasch erschöpft zu fühlen.«

»Um sich auszuruhen?«, keuchte Andry, dem plötzlich ein Verdacht kam.

»Nun, nicht nur. Kommt, ich zeige es Euch. Es geht folgendermaßen: Ach, herrje, ich fühle mich so schwach, würdet Ihr mich bitte zu den Ruheräumen begleiten, Aufklärer Andry?«

Andry verließ mit Murellis die Tanzfläche und ging durch die roten Vorhänge und die Tür dahinter. Sie gelangten in einen kleinen Flur, von dem ein Dutzend identische Türen abgingen. Bis auf eine standen alle offen, und Murellis führte Andry zur nächsten, ging mit ihm hindurch, schloss die Tür hinter sich und verriegelte sie. Bevor Andry viel mehr begriff als die Tatsache, dass auch ein Sofa zum Mobiliar gehörte, setzte Murellis eine kleine Uhr in Bewegung, legte Andry dann die Arme um den Hals und presste ihre Lippen auf seine. Mit einem Geschick, das unmöglich ohne ausgedehnte Praxis entwickelt worden sein konnte, zog sie ihn auf sich herunter und auf das Sofa, während sie ihn immer wieder küsste und sich dabei unter ihm wand.

»Das ist ja so aufregend!«, plapperte sie. »Ich bin mit einem Helden der Gemeinen zwischen den Beinen in den Ruheräumen.«

Aye, und ungefähr zwanzig Schichten aus Kleidern, Stoff und Rüschen zwischen uns, dachte Andry.

»Aber werden die Leute nicht reden?«, warnte er.

»O nein, Ihr sollt ja nur für eine kurze Zeitspanne bleiben, nicht lange genug, um richtig leidenschaftlich werden zu können. Außerdem hat meine Mutter Euch begutachtet, also ist alles vollkommen anständig, wenn sie Euch nicht völlig falsch eingeschätzt hat. Falls doch, ist das die Stelle, wo Ihr Eure Hose herunterlasst und meine Röcke heraufschiebt und mir ein Kind macht, aber natürlich seid Ihr ein ehrenhafter Gemeiner und würdet so etwas nie tun.«

»O ja, das bin ich«, versicherte ihr Andry, indem er sich von ihr herunterwälzte und sich auf die Kante des Sofas setzte.

»Ihr könntet wohlgemerkt auch versuchen, mich auf ehrenhafte Art zu erfreuen, indem Ihr nur das tut.«

Murellis nahm seine Hand und fuhr mit ihr unter ihre Röcke und zwischen ihre Beine. Andry ging auf, dass er unkontrolliert zitterte und zu schwitzen anfing. *Was würde Velander denken?*, fragte er sich und dachte dann: *Was kümmert es mich, was Velander denkt?*

»Und dann könnte ich wahrheitsgemäß sagen, dass ich intim mit Euch gewesen bin, denn das ist in der Tat intim. Ihr hättet tatsächlich zwischen meinen Beinen gelegen, Ihr hättet dies getan, aber der Medikus meiner Mutter könnte beschwören, dass ich immer noch unberührt bin – aber geht jetzt, Ihr dürft nicht *zu* lange bleiben. Ich werde hierbleiben und das Gefühl Eurer Nähe genießen, solange es noch verweilt.«

Andry erhob sich, doch Murellis deutete auf eine kleine Uhr mit Zeigern an der Wand, deren Anzeige nur einen Zeitraum von fünf Minuten darzustellen schien. Kaum eine Minute war verstrichen.

»Bleibt, es ist noch keine ehrenhafte Zeit verstrichen«, flüsterte Murellis.

Während er dastand, sah Andry einen Glockenstrang mit einer Quaste am Ende und einer Tafel dahinter, in die KÜCHE eingraviert war. Nach zwei Minuten zischte Murellis: »Geht!«, und Andry entriegelte die Tür und trat nach draußen. Sofort verriegelte Murellis die Tür wieder hinter ihm. Andry lehnte sich einen Moment an die Tür und dachte nach. *Wenigstens hat hinter ihren Versprechungen mehr gesteckt als hinter denen von Madame Jilli und Jelene.* Plötzlich öffnete sich die Tür am Ende des Flurs, und das Serviermädchen, das bei Wallas gewesen war, trat ein. Es warf einen Blick auf Andry, blickte dann in den offenen Ruheraum neben sich, schien verwirrt zu sein und eilte dann wieder durch die Tür zurück.

Sofort hatte Andry Madame Jillis Dolch gezückt. Er ging

zur anderen verschlossenen Tür. Sie gehörte zu der Sorte mit solidem Rahmen um dünne Paneele. Er fand einen Spalt, setzte die Dolchspitze an, schob sie ein Stück hinein und zog sie dann wieder heraus. Er spähte durch das Loch. Zwei knochenweiße Beine ragten in die Luft, und zwischen ihnen befand sich ein Paar behaarte Hinterbacken. Andry nahm außerdem zur Kenntnis, dass der Rücken des Mannes, der die Frau bediente – bei der es sich nur um die Gräfin handeln konnte –, fünf Peitschenstriemen aufwies. Andry marschierte hinaus in den Ballsaal – und stieß auf Murellis Mutter.

»Zwei Minuten und eine halbe, junger Mann«, verkündete sie mit breitem Lächeln, während sie ihm den Arm drückte. »Das war in der Tat sowohl ehrenwert von Euch als auch schmeichelhaft.«

»Ich, äh, welche Zeit wurde denn von mir erwartet?«, stammelte Andry.

»Das wisst Ihr nicht? Nun, eine Viertelminute gilt als Abfuhr, eine Minute ist lediglich höflich, zwei Minuten sind ehrenhaft, drei sind ein wenig ungehörig, vier sind an der Grenze des Anstands und fünf sind ein Skandal.«

»Oh. Aha, Murellis ist ein sehr ehrenwertes, aber verlockendes Mädchen«, brachte Andry heraus, da er nach angemessenen, aber neutralen Worten suchte.

»O ja, viele junge Männer machen ihr den Hof, sie ist sehr beliebt.«

Kaum verwunderlich, dachte Andry. *So machen es also die Adeligen. Das unterscheidet sich doch sehr von den Frauenzimmern, die sich in den Tavernen in Alberin einem Burschen aufs Knie setzen, während sie ein Halbes mit ihm trinken.* An dieser Stelle endete der letzte Tanz dieser Reihe. Andry ging direkt zum ersten Aufklärer, den er sehen konnte. Zufällig war es Esen. Die anderen Aufklärer gesellten sich rasch hinzu, einige von ihnen noch mit der Tanzpartnerin am Arm.

»Ich will etwas wegen Wallas unternehmen!«, gelang es ihm, Esen ins Ohr zu zischen, aber weiter kam er nicht.

»Edle Herren, auf ein Wort!«, rief jemand.

Weder Andry noch seine Männer merkten auf, da keiner von ihnen daran gewöhnt war, mit »edle Herren« angeredet zu werden. Ein uniformierter Bote mit mehreren Schlaufen Goldband an der Schulter trat zu Andry und deutete eine Verbeugung an.

»Ihr, mein Herr, seid Sprecher Andry Tennoner?«, fragte er.

»Aye«, erwiderte Andry wachsam und in dem Bewusstsein, dass er nicht verpflichtet war, Zivilisten unterhalb eines bestimmten Ranges über Gebühr Achtung zu zollen.

»Ihre Königliche Hoheit Prinzessin Senterri wünscht Euch vorgestellt zu werden. Haltet Euch bitte bereit und lasst bitte die Männer, für die Ihr sprecht, hinter Euch antreten.«

Andry nahm augenblicklich Haltung an, und hinter ihm war Stiefelscharren zu hören, als Andrys Aufklärer sich postierten. Die Prinzessin näherte sich am Arm von Graf Cosseren und in Begleitung von Hauptmann Gilvray. Alle reckten den Hals, um zu sehen, was vorging, und die Gespräche verebbten.

»Sprecher Tennoner, auch bekannt als ›das Tier‹, ich habe mich darauf gefreut, Euch kennen zu lernen«, sagte die Prinzessin, die plötzlich Andrys gesamtes Universum ausfüllte. Für ihn blieb die Zeit stehen. Es gelang ihm noch festzustellen, dass sie brünette Haare hatte, die zu dünnen Zöpfen geflochten und hochgesteckt waren, und nicht auf eine hübsche, sondern eine sinnliche Art schön war.

»Eure Hoheit sind irgendwie, äh, zu gnädig«, antwortete Andry, der plötzlich schreckliche Angst hatte, seine Blase könnte ihn im Stich lassen.

»Ich habe einen Bericht darüber gelesen, wie Ihr meine leere Kutsche verteidigt habt, um einen Glasdrachen glauben zu machen, ich sei noch darin. Sprecher Tennoner, Ihr seid ein sehr tapferes Tier. Anscheinend habt Ihr tatsächlich Eure Axt in die Schuppen eines Drachen geschlagen und diese Tat überlebt. Eure Axtklinge war teilweise geschmolzen, der Griff verkohlt. Dürfte ich Eure Axt einmal sehen?«

Andry zückte seine Axt und präsentierte sie der Prinzessin auf den Handflächen. Sie ergriff sie am Schaft und nahm einen Moment unbewusst Ausgangsstellung ein. *Kennt sich mit Axtfechten aus*, dachte Andry.

»Bemerkenswert«, sagte Prinzessin Senterri. »Ich würde diese Axt gerne an die Wand meines neuen Thronsaals in Logiar hängen. Darf ich sie behalten?«

»Ja, Eure Hoheit, es ist mir eine Ehre.«

»Aber Ihr werdet eine neue Axt brauchen«, sagte sie, indem sie Andrys Axt einem Lakaien gab. »Ich kann nicht zulassen, dass Ihr meine Ehre mit einer Bierflasche verteidigt. Hauptmann Gilvray?«

Gilvray reichte ihm seine eigene Axt. Das Wappen der Reisegarde war in die Klinge gestochen.

»Darf ich Eure Hoheit untertänigst daran erinnern, dass nur Mitglieder der Reisegarde Waffen mit ihrem Wappen tragen dürfen«, sagte Gilvray.

»Ah, ganz recht, und nur Vasallen können in die Reisegarde eintreten. Aber ist Sprecher Tennoner ein edler Herr, Hauptmann Gilvray?«

»Er hat die Qualitäten von einem, Eure Hoheit. Er kann ein Lied spielen, singen, tanzen, lesen, schreiben, über kalte wie magische Wissenschaften diskutieren und sich benehmen. Außerdem spricht er drei Sprachen.«

»Die Qualitäten eines edlen Herrn machen den edlen Herrn aus, Hauptmann Gilvray, auch wenn die Leute ihn für ein Tier halten. Sprecher Tennoner, wenn Ihr freundlicherweise niederknien würdet.«

Andry ließ sich auf beide Knie nieder. Die Axt senkte sich, aber so, dass die Klinge nach oben zeigte. Sie berührte seine rechte Schulter, dann die linke.

»Sprecher Tennoner, erhebt Euch mit dem Recht, ein Wappen zu tragen. Erhebt Euch, Aufklärer Vasall Andry Tennoner.« Jetzt wandte sie sich an Esen. »Aufklärer Esen Essaren, kniet nieder. Man hat mir zugetragen, dass meine treuen Aufklärer einen erfahrenen Anführer brauchen, um die Befehle zu interpretieren, die ihnen von ihrem Sprecher gebracht werden, der zwar tapfer ist, aber auch unerfahren. Ich befördere Euch hiermit in den Rang eines gemeinen Feldwebels bei den Aufklärern der Reisegarde. Erhebt Euch, Feldwebel Esen Essaren.«

Die Versammlung klatschte, als Esen sich erhob. Dann schienen er und Andry dazustehen und sehr lange Zeit nur Applaus zu bekommen. Die Prinzessin wandte sich ab, ging ein paar Schritte und machte dann plötzlich noch einmal kehrt.

»Ach, und Gefolgsmann Tennoner, die gehört Euch«, sagte sie, indem sie Andry Gilvrays Axt zuwarf, der sie mit einer geschmeidigen Bewegung fing. »Lasst das Wappen herausfeilen, sonst könnte Euch noch jemand festnehmen.«

Kaum war Senterri gegangen, als Esen sich vor Andry verbeugte.

»Danke, vielen Dank, ich bin Ihnen so dankbar«, flüsterte er, während er Andrys Arm nahm. »Ich versuche Ihrer guten Meinung von mir gerecht zu werden.«

»Ich? Ich habe zu keinem irgendwas gesagt«, erwiderte Andry leise, der das Gefühl hatte, als drehte der Ballsaal sich um ihn. »Jemandem sind einfach deine Fähigkeiten und Talente aufgefallen und ... Warte mal! Sie sind jetzt *mein* Vorgesetzter.«

»Sie hat uns zu einem Teil der Truppe gemacht!«, warf Sander ein. »Technisch gesehen, sind wir jetzt der Reisegarde beigeordnet, irgendwie!«

»Äh, aye«, sagten Andry und Esen gemeinsam.

»Herr Feldwebel, bitte um Erlaubnis, uns bis zum Umfallen betrinken zu dürfen«, sagte Danol zu Esen.

»Erteilt ... äh, aber nach dem Ball«, erwiderte Esen.

Danach schien der Rest des Abends nur so zu verfliegen. Wallas tauchte wieder im Saal auf, und Andry nahm zur Kenntnis, dass die Gräfin sich ebenfalls wieder in der Gesellschaft befand und sich angeregt mit ihrem Gatten unterhielt. *Wenn der wüsste*, dachte Andry. *Und wenn Murellis Mutter wüsste.*

»Andry!«

Beim Klang von Murellis Stimme hinter sich wären Andry beinah die Knie eingeknickt. Er drehte sich um und verbeugte sich, alles in einer Bewegung.

»Ich muss mich entschuldigen, ich habe die Verleihung des Wappens verpasst«, sagte sie leise, während sie ihn am Arm nahm.

»Oh, da gab es nicht viel zu sehen«, erwiderte Andry.

»Mutter hat gesagt, hätte sie das vorher gewusst, hätte sie mir aufgetragen, Euch drei und eine halbe Minute zu geben.«

Eine Liste von Dingen, die in dreieinhalb Minuten praktikabel war, spulte sich in Andrys Kopf ab, aber er sagte nichts.

»Morgen muss ich mit Mutter zu Lord Coriats Anwesen zur Verlobung meiner Schwester, aber in drei Tagen bin ich zurück. Mutter sagt, Ihr müsst zum Nachmittagstee kommen, und dann haben wir vielleicht *zwanzig Minuten* zusammen und allein. Wisst Ihr, was das bedeutet?«

»Ich, äh, habe eine ziemlich gute Vorstellung«, sagte Andry, »aber wir haben Befehl, in zwei Tagen auszurücken.«

»Tatsächlich? Ein Jammer. Na, und wann kommt Ihr wieder hierher?«

»Das kann ich nicht sagen. Ich bin für fünf Jahre zum Dienst in der Palastgarnison von Logiar eingeteilt.«

»Fünf Jahre, o je. Aber vielleicht bin ich bis dahin mit einem senilen alten Trottel verheiratet, und Ihr könnt durch mein Schlafzimmerfenster steigen und mir das Kind machen, das er nicht mehr zeugen kann, und dann wird er als Lord aufwachsen, aber Euer Sohn sein, und er wird stark und hübsch und sehr, sehr tapfer. Ach, Andry, ich kann es kaum erwarten.«

»Oh, aye, ich auch nicht.«

Die dritte Stunde nach Mitternacht war vorbei, als Andry schließlich mit den Aufklärern den Palast verließ. Seltsamerweise hatte sich niemand von ihnen betrunken. Die Aufklärer waren so stolz darauf, der Reisegarde beigeordnet worden zu sein, dass sie beweisen wollten, dass sie edle Herren waren, die sich benehmen konnten.

»Und da kommt dieser Geck und sagt, bitte nicht schlagen, aber er muss mich am Arm nehmen«, lachte Costiger, als sie durch das Tor gingen. »Und ich sag zu ihm, ist schon in Ordnung, der Herr, ich weiß, dass Eure Lady möchte, dass ich sie um einen Tanz bitte, und es wegen der Klassenunterschiede nicht selbst tun kann. Bei Fortunas Lächeln, ihr hättet sein Gesicht sehen sollen!«

»Sehr gut«, bemerkte Andry.

»Aber was ist ein Klassenunterschied?«, fragte Costiger.

»Diese alte Schabracke hat mir an den Hintern gepackt«, sagte Hartman. »Quietschfidel, das gute Stück.«

»Was hast du zu ihr gesagt?«, fragte Esen.

»Ich hab gesagt, Mylady, wolltet Ihr meine Aufmerksamkeit erregen?«

»Diese alte Schabracke ist dreihundert Goldkronen im Jahr wert, hat das Frauenzimmer gesagt, mit dem ich getanzt habe«, sagte Danol. »Außerdem hat sie nicht viel älter ausgesehen als du.«

»Dreihundert Goldkronen?«, rief Hartman.

»Ihr verstorbener Mann war im Brauereigeschäft«, sagte Danol.

»Du hättest *ihr* an den Hintern packen sollen«, lachte Costiger. »Das hätte dir vielleicht eine Einladung zu ihr nach Hause eingebracht.«

»Zum Tee«, fügte Danol hinzu.

»In ihrer Koje«, mutmaßte Costiger.

»Sie hat mir dieses kleine Geschenk zur Erinnerung gemacht«, sagte Hartman, indem er mit einer Karte wedelte.

»Das ist kein Geschenk, sondern eine Einladung«, sagte Andry.

»Was? Schnell, rüber zu der Laterne. Wer kann lesen?«

»Gib her«, seufzte Andry. »Lady Polkinghans-Clunes vom Schluck-Ale-Anwesen … bittet um das Vergnügen … Aufklärer Hartman von der Reisegarde ... zum Tee ... Kekse ... zur dritten Stunde nach dem Mittag‹ ... oder vielleicht heißt es auch ›Morgen‹.«

»Mittag? Morgen? Was denn nun, verdammt ... Herr Sprecher!«

»Morgen«, sagte Danol, der Andry über die Schulter blickte.

»Sucht die Seife und füllt den Pferdetrog«, rief Sander.

Die Seife war vor dem Ball aufgebraucht worden, also führte Hartman die anderen in ein Stoßtruppunternehmen und brach mit ihnen in die Wäscherei ein. Andry ging mit einer Tonlampe in den Stall, pumpte Wasser in den Pferdetrog und murmelte: »Das ist eine Nacht, über die Barden schreiben könnten.«

»Andry?«

Beim Klang von Velanders Stimme drehte er sich langsam um. Sie lehnte am Wagen und sah nicht gut aus. Sie war mit einer Reservegarnitur vom Wagen bekleidet, bestehend aus Wappenrock, Jacke und Hose.

»Andry, seid Ihr das?«

»Aye, ich bin es. Könnt Ihr nichts sehen?«

»Nein. Bin blind.«

Sie öffnete die Augen, und durchdringendes blau-weißes Licht strömte aus ihnen. Sie schloss sie wieder.

»Velander, was ist mit Euch?«, rief Andry.

»Drachen-Äther hat vergiftet, mich. Kann nicht sehen. Kaum bewegen. Aufgestanden, gewaschen, gesäubert. Kleidung im Wagen gefunden. Wollte sauber sein. Oh! An Euch ist, äh, Mädchengeruch.«

»Oh, aye, ich habe mit einigen getanzt. Das passiert auf Bällen. Aber was ist mit Euch?«

»Pah. Vergesst das, bitte. Was ist passiert? Mädchen nett?«

»Nett, aber nicht ... interessant.« Andry wusste nicht genau, woher das Wort gekommen war, aber es schien angemessen. »Ach, und die Prinzessin hat mir das Recht verliehen, ein Wappen zu tragen, und Esen zum Feldwebel gemacht. Die Aufklärer sind der Reisegarde – verdammt, wie war das Wort? Beigeordnet. Das ist es, die Aufklärer sind der Reisegarde beigeordnet worden. Es war ein einziger großer Triumph.«

»Ah, das freut mich. Nehmt Glückwünsche von mir.«

»Oh, aye, danke.«

»Wollte waschen gerade, mich. Zähne gesäubert, Fänge, alles. Haare waschen.«

»Ihr hättet zum Ball gehen können, wenn Ihr das eher gemacht hättet«, lachte Andry. »Ihr hättet als meine Partnerin mitkommen können, auf meiner Einladung stand, ich könnte noch jemanden mitbringen.«

»Ich?«, ächzte Velander, indem sie ihre leuchtenden Augen öffnete und dann sofort wieder schloss.

»Warum nicht? Auf dem Ball war niemand, der besser ausgesehen hätte als Ihr.«

Andrys Problem war nicht so sehr, dass er nicht gut im zwanglosen Geplauder mit Mädchen war, sondern dass er nicht einmal wusste, was das war ... oder wann er es tat. Velander lehnte in der Dunkelheit stumm am Wagen. Ihre Hände beschrieben Waschbewegungen, und ihre Schultern waren vorgebeugt. Sie sah krank aus, aber auch ängstlich.

»Andry, haben Pakt geschlossen, wir. Ja? Erinnert Euch, Ihr?«

»Oh, aye, und ich habe auf dem Ball nur Wasser mit Limonensaft getrunken.«

»Nichts mehr trinkt, Ihr, nicht mehr ... Leute jage, ich.«

»Das sind die Bedingungen, ja. Warum?«

»Hochachtung habe vor Euch, ich. Mehr nicht.«

»Und ich habe auch Hochachtung vor Euch, weil Ihr es versucht. Ich weiß, wie schwer es sein muss ... ich vor allem.«

»Tapfer seid Ihr, das weiß ich. Wollt etwas tun, Ihr, das brauche sehr, ich? Das muss wissen, ich?«

»Wenn ich kann.«

»Kommt näher.«

Obwohl seine Miene nichts anderes ausdrückte als das

reinste Grauen, trat Andry vor. Velander hob langsam die Hände. Sie glitten nach hinten auf Andrys Rücken, dann spannten sich die Arme mit alarmierend starkem Druck um ihn. Er zwang sich, die Arme um sie zu legen, und sie war in der Tat kalt und hart und zitterte infolge des Konflikts zwischen blindem Fressinstinkt und eiserner Beherrschung. Ihre Umarmung wurde noch fester. In Andrys Rücken knackten Gelenke. Ihre Wange presste sich gegen Andrys, so kalt und hart wie eine alberinische Traufe vor einer Taverne um Mitternacht im Winter ... Doch sie roch nur nach Seife, und in ihrem Atem lag ein Hauch von Minzeblättern.

Bevor Andry wusste, was geschah, hatte Velander sich von ihm gelöst.

»Danke, äh, sehr«, flüsterte sie.

Nach überstandener Feuerprobe war Andry noch erleichterter, als er darüber gewesen war, nichts Dummes getan zu haben, als die Prinzessin ihm das Recht auf ein Wappen gewährt hatte. Dann geschah es. Als er die Hand hob und sie auf Velanders Nacken legte, war dies keine bewusste Entscheidung.

»In Clovesser, als Ihr auf dem Wagen wart und getrunken habt ... da habe ich Euch geschlagen, und, äh, Ihr habt aufgeblickt.«

»Richtig.«

»Eure Miene ... sie war, äh, ziemlich böse.«

»Mein Trinken habt unterbrochen, Ihr. Ist gefährlich.«

»Aber Ihr habt nicht mich angegriffen, sondern den Glasdrachen. Warum?«

Velander spannte sich, presste die Lippen zusammen und entspannte sich plötzlich so sehr, dass Andry glaubte, sie werde zusammenbrechen. Sie holte tief Luft, als wolle sie auch Mut aus der Luft einsaugen.

»Weil Euch liebe, ich«, flüsterte sie schließlich.

Andry nahm zur Kenntnis, dass sich eine Tür öffnete, Füße über Stroh gingen und es plötzlich sehr, sehr still wurde. *Pub-*

likum oder nicht, ich kann diesen Augenblick nicht verstreichen lassen, dachte er, als er Velander näher zu sich zu ziehen versuchte. Plötzlich war es so, als versuchte er eine an den Boden genagelte Bronzestatue zu bewegen. Seine Finger strichen ihr über die Haare, die nass und kalt waren.

»Höre andere Aufklärer, ich«, flüsterte sie.

»Was ist mit ihnen?«, flüsterte Andry zurück.

Kein Gestank, dachte Andry. *Seifenduft, Minzeblätter im Atem* ... Seine Lippen pressten sich auf ihre, und ihre Lippen waren nicht nur kalt, sondern absorbierten Wärme. Er spürte die Härte ätherischer Reißzähne hinter den Lippen. Dünne Fasern seiner Lebenskraft wurden von seinen Lippen in ihre gesogen. Er zog sich zurück, aber langsam, um Velander nicht vor den anderen Aufklärern zu demütigen. Die Fasern strafften sich, flackerten und rissen dann. Seine Lippen brannten und wurden dann rasch taub.

Velander wandte sich in die Richtung von Andrys erstaunten Aufklärern.

»Könnt nie wissen, Ihr, was für ein tapferer, feiner Mann ist, Euer Sprecher«, sagte sie leise.

»Mit Verlaub, Mylady, aber ich glaube, wir wissen es«, sagte Esen.

»Jetzt ganz besonders«, fügte Costiger hinzu.

Velander wandte sich wieder an Andry, zog ihn so nah an sich, dass ihre Reißzähne sein Ohr streiften, und flüsterte dann: »Gehe jetzt, ich. Gehe durch Hölle. Denkt an mich.«

»Ich liebe Euch«, hörte Andry sich sagen.

Sie wandte sich ab, griff nach der Wand des Wagens und versuchte auf ihn zu klettern. Sie schaffte es nicht.

»Bitte, Andry, helft«, sagte sie leise.

Andry verschränkte die Hände unter einem ihrer Füße und hievte sie hoch. Velander glitt auf den Wagen und unter die Plane, welche die Ladefläche bedeckte, ohne auch nur noch einen Laut von sich zu geben. Andry brach zusammen. Seine Aufklärer kamen angelaufen.

»Andry, Herr Sprecher, alles in Ordnung?«, wollte Danol wissen.

»Fühle mich erschöpft«, brachte Andry heraus.

»Mädchen bewirken das bei einem Mann«, sagte Costiger.

»Muss schlafen«, sagte Andry, der daraufhin an das Wagenrad gelehnt in einen tiefen Schlaf fiel und zu seiner Koje getragen werden musste.

Eine halbe Stunde nachdem sie alle gegangen waren, glitt Terikel nicht weit vom Wagen aus dem Schatten und verließ den Stall so leise, wie es ihr nach Jahren der Übung überhaupt möglich war. Sie unterdrückte ihr Schluchzen, bis sie weit genug entfernt war, aber ihr Gesicht war schon seit einer ganzen Weile tränennass.

Laron betrat die Taverne *Des Königs Belieben*, bestellte einen Krug Wein und trank ein Drittel davon, nachdem er die Bezahlung so durch die Luft geworfen hatte, dass sie in den Ausschnitt der Schankdirne gefallen war. Sie quietschte überrascht, zog sich zurück und hielt dann inne. Schließlich war er Hauptmann in der Kaiserlichen Straßenmiliz und sah noch sehr jung aus. Die Schankmaid wusste, dass in dieser Nacht ein Ball stattgefunden hatte, und nahm an, dass vielleicht eine Verabredung nicht ganz nach Plan verlaufen war.

»Pech in der Liebe, Mylord?«, fragte sie, als sie an Larons Tisch getreten war.

»Ganz und gar nicht, junge Dame«, erwiderte Laron, der daraufhin das zweite Drittel des Kruges trank.

»Was habt Ihr dann für Kummer?«

»Was ich für Kummer habe?«, lachte Laron, während er den nun leeren Krug auf dem Kopf balancierte. »Ich habe den Kummer, dass mein bester und ältester Freund auf der ganzen Welt für mich verloren ist.«

»Tot?«

»O ja.«

»Ach, das tut mir leid. In einer Schlacht verloren?«

»Das könnte man so sagen.«

»Armer junger Krieger«, sagte sie, während sie ihm mit den Fingern durch die Haare strich.

Hauptmann Gilvray leistete sich erst den Luxus, sich in seine Gemächer zurückzuziehen, als alle Angehörigen seiner Kompanie nicht nur den Ballsaal verlassen hatten, sondern wieder in ihren Zimmern, Suiten und Kasernen auf der anderen Seite des Palastkomplexes waren. Im Einreise-Register stand die ganze Geschichte, und er brauchte eine Viertelstunde, um es durchzugehen. Neben Larons Eintrag stand /IN BEGLEITUNG/FRAU/BEDIENSTETE/AUSLÄNDERIN/. Gilvray lächelte grimmig. *Wenigstens einer kommt über Senterri hinweg*, dachte er. Schließlich öffnete er die Tür zu seiner Suite, trat vorsichtig mit seiner Kerze ein und hielt nach Eindringlingen Ausschau, bevor er die Tür schloss und verriegelte. Als er sich umdrehte, stand Terikel vor ihm.

»Wie seid Ihr hier hereingekommen!«, rief Gilvray. »Wo wart Ihr?«

»Ich bin eine verdammte Zauberin«, sagte Terikel mit etwas wie Ungeduld und ließ das als Erklärung stehen.

»Wenn die Prinzessin davon erfährt, verliere ich in ihren Augen alle Ehre.«

»Unwahrscheinlich. Im Flur sind Zauber aktiv, Zauber, die so eingestellt sind, dass sie Euch durchlassen, aber in jeder anderen Person ein Gefühl von Unbehagen und böse Vorahnungen wecken.«

Es gab eine längere Pause, in der sich keiner der beiden bewegte. »Nun?«, fragte Terikel.

»Nun?«, wiederholte Gilvray.

»Solltet Ihr nicht fragen, warum ich hier bin?«

»Schön, warum?«

»Ich will sicheres Geleit nach Alpenfest. Sicheres Geleit *egal, wohin* war in letzter Zeit nur schwer zu erreichen, vor allem für mich.«

Gilvray ging zum Bett, stellte seine Kerze auf den Nachttisch und zog sich die Stiefel aus.

»Warum kommt Ihr zu mir? Ich hatte in letzter Zeit sogar Mühe, Prinzessin Senterri sicheres Geleit zu geben, obwohl ich über die gesamte Reisegarde verfügen kann.«

»Ihr stammt außerdem aus Alpennien, und Alpenfest liegt gleich hinter der alpennischen Grenze, nicht weit von Karunsel. Senterri soll drei Tage in Karunsel verbringen, weil das die erste große Stadt in ihren neuen Gebieten ist, die sie besuchen wird. Drei Tage, Hauptmann Gilvray. Ihr könnt mit mir nach Alpenfest reiten, mich sicher in den dortigen Mauern abliefern und noch rechtzeitig wieder zurück in Karunsel sein, um Senterri und die Reisegarde pünktlich weiterzuführen.«

»Tag und Nacht reiten, nicht schlafen, in jeder Stadt die Pferde wechseln ... es wäre möglich. Aber warum ich?«

»Spielt vor mir nicht den Unschuldigen, Hauptmann. Ich informiere mich über jeden, mit dem ich es zu tun habe, und über Euch habe ich mich in allen Einzelheiten informiert. Ich bin eine Priesterin der Metrologen, wisst Ihr noch? Wir wissen gern Dinge. Ihr stammt von einem alpennischen Adeligen ab, der vor drei Generationen in Gefangenschaft geriet und nach Palion gebracht, aber nie ausgelöst wurde. Ein anderer Zweig Eurer Familie hat Besitzungen und Lehen übernommen, aber Eure Linie hat den Titel behalten. Tatsächlich erkennt das Sargolanische Reich Euren Titel an, aber die Usurpatoren des Familienbesitzes haben dem Imperium die Gefolgschaft geschworen, so dass das Reich sich damit begnügt, allen zu lassen, was sie haben.«

»Richtig«, sagte Gilvray, indem er sich ans Kopfteil des Bettes lehnte. »Wenn eine Seite aus der Rolle fällt, wird das Reich Partei für die andere ergreifen. Ich habe den Kreislauf durchbrochen, ich mache mir selbst einen Namen und werde in Kapfang ein eigenes Lehen bekommen. Ich habe letzten Monat offiziell auf alle Ansprüche auf das Land meiner Vorfahren verzichtet.«

»Und das hat dazu geführt, dass man Euch in ganz Alpennien wohlgesinnt ist. Ihr habt eine Einladung zu einem Besuch, wann immer Ihr wollt, also könntet Ihr diesen Besuch mit mir antreten. Ihr könntet mich als Eure Geliebte ausgeben und sagen, dass Ihr mir das Land Eurer Vorfahren zeigen wollt.«

»Die Geschichte ließe sich nur schwer verkaufen, Mylady. In der Reisegarde gibt es wenig Privatsphäre, und alle sind aufs Äußerste gelangweilt und auf der Suche nach etwas, worüber sie tratschen können. Wenn wir ein Paar wären, hätte man das längst bemerkt.«

Terikel setzte sich ans andere Ende des Bettes, hob ein Bein und legte es auf Gilvrays Beine. Seine Augen weiteten sich, aber sonst bewegte er sich nicht.

»Es wäre nicht schwierig, ihnen Stoff zum Tratschen zu geben, Hauptmann, tatsächlich wäre es sogar für uns beide sehr angenehm.«

»Mylady ... Ihr seid sehr verlockend und wunderschön, aber mein Herz ist woanders ...«

»Und das weiß auch die Prinzessin!«, sagte Terikel entschieden. »Ebenso wie Graf Cosseren und Hauptmann Laron. Ich habe mit ihr gesprochen, und sie ist bereit, Euch ein kleines Lehen in der Nähe von Logiar zu geben, *wenn* in aller Öffentlichkeit deutlich wird, dass Ihr nicht mehr in sie verliebt seid. Ihr habt Euren Titel, Ihr werdet bald neues Land haben. Was Euch noch fehlt, ist eine Geliebte.«

»Sie ... die Prinzessin will, dass mein Herz woanders ist?«, flüsterte er.

»Sie will es nicht, aber es muss sein.«

Gilvray streckte eine Hand aus, hob Terikels Fuß hoch, zögerte, und legte ihn dann wieder zurück auf seine Beine. Terikel lächelte, und es war ein weiches, breites und aufrichtig einladendes Lächeln. Sie schnippte mit den Fingern, und die Kerzenflamme erlosch.

»Eure Schutzzauber werden es den Bediensteten, Klatschtanten und anderen Naseweisen erschweren, uns zu entdecken«, stellte Gilvray fest, während ihre Hände im Dunkeln den Körper des anderen suchten.

Anstelle einer Antwort hauchte Terikel Ätherfasern in ihre Hände und formte dann einen Auton aus ihnen. Er nahm die Gestalt eines kleinen leuchtenden Drachen an, der ihr Gesicht in blaues Licht hüllte, als sie ihn in die Höhe hielt und ein paar Worte in einer toreanischen Sprache zu ihm sagte. Auf ein Wort, das »Los!« gewesen sein mochte, flatterte er aus ihren Händen, flog zur Tür, klammerte sich einen Moment an das Holz und schmolz dann hindurch. Die Dunkelheit kehrte in den Raum zurück, nachdem der Auton verschwunden war. Gilvray zog Terikels Fuß den Schuh aus.

»Ich komme mir wie ein Verräter vor«, sagte er, während er ihre Zehen streichelte. »Senterri ist die Herrscherwelt, um die mein Leben kreist.«

»Aber Eure Liaison mit mir macht ihr das Leben leichter, Hauptmann. In Wirklichkeit tut Ihr dies für sie.«

»Ich komme mir trotzdem wie ein Verräter vor. Ich habe meine Ergebenheit der Prinzessin gegenüber noch nie, nie verraten.«

»Gut, ein kleines Schuldgefühl macht eine Liebelei umso intensiver, mein schneidiger Hauptmann. In dieser Beziehung könnt Ihr Euch auf mein Wort verlassen.«

Am folgenden Morgen unterschrieb Esen einen Urlaubsschein für Hartman. Andry meldete sich beim Rüstmeister und bekam ein Kettenhemd, eine grüne Hose und Jacke, einen grünen Wappenrock mit dem königlichen Wappen darauf, Beinschienen und einen Helm mit einer großen Beule. Er kleidete sich an, während der Waffenschmied des Rüstmeisters die Beule aus dem Helm hämmerte. Zu seiner Erleichterung durfte er den Wallach behalten, den er ritt, anstatt sich mit einem Streitross abgeben zu müssen. Esen nähte sich die drei roten Sterne eines Feldwebels auf die Jackenschultern.

»Es ist nicht richtig, dass nur ich so eins habe, Herr Feldwebel«, sagte Andry zu Esen, indem er das Kettenhemd in die Höhe hielt. »Alle Aufklärer sollten so eins haben.«

»Ist keinen Haufen Dreck wert, Andry. Für Axtklingen und Pfeile ist es kein Hindernis. Kettenhemden halten nur ungenaue oder abgerutschte Hiebe auf.«

»Es ist trotzdem falsch, Herr Feldwebel.«

»Wir müssen schnell reiten. Schwere Kettenhemden können einen ebenso gut töten.«

Andry legte sich das Kettenhemd um, nahm eine Axt und machte mit ihr ein paar Probeschwünge.

»Ein wenig schwer auf den Schultern, aber keine echte Last.«

»Wie die Sorgen der Welt, Andry. Wie geht es deinem, äh, Mädchen?«

»Nicht gut, Herr Feldwebel.«

»Liebt ihr euch?«

»Aye.«

»Dann hat sie Glück und du auch. Prinzessin Senterri und Graf Cosseren? Da gibt es keine Liebe. Ich habe gehört, sie lässt sich von ihm sechsmal pro Nacht pimpern und befiehlt ihm dann, draußen vor ihrem Zimmer auf dem Boden zu schlafen.«

»Ganz gewiss nicht, Herr Feldwebel.«

»Nun, manchmal auch auf dem Boden draußen vor ihrem Zelt.«

»Ich schlafe immer draußen auf dem Boden. Ich habe kein Zelt.«

»Auf dem Ball, Andry, die Kleine mit den Locken. Hast du, irgendwie ...?«

»Nichts von Belang, Herr Feldwebel. Ich habe einen Schatz, dem ich treu sein muss.«

»Aye, das hast du. Sie ist eiskalt, trinkt Blut und ist tot.«

»Aber sie braucht mich. Sie ist blind und krank und muss Tag und Nacht in dem überzähligen Proviantkarren schlafen. Es heißt, dass Liebe blind ist, Feldwebel Esen.«

»Dann muss eine gewisse Gräfin auch dringend eine Brille benötigen, Andry. Wallas prahlt vor allen, die ihm zuhören, dass er mit einem Küchenmädchen angebändelt hat, in den Ruheräumen, aber dass alles nur ein Trick war, um später ins Nebenzimmer zu schlüpfen, wo ihn die Gräfin erwartet hat.«

»Der einzige Grund, warum ihm noch niemand die Herzen aus der Brust gerissen hat, ist der, dass sie zu klein sind, um sie zu finden, Herr Feldwebel«, murmelte Andry. »Also, was soll man machen, wenn die Liebe so hoffnungslos ist?«

»Oh, nicht alle Liebe ist hoffnungslos. Hauptmann Gilvray und die Älteste haben anscheinend in der vergangenen Nacht das Bett geteilt.«

Andry hustete, schluckte und biss dann die Zähne zusammen, bis er glaubte, mit steter Stimme sprechen zu können.

»Oh, aye?«, erwiderte er. »Endlich mal zwei, die zueinander passen. Beiden fehlt der Schatz, und sie sind feine, gewinnende Menschen. Möge ihnen Fortuna lächeln.«

»Hast du Lust auf ein Lied?«

»Oh, aye. Wollen Sie vielleicht die Hornpfeife ausprobieren? Ich nehme die Fiedel. ›Der Schneidige Grüne Feldwebel‹?«

»So schneidig bin ich gar nicht. Wie wär's damit: Wir machen ein ganz neues Lied zusammen, um den Hauptmann und seine Lady zu ehren.«

»Oh, aye, wir können es ›Hauptmann Gilvrays Neigung‹ nennen.«

Als der Trupp am nächsten Tag aufbrach, war Velanders Leichnam sorgfältig im Proviantkarren versteckt, den immer noch Wallas fuhr. Die Reisegarde wurde noch von weiteren fünf Wagen versorgt, und Senterri saß in einer neuen Kutsche, die der hiesige König zur Verfügung gestellt hatte. Wallas wurde bei der Truppe zunehmend beliebter, weil er besser darin war, aus minimalen Zutaten eine schmackhafte Mahlzeit zuzubereiten, als praktisch alle anderen Köche im Dienste der Reichsarmee. Nach seiner Auspeitschung war er außerdem auch bei den Aufklärer und Irregulären beliebt.

In jeder Pause, um die Pferde ausruhen zu lassen, musste Andry den Kampf mit Axt und Lanze üben, und wenn er sich dann tatsächlich ausruhte, setzten sowohl der Feldwebel als auch Laron seine Ausbildung in Fragen des Protokolls und der Etikette fort. Wallas half ebenfalls dabei, und dafür brachte Andry Wallas die Grundlagen des Reitens bei. Wallas verbrachte einen Großteil seiner Übungszeit jedoch mit Klagen, was den Lektionen eher schadete.

»Ich habe fünf Peitschenhiebe bekommen«, sagte Wallas, während Andry ein Pferd, auf dem Wallas ritt, am Zaum im Kreis um das Lager der Reisegarde führte. Sie machten eine längere Rast, da Senterri sich mit irgendeinem Provinzbeamten traf, der ihr eine Petition vorlegen wollte.

»Wenn du für jedes Mal fünf Peitschenhiebe bekommen hättest, dass du über sie gesprochen hast, hättest du mittlerweile fünftausend Peitschenhiebe bekommen«, sagte Andry.

»Es fühlt sich wie fünftausend an.«

»Wallas, wann lässt du das endlich ruhen? Ich habe fünfzig Peitschenhiebe bekommen und beklage mich auch nicht.«

»Ja, aber ich war unschuldig!«

»Und deshalb tun sie mehr weh?«

»Ja!«

»Beruhige dich, die Frauen werden dich bewundern, weil du so zäh bist.«

»Zäh? Bei fünf mageren Peitschenhieben?«

»Ich könnte dafür sorgen ...«

»Nein!«

»Wallas, was hast du der Gräfin über uns erzählt?«

»Ah, die Gräfin. Ich hatte schon gedacht, du würdest nie danach fragen. Die Tore des Paradieses waren unter ihren Röcken geöffnet, sie hat überhaupt keine Unterwäsche getragen – in Glasbury ist das im Moment der letzte Schrei.«

Ich hatte auch Gelegenheit, das herauszufinden, dachte Andry, aber er nickte nur und lächelte.

»Ach, Andry, ihr Mann hat es hinter sich, hat sie gesagt, und die Vorstellung, einem Helden der Flucht aus Clovessen beizuwohnen, hat sie mit solcher Leidenschaft erfüllt, dass sie ...«

»Ich habe gefragt, was du ihr erzählt hast, und nicht, wie sie war!«

»Oh, nur süßes Nichts und ein paar Ausschmückungen an den Rändern der allzu schlichten Wahrheiten.«

»Vielleicht, dass du ein verkleideter Höfling bist, dass diese Reise nicht das ist, wonach sie aussieht, dass es um Drachenwall und die Ringsteine geht, dass du im Auftrag unterwegs bist, den Mord am Kaiser zu rächen, dass Senterri weit mehr tun wird, als nur die Herrschaft über Logiar zu übernehmen, dass das Reich bis in seine Grundfesten erschüttert wird, weil sie Logiar als neues Machtzentrum im Süden etablieren will, dass ...«

»Du hast gelauscht!«

»Wozu? Du bist so berechenbar wie der Sonnenaufgang, nur nicht so hübsch. Wallas, ist dir klar, dass ein mittelgroßer Krieg ausbrechen könnte, wenn sie auch nur ein Zehntel von dem Unsinn glaubt, mit dem du sie gefügig gequatscht hast?«

»Was? Niemals! Wer würde sie ernst nehmen?«

»Zunächst Prinz Valios, der dritte Anwärter in der Schlange vor dem Kaiserthron von Sargol! Die Gräfin ist einer seiner Spione und noch dazu einer, dem er vertraut.«

Wallas öffnete den Mund zu einer Antwort und ließ ihn dann geöffnet, als sein Verstand eine sehr große Anzahl möglicher Konsequenzen seines Geplänkels von vor zwei Nächten durchspielte. Das Pferd schritt unter Andrys Führung weiter. Die Zügel waren in Wallas' Händen erschlafft. Sein Mund blieb offen. Eine Fliege flog hinein. Wallas schloss den Mund, schrak zusammen und spie die Fliege aus.

»Wenn du Glück hast, wollte die Gräfin nur eine schnelle

Nummer mit einem prahlerischen Gimpel«, sagte Andry schließlich.

»Ich sage, wenn sie als Spion so bekannt ist, hat sie vielleicht gedacht, ich versuche ihr falsche Informationen unterzuschieben«, mutmaßte Wallas hoffnungsvoll. »Ach, wahrscheinlich hat sie gar nicht auf mein Geschwätz geachtet.«

»Aber wenn sie es geglaubt hat, dann würden – wie die Älteste es einmal formuliert hat – die Konsequenzen keiner Kontemplation wert sein.«

Der Trupp legte die siebzig Meilen zur Grenze von Fertellian und Kapfang in einem einzigen Tag anstrengenden Reitens zurück, dann wurde das Tempo sehr viel entspannter. Senterri legte Wert darauf, sich mit so vielen örtlichen Adeligen wie möglich zu treffen und von allen gesehen zu werden. Kapfang war die südlichste Region des Reichs. Die Osthälfte bestand aus fruchtbaren Ebenen und Wäldern, die mit Ortschaften, Bauernhöfen und Burgen vollgestopft und von Straßen durchzogen waren. Der Westen war bergig und sonst nicht viel. Logiar war die Hauptstadt und lag in der Südwestecke des Kontinents. Logiar war außerdem so abgelegen, dass die Stadt noch nie erobert worden war. Der Weg dorthin war für die meisten Armeen viel zu schwierig und deprimierend, und die Einheimischen konnten sehr unangenehm werden, wenn man es sich mit ihnen verscherzte. Senterri gab sich alle erdenkliche Mühe, ihre neue Provinz mit Charme zu gewinnen, aber die Aufgabe war gar nicht so schwierig. Seit über einem Jahrhundert hatte kein Mitglied der kaiserlichen Familie mehr diese Straße bereist, und der Prinz, der es zuletzt getan hatte, war an der Spitze einer Armee gekommen und hatte fünfzigtausend Tote zurückgelassen. Dann hatte er seine Männer in die Berge geführt, um einen kleinen örtlichen Bergfürsten anzugreifen ... und niemand hatte je wieder etwas von ihm gehört.

Drachenwall war jetzt nur noch hundert Meilen entfernt,

eine orangefarbene Schwade im Blau des Taghimmels und ein niemals erlöschendes unnatürliches Abendrot bei Nacht. Velander blieb die ganze Zeit in ihrem Wagen, aber die Leute waren so erleichtert darüber, dass sie ruhig und außer Sicht war, dass niemand nach ihr sah. Außerdem war nach Velander zu sehen eine gute Methode, eine Mahlzeit zu werden. Manche sagten, sie sei krank und hungere. Die meisten hofften, dass es wahr war.

Manchen Berichten musste hingegen auf den Grund gegangen werden. Die Gefolgsmänner eines Banditenführers wurden dabei angetroffen, wie sie sich selbst in den Kerker der örtlichen Garnison zwängten. Senterri und ihren Adeligen sagte man, ein riesiger, hundert Fuß großer Drache habe den Banditenführer verschlungen. Terikel wurde mit der Eskorte der Aufklärer ausgesandt, um Ermittlungen anzustellen, und sie stellte fest, dass die verängstigten Banditen übertrieben hatten.

»Die fünf Fuß langen Spuren und abgebrochenen Äste an einigen Bäumen deuten darauf hin, dass der Drache nur neunundzwanzig Fuß groß war«, berichtete sie Senterri, Laron und Gilvray.

»Neunundzwanzig Fuß«, sagte Laron, um die Zahl in seinem Kopf zu verankern.

»Äh, ja. Und Skizzen, die aufgrund von Beschreibungen derjenigen angefertigt wurden, die ihn gesehen haben, deuten darauf hin, dass er einen sieben Fuß langen Schnabel, kleine Stummelflügel und einen langen Hals hatte. Ich habe sie hier, auf Schilfpapier.«

Die Skizzen wurden herumgereicht. Wie Terikel erwartet hatte, sahen die Prinzessin und ihre beiden Hauptleute eher verblüfft als verängstigt aus, als sie die Skizzen betrachteten.

»Das sieht wie etwas aus, das von einer Person gemalt wurde, die in der Schule nie richtig Drachen zeichnen konnte«, sagte Gilvray.

Fünf Mitglieder der Reisegarde und Esen folgten der Spur, gingen aber nicht weiter als bis zu einem Kothaufen. Was sie zuerst für riesige Drachenhaufen hielten, erwies sich als drei mumifizierte Leichen, die zerbröckelten, als man sie berührte. An dieser Stelle weigerte sich der Aufklärer, der Spur weiter zu folgen. Die Fährte war keineswegs schwer auszumachen, aber Esens Weigerung die Verfolgung fortzusetzen, schien ein ausreichend guter Grund zur Umkehr zu sein.

»Solche Leichen habt ihr noch nicht gesehen«, sagte der ziemlich erschütterte Esen zu Andry und den anderen Aufklärern, nachdem er Gilvray Bericht erstattet hatte. »Sie hatten einen Ausdruck absoluten Grauens im Gesicht.«

»Ich würde auch etwas entsetzt aussehen, wenn ich gezwungen wäre, mir den Arsch eines Riesenvogels von innen anzusehen«, sagte Danol.

»Es heißt, Drachenwall treibt solche Wesen aus den Bergen in die Täler«, sagte Sander. »Eine Schankdirne, mit der ich mich gestern Nacht unterhalten habe, hat gesagt, Tiere mit ätherischen Fähigkeiten mögen Drachenwall nicht.«

»Warum nicht?«, fragte Andry.

»Sie sagte, er würde sie dazu bringen, ihre ganze ätherische Energie auf einmal freizusetzen. Und dann ist es so, als würden sie vom Blitz getroffen.«

»Hat sie das selbst gesehen?«

»Nein, aber sie hat beruflich mit der Unterhaltung einsamer männlicher Reisender zu tun, und letzte Woche war einer davon der Gehilfe eines Zauberers, Grad sechs. Er sagte, sein Meister hätte beinah direkt unter dem Vorhang der Zauber gestanden, der vom Himmel herabhängt. Er hätte einen Auton um eine Ratte gewirkt und dann beides durch Drachenwall geworfen. Es ist explodiert.«

»Und der Zauber hat das bewirkt?«

»Wohl eher der Zauber und die Ratte gemeinsam. Alle Zuschauer sind mit Zeug bespritzt worden.«

»Eine explodierende Ratte? Und was war mit dem Zauberer?«

»Kein Problem, hat er gesagt. Nur aktive Zauber gehen

hoch. Ein Zauberer könnte ohne Probleme durch den Äthervorhang gehen. Aber wenn man es mit einem Vogel versucht, der von einem Auton kontrolliert wird, bekommt man verbrannte Federn und über ein großes Gebiet verteilten Bratvogel. Ein Vogel ohne Zauber könnte aber durchfliegen, hat er gesagt. Dann ist er selbst durchgegangen.«

»Lass mich raten«, sagte Andry. »Der Gehilfe, ein Initiat vom Grad sechs, hat eine noch höhere Wäschereirechnung erhalten?«

»Äh, der Gehilfe des Zauberers hatte sich für die zweite Demonstration ein ganzes Stück entfernt. Anscheinend ist danach die alljährliche Goblinwanderung durch die Berge abgesagt worden. Sie hatten einen Abgesandten dort, der alles beobachtet hat.«

Lesen Sie weiter in:
Sean McMullen
DIE SCHLACHT DER SHADOWMOON

DANKSAGUNG

Ich danke meiner Frau Trish und meiner Tochter Catherine, die mich bei der Verfolgung von Wallas' und Andrys Spuren tatkräftig unterstützt haben.

Ich danke Alexander Albert, Mike Dyal Smith, Paul Collins und vielen anderen in den Karate- und Fecht-Vereinen der Universität Melbourne für die Nachstellung und Veranschaulichung der Kampfszenen.

Stan Nicholls

Das neue große Fantasy-Epos vom Autor des Bestsellers *Die Orks*.

»Großartig erzählt, eine wundervolle farbenprächtige Welt und Spannung von der ersten Seite an: Stan Nicholls Bücher haben alle Zutaten zu einem echten Fantasy-Klassiker!« *David Gemmel*

Der magische Bund
ISBN 3-453-87906-6

Das magische Zeichen
ISBN 3-453-53022-5

3-453-87906-6

3-453-53022-5

James Barclay: Die Chroniken des Raben

Die grandiose neue Fantasy-Reihe, für alle Leser von David Gemmel und Michael A. Stackpole.

Zauberbann
3-453-53002-0

Drachenschwur
3-453-53014-4

Schattenpfad
3-453-53055-1

Himmelsriss
3-453-53061-6

Nachtkind
3-453-52133-1

Elfenmagier
3-453-52139-0

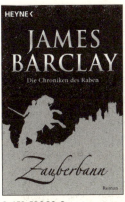

3-453-53002-0

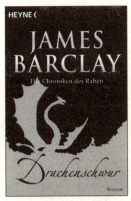

3-453-53014-4

A.R.R.R. Roberts

Die einzigartigen Parodien auf J.R.R. Tolkiens Millionen-Bestseller!

Mit *Der kleine Hobbit* und *Das Silmarillion* schuf J.R.R. Tolkien die Anfänge des größten Fantasy-Epos aller Zeiten: »Der Herr der Ringe«. Doch wie die nun vorliegenden Schriften beweisen, hat uns Tolkien offenbar einige wesentliche Informationen vorenthalten – Informationen, die darauf hindeuten, dass in Wirklichkeit alles ganz anders war...

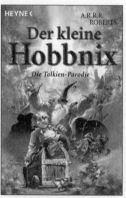

3-453-87947-3

3-453-53062-4

HEYNE